古文觀止

【重校本】

㊤

鍾基 李先銀 王身鋼 譯注

中華書局

目錄

卷二

卷　三

禮　記

卷　四

戰國策　二五七

卷五

史記

前言

古文觀止是清代康熙年間吳楚材、吳調侯叔姪二人選編的一部古代散文集。吳楚材名乘權，吳調侯名大職，二人是浙江山陰（今紹興）人，都是鄉間塾師，以課徒為生。吳楚材學識淵博，除此書外還編有綱鑒易知錄。

古文觀止編定於康熙三十三年（一六九四），共十二卷，以年代為經，作者為緯，按照從古到今的順序排列，選錄自春秋戰國至明末三千多年間的名作二二二篇，基本上反映了中國古代散文發展的脈絡與特點，體現了中國古代散文所取得的最高成就。

中國古代散文傳統源遠流長，早在商代就已經出現了成熟的散文作品；與此相適應，為了展示古文發展線索，表現自己的文學觀點，選編文選的歷史也相當久遠，現存最早的當是距今一千五百年左右南朝梁蕭統編的昭明文選。從此，各種詩文選本層出不窮，而且很多影響深遠。總集如宋代的文苑英華一千卷，上續昭明文選，收南朝末至唐末作家二千二百餘人的近兩萬篇作品，至於唐文粹（一百卷，北宋姚鉉編）、宋文鑒（一百五十卷，南宋呂祖謙編）、元文類（七十卷，元蘇天爵編）、明文衡（九十八卷，補缺二卷，明程敏政編）等，都是一代文學的淵藪；選集如明代茅坤（一五一二—一六〇一）選編的唐宋八大家文鈔一百六十四卷，流傳甚廣，「唐宋八大家」之名也隨之流行。古文觀止只有區區十二卷，但其「知名度」遠遠超過了上述那些巨著，可以與文選並稱，其原因何在？魯迅先生在集外集・選本一文中說：「以古文觀止和文選並稱，初看好像是可笑的，但是，在文學上的影響，兩者卻一樣不可輕視。凡選本，往往能比所選各家的全集更流行、更有作用，冊數不多而包羅諸作，固然也是一種原因，但還在近則由選者之名位，遠則憑古人之威靈，讀者想從一個有名的選家窺見許多有名作家的作品。」「選者之名位」，古文觀止是沾不上光的，吳楚材和吳調侯都是仕途不暢的普通讀書人，那麼其脫穎而出全憑「古人之威靈」，即冊數不多而包羅許多有名作家的作品。

吳楚材和吳調侯選文的初衷是「雜選古文，原為初學設也」（吳楚材例言），因此選編時，他們「集古人之文，集古今人之選，而略者詳之，繁者簡之，散者合之，舛錯者釐定之，差訛者校正之」（吳楚材、吳調侯序），吸收借鑒了古人選文的經驗，避免了一些錯誤，所以他們自認為這本選文是「諸選之美者畢集，其缺者無不備，而訛者無不正，是集古文之成者也，觀止矣」（吳調侯序）！「觀止」一詞，出自左傳・襄公二十九年。吳公子季札在魯國觀看周代樂舞，當看到韶箾時，便讚歎道：「觀止矣，若有他樂，吾不敢請已。」「觀止」就是好到極點的意思，吳楚材、吳調侯把「觀止」用來作書名，意思是說，這裏所選的就是人們所能看到的最好的、盡善盡美的文章了。此書編成後，他們將書寄給了吳楚材的叔父吳興祚（字伯成，號留村，累官至兩廣總督），他時在歸化（今呼和浩特）任職，對此書大加讚賞，認為是「其選簡而該，評注詳而不繁」，可以「正蒙養而裨後學」，功德非淺。

的確，古文觀止選文目光獨到，選擇精當。例如先秦部分，他們放棄佶屈聱牙的尚書，直接從相對容易理解且記言與記事均衡的左傳開始，使讀者覺得親近，能夠引起閱讀學習的興趣。至於具體選篇，先秦有左傳的曹劌論戰、宮之奇諫假道、燭之武退秦師，國語的叔向賀貧，戰國策的馮煖客孟嘗君、觸讋說趙太后、唐雎不辱使命；兩漢部分有史記的屈原列傳、太史公自序，賈誼的過秦論，諸葛亮的出師表；魏晉部分有李密的陳情表，王羲之的蘭亭集序，陶淵明的歸去來辭、桃花源記；至於唐宋部分的韓愈的原道、師說、進學解、祭十二郎文，柳宗元的捕蛇者說、小石城山記，范仲淹的岳陽樓記，歐陽修的朋黨論、五代史伶官傳序、醉翁亭記，蘇軾的潮州韓文公廟碑、前後赤壁賦，以及蘇洵、蘇轍、王安石、曾鞏等諸家散文，更都是千古傳誦、膾炙人口的佳作。明代部分，它不選復古模擬的李夢陽、何景明，而選了王守仁、茅坤、唐順之、歸有光、袁宏道、張溥，眼光也是很獨特。

古文觀止也衝破了駢散之分的束縛，不僅選散體古文，對於駢體古文之精華也沒有有意忽略，雖僅區區幾篇，但可見古文發展演變之印跡，不能不說這種觀點是相當高明的。自隋唐以降，特別是韓愈領導了古文運動，歐陽修又發起了「詩文革新」，駢體文江河日下，雖然仍不時有名作產生，但已經不是古文之主流，而到明代更是大受排斥；清初駢文有了復甦的跡象，但在古文觀止成書時還並未形成氣候，直到幾十年後乾嘉時期李兆洛（一七六九—一八四一）編纂駢體文鈔，才正式提出駢散並行，「相雜而迭用」，可知二吳駢散並重的觀點具有其超前性。古文觀止中選錄的駢體文如孔稚珪的北山移文、駱賓王的為徐敬業討武曌檄、王勃的滕王閣序、李華的弔古戰場文、劉禹錫的陋室銘、杜牧的阿房宮賦都是千百年間膾炙人口的名篇。

古文觀止還突破了以前文選不收經史的傳統，收錄了禮記、左傳、公羊傳、穀梁傳，以及史記、漢書、後漢書等經史中的文章。至於史書中沒有收錄三國志以下正史中的文章，大概是因為此後的正史傳記也沒有什麼可看了。

古文觀止的一些選文與原文略有出入，有的明顯是二吳進行了刪削加工，有的使原文更緊湊明晰，有的則不免弄巧成拙，如顏斶說齊王，刪去了與齊王脣槍舌劍的一大段爭辯，故事的曲折緊張就削弱了。

古文觀止的選文也有一些缺欠，主要表現為唐宋一段，除了「唐宋八大家」之外，很少選錄其他作家的作品，特別是宋代，兩卷半五十餘篇文章中，除了三蘇、歐陽修、王安石、曾鞏，只選入了王禹偁（二篇）、李格非（一篇）、范仲淹（二篇）、司馬光（二篇）、錢公輔（一篇）、李覯（一篇），六人八篇文章，與宋代散文創作的繁盛局面極不相稱。這可以解釋為篇幅所限，但如蘇舜欽的滄浪亭記、李清照的金石錄後序、朱熹的庚子應詔封事、文天祥指南錄後序等都不收，而所收李格非的書洛陽名園記後、錢公輔的義田記、李覯的袁州州學記在文學成就上都無法與上述幾篇相比，即如所選宋代六家之作也並非都是精品，如歐陽修釋祕演詩集序、蘇軾的三槐堂銘、王安石的泰州海陵縣主簿許君墓誌銘在作者本人的文集中都並不出眾，它們的入選大概都與選家本人滿心懷才不遇的牢騷有關。另外，李陵的答蘇武書、蘇洵辨奸論這樣可疑的作品的入選，也應該看作是選家別有寄託吧。

古文觀止中還有吳楚材、吳調侯二人的注評，特別是他們對文章結構的分析和藝術成就的總評部分最為精彩，對於文章的品讀非常有益，只是因為體例的關係，本書沒有原文照錄，而是將其吸收融入了文章的題解與注釋中。

古文觀止自問世以來，三百多年間以其選文名篇薈萃，篇幅適中，雅俗共賞，一直盛行不衰，是古文啟蒙的必備書，也深受古文愛好者的推崇。此次我們對每篇文章作了題解、注釋、翻譯。「題解」部分分析論述其成就與特色；「注釋」部分對難理解的字詞、古代文化常識性內容等作注；「譯文」部分以直譯為主，直譯不順暢之處意譯，使其更適合當代讀者的閱讀。當然其中也會有不當之處，敬請方家指正。

鍾基

二〇一五年十月

卷一

左傳

左傳成書於戰國初年，原名左氏春秋，到漢代改稱春秋左氏傳，為的是強調它是解釋春秋的著作，至於左傳是否真為「解經之作」，從古至今論爭紛紜，現代學者傾向於認為它是一部獨立的史書。

左傳用編年體記載了從魯隱公元年（前七二二）至魯哀公二十七年（前四六八）二百五十四年間的史事，是一部圍繞「爭霸」這一春秋時期的中心事件，記述以爭霸強國為主，以與這些強國發生各種關係的諸侯國為輔的「世界史」；是全面反映當時並存的各種文化及其交流融合，展現中華民族的主體形成時期面貌的「文化史」。

左傳具有明顯的重德崇禮的儒家思想特徵，但它的「崇霸」思想卻與儒家的「尊王」大相徑庭，所以被論定為「儒家別派」。其批判性以及它的民本思想，在「君權神授」的思想背景下尤為難得。

左傳最主要的文學成就是突破了言事相分的古史記錄方式，做到了言事相融而均衡，使中國古代歷史散文創作達到了新的高度，並為其提供了新的創作模式，正是在這個意義上，左傳才一直被認為是中國古代散文的一大源頭。

鄭伯克段於鄢（隱公元年）

評論歷史人物要看他是否能推動歷史進程，是否能為當時的百姓做好事。鄭莊公雖然個人品德並無可取，但他乾脆利落地平定叛亂，避免了更大的動亂，他開創的「小霸」局面也拉開了春秋諸侯爭霸的序幕，可算是有為之主。本文人物刻畫鮮活生動，敘事曲折有致，是膾炙人口的佳作。

初，鄭武公娶於申①，曰武姜②，生莊公及共叔段③。莊公寤生④，驚姜氏，故名曰寤生，遂惡之。愛共叔段，欲立之，亟請於武公⑤，公弗許。

【注釋】

①鄭武公：姓姬，名掘突。鄭，國名。國都在今河南新鄭。申：國名。國都在今河南南陽，姜姓。
②武姜：鄭武公的正妻，以鄭武公的諡號「武」與其娘家姓「姜」合而為名。
③共（gōng）叔段：「共」是國名，國都在今河南輝縣，「叔」是排行。段後來逃亡至共，故稱「共叔段」。
④寤（wù）生：逆生，指生產時嬰兒腳先出來。
⑤亟（qì）：屢次。

【譯文】

起初，鄭武公娶了申國公室女子，她後來被稱為「武姜」，生了莊公和共叔段。莊公出生時，腳先生出，分娩極困難，姜氏受到了驚嚇，便給他取名「寤生」，因此厭惡他。喜歡共叔段，想立段做世子，她屢次請求武公，武公都不肯。

及莊公即位，為之請制①。公曰：「制，巖邑也②，虢叔死焉③。他邑唯命。」請京④，使居之，謂之京城大叔⑤。祭仲曰⑥：「都城過百雉⑦，國之害也。先王之制：大都不過參國之一⑧，中五之一，小九之一。今京不度⑨，非制也，君將不堪。」公曰：「姜氏欲之，焉辟害⑩？」對曰：「姜氏何厭之有！不如早為之所，無使滋蔓，蔓，難圖也。蔓草猶不可除，況君之寵弟乎！」公曰：「多行不義必自斃⑪。子姑待之。」

【注釋】

①請制：請求以制為領地。制，為鄭國的一個地方，在今河南滎陽西北，又叫「虎牢關」。
②巖邑：險要之處。
③虢（guó）叔：東虢的國君。虢，分東、西、北三國，均為姬姓國。東虢國都在今河南滎陽。
④京：鄭國地名。在今河南滎陽東南。

⑤大叔：太叔。大，同「太」。

⑥祭（zhài）仲：即祭足，鄭國大夫。

⑦雉：古代城牆的丈量單位，長三丈高一丈為一雉。

⑧參國之一：國都城牆的三分之一。參，通「三」。

⑨不度：不合法度。

⑩辟（bì）害：躲避禍害。辟，退避，躲避。

⑪斃：仆倒，倒下去。

【譯文】

等莊公繼承君位，武姜替段請求以制邑為領地。莊公說：「制是險要之地，虢叔曾死在那裏。別的地方聽您吩咐。」便請求京邑，莊公叫段住在京邑，段被稱為「京城太叔」。祭仲說：「都市城牆邊長超過三百丈，就是國家禍害。先王的制度：大都市城牆，長不超過國都的三分之一；中等城市城牆，長不超過國都的五分之一；小城市城牆，長不超過國都的九分之一。現在京邑城太大，不合制度，您會受不了的。」莊公說：「姜氏要這樣，哪裏能躲避禍害？」祭仲回答說：「姜氏哪裏會滿足！不如早作打算，不要使他再發展；再發展，就難對付了。蔓延的草還難以清除，何況是您被寵愛的胞弟呢！」莊公說：「他做不合道義的事多了，一定會自取滅亡。你姑且等着吧！」

既而大叔命西鄙、北鄙貳於己①。公子呂曰②：「國不堪貳，君將若之何？欲與大叔，臣請事之，若弗與，則請除之，無生民心③。」公曰：「無庸，將自及。」大叔又收貳以為己邑④，至於廩延⑤。子封曰⑥：「可矣。厚將得眾。」公曰：「不義不暱⑦，厚將崩⑧。」

【注釋】

①既而：不久。鄙：邊境城邑。貳於己：指一方面聽命於莊公，一方面聽命於自己。
②公子呂：字子封，鄭國大夫。
③生民心：使臣民產生別的想法，即生二心。
④貳：指前文既聽命於莊公又聽命於自己的西部和北部邊邑。
⑤廩（lǐn）延：鄭國的一個地方，在今河南延津北。
⑥子封：鄭大夫，即前文的公子呂。
⑦暱：親近。這裏是「擁護」、「擁戴」的意思。
⑧崩：原指山陵崩塌，這裏指垮台、倒台。

【譯文】

不久太叔命令西部和北部邊邑一方面聽從莊公，一方面聽從自己。公子呂說：「國家不能忍受這樣兩方面聽命，您打算怎麼辦？想把君位讓給太叔，我請求索性去侍奉他；假若不讓位，便請除掉他，不要使臣民有別的想法。」莊公說：「用不着。他會自己走向滅亡。」太叔又把兩面聽命的西部與北部邊邑全歸屬自己，還延伸到廩延。公子呂說：「行了。他勢力雄厚，會得到更多擁戴者。」莊公說：「沒有正義，得不到擁護，勢力雄厚，反而會垮台。」

大叔完聚①，繕甲兵②，具卒乘③，將襲鄭，夫人將啟之④。公聞其期，曰：「可矣！」命子封帥車二百乘以伐京⑤。京叛大叔段。段入於鄢⑥。公伐諸鄢。五月辛丑，大叔出奔共⑦。

【注釋】

①完：修葺。這裏指鞏固城郭。聚：聚積。這裏指聚積糧草。
②繕甲兵：修治兵器。
③具卒乘（shèng）：補充兵員。具，準備。卒，兵士。乘，戰車。這裏代指乘車的士卒。
④啟之：開啟城門。
⑤乘：戰車。按春秋時代的編制，一乘戰車有甲士三人，步卒七十二人，二百乘共有甲士六百人，步兵一萬四千四百人。
⑥鄢（yān）：地名。在今河南鄢陵西北。
⑦出奔共：逃亡到共。出奔，逃亡。

【譯文】

太叔牢築城郭，聚積糧草，修補武器，補充士卒，打算偷襲莊公，姜氏準備開城門接應他。莊公得知太叔舉兵日期，說：「行了！」命令公子呂率領二百乘兵車討伐京邑。京邑人反叛太叔。太叔逃到鄢邑。莊公又討伐鄢邑。五月二十三日，太叔逃到共邑。

書曰[①]：「鄭伯克段於鄢。」段不弟[②]，故不言「弟」。如二君，故曰「克」。稱「鄭伯」，譏失教也，謂之鄭志。不言「出奔」，難之也[③]。

【注釋】

①書：指春秋的記載。

②弟：通「悌」，敬順兄長。

③難之：以之為難，這是形容詞的意動用法。「之」指「大叔出奔共」這件事。

【譯文】

春秋寫道：「鄭伯克段於鄢。」段不敬兄長，所以不用「弟」字。交戰雙方好像兩個國君，所以用「克」字。稱莊公為「鄭伯」，是譏諷他對胞弟有失教導，也表明這是莊公的本意。不寫「太叔出奔」，是難於下筆的緣故。

遂置姜氏於城潁而誓之曰[①]：「不及黃泉，無相見也[②]！」既而悔之。潁考叔為潁谷封人[③]，聞之，有獻於公。公賜之食，食捨肉，公問之，對曰：「小人有母，皆嘗小人之食矣，未嘗君之羹[④]，請以遺之[⑤]。」公曰：「爾有母遺，緊我獨無[⑥]！」潁考叔曰：「敢問何謂也？」公語之故，且告之悔。對曰：「君何患焉！若闕地及泉[⑦]，隧而相見，其誰曰不然？」公從之。公入而賦：「大隧之中，其樂也融融[⑧]。」姜出而賦：「大隧之外，其樂也泄泄[⑨]。」遂為母子如初。

【注釋】

①城潁（yǐng）：地名。在今河南臨潁西北。
②「不及」二句：意思是說，不死不見面。黃泉，地下的泉水，多指死後埋葬的地方。
③潁考叔：鄭大夫。潁谷：地名。在今河南登封西，是鄭的邊疆城邑。封人：鎮守邊疆的地方官。
④羹：古代指帶汁的肉食。
⑤遺（wèi）：贈給。
⑥緊（yī）：句首語氣詞。
⑦闕（jué）地及泉：掘地掘到泉水。闕，通「掘」，挖。
⑧融融：形容快樂、和睦的樣子。
⑨泄泄（yì）：形容快樂自得的樣子。

【譯文】

莊公把姜氏安置在城潁，對她發誓說：「不到黃泉，不再相見！」不久又後悔了。潁考叔是鎮守邊境潁谷的官員，聽到這事，便向莊公獻禮。莊公宴請他。吃飯時，潁考叔把肉留下放在一邊，莊公問他，他說：「我有老母親，我的食物她都嚐遍了，卻沒嚐過您的肉羹，我想請她嚐嚐。」莊公說：「你有母親可以敬奉，唉！我卻沒有。」潁考叔說：「請問這是什麼意思？」莊公把事情始末告訴了他，並且說明了自己的悔意。潁考叔回答說：「您有什麼可憂愁的！假若挖地一直見到泉水，就在所挖的隧道裏相見，誰能說不對？」莊公按他的辦法做了。莊公進入隧道，唱：「身在隧道中，樂如乳水融。」姜氏從隧道出，唱：「身在隧道外，精神真爽快。」於是母子關係恢復，和原來一樣。

君子曰[①]：「潁考叔，純孝也。愛其母，施及莊公[②]。詩曰：『孝子不匱，永錫爾類[③]。』其是之謂乎！」

【注釋】

①君子：品德高尚的人。左傳常以「君子曰」發表評議。

②施（yì）及莊公：擴展到莊公。施，延伸，擴展。

③孝子不匱（kuì），永錫爾類：出自詩經．大雅．既醉。匱，窮盡。錫，賜予，惠及。

【譯文】

君子說：「潁考叔的孝是純正的。孝敬自己的母親，又影響到莊公。詩經說：『孝心不盡不竭，永遠跟你同列。』說的就是潁考叔吧！」

周鄭交質（隱公三年）

周、鄭交質違背了君臣大禮，而鄭之取麥取禾，更是對周王權威的挑釁。君子對雙方都有責難，但更側重於批評周王室，認為這種局面是因其不能以信服人、以禮馭下造成的，這也是左傳崇霸貶王思想的反映。全文先講事實，再進行評論，是左傳典型寫法。君子的議論以「禮」、「信」為中心，引經據典，辭理暢達，對後世史論大有影響。

鄭武公、莊公為平王卿士①，王貳於虢②，鄭伯怨王。王曰：「無之。」故周、鄭交質③，王子狐為質於鄭④，鄭公子忽為質於周⑤。王崩，周人將畀虢公政⑥。四月，鄭祭足帥師取溫之麥⑦。秋，又取成周之禾⑧。周、鄭交惡⑨。

【注釋】

①平王卿士：周平王的執政大臣。

②王貳於虢（guó）：這裏指周平王不想讓鄭莊公獨大，於是分權給虢公，以保持周王室的權力平衡。貳，兩屬。虢，指西虢公，姬姓。西虢都城在今河南三門峽。
③交質：互相交換人質。
④王子狐：周平王的兒子。
⑤公子忽：鄭莊公的兒子。
⑥畀（bì）：給予。
⑦祭（zhài）足：鄭大夫，字仲，故又稱「祭仲」。溫：周王室的屬地，在今河南溫縣。
⑧成周：周之東都，故城在今河南洛陽東郊。
⑨交惡（wù）：互相怨恨。這裏指周、鄭關係惡化。

【譯文】

鄭武公、鄭莊公父子先後任周平王執政大臣，平王又兼用虢公，莊公埋怨平王。平王說：「沒有這事。」因此周王朝和鄭國交換人質：周平王的兒子王子狐去鄭國為人質，鄭莊公的兒子公子忽往周王朝為人質。平王去世，周王朝打算把國政全部交給虢公。四月，鄭國的祭足領兵割取了周畿內小國溫地的麥子；秋天，又割取了成周的穀子。周王朝和鄭國關係惡化。

君子曰：「信不由中①，質無益也。明恕而行②，要之以禮③，雖無有質，誰能間之？苟有明信，澗、溪、沼、沚之毛④，蘋、蘩、薀、藻之菜⑤，筐、筥、錡、釜之器⑥，潢污、行潦之水⑦，可薦於鬼神，可羞於王公⑧，而況君子結二國之信，行之以禮，又焉用質？風有采蘩采蘋⑨，雅有行葦泂酌⑩，昭忠信也⑪。」

【注釋】

①中：內心。
②明恕：明察寬大。恕，推己及人，寬宥，諒解。
③要（yāo）：約束。
④沼：池塘。沚：水中的小塊陸地。毛：本指草，這裏泛指植物。
⑤蘋（pín）：四葉菜，一種生於淺水中的草本植物。蘩：指白蒿。薀（wēn）：是一種水草。藻：是一種聚生的藻類。
⑥筐：方形竹製容器。筥（jǔ）：圓形竹製容器。錡（qí）：有足的烹飪器。釜（fǔ）：無足的烹飪器。
⑦潢（huáng）污：聚積不流之水。行潦（xínglǎo）：溝中的水。
⑧羞：進獻食物。
⑨風：指詩經．國風。采蘩、采蘋：是召南中的兩篇，描寫了婦女採集供祭祀用的野菜的場景。
⑩雅：指詩經．大雅。行葦、泂（jiǒng）酌：是生民之什中的兩篇，前一篇是祝酒詞，頌揚敬老尊貴，和睦相親；後一篇表明要真誠地對待民眾。
⑪昭：表明。

【譯文】

君子說：「誠信不發自內心，交換人質也沒有益處。設身處地互相諒解而後行事，又據禮制加以約束，即使沒有人質，誰又能離間？假若互信互諒，那山溝池塘的野草，四葉菜、白蒿、水草以及聚集水面的藻類等野菜，和方筐、圓筐、有足、無足的烹飪器等器具，甚至路上溝裏大大小小的積水，都可以敬獻鬼神，貢奉王公；何況君子建立兩國的信賴，按照禮儀行事，又何必用人質？詩經·國風有采蘩、采蘋，大雅有行葦、泂酌，這四篇都是表明忠實和信賴的道理的。」

石碏諫寵州吁（隱公三年）

石碏勸諫莊公約束兒子的「六順」，即分別上下、尊卑、長幼的「禮」，是維持政局穩定正常運作的根本，崇禮是左傳主要思想之一。石碏的諫辭排比而下，環環相扣，邏輯感極強，是左傳中一種典型的論說方式。

衛莊公娶於齊東宮得臣之妹①，曰莊姜，美而無子，衛人所為賦碩人也②。又娶於陳③，曰厲嬀，生孝伯，蚤死④。其娣戴嬀生桓公⑤，莊姜以為己子。公子州吁，嬖人之子也⑥，有寵而好兵，公弗禁，莊姜惡之。

【注釋】

①衛莊公：名揚。衛，國名。國都在今河南淇縣，後遷到今河南濮陽附近，姬姓。齊：國名。國都在今山東臨淄，姜姓。東宮：太子所居處。這裏代指太子。得臣：齊莊公太子。

②碩人：見詩經．衛風。相傳是讚美莊姜的。

③陳：國名。國都在今河南淮陽，嬀（guī）姓。

④蚤：通「早」。

⑤娣：古代稱妹妹為「娣」。

⑥嬖（bì）人：地位低賤但受寵的人。這裏指衛莊公的寵妾。

【譯文】

衛莊公娶了齊太子得臣的胞妹，她後來被稱為「莊姜」，莊姜很美麗卻沒有兒子，衛國人為她寫了碩人一詩。莊公又娶了陳國女子，她後來被稱為「厲嬀」，厲嬀生了孝伯，她很早就死了。厲嬀的同父妹妹戴嬀，生了桓公，莊姜把他認作自己的兒子。公子州吁是莊公寵愛的姬妾所生，受寵而且喜歡玩弄武器，莊公不禁止，莊姜厭惡他。

石碏諫曰①：「臣聞愛子，教之以義方②，弗納於邪。驕、奢、淫、佚，所自邪也，四者之來，寵祿過也。將立州吁，乃定之矣，若猶未也，階之為禍③。夫寵而不驕，驕而能降，降而不憾，憾而能眕者④，鮮矣⑤。且夫賤妨貴，少陵長，遠間親，新間舊，小加大，淫破義，所謂六逆也；君義，臣行，父慈，子孝，兄愛，弟敬，所謂六順也；去順效逆，所以速禍也。君人者⑥，將禍是務去，而速之，無乃不可乎⑦？」弗聽。其子厚與州吁遊，禁之，不可。桓公立，乃老⑧。

【注釋】

①石碏（què）：衛國大夫。
②義方：關於義的道理和準則。
③階之為禍：一步步釀成禍亂。階，階梯。這裏用做動詞，指一步步引向。
④眕（zhěn）：克制，不輕舉妄動。
⑤鮮（xiǎn）：少。
⑥君人者：統治人的人。這裏指國君。
⑦無乃不可乎：恐怕不可以吧？無乃，恐怕，莫非，用在反問句裏，表示不以為然，語氣比「豈不是」委婉緩和。
⑧老：告老辭官。

【譯文】

石碏勸莊公說：「我聽說，憐愛兒子要教他規矩道義，不讓他走邪路。驕傲、奢侈、放蕩、安逸是走邪路的開始，四種惡習的發生由於過分的寵愛、過多的俸祿。如果您打算立州吁為太子，就定下來；如果還沒有，縱容他就會一步步釀成禍亂。被寵愛卻不驕橫，驕橫卻安於地位下降，地位下降卻不怨恨，怨恨卻能克制自己的，這樣的人是極少的。而且卑賤妨害高貴，年少侵凌年長，疏遠代替親近，新人壓制舊人，弱小欺侮強大，淫邪破壞道義，這六種是對理義的違逆；國君仁義，臣下奉行，父親慈善，兒子孝順，兄長友愛，弟弟敬重，這六種是對理義的順從；拋棄六種順從，效法六種違逆，這就會加快禍亂的到來。作為百姓的君主，應務必消除禍亂，現在反而加速禍亂的到來，恐怕不可以吧？」莊公不聽。石碏的兒子石厚和州吁來往密切，石碏禁止他，石厚不聽。莊公死後，桓公繼位，石碏就告老退休了。

臧僖伯諫觀魚（隱公五年）

臧僖伯的諫辭講到國君是萬民的表率，行為要符合禮制要求。諫辭要點突出，層層深入，旁徵博引，條理分明，有很強的說服力。而他所講的古人四時田獵演武之禮，也足以廣人聽聞。

春，公將如棠觀魚者①。

【注釋】

①公：指魯隱公。春秋和左傳的體例，以魯國國君紀年，故凡魯國國君都直接稱「公」。棠：魯國地名。在今山東魚台西北。魚：捕魚。

【譯文】

魯隱公五年春天，打算到棠地觀看捕魚。

臧僖伯諫曰①：「凡物不足以講大事②，其材不足以備器用③，則君不舉焉④。君將納民於軌物者也⑤，故講事以度軌量謂之『軌』⑥，取材以章物采謂之『物』，不軌不物，謂之『亂政』。亂政亟行，所以敗也。故春蒐、夏苗、秋獮、冬狩⑦，皆於農隙以講事也。三年而治兵⑧，入而振旅⑨，歸而飲至⑩，以數軍實，昭文章⑪，明貴賤，辨等列，順少長，習威儀也。鳥獸之肉不登於俎⑫，皮革齒牙、骨角毛羽不登於器，則君不射，古之制也。若夫山林川澤之實，器用之資，皂隸之事⑬，官司之守，非君所及也。」

【注釋】

①臧僖伯：即魯公子姬彄（kōu），封於臧，謚號僖。
②講：講習，訓練。大事：指祭祀和軍事活動等。
③材：材料，原料。器用：專指用於祭祀和兵戎大事的器物。
④舉：指行動。
⑤軌物：法度和準則。
⑥度（duó）軌量：校正法度。度，法度，法規。量，衡量。
⑦春蒐（sōu）：春天搜尋獵取未懷孕的禽獸。夏苗：夏天獵取為害莊稼的禽獸。秋獮（xiǎn）：秋天殺傷禽獸。獮，殺。冬狩：冬天圍獵禽獸。以上均為四季狩獵的名稱。說明有組織的狩獵帶有明顯的軍事演習的目的。
⑧治兵：軍隊外出演習。
⑨振旅：整頓軍隊。
⑩飲至：諸侯朝拜、會盟、征伐完畢，在宗廟飲酒慶賀的一種儀式。
⑪昭文章：展示車服旌旗。
⑫俎（zǔ）：祭祀時用來盛祭品的禮器。
⑬皂隸：古代對賤役的稱呼。這裏泛指地位低下的人。

【譯文】

臧僖伯勸阻說：「一切事物，不和講習祭祀、戰爭相關，它的材料不能製作禮器兵器，國君就不為它有所舉動。國君是使臣民走向正軌和實用的人，所以講習祭祀和軍事來衡量器物合於法度叫做『正軌』，選取材料製作器物來顯示等級文采叫做『實用』，不合正軌、不關實用的行動叫做『亂政』。亂政屢次實行，國家就會衰敗。所以春夏秋冬的田獵都是在農閑時演習軍事。每三年出城大演習，進城整頓軍隊，然後國君在宗廟宴請從事人員，計算田獵的擒獲，要顯示車服旌旗的文采，表明各級各等的貴賤，辨別各類人員的等級，依年齡長幼的次序或前或後，這是講習上下的威儀。鳥獸的肉不放進祭器，皮革、壯齒、象牙、獸骨、牛角、旄牛尾、鳥羽不用在祭器中的，國君就不去射取，這是古代制度。至於山林、河湖的產品，一般器具的材料，這是下級人員的工作，是有關部門的職責，不是國君所該管的。」

公曰：「吾將略地焉①。」遂往，陳魚而觀之。僖伯稱疾不從②。

【注釋】

①略地：巡視邊境。

②稱疾：推託說有病。古代「疾」指小病，「病」為大病、重病。

【譯文】

隱公說：「我準備巡視邊境。」於是前往棠邑，並把捕魚所用物品陳列展覽。臧僖伯託病沒有隨行。

書曰：「公矢魚於棠①。」非禮也，且言遠地也②。

【注釋】

①矢（shǐ）：陳獻。

②遠地：棠距曲阜較遠，故稱「遠地」。

【譯文】

春秋寫道：「公矢魚於棠。」認為這不合禮法，而且指出他遠離了國都。

鄭莊公戒飭守臣（隱公十一年）

這篇戒飭之辭委婉紆曲，吞吐靈活，能正確估計形勢，考慮深遠，古人稱鄭莊公為「奸雄」，確實如此。文章首段對攻城的描寫全用直敘，但一時情事畢見，也很有特色。

秋七月，公會齊侯、鄭伯伐許①。庚辰②，傅於許③。潁考叔取鄭伯之旗蝥弧以先登④，子都自下射之⑤，顛⑥。瑕叔盈又以蝥弧登⑦，周麾而呼曰⑧：「君登矣！」鄭師畢登。壬午⑨，遂入許。許莊公奔衛。齊侯以許讓公，公曰：「君謂許不共⑩，故從君討之。許既伏其罪矣，雖君有命，寡人弗敢與聞。」乃與鄭人。

【注釋】

①公：指魯隱公。齊侯：指齊僖公。因齊國是侯爵，故稱「齊侯」。鄭伯：指鄭莊公。許：國名。初都在今河南許昌，姜姓。

②庚辰：初一。

③傅：逼近。

④蝥（máo）弧：一種旗幟的名稱。

⑤子都：即鄭大夫公孫閼（è）。射之：射潁考叔。因此前鄭伯準備攻打許國的時候，子都和潁考叔爭奪兵車，子都沒有爭到，懷恨在心，挾嫌報復，故「射之」。

⑥顛：跌倒，墜落。

⑦瑕叔盈：鄭大夫。

⑧周麾（huī）：向四方舞動旗幟。麾，指揮，揮動。

⑨壬午：即七月初三日。

⑩共（gōng）：通「恭」，恭順。

【譯文】

秋季七月，隱公會合齊僖公、鄭莊公攻打許國。初一，軍隊逼攻許城。潁考叔拿着鄭莊公的蝥弧旗搶先登城，子都從下邊用箭射他，潁考叔跌了下來。瑕叔盈又拿着蝥弧旗登城，登上去向四周揮動旗子大喊道：「國君登城了！」鄭國的軍隊全部登上了城。初三，鄭莊公進入許城。許莊公逃奔到衛國。齊僖公把許國讓給魯隱公，魯隱公說：「君侯說許國不恭順，所以我跟從君侯去攻打它。許國既然伏罪了，雖然君侯有這樣的指示，寡人不敢聽取。」於是把許國送給鄭莊公。

鄭伯使許大夫百里奉許叔以居許東偏[1]，曰：「天禍許國，鬼神實不逞於許君[2]，而假手於我寡人。寡人唯是一二父兄不能共億[3]，其敢以許自為功乎？寡人有弟，不能和協，而使餬其口於四方[4]，其況能久有許乎？吾子其奉許叔以撫柔此民也[5]，吾將使獲也佐吾子[6]。若寡人得沒於地[7]，天其以禮悔禍於許，無寧茲許公復奉其社稷[8]，唯我鄭國之有請謁焉，如舊昏媾[9]，其能降以相從也[10]。無滋他族實逼處此，以與我鄭國爭此土也。吾子孫其覆亡之不暇，而況能禋祀許乎[11]？寡人之使吾子處此，不惟許國之為，亦聊以固吾圉也[12]。」乃使公孫獲處許西偏，曰：「凡而器用財賄，無置於許。我死，乃亟去之[13]。吾先君新邑於此[14]，王室而既卑矣，周之子孫日失其序[15]。夫許，大嶽之胤也[16]。天而既厭周德矣，吾其能與許爭乎？」

【注釋】

①許叔：許莊公的弟弟。偏：偏遠，邊遠的地方。
②不逞：不滿意。
③共億：相安，和諧。億，安寧，安定。
④餬（hú）：以粥、糊充食口腹。
⑤吾子：尊稱，相當於「您」。
⑥獲：即公孫獲，鄭大夫。
⑦得沒於地：壽終埋骨於地下。
⑧無寧：寧可。茲：使。下文「無滋」之「滋」與此同義。
⑨昏媾（gòu）：婚姻。昏，同「婚」。
⑩降：降心，屈尊。
⑪禋（yīn）祀：祭祀天神的儀式。
⑫圉（yǔ）：邊疆。
⑬亟（jí）：趕快地，急迫地。
⑭新邑：指建立新鄭的時間不長。
⑮周之子孫日失其序：這裏是說周的後代已經衰落。鄭是姬姓，也是周的後代。
⑯大（tài）嶽：傳說許為堯時四嶽之後。胤（yìn）：後裔。

【譯文】

鄭莊公派許國大夫百里侍奉許莊公的弟弟許叔住在許城的東邊偏遠處，說：「上天降禍給許國，鬼神確實對許君不滿，借寡人的手來進行懲罰。只是寡人連一兩位父老兄弟都不能相安，豈敢把進攻許國作為自己的功績呢？寡人有個弟弟，也不能和睦相處，使他到四處求食，難道還能長久佔有許國嗎？您侍奉許叔來安撫這裏的百姓，我打算讓公孫獲來幫助您。假如寡人得到善終，上天或者依照禮來撤回加於許國的禍害，願意讓許莊公再來治理他的國家，那時，要是我鄭國有所請求，就像親戚那樣，許國大概能夠誠心允許吧。不要使他國處在這裏逼迫我們，來與我鄭國爭奪這塊土地。我的子孫挽救危亡都來不及，何況祭祀許國的祖先呢？寡人讓您處在這裏，不僅是為了許國，也是姑且用來鞏固我的邊疆。」於是讓公孫獲住在許城的西邊偏遠處，說：「凡是你的器用財貨，不要放在許城。我死後，就趕快離開這裏。我的先父在這裏新建了城邑，周王朝既已衰落了，我們這些周朝的子孫一天天失掉自己的事業。許國，是四嶽的後代，上天既然已經厭棄周朝了，我哪能和許國競爭呢？」

君子謂鄭莊公「於是乎有禮。禮，經國家，定社稷，序人民，利後嗣者也。許無刑而伐之①，服而捨之，度德而處之，量力而行之，相時而動，無累後人，可謂知禮矣」。

【注釋】

①無刑：不合乎禮的社會規範或行為準則。刑，法則，規則。

【譯文】

君子稱鄭莊公「在這件事情上有禮。禮是治理國家，安定社稷，使百姓有秩序，使後代得利益的。許國違背法度就攻擊它，服罪了就寬恕它，考慮自己的德行而處理它，衡量自己的力量而安置它，看準時機來行動，不連累後代，可以說懂得禮了」。

臧哀伯諫納郜鼎（桓公二年）

臧哀伯的諫辭以「昭德塞違」為綱，從禮制規定說明禮的每一個細節都在「昭德」，而國君的行為則是百官的表率，因此對桓公將受賄得來的郜鼎置於太廟這種嚴重違禮的行為提出了嚴正的批評。諫辭使用排比手法，極具氣勢。

夏四月，取郜大鼎於宋①。納於大廟②，非禮也。

【注釋】

①郜（gào）：國名。在山東成武東南，姬姓。鼎：古代以鼎為立國重器，象徵國家權力。宋：國名。都城在今河南商丘，子姓。郜早滅於宋，其鼎也歸於宋。魯桓公二年（前七一〇）春，宋太宰華督殺宋殤公，為預防列國干涉，用郜鼎向魯桓公行賄。
②大（tài）廟：帝王的祖廟。這裏指魯國始祖周公之廟。

【譯文】

夏季四月，魯桓公從宋國取得郜國的大鼎。初九，將它安放在太廟裏，這是不合於禮的。

臧哀伯諫曰①：「君人者，將昭德塞違，以臨照百官，猶懼或失之，故昭令德以示子孫。是以清廟茅屋②，大路越席③，大羹不致④，粢食不鑿⑤，昭其儉也⑥。袞、冕、黻、珽⑦，帶、裳、幅、舄⑧，衡、紞、紘、綖⑨，昭其度也⑩。藻、率、鞞、鞛⑪，鞶、厲、游、纓⑫，昭其數也⑬。火、龍、黼、黻⑭，昭其文也。五色比象⑮，昭其物也。錫、鸞、和、鈴⑯，昭其聲也。三辰旂旗⑰，昭其明也。夫德，儉而有度，登降有數，文、物以紀之，聲、明以發之，以臨照百官，百官於是乎戒懼，而不敢易紀律。今滅德立違，而置其賂器於大廟，以明示百官，百官象之，其又何誅焉？國家之敗，由官邪也；官之失德，寵賂章也⑱。郜鼎在廟，章孰甚焉？武王克商，遷九鼎於雒邑[19]，義士猶或非之，而況將昭違亂之賂器於大廟，其若之何？」公不聽。

【注釋】

①臧哀伯：臧僖伯之子，名達。魯大夫。

②清廟：太廟，祖廟。以其肅穆清淨故稱「清廟」。

③大路：天子祭祀時所用的車。路，又作「輅」。越（huó）席：蒲草編的席子。

④大（tài）羹：肉汁。這裏指用作祭祀的肉汁。不致：不以酸、苦、辛、鹹、甘五味調和，白煮而已。

⑤粢食（zīsì）：祭祀用的黍、稷等糧食。不鑿：不細舂，不作精加工。

⑥昭：表明。

⑦袞（gǔn）：天子及上公的禮服。冕：大夫以上的人所戴禮帽。黻（fú）：皮革製，用來遮蔽腹膝之間。珽（tǐng）：天子所持玉笏。

⑧帶：束腰用的大帶。裳：古代上衣為衣，下衣為裳。幅（bī）：古人用布從腳背一直纏到膝蓋，似今之綁腿。舄（xì）：一種雙層底的鞋。古代單層底的鞋為「屨」，雙層底的鞋為「舄」。

⑨衡、紞（dǎn）、紘（hóng）、綖（yán）：都是冠冕亦即禮帽上的飾品。衡，把冠冕固定在髮髻上的橫簪。紞，線織的帶子，垂於冠旁，下懸瑱。紘，古代把冠冕繫在頷下的帶子。古人戴冠冕時，先用簪子別在髮髻上，再用紘挽住，繫在簪子的兩端。綖，覆蓋在冠冕上用布包裹着的板子。

⑩昭其度也：是用來表示法度的。

⑪藻：放玉器的墊子。用木板製成，外包皮革，上面繪有花紋。率（shuài）：佩巾，字亦作「帨（shuì）」。鞞（bǐng）：刀鞘。鞛（běng）：佩刀刀把處的裝飾。

⑫鞶（pán）：一種束腰的革帶。厲：鞶帶下垂的部分。游（liú）：也作「旒」，旌旗上的飄帶。纓：即馬鞅，繫在馬頸上，用以駕車。

⑬昭其數也：是用來表示等級的。

⑭火、龍、黼（fǔ）、黻（fú）：都是古代禮服上所繡的圖案。「火」形作半環，如龍者為「龍」，黑白相間刺繡為一對斧頭形的為「黼」，黑青相間刺繡為兩個弓形相背的為「黻」。

⑮五色比象：指用青、黃、赤、白、黑五種顏色，在禮服上繪成山、龍、花、蟲之象。

⑯錫（yáng）、鸞、和、鈴：古代裝飾在車馬旌旗上的響鈴。錫，繫在馬額上。鸞，繫在馬嚼子或車衡上方。和，繫在車前橫木上的小鈴。鈴，繫在旌旗上的小鈴。

⑰三辰：指旌旗上的日、月、星圖案。

⑱章：公然行之。

⑲九鼎：相傳為夏禹所鑄，用來象徵九州。鼎是禮之重器，夏、商、周都以此作為政權的象徵，成為傳國之寶。雒邑：東周都城所在。

【譯文】

臧哀伯勸諫道：「做君主的，要發揚道德，遏止邪惡，用此來為百官做榜樣，還怕有所缺失，所以發揚美德來曉示子孫。因此太廟用茅草蓋頂，大車用蒲席做墊子，肉汁不放調味品，主食不用精米，這是明白地曉示節儉。禮服、禮帽、蔽膝、大圭，大帶、裙子、綁腿、鞋子，橫簪、瑱繩、冠繫、冠頂板，尊卑上下各不相同，這是明白地曉示制度。薦玉板、佩巾、刀鞘、刀飾，革帶、帶飾、飄帶、馬鞅，地位高低多少不同，這是明白地曉示數量。衣上畫火、畫龍、繡黼、繡黻，不同等級衣上畫法不同，這是明白地曉示文飾。用五色來畫山、龍、花、蟲，這是明白地曉示色彩。銅鈴、鸞鈴、和鈴、小鈴，裝在不同器物上，這是明白地曉示聲音。日月星畫在旗上，這是明白地曉示光明。道德，應該是節儉而有制度，增減按等級有一定的數量，用文飾色彩來表現它，用聲音明亮來發揚它，將這些展示給百官，百官因此戒慎恐懼，不敢違反紀律。現在廢除道德，樹立邪惡，把人家賄賂的器物放在太廟裏，用來明白曉示百官，百官跟着這樣做，又能懲罰誰呢？國家衰敗，由於官吏的邪惡；官吏喪失道德，由於受寵而賄賂公行。郜鼎放在太廟裏，賄賂公行還有比這更明顯嗎？周武王打敗商朝，把九鼎遷到雒邑，還有些忠義之士反對他，何況把表明邪惡叛亂的賄賂器物放在太廟裏，這該怎麼辦？」桓公不聽。

周內史聞之①，曰：「臧孫達其有後於魯乎②！君違，不忘諫之以德。」

【注釋】

①內史：周朝官名。執掌外交、書王命和占卜等事。

②臧孫達：即臧哀伯，「哀伯」是謚號。臧哀伯的父親臧僖伯曾諫阻魯隱公去棠地觀魚，他本人又諫桓公「取郜大鼎於宋納於大廟」，所以周內史有這樣的感慨和希望。

【譯文】

周朝的內史聽說後，說：「臧孫達的後代一定會在魯國長享祿位吧！君主違背禮制，他沒有忘記用道德來勸阻。」

季梁諫追楚師（桓公六年）

此篇最值得注意的是「夫民，神之主也」的提法，顯示了左傳的民本思想，這是當時進步的思想之一。文章結構巧妙，主要寫季梁之諫，而鬬伯比之論則相映相成，有「英雄所見略同」之感。

楚武王侵隨①，使薳章求成焉②，軍於瑕以待之③。隨人使少師董成④。鬬伯比言於楚子曰⑤：「吾不得志於漢東也⑥，我則使然。我張吾三軍⑦，而被吾甲兵，以武臨之，彼則懼而協以謀我，故難間也。漢東之國，隨為大。隨張⑧，必棄小國。小國離，楚之利也。少師侈，請羸師以張之⑨。」熊率且比曰⑩：「季梁在⑪，何益？」鬬伯比曰：「以為後圖⑫，少師得其君。」王毀軍而納少師⑬。

【注釋】

①楚武王：楚，國名。羋（mǐ）姓，子爵，因此楚王又稱「楚子」。西周時，楚都在今湖北秭歸東南，後遷至湖北江陵西北。隨：國名。在今湖北隨州，姬姓。

②薳（wěi）章：楚大夫。求成：講和。

③瑕：地名。在今湖北隨縣。

④少師：官名。董成：主持和談。董，主持。

⑤鬬伯比：楚大夫。

⑥漢東：漢水以東。春秋初年，楚國與隨國以漢水為界，漢東多姬姓小國。

⑦張（zhāng）：擴張。

⑧張（zhàng）：膨脹，自大。後文「請羸師以張之」的「張」也是此義。

⑨羸（léi）師：讓軍隊做出疲弱的樣子。

⑩熊率（lǜ）且（jū）比：楚大夫。

⑪季梁：隨國賢臣。

⑫以為後圖：意思是從長遠考慮，少師必得其君之寵。

⑬毀：搞亂。納：這裏是接待的意思。

【譯文】

楚武王侵略隨國，派薳章去求和，自己在瑕地駐軍等待他。隨國派少師主持和談。鬬伯比對楚武王說：「我國在漢水東邊不能得志，是我們自己造成的。我們擴大我們的軍隊，整頓我們的武裝，用武力臨駕別國，他們害怕而聯合起來對付我們，所以難於離間。在漢水東邊的國家中，隨國是大國。隨國如果自高自大，必然會拋棄小國。小國與它離心，正是對楚國有利。少師驕傲，請讓我們的軍隊假裝疲弱以使他自滿。」熊率且比說：「隨國有季梁在，這樣做有什麼好處？」鬬伯比說：「這是為以後作打算，少師得到君主的信任。」楚武王故意把軍容搞亂來接待少師。

少師歸，請追楚師，隨侯將許之。季梁止之曰：「天方授楚，楚之羸，其誘我也，君何急焉？臣聞小之能敵大也，小道大淫[1]。所謂道，忠於民而信於神也。上思利民，忠也；祝史正辭[2]，信也。今民餒而君逞欲[3]，祝史矯舉以祭，臣不知其可也。」公曰：「吾牲牷肥腯[4]，粢盛豐備[5]，何則不信？」對曰：「夫民，神之主也，是以聖王先成民而後致力於神。故奉牲以告曰『博碩肥腯』，謂民力之普存也，謂其畜之碩大蕃滋也，謂其不疾瘯蠡也[6]，謂其備腯咸有也。奉盛以告曰『潔粢豐盛』，謂其三時不害而民和年豐也[7]。奉酒醴以告曰『嘉栗旨酒』[8]，謂其上下皆有嘉德而無違心也。所謂馨香[9]，無讒慝也[10]。故務其三時，修其五教[11]，親其九族[12]，以致其禋祀[13]。於是乎民和而神降之福，故動則有成。今民各有心，而鬼神乏主，君雖獨豐，其何福之有？君姑修政而親兄弟之國，庶免於難。」隨侯懼而修政，楚不敢伐。

【注釋】

①小道大淫：指小國有道而大國無道。淫，過度，過分。

②祝史：主持祭祀祈禱的官。正辭：言辭不虛妄。謾，通「漫」。

③餒（něi）：飢餓。

④牲牷（quán）肥腯（tú）：祭祀用的牲畜毛色純正，膘肥體壯。牷，是毛色純一的牲畜。腯，也是肥的意思。

⑤粢盛（zī chéng）：盛在祭器裏的黍稷等。

⑥不疾瘯蠡（cù luǒ）：不患癬疥之病。瘯蠡，是一種動物皮膚病。

⑦三時：指春、夏、秋三季。

⑧醴（lǐ）：甜酒。嘉：善。栗：虔敬。

⑨所謂馨香：指祭品芳香遠聞。古人認為祭品的香味與祭祀者的德行有關。

⑩讒：說人的壞話。慝（tè）：邪惡。

⑪五教：父義，母慈，兄友，弟恭，子孝，此謂「五教」。

⑫九族：說法不一。一種說法是：從自己算起，上自高祖、曾祖、祖父、父親，下至兒子、孫子、曾孫、玄孫。另一種說法是：父族四代，母族三代，妻族兩代。這裏泛指家族，親族。

⑬禋（yīn）祀：祭祀鬼神。

【譯文】

少師回去後，請求追擊楚軍，隨侯準備答應他。季梁勸阻道：「上天正在幫助楚國，楚軍的疲弱，是要引誘我們，君侯急什麼呢？臣聽說小國之所以能夠抵抗大國，是小國有道，大國無道。所謂道，就是忠於百姓而得到神的信任。在上的人想到使百姓得到好處，這是忠；祝史真實無欺地禱告，這是信。現在百姓飢餓而國君放縱私欲，祝史虛報功德來祭祀，臣不知道怎麼可能做得到。」隨侯說：「我祭神用的牲口毛無雜色，又很肥壯，黍稷豐盛完備，為什麼不能使神信任？」季梁回答道：「百姓，是神的主人，因此聖王先安定百姓而後奉事神。所以奉獻犧牲時禱告說『牲口又大又肥』，這是說百姓的財力普遍富有，說他們的牲畜肥大而繁殖生長，沒有得病，說他們各種肥大的牲口都有。在奉獻黍稷時祝告說『飯乾淨而豐盛』，這是說春夏秋三季沒有災害，百姓和睦而豐收。奉獻甜酒時祝告說『又好又清的美酒』，這是說上級和下屬都有美德而沒有邪心。講到祭品的芳香，是說沒有進讒邪惡的人。所以致力於農事，講明教化，親和親族，用這些來進行祭祀。因此百姓和睦而神明賜福，所以一切行動都能成功。現在百姓各有各的心思，鬼神沒有主宰，君侯即便獨自有豐盛的祭品，又怎能求得鬼神降福呢？君侯姑且修明政事，親近兄弟國家，看是否能免於災難。」隨侯害怕而修明政治，楚國也不敢來攻打了。

曹劌論戰（莊公十年）

曹劌的論戰，一是戰前論作戰的條件：要為百姓做實事，盡到國君的責任；一是戰後論取勝的原因：作戰要講戰略戰術，要一鼓作氣，又不能魯莽大意。本文處處將曹劌的「遠謀」與魯莊公的「鄙」對照來寫，突出了曹劌的智勇形象。文章通過語言與動作描寫刻畫人物的方法，乾脆利落、舉重若輕的敘事方式，對後代產生了深刻影響。

十年春，齊師伐我，公將戰①，曹劌請見②。其鄉人曰：「肉食者謀之，又何間焉③？」劌曰：「肉食者鄙④，未能遠謀。」遂入見。

【注釋】

①公：即魯莊公。
②曹劌（guì）：魯國人。史記·刺客列傳寫作「曹沫」。
③間（jiàn）：參與。
④鄙：淺陋。

【譯文】

魯莊公十年春季，齊國軍隊攻打我國，莊公準備迎擊，曹劌請求進見。他的同鄉人說：「吃肉的人來謀劃，又有什麼好參與的？」曹劌說：「吃肉的人見識淺陋，不能作長遠打算。」於是進見。

問：「何以戰？」公曰：「衣食所安，弗敢專也，必以分人。」對曰：「小惠未遍，民弗從也。」公曰：「犧牲玉帛①，弗敢加也②，必以信。」對曰：「小信未孚③，神弗福也。」公曰：「小大之獄④，雖不能察，必以情⑤。」對曰：「忠之屬也⑥，可以一戰。戰，則請從。」

【注釋】

①犧牲：祭祀用的牲畜，一般用牛、羊、豬。帛：絲綢之類的紡織品。
②加：誇張虛報。
③孚：使相信，使信服。
④獄：訴訟案件。
⑤情：實際情況。
⑥忠：盡心竭力。屬：類。

【譯文】

曹劌問道：「您憑什麼來作戰？」莊公說：「衣着食物，我不敢獨自享用，一定把它們分給別人。」曹劌對答道：「小恩小惠不能遍及百姓，百姓不會跟從的。」莊公說：「祭祀用的牛羊玉帛，祝史禱告時不敢虛誇，一定如實報告。」曹劌說：「小的誠實未能使神信服，神不會賜福的。」莊公說：「大大小小的官司，雖不能一一明察，但一定按照實情辦理。」曹劌對答道：「這是為百姓盡心辦事之類，可以憑這來作戰。作戰時，請讓我隨您一起去。」

公與之乘①，戰於長勺②。公將鼓之，劌曰：「未可。」齊人三鼓，劌曰：「可矣！」齊師敗績，公將馳之，劌曰：「未可。」下視其轍，登軾而望之③，曰：「可矣！」遂逐齊師。

【注釋】

①與之乘（chéng）：與他同乘一車。
②長勺：魯國地名。在今山東萊蕪東北。
③軾：車廂前面用作扶手的橫木。

【譯文】

莊公和他同乘一輛兵車，在長勺作戰。莊公將要擊鼓進軍，曹劌說：「不行。」齊人三次擊鼓進攻，曹劌說：「可以擊鼓了！」齊軍大敗，莊公將要追擊，曹劌說：「不行。」他下車察看了齊軍戰車行過的痕跡，再登上車，扶着車前橫板望去，說：「可以了！」這才追擊齊軍。

既克，公問其故，對曰：「夫戰①，勇氣也。一鼓作氣，再而衰②，三而竭。彼竭我盈，故克之。夫大國，難測也，懼有伏焉。吾視其轍亂，望其旗靡③，故逐之。」

【注釋】

①夫：句首語氣詞，用來提起下文，表示要發表議論和看法等。

②再：第二次。

③靡（mǐ）：倒下。

【譯文】

戰勝之後，莊公問他取勝的原因，曹劌回答說：「作戰靠勇氣。第一通擊鼓士氣振作，第二通擊鼓士氣就衰退了，第三通擊鼓士氣就枯竭了。他們的士氣枯竭我們的士氣旺盛，所以能戰勝他們。大國難於捉摸，怕有埋伏。我看到他們的車輪痕跡亂了，望到他們的旗子倒下了，所以追擊他們。」

齊桓公伐楚盟屈完（僖公四年）

管仲責問楚使的言辭理直氣壯，楚使雖然認錯，但仍不卑不亢；而屈完對齊桓公的一段話則是針對齊桓公自許有德卻炫耀武力，慷慨陳詞，擲地有聲，使齊桓公氣焰頓減。本文所記即著名的召陵之盟，是齊桓公與管仲最重要的一次「攘夷」行動，實際上齊對楚的威脅與警告都並未達到預期效果，沒有佔到什麼便宜。

春，齊侯以諸侯之師侵蔡①，蔡潰，遂伐楚。楚子使與師言曰②：「君處北海，寡人處南海，唯是風馬牛不相及也③，不虞君之涉吾地也④，何故？」管仲對曰⑤：「昔召康公命我先君太公曰⑥：『五侯九伯⑦，女實征之⑧，以夾輔周室！』賜我先君履⑨，東至於海，西至於河，南至於穆陵⑩，北至於無棣⑪。爾貢包茅不入⑫，王祭不共，無以縮酒⑬，寡人是徵⑭。昭王南征而不復⑮，寡人是問。」對曰：「貢之不入，寡君之罪也，敢不共給？昭王之不復，君其問諸水濱！」師進，次於陘⑯。

【注釋】

①齊侯：指齊桓公。諸侯之師：據史書記載，諸侯之師指魯、宋、陳、衛、鄭、許、曹等國的軍隊。蔡：國名。當時的國都在今河南新蔡，姬姓。

②楚子：指楚成王。

③風馬牛不相及：指齊、楚相距甚遠，就像馬、牛各不相干。風，走失。一說，牛馬雌雄相誘而逐謂之「風」。

④虞：料想。

⑤管仲：名夷吾，字仲，輔佐齊桓公。

⑥召（shào）康公：召公奭（shì），周文王庶子，周武王重要輔臣，封於召（今陝西岐山西南），諡號康。太公：即姜太公呂望，又稱「姜子牙」，周文王、武王時重要輔臣，為齊國開國君主。

⑦五侯九伯：泛指天下諸侯。五侯，指公、侯、伯、子、男五等爵位。九伯，指九州之長。

⑧女（rǔ）：通「汝」，你。

⑨履：本指單層底的鞋，這裏指踐履、征伐的範圍。

⑩穆陵：齊地名。在今山東臨朐南之穆陵關。

⑪無棣（dì）：齊地名。在今山東無棣一帶。

⑫包茅：紮成捆的菁茅。菁茅是楚地特產，應進貢給周王，祭祀時用來縮酒。

⑬縮酒：祭祀時，把酒灑在茅上，濾去渣滓。一說，祭祀時把成捆的青茅擺在神祇前，把酒澆在上面，酒很快滲下去，好像神把酒喝了。

⑭是徵：因為這個問罪。是，這。徵，問罪。

⑮昭王：周昭王。相傳昭王南巡，渡漢水時船壞而死。

⑯陘（xíng）：陘山，在今河南郾城東南。

【譯文】

魯僖公四年春季，齊桓公率領諸侯的軍隊攻打蔡國，蔡軍潰散，於是順勢進攻楚國。楚成王派使者來到軍中說：「君侯住在北方，寡人住在南方，即使馬和牛走失，也不會跑到對方境內。想不到君侯到達我國的土地上，是什麼緣故呢？」管仲回答道：「從前召康公命令我們的先祖太公說：『五等諸侯，九州之長，你完全可以討伐他們，用來輔佐周王朝！』賜給我們先祖討伐的範圍，東邊到大海，西邊到黃河，南邊到穆陵，北邊到無棣。你們應該進貢的包茅沒有進貢，使天子祭祀時供應不上，沒有辦法縮酒，寡人為此來問罪。昭王南征沒有回去，寡人為此來責問。」使者回答道：「貢品沒有送去，這是我們國君的罪過，豈敢不供給？昭王沒有回去，君侯還是去水邊問問吧！」諸侯軍隊前進，駐紮在陘地。

夏，楚子使屈完如師①。師退，次於召陵②。齊侯陳諸侯之師，與屈完乘而觀之。齊侯曰：「豈不穀是為③？先君之好是繼，與不穀同好何如？」對曰：「君惠徼福於敝邑之社稷④，辱收寡君，寡君之願也。」齊侯曰：「以此眾戰，誰能禦之？以此攻城，何城不克？」對曰：「君若以德綏諸侯，誰敢不服？君若以力，楚國方城以為城⑤，漢水以為池，雖眾，無所用之。」

【注釋】

①屈完：楚大夫。如師：到諸侯之師的駐地。
②召（shào）陵：楚地名。在今河南郾城東。
③不穀（gǔ）：古代侯王自稱的謙詞。
④惠：表敬的副詞，無意義。徼（yāo）福：求福。徼，通「邀」。
⑤方城：山名。在今河南葉縣南。

【譯文】

夏季，楚成王派屈完到諸侯軍駐地。諸侯軍後退，駐紮在召陵。齊桓公把諸侯的軍隊佈成陣勢，與屈完同乘一輛戰車觀看。齊桓公說：「這一切難道是為了我嗎？是為了先祖建立的友好關係應該繼續。與我重歸於好，怎麼樣？」屈完回答道：「君侯惠臨敝國求福，有勞君侯接納我們國君做盟友，這是我們國君的願望。」齊桓公說：「用這樣的軍隊來作戰，誰能抵禦他們？用這樣的軍隊來攻城，哪個城攻不下？」屈完回答道：「君侯倘若使用德行來安撫諸侯，誰敢不服？君侯倘若使用武力，那麼楚國將把方城山作為城牆，把漢水作為城池，君侯的軍隊雖然眾多，沒有地方用得上。」

屈完及諸侯盟①。

【注釋】

①盟：用作動詞，訂立盟約。

【譯文】

屈完和諸侯訂立了盟約。

宮之奇諫假道（僖公五年）

小國弱國只有團結一致，互相依靠、互相救援，才能在強國環伺的形勢下存在下去，「輔車相依，脣亡齒寒」直到現在還有重要的指導意義。宮之奇對虞公的愚昧言論給予針鋒相對的嚴厲批評，精闢分析與準確預測了時局的發展，表現了賢臣的風範。

晉侯復假道於虞以伐虢①。宮之奇諫曰②：「虢，虞之表也③；虢亡，虞必從之。晉不可啟，寇不可玩，一之為甚，其可再乎？諺所謂『輔車相依④，脣亡齒寒』者，其虞、虢之謂也。」

【注釋】

①晉侯：指晉獻公，曲沃武公之子。即位後用士之計，盡滅其曾祖曲沃桓公、祖父莊伯的子孫，鞏固君位。晉，國名。國都在今山西翼城。復假道：第二次借路。晉三年前曾向虞借過一次路。虞：國名。在今山西平陸東，姬姓。虢（guó）：國名。這裏指北虢，在今山西平陸南，姬姓。
②宮之奇：虞大夫。
③表：外面，外圍。這裏指屏障。
④輔：面頰。車：牙牀骨。

【譯文】

晉獻公再次向虞國借路去攻打虢國。宮之奇勸阻虞公道：「虢國，是虞國的外圍；虢國滅亡，虞國必定跟着滅亡。晉國的野心不能開啟，對待外國軍隊不可輕忽，借路一次已經過分，怎麼可以再借一次呢？俗諺說『面頰與牙牀互相依存，嘴脣沒了牙齒就會受寒』，說的就是虞國和虢國這種情況。」

公曰[1]：「晉，吾宗也，豈害我哉？」對曰：「大伯、虞仲，大王之昭也[2]。大伯不從，是以不嗣[3]。虢仲、虢叔，王季之穆也。為文王卿士，勛在王室，藏於盟府[4]。將虢是滅，何愛於虞？且虞能親於桓、莊乎[5]？其愛之也？桓、莊之族何罪，而以為戮，不唯逼乎[6]？親以寵逼，猶尚害之，況以國乎？」

【注釋】

①公：指虞公。

②昭：與下文的「穆」都指宗廟裏神主左右排位的次序。始祖居中，始祖以下按輩分分列左右，左昭右穆，所以周太王的兒子太伯、虞仲、王季稱「昭」，虢仲、虢叔是王季的兒子，稱「穆」。

③是以不嗣：指太伯知道父親要傳位給幼弟王季，便與虞仲出走，因而沒有被立為繼承人。

④盟府：掌管功勛賞賜及盟誓典冊的官府。

⑤桓：指曲沃桓叔。莊：曲沃桓叔的兒子莊伯。

⑥逼：逼迫，威脅。

【譯文】

虞公說：「晉國與我是姬姓同宗，難道會害我嗎？」宮之奇答道：「太伯、虞仲，是太王的兒子。太伯沒有跟隨在太王身邊，因此沒有繼承王位。虢仲、虢叔，是王季的兒子。做過文王的卿士，在周王朝立下了功勛，記錄藏在盟府裏。晉國要滅掉虢國，對虞國又有什麼愛惜的？況且虞國能比曲沃桓叔、莊伯與他的關係更親近嗎？他愛惜桓叔、莊伯嗎？桓叔、莊伯的家族有什麼罪過，卻被他殺戮，不就是因為有威脅嗎？親族由於受寵而構成威脅，尚且殺害了他們，何況其他國家呢？」

公曰：「吾享祀豐潔，神必據我①。」對曰：「臣聞之，鬼神非人實親，惟德是依。故周書曰②：『皇天無親，惟德是輔。』又曰：『黍稷非馨，明德惟馨。』又曰：『民不易物，惟德緊物③。』如是，則非德，民不和，神不享矣。神所馮依④，將在德矣。若晉取虞，而明德以薦馨香，神其吐之乎？」

【注釋】

①據：依從。

②「故周書曰」以下兩段引文：見於今本偽古文尚書・蔡仲之命。

③民不易物，惟德緊（yī）物：此引文見於今本偽古文尚書・旅獒。緊，是。

④馮（píng）：同「憑」，依托。

【譯文】

虞公說：「我祭祀的祭品豐盛而清潔，神必依從我。」宮之奇回答道：「臣聽說，鬼神不會親近哪一個人，只是依從德行。所以周書說：『上天沒有私親，只輔助有德行的。』又說：『祭品黍稷不是芳香的，只有明德才是芳香的。』又說：『百姓不用改變祭品，只有有德的人主祭神才來享受祭品。』像這樣，那麼沒有道德，百姓就不和，神就不來享用了。神所依托的，就在德行了。如果晉國奪取了虞國，發揚美德來奉獻芳香的祭品，神難道會吐棄嗎？」

弗聽，許晉使。宮之奇以其族行，曰：「虞不臘矣[1]。在此行也，晉不更舉矣。」冬，晉滅虢。師還，館於虞，遂襲虞，滅之。執虞公。

【注釋】

①臘：指臘祭。年終合祭眾神叫「臘祭」。

【譯文】

虞公不聽，答應了晉國使臣的要求。宮之奇帶領他的族人出走，說：「虞國過不了今年的臘祭就會滅亡了。晉國在這一次就會滅掉虞國，用不着再次發兵了。」冬季，晉國滅掉虢國。晉軍回師，駐在虞國，於是乘機襲擊虞國，滅掉了它。俘虜了虞公。

齊桓下拜受胙（僖公九年）

齊桓公在受到周天子的特殊禮遇時還嚴守君臣之禮，左傳對此讚歎不已，反映了其崇禮的思想傾向。

會於葵丘[1]，尋盟[2]，且修好，禮也。王使宰孔賜齊侯胙[3]，曰：「天子有事於文、武[4]，使孔賜伯舅胙[5]。」齊侯將下拜。孔曰：「且有后命。天子使孔曰：『以伯舅耋老[6]，加勞，賜一級，無下拜。』」對曰：「天威不違顏咫尺[7]，小白[8]，余敢貪天子之命，無下拜？恐隕越於下[9]，以遺天子羞。敢不下拜？」下，拜，登，受[10]。

【注釋】

①會於葵丘：指魯僖公、周天子使臣宰孔、齊桓公、宋襄公、衛文公、鄭文公、許僖公、曹共公在葵丘盟會。葵丘，宋國地名。在今河南民權東北。

②尋：重溫，重申。

③王：周襄王。宰孔：周襄王的使臣，名孔。「宰」是官名。胙（zuò）：祭祀用的肉。根據禮制，宗廟裏的祭肉只分給同姓，齊國姜姓，本不該受賞，周襄王賜予齊桓公，表示對齊國的一種禮遇。

④有事於文、武：指祭祀文王、武王的大事。

⑤伯舅：天子稱同姓諸侯為「伯父」、「叔父」，稱異姓諸侯為「伯舅」。

⑥耋（dié）：七十歲老人，指年紀大。

⑦違：離。顏：面。咫尺：形容距離很近。周制八寸為「咫」。

⑧小白：齊桓公名小白。

⑨隕越：摔倒。
⑩下、拜，登、受：領受天子賞賜時，先下階，叩首至地，再登堂，接受賜品。

【譯文】

齊侯和魯僖公、宰孔、宋子等諸侯在葵丘盟會，重申過去的盟約，並且調整發展友好關係，這是合於禮的。周天子派宰孔把祭肉賜給齊桓公，說：「天子祭祀文王、武王，派宰孔把祭肉賜給伯舅。」齊桓公將要下階跪拜。宰孔說：「天子還有命令。天子讓我說：『因為伯舅年紀大，加上有功勞，賜給一等，不用下階跪拜。』」齊桓公回答道：「天子的威嚴就在面前連咫尺都不到的地方，小白我怎敢貪得天子的寵命，不下階跪拜？恐怕在下面摔倒，給天子帶來羞辱，怎敢不下階跪拜？」下階，跪拜，登上台階，接受祭肉。

陰飴甥對秦伯（僖公十五年）

「韓原之戰」中，晉國大敗，晉惠公被俘，而陰飴甥作為戰敗國的使者，回答秦穆公的問話時卻毫無垂首求憐之態，而是以退為進，柔中帶剛，從君子、小人兩方面表明晉國上下同心，決不屈服，堪稱辭令妙品。

十月，晉陰飴甥會秦伯①，盟於王城②。

【注釋】

①陰飴（yí）甥：名飴，為晉侯的外甥，因封於陰（今河南陝縣至陝西商縣一帶），故稱「陰飴甥」。秦伯：指秦穆公。

②王城：秦國地名。在今陝西大荔東。

【譯文】

十月，晉國的陰飴甥會見秦穆公，在王城訂立盟約。

秦伯曰：「晉國和乎①？」對曰：「不和。小人恥失其君而悼喪其親②，不憚徵繕以立圉也③，曰：『必報仇，寧事戎狄。』君子愛其君而知其罪，不憚征繕以待秦命，曰：『必報德，有死無二。』以此不和。」秦伯曰：「國謂君何④？」對曰：「小人慼，謂之不免。君子恕，以為必歸。小人曰：『我毒秦⑤，秦豈歸君？』君子曰：『我知罪矣，秦必歸君。貳而執之，服而捨之，德莫厚焉，刑莫威焉。服者懷德，貳者畏刑，此一役也，秦可以霸。納而不定，廢而不立，以德為怨，秦不其然。』」秦伯曰：「是吾心也。」改館晉侯⑥，饋七牢焉⑦。

【注釋】

①和：意見一致。

②恥失其君：以國君被俘為恥。指一個月前秦、晉交戰，晉國戰敗，晉惠公被俘一事。喪其親：指將士戰死，失去親人。

③憚：害怕。徵繕：徵稅與修繕兵甲。圉（yǔ）：指晉惠公的兒子姬圉，即晉懷公。

④國：指晉國中的人。君：指晉惠公。

⑤我毒秦：據史書記載，晉惠公夷吾是晉獻公的兒子，因受獻公寵妾驪姬讒害，逃亡在外。後晉國無君，夷吾賄賂秦穆公，由秦國派兵送他回國即位。但即位後，晉惠公背棄約定，沒有把許諾的城池割讓給秦國，此其一。僖公十三年（前六四七）冬，晉國饑荒，向秦國求援，秦國答應了。次年秦國饑荒向晉國求援，卻被晉國拒絕了，此其二。毒，害，損害。

⑥館：賓館。此用作動詞，意思是讓他住進賓館。之前晉惠公被拘禁於靈台。

⑦牢：諸侯之禮，一牛一羊一豬為「一牢」。

【譯文】

秦穆公問：「晉國和睦嗎？」陰飴甥回答道：「不和睦。小人認為失掉國君是恥辱，又哀悼戰死的親屬，不怕徵收賦稅修治武備來擁立圉做國君，說：『一定要報仇，寧可屈從戎狄。』君子愛護國君而知道他的罪過，不怕徵收賦稅修治武備來等待秦國的命令，說：『一定要報德，寧可死去也沒有二心。』因此不和。」秦穆公問：「晉國人認為秦國會如何處置他們的國君？」陰飴甥對答道：「小人憂愁，認為國君不會被赦免；君子推己及人，認為國君一定會回來。小人說：『我們害了秦國，秦國怎麼能讓國君回來？』君子說：『我們知道罪過了，秦國一定會讓國君回來。對秦有二心就俘獲了他，服罪了就釋放他，沒有比這再寬厚的德行，沒有比這再威嚴的刑罰。服罪的懷念德行，有二心的害怕刑罰，這一場仗，秦國可以成為諸侯的盟主了。送他回國為君而不使他的君位穩定，甚至廢去他而不立他為晉君，把恩德變為怨恨，秦國不會這樣做吧。』」秦穆公道：「這是我的心意啊。」改請晉惠公住在賓館裏，饋送給他七副牛羊豬的食品。

子魚論戰（僖公二十二年）

宋襄公非要按照老教條在作戰中「不重傷」「不禽二毛」「不鼓不成列」，子魚毫不留情地斥責了他的迂腐和虛偽。後來毛澤東更稱其為「蠢豬式的仁義道德」。

楚人伐宋以救鄭。宋公將戰①，大司馬固諫曰②：「天之棄商久矣③，君將興之，弗可赦也已。」弗聽。

【注釋】

①宋公：指宋襄公。僖公二十二年（前六三八）夏，宋與楚爭霸，出兵攻打楚的屬國鄭，楚國為了救鄭，出兵伐宋。

②大司馬：掌管軍政的官員。當時正由宋襄公的庶兄公孫固擔任此職。

③商：指宋。因宋是商的後代，商已被周所滅。

【譯文】

楚國攻打宋國來援救鄭國。宋襄公將要迎戰，大司馬公孫固勸阻道：「上天拋棄我們已經很久了，主公想興復它，違背天命，是不可饒恕的。」宋襄公不聽。

及楚人戰於泓①。宋人既成列②，楚人未既濟③，司馬曰④：「彼眾我寡，及其未既濟也，請擊之。」公曰：「不可。」既濟而未成列，又以告。公曰：「未可。」既陳⑤，而後擊之，宋師敗績。公傷股⑥，門官殲焉⑦。

【注釋】

①泓：泓水，故道在今河南柘（zhè）城西北，是古渙水的支流。

②成列：排成隊列。

③濟：渡河。

④司馬：指子魚。左傳・僖公十九年有「司馬子魚」，可知子魚曾為宋大司馬。

⑤陳：同「陣」，列陣。

⑥股：大腿。

⑦門官：宋襄公的親軍衛隊。

【譯文】

宋襄公和楚軍在泓水邊作戰。宋軍已經排成陣勢，楚軍還沒有全部渡河，司馬子魚說：「他們人多，我們人少，趁他們沒有完全渡過河，請主公下令攻擊他們。」宋襄公說：「不行。」楚軍已經全部渡過河還沒有排成陣勢，司馬子魚又向宋襄公報告了剛才的意見。宋襄公說：「還不行。」等楚軍排開陣勢後宋軍發動攻擊，宋軍大敗。宋襄公的腿上受了傷，衛隊被殲滅。

國人皆咎公。公曰：「君子不重傷①，不禽二毛②。古之為軍也，不以阻隘也。寡人雖亡國之餘，不鼓不成列③。」

【注釋】

①重（chóng）傷：再次傷害已受傷的人。

②禽：同「擒」。二毛：頭髮花白的人。

③不鼓：不戰，不攻擊。鼓，擊鼓，號令進軍攻擊。

【譯文】

都城裏的人都埋怨宋襄公。宋襄公說：「君子不傷害受傷的人，不捉拿頭髮花白的人。古代的作戰，不在險隘處阻擊。寡人雖然是亡了國的商朝的後代，也不攻擊沒有擺開陣勢的敵人。」

子魚曰：「君未知戰。勍敵之人①，隘而不列，天贊我也；阻而鼓之，不亦可乎？猶有懼焉。且今之勍者，皆吾敵也，雖及胡耇②，獲則取之，何有於二毛？明恥，教戰，求殺敵也。傷未及死，如何勿重？若愛重傷，則如勿傷；愛其二毛③，則如服焉④。三軍以利用也⑤，金鼓以聲氣也。利而用之，阻隘可也；聲盛致志，鼓儳可也⑥。」

【注釋】

①勍（qíng）：強敵。勍，強大。

②胡耇（gǒu）：年老之人。

③愛：憐憫。

④服：歸服，投降。

⑤三軍：春秋時，諸侯大國置左軍、中軍、右軍，稱「三軍」。這裏泛指軍隊。以利用：抓住有利時機採取行動。

⑥鼓儳（chán）：鳴鼓而進攻隊伍混亂的敵人。儳，參差不齊。這裏指隊伍混亂的敵軍。

【譯文】

子魚說：「主公不懂得作戰。強大的敵人，在地形狹險處沒有擺成陣勢，是上天幫助我們；加以攔截而攻擊他們，不也是可以的嗎？這樣還怕不能取勝呢。況且現在強大的國家，都是我們的敵人，即使碰到老人，能俘獲就抓回來，管什麼頭髮是否花白！訓導士兵，說明失敗是恥辱，教導戰士英勇作戰，就是為了殺死敵人。敵人受傷而沒有死，為什麼不再次殺傷？如果愛惜傷員而不再加以傷害，還不如一開始就不傷害他；憐憫頭髮花白的人，還不如向他們投降。軍隊應該抓住有利時機出擊，鑼鼓用來振作士氣。抓住有利時機出擊，在險隘處阻擊是可以的；鼓聲大作鼓舞了士氣，攻擊沒有擺開陣勢的敵人也是可以的。」

寺人披見文公（僖公二十四年）

寬宏大量、不計前嫌、虛心納諫，晉文公正是具有了這些品德才逃過災禍，並終成霸主，而這也是左傳所宣揚的為君者的美德，並成為後代衡量君主是否賢明的標準。

呂、郤畏逼①，將焚公宮而弒晉侯②。寺人披請見③。公使讓之④，且辭焉，曰：「蒲城之役⑤，君命一宿⑥，女即至。其後余從狄君以田渭濱⑦，女為惠公來求殺余，命女三宿，女中宿至⑧。雖有君命，何其速也？夫袪猶在⑨，女其行乎！」對曰：「臣謂君之入也⑩，其知之矣。若猶未也，又將及難。君命無二，古之制也，除君之惡，唯力是視。蒲人、狄人，余何有焉？今君即位，其無蒲、狄乎！齊桓公置射鉤，而使管仲相⑪，君若易之，何辱命焉？行者甚眾，豈唯刑臣⑫！」公見之，以難告。

【注釋】

①呂、郤（xì）：呂，即前文的陰飴（yí）甥，他的采邑除陰外還有呂（今山西霍縣西）、瑕（今山西臨猗附近），故又稱「呂甥」、「瑕甥」。郤，即郤芮。二人都是晉惠公、晉懷公的舊臣。畏逼：擔心受迫害。晉文公受秦的支持回國為君，呂甥、郤芮曾擁兵阻攔，是故「畏逼」。

②晉侯：晉文公重耳。

③寺人披：名叫「披」的寺人。寺人，內官，即後世所謂宦官。

④讓：責備。

⑤蒲城之役：魯僖公五年（前六五五），晉獻公聽信讒言，欲立驪姬之子奚齊，逼死太子申生，下令捉拿公子重耳和夷吾，當時寺人披奉命攻打重耳駐地蒲城，重耳跳牆而走，被寺人披割斷袖口。蒲城，在今山西隰縣北。

⑥一宿：意思是一晚上到達。
⑦狄：北方少數民族。重耳的母親是狄人，重耳逃離蒲城後投奔了狄。田：打獵。也作「畋」。渭濱：渭水之畔。
⑧中宿：第二晚第三天。
⑨袪（qū）：袖口。
⑩君之入也：指晉文公回到國內。
⑪「齊桓公」二句：這裏指的是管仲曾助公子糾與公子小白（齊桓公）爭奪君位，管仲一箭射中公子小白的衣帶鈎，但後來齊桓公不念舊惡，仍然重用管仲一事。
⑫刑臣：受了宮刑之人。

【譯文】

呂甥、郤芮害怕受迫害，準備放火焚燒宮室殺死晉文公。寺人披請求接見。晉文公派人責備他，並且拒絕接見，說：「蒲城之役，國君命令你過一個晚上到達，你當天就到了。後來我跟隨狄君在渭水邊上打獵，你為了惠公來追殺我，惠公命令你過三個晚上到達，你第二個晚上就到了。雖然有國君的命令，為什麼那麼快呢？被你斬斷的那隻袖子還在，你還是走吧！」寺人披回答道：「臣以為君侯回國，已經了解為君之道了。如果還沒有了解，還會碰到災難。國君的命令要一心一意地執行，這是自古以來的制度，除去國君所厭惡的人，就是盡自己的力量。蒲人、狄人，對我來說有什麼相干呢？現在君侯即位，難道沒有蒲、狄那樣的禍難嗎！齊桓公把射鈎的事放在一邊，使管仲輔佐自己，君侯倘若改變他那樣的做法，哪裏煩勞您下命令呢？那樣的話走的人會很多，難道只有我這個受過宮刑的小臣！」晉文公接見了他，他把禍亂作了報告。

晉侯潛會秦伯於王城①。己丑晦②，公宮火，瑕甥、郤芮不獲公，乃如河上，秦伯誘而殺之。

【注釋】

①王城：在今陝西大荔東。
②己丑晦（huì）：三月三十日。晦，每個月的最後一天。

【譯文】

晉文公偷偷地和秦穆公在王城會見。三十日，晉文公的宮室被燒，瑕甥、郤芮沒有找到晉文公，於是追到了黃河邊上，秦穆公把他們騙去殺了。

介之推不言祿（僖公二十四年）

輔佐主公成就大功之後，臣子是心安理得地接受封賞還是功成身退，這一直是困擾着古人的一個問題。多數臣子雖然認為功成身退很是高尚，但卻經不住高官厚祿的誘惑，而介之推卻棄封賞如敝屣，毅然歸隱，且鄙視受封者為貪天之功，利欲熏心，可見他是真正的淡泊名利。

晉侯賞從亡者①，介之推不言祿②，祿亦弗及。

【注釋】

①晉侯：晉文公重耳。

②介之推：晉國貴族，姓介，名推。又稱「介子推」。之，為語助詞。

【譯文】

晉文公賞賜跟隨他逃亡的人，介之推不講應得的俸祿，晉文公也沒有給他俸祿。

推曰：「獻公之子九人，唯君在矣。惠、懷無親①，外內棄之。天未絕晉，必將有主。主晉祀者，非君而誰？天實置之，而二三子以為己力，不亦誣乎？竊人

之財，猶謂之盜，況貪天之功以為己力乎？下義其罪，上賞其奸，上下相蒙，難與處矣。」其母曰：「盍亦求之②？以死，誰懟③？」對曰：「尤而效之④，罪又甚焉。且出怨言，不食其食。」其母曰：「亦使知之，若何？」對曰：「言，身之文也。身將隱，焉用文之？是求顯也。」其母曰：「能如是乎？與汝偕隱。」遂隱而死。

【注釋】

①惠：即晉惠公夷吾。懷：即晉懷公圉。
②盍：何不。
③懟（duì）：抱怨。
④尤：指責。

【譯文】

介之推說：「獻公的九個兒子，只有君侯在世了。惠公、懷公沒有親近的人，國外國內都拋棄他們。上天不讓晉國滅絕，必定會有君主。主持晉國祭祀的人，不是君侯又是誰呢？實在是上天立他為君，那幾位隨從逃亡的人卻認為是自己的力量，不是欺騙上天嗎？偷人家的財物，尚且叫做盜，何況貪取上天的功勞認為是自己的力量呢？下面的人把罪過當成正義行為，上面的人又對欺騙者給予賞賜，上下互相蒙蔽，難以跟他們相處。」他母親說：「為什麼不也去求賞？因為這樣而死，又怨誰？」介之推回答道：「明知錯誤而又去仿效，罪就更大了。況且我口出怨言，不能再吃他的俸祿了。」他母親說：「也讓他知道一下，怎樣？」介之推答道：「言語，是身體的文飾。身體將要隱居，哪裏用得着文飾？這樣做是求顯露了。」他母親說：「你能夠這樣做嗎？我同你一起去隱居。」母子倆就隱居到死。

晉侯求之不獲，以綿上為之田①，曰：「以志吾過②，且旌善人③。」

【注釋】

①綿上：介之推隱居處，在今山西介休東南。
②志：記下。
③旌：表彰，褒揚。

【譯文】

晉文公訪求他們找不到，就把綿上作為他的祭田，說：「用這來記載我的過失，並且表揚好人。」

展喜犒師（僖公二十六年）

展喜作為弱勢一方的代表前去斡旋，與陰飴甥一樣不是求饒，而是不卑不亢，以理服人。不同之處，陰飴甥是綿裏藏針，不僅講文的一面，也講武的一面；而展喜則全用職責大義、「先王之命」向對方施壓，使其不得不為自己的名譽而讓步。本文與陰飴甥對秦伯同中有異，可見左傳行人辭令之豐富多彩。

齊孝公伐我北鄙①。公使展喜犒師②，使受命於展禽③。

【注釋】

①齊孝公：齊桓公之子，名昭。我：指魯國。鄙：邊境。

②公：魯僖公。展喜：魯大夫。

③展禽：展喜的哥哥。名獲，字禽，謚號惠。據傳食邑於柳下，謚為惠，故又稱「柳下惠」。

【譯文】

齊孝公侵犯我國北部邊境。魯僖公派展喜去犒勞齊軍，讓他向展禽請教外交辭命。

齊侯未入竟①，展喜從之，曰：「寡君聞君親舉玉趾②，將辱於敝邑③，使下臣犒執事④。」齊侯曰：「魯人恐乎？」對曰：「小人恐矣，君子則否。」齊侯曰：「室如縣罄⑤，野無青草，何恃而不恐？」對曰：「恃先王之命。昔周公、大公股肱周室⑥，夾輔成王，成王勞之，而賜之盟，曰：『世世子孫無相害也！』載在盟府，太師職之⑦。桓公是以糾合諸侯，而謀其不協，彌縫其闕，而匡救其災，昭舊職也。及君即位，諸侯之望曰：『其率桓之功⑧！』我敝邑用不敢保聚，曰：『豈其嗣世九年⑨，而棄命廢職，其若先君何？君必不然。』恃此以不恐。」齊侯乃還。

【注釋】

①竟：通「境」。這裏指魯國國境。

②親舉玉趾：尊稱別人舉止的敬辭。趾，泛指腳。

③辱：蒙受恥辱。和上句一起是恭維對方表示自謙的話。

④執事：君王左右的辦事人員。

⑤室如縣（xuán）罄（qìng）：形容家中空無一物。縣，掛。罄，器物中空。

⑥周公：周武王的弟弟，名旦。大（tài）公：即姜太公呂望。股肱（gōng）：大腿和胳膊，比喻得力輔臣。這裏用作動詞。

⑦太師：掌管國家典籍的官員。

⑧率：繼承。

⑨嗣世九年：齊孝公於魯僖公十八年（前六四二）即位，至僖公二十六年（前六三四）伐魯，共九年。

【譯文】

齊孝公還沒有進入我國國境，展喜迎上去見他，說：「我們國君聽說君侯親自出動大駕，將要屈尊來到我們這個破地方，派遣下臣我來犒勞您的左右侍從。」齊孝公問：「魯國人害怕嗎？」展喜回答道：「小人害怕了，君子則沒有。」齊孝公說：「房屋中像掛起的磬一樣空無一物，田野裏連草都不長，憑什麼不害怕？」展喜回答道：「憑着先王的命令。從前周公、姜太公是周王室的肱股大臣，在左右輔佐成王，成王慰勞他們，跟他們訂立盟約，說：『世世代代子孫不要互相侵犯。』這個盟約藏在盟府裏，由太師掌管。桓公因此聯合諸侯，解決他們間的不和諧，彌補他們的缺失，救援他們的災難，顯揚過去的職責。到君侯即位，諸侯盼望道：『他會繼承桓公的功業吧。』我國因此不敢保城聚眾，說：『難道他即位九年，就丟棄王命，廢棄職責，怎麼對先君交待呢？君侯一定不會這樣做。』憑着這個才不害怕。」齊孝公就回國了。

燭之武退秦師（僖公三十年）

此篇也是左傳行人辭令中的名篇。燭之武的說辭全是為秦國打算，他擺事實，講道理，讓秦伯認清「亡鄭以倍鄰」的害處；秦伯一心想東向爭霸，如果有了鄭國，這正是他求之不得的，燭之武看準了他的心思，用做秦之東道主來利誘，成功說服秦伯撤兵。

晉侯、秦伯圍鄭①，以其無禮於晉，且貳於楚也。晉軍函陵②，秦軍氾南③。

【注釋】

①晉侯：晉文公。秦伯：秦穆公。

②軍：駐紮。函陵：在今河南新鄭北。

③氾（fán）南：氾水的南邊。氾，這裏指東氾，故道在今河南中牟南，與函陵極近。

【譯文】

晉文公、秦穆公包圍鄭國，因為它對晉文公無禮，並且對晉國有二心，向着楚國。晉軍駐紮在函陵，秦軍駐紮在氾南。

佚之狐言於鄭伯曰①：「國危矣。若使燭之武見秦君②，師必退。」公從之。辭曰：「臣之壯也，猶不如人；今老矣，無能為也已。」公曰：「吾不能早用子，今急而求子，是寡人之過也。然鄭亡，子亦有不利焉。」許之。

【注釋】

①佚之狐：鄭大夫。鄭伯：鄭文公。
②燭之武：鄭大夫。

【譯文】

佚之狐對鄭文公說：「國家危險了。如果派燭之武去見秦君，軍隊一定會退走。」鄭文公聽從了他的話。燭之武推辭道：「臣年輕力壯的時候，尚且不如別人；現在老了，無能為力了。」鄭文公說：「我沒有能及早任用您，現在形勢危急才來求您，是寡人的過錯。然而鄭國滅亡了，對您也不利啊！」燭之武答應了。

夜縋而出①。見秦伯，曰：「秦、晉圍鄭，鄭既知亡矣。若亡鄭而有益於君，敢以煩執事。越國以鄙遠②，君知其難也，焉用亡鄭以倍鄰？鄰之厚，君之薄也。若捨鄭以為東道主③，行李之往來④，共其乏困⑤，君亦無所害。且君嘗為晉君賜矣⑥，許君焦、瑕⑦，朝濟而夕設版焉⑧，君之所知也。夫晉，何厭之有？既東封鄭，又欲肆其西封。若不闕秦⑨，將焉取之？闕秦以利晉，唯君圖之。」秦伯說⑩，與鄭人盟，使杞子、逢孫、楊孫戍之⑪，乃還。

【注釋】

①縋（zhuì）：用繩子綁住身子，從城牆上放下去。
②越國以鄙遠：秦國與鄭國之間隔着晉國，所以燭之武有此一說。鄙，邊邑。
③東道主：鄭在秦東邊，所以說秦可以把鄭作為東道上的主人。
④行李：指外交使臣。
⑤共（gōng）：通「供」，供給，供應。
⑥嘗為晉君賜：秦國曾經幫助晉國。
⑦許君焦、瑕：史載，晉惠公得秦幫助回國為君，曾許諾割讓五座城池給秦，焦、瑕是其中兩地，都在今河南陝縣附近。
⑧朝濟而夕設版：這是說晉國背約之快。後來反悔了。版，打牆用的木板。古代夯土成牆，先兩邊用版夾住，中加土夯實。
⑨闕（jué）：侵損，削減。
⑩說（yuè）：同「悦」，歡悦，高興。
⑪杞子、逢孫、楊孫：三人都是秦將領。

【譯文】

夜裏，鄭人用繩子把燭之武從城上吊下去。燭之武進見秦穆公，說：「秦國、晉國包圍鄭國，鄭國已經知道要滅亡了。如果滅掉鄭國對君侯有好處，就麻煩你們進攻吧。越過別國把遠方的土地作為邊境，君侯知道這是難辦的，何必用滅亡鄭國來增加鄰國的土地？鄰國實力的加強，就是君侯實力的削弱。如果赦免鄭國作為東方路上的主人，使者往來，供應他們所缺少的一切，對君侯也沒有害處。況且君侯曾經賜予晉國國君恩惠，晉君答應給君侯焦、瑕兩地，他早晨渡過黃河回國，晚上就築城拒秦，這是君侯所知道的。晉國哪有滿足？已經要東向鄭國來開拓疆土，又要肆意開拓它西邊的疆土。不損害秦國，到哪裏去取得土地？損害秦國來使晉國得到好處，請君侯考慮。」秦穆公很高興，與鄭國結盟，派杞子、逢孫、楊孫駐守鄭國，就撤兵回去了。

子犯請擊之①。公曰②：「不可，微夫人之力不及此③。因人之力而敝之，不仁；失其所與，不知；以亂易整，不武。吾其還也。」亦去之。

【注釋】

①子犯：即狐偃，晉文公舅舅。
②公：晉文公。
③微：非，沒有。

【譯文】

子犯請求攻擊秦軍。晉文公説：「不行。沒有那個人的力量，我到不了今天。靠了人家的力量反而傷害他，這是不仁；失掉了同盟國家，這是不智；用衝突來代替和睦，這是不武。我們還是回去吧。」於是，晉軍也離開了。

蹇叔哭師（僖公三十二年）

秦穆公在得到了鄭國「為東道主」的承諾後，時刻伺機東向爭霸。此時晉文公去世，杞子又送信來稱鄭國可得，機會千載難逢。秦穆公拒絕聽取老臣蹇叔的意見，迫不及待出兵。蹇叔哭着為秦軍送行，並預言秦軍將在殽地被晉軍阻擊。文章渲染了一個悲壯的場景，留下懸念吸引着讀者去探究事情的結局，而蹇叔的憂傷痛惜，秦伯的惱怒無狀，無不聲口畢肖，如在目前。

杞子自鄭使告於秦曰①：「鄭人使我掌其北門之管②，若潛師以來，國可得也。」穆公訪諸蹇叔③。蹇叔曰：「勞師以襲遠，非所聞也。師勞力竭，遠主備之，無乃不可乎？師之所為，鄭必知之，勤而無所，必有悖心。且行千里，其誰不知？」公辭焉，召孟明、西乞、白乙④，使出師於東門之外。蹇叔哭之，曰：

「孟子⑤！吾見師之出而不見其入也！」公使謂之曰：「爾何知！中壽，爾墓之木拱矣⑥。」

【注釋】

①杞子：秦軍將領。

②管：鑰匙。

③蹇（jiǎn）叔：秦大夫。

④孟明：秦軍將領，姓百里，名視，秦大夫百里奚之子，此次軍事行動主帥。西乞：秦將，名術。白乙：秦將，名丙。

⑤孟子：即上述孟明。

⑥中壽，爾墓之木拱矣：這是罵蹇叔老而不死，昏悖而不可用。中壽，六十歲上下。蹇叔此時已有七八十歲。

【譯文】

杞子從鄭國派人告訴秦國說：「鄭國讓我掌管他們北門的鑰匙，如果偷偷地發兵前來，鄭國可以得到。」秦穆公為此詢問蹇叔。蹇叔說：「勞動軍隊去襲擊遠方，我沒有聽說過。軍隊疲勞，力量衰竭，遠處的主人有了防備，恐怕不行吧？我們軍隊的所作所為，鄭國一定知道，勞動了軍隊而無所得，一定會遭到背離。況且行走一千里，誰會不知道？」秦穆公拒絕了他。召見孟明、西乞、白乙，派他們從東門外出兵。蹇叔哭着送他們道：「孟子！我看到軍隊出去而看不到軍隊回來了！」秦穆公派人對他說：「你知道什麼！如果你只活六七十歲，你墳上的樹木已經合抱了。」

蹇叔之子與師，哭而送之，曰：「晉人禦師必於殽①。殽有二陵焉，其南陵，夏后皋之墓也②，其北陵，文王之所辟風雨也③。必死是間，余收爾骨焉！」秦師遂東。

【注釋】

①殽（xiáo）：同「崤」，古地名。在今河南洛寧西北。晉國要塞，為秦往鄭必經之地。
②夏后皋：夏代國君，夏桀的祖父。
③文王：周文王姬昌。辟（bì）：躲避。

【譯文】

蹇叔的兒子在軍隊裏，蹇叔哭着送他道：「晉國必在崤山抵禦。崤山有兩座山陵，它的南陵，是夏代天子皋的墳墓；它的北陵，是周文王避過風雨的地方。你必定死在這兩座山陵中間，我在那裏收你的屍骨吧！」秦國軍隊就向東出發。

卷二

鄭子家告趙宣子（文公十七年）

晉楚爭霸，鄭處兩國之間，左枝右梧，唯力是從，也是迫不得已。子家在信中逐年列舉朝晉事實，以顯示對晉的忠誠；並直言不諱地聲稱如果晉不能收恤，鄭國只能投靠楚國。這封信以事實為基礎，以道義做支撐，雖然有很多外交用語，但總體是比較強硬的。

晉侯合諸侯於扈①，平宋也②。於是晉侯不見鄭伯③，以為貳於楚也。

【注釋】

①晉侯：即晉靈公。扈：鄭地名。在今河南原陽西。
②平宋：魯文公十六年（前六一一）十一月，宋昭公被殺害，其弟立，即為宋文公。十七年春，晉國聯合衛、陳、鄭攻打宋國，討伐宋文公，但因宋文公已立定，反定其位而還。平，平定。
③是：這個時候。鄭伯：即鄭穆公。

【譯文】

晉侯在扈地會合諸侯，這是為了平定宋國內亂。當時晉侯不肯和鄭伯相見，認為他和楚國有勾結。

鄭子家使執訊而與之書①，以告趙宣子②，曰：「寡君即位三年，召蔡侯而與之事君③。九月，蔡侯入於敝邑以行，敝邑以侯宣多之難④，寡君是以不得與蔡侯偕，十一月，克滅侯宣多⑤，而隨蔡侯以朝於執事。十二年六月，歸生佐寡君之嫡夷⑥，以請陳侯於楚⑦，而朝諸君。十四年七月，寡君又朝以蕆陳事⑧。十五年五月，陳侯自敝邑往朝於君。往年正月⑨，燭之武往朝夷也⑩。八月，寡君又往朝。以陳、蔡之密邇於楚⑪，而不敢貳焉，則敝邑之故也。雖敝邑之事君，何以不免？在位之中，一朝於襄⑫，而再見於君。夷與孤之二三臣相及於絳⑬，雖我小國，則蔑以過之矣⑭。今大國曰：『爾未逞吾志。』敝邑有亡，無以加焉。古人有言曰：『畏首畏尾⑮，身其餘幾？』又曰：『鹿死不擇音⑯。』小國之事大國也，德，則其人也⑰；不德，則其鹿也。鋌而走險⑱，急何能擇？命之罔極⑲，亦知亡矣，將悉敝賦以待於鯈⑳，唯執事命之。文公二年㉑，朝於齊。四年，為齊侵蔡，亦獲成於楚㉒。居大國之間，而從於強令㉓，豈其罪也？大國若弗圖㉔，無所逃命。」

【注釋】

①子家：鄭公子歸生，字子家。執訊：掌管通訊的官。

②趙宣子：趙盾，晉國執政大夫。
③蔡侯：蔡莊公。君：指晉襄公，晉靈公之父。
④侯宣多：鄭大夫，因幫助鄭穆公繼位而恃寵專權。
⑤克滅：消滅。
⑥寡君之嫡夷：鄭太子，名夷，字子蠻，即後來的鄭靈公。
⑦以請陳侯於楚：這裏說的是為陳國朝見晉國的事而請命於楚國。陳侯，陳共公。
⑧蕆（chǎn）：完成。
⑨往年：去年，指鄭穆公十七年，魯文公十六年（前六一一）。
⑩燭之武往朝夷：意思是燭之武陪同太子夷朝見晉國。
⑪密邇：關係親近。
⑫襄：指晉襄公。
⑬絳：晉國都。在今山西翼城東南。
⑭蔑：無。
⑮畏首畏尾：喻指北畏晉，南畏楚。
⑯鹿死不擇音：鹿臨死時再叫不出好聽的聲音。又說，「音」通「蔭」，意謂鹿在生死關頭，顧不上選擇庇蔭之處。
⑰則其人也：就以人道相事。
⑱鋌（tǐng）而走險：急走險地。此處意為逼急了鄭就投向楚國。鋌，快走的樣子。

⑲命之罔極：指晉國要求無度。罔，無。極，極限。
⑳悉敝賦：盡徵軍隊與軍需物資。賦，這裏指軍隊，因古代按田賦出兵。鯈（tiáo）：地名。位於晉、鄭交界處。
㉑文公二年：鄭文公二年，即魯莊公二十二年（前六七二）。
㉒成：和解，講和。
㉓強令：大國施加壓力，強制執行。
㉔圖：考慮，體諒。

【譯文】

鄭國的執政子家派遣執訊送給晉國的執政大夫趙宣子一封信，告訴他說：「我們國君即位的第三年，就召請蔡侯和他一起事奉貴國國君。當年九月，蔡侯進入敝邑前去貴國，敝邑由於侯宣多造成的禍難，我們國君因此不能和蔡侯同行。十一月，消滅了侯宣多，我們就隨同蔡侯朝覲執事。十二年六月，歸生我輔佐我們國君的嫡子夷，到楚國請求陳侯一起朝見貴國國君。十四年七月，我們國君又到貴國朝見，以完成陳國朝晉的事情。十五年五月，陳侯從敝邑前去朝見貴國國君。去年正月，燭之武輔佐夷前往朝見貴國國君。八月，我們國君又前去朝見。陳、蔡兩國緊緊挨着楚國而不敢和楚國勾結，那就是由於敝邑的緣故。為什麼即便敝邑是這樣地事奉貴國國君，還不能免於禍患呢？我們國君在位，一次朝見貴國先君襄公，兩次朝見貴國國君。夷和我們君主的幾個臣下相繼來到絳城。我們雖然是小國，這樣做也已經無以復加了。現在大國還說：『你們沒有讓我快意。』敝邑唯有等待滅亡，再不能增加一點什麼了。古人有話說：『怕頭怕尾，身子還能剩下多少？』又說：『鹿在臨死前顧不上發出好聽的鳴聲。』小國事奉大國，大國以德相待，那就會像人一樣恭順；不是以德相待，那就會像鹿一樣。鋌而走險，急迫的時候哪裏還能選擇？貴國的要求無度，我們也知道面臨滅亡了，只好徵發全部軍隊和軍用物資在儵地等待，一切就聽您手下人吩咐。文公二年，我國到齊國朝見。四年，為齊國攻打蔡國，也和楚國取得媾和。處於齊、楚兩大國之間而屈從於壓力，難道是我們的罪過嗎？大國如果不加諒解，我們將無法逃避你們的命令。」

晉鞏朔行成於鄭①，趙穿、公婿池為質焉②。

【注釋】

①鞏朔：晉大夫，也稱「士莊伯」、「鞏伯」。行成：達成和解。
②趙穿、公婿池：均為晉大夫。質：人質。

【譯文】

晉國的鞏朔到鄭國媾和修好，趙穿、公婿池去當人質。

王孫滿對楚子（宣公三年）

楚莊王經過多年努力此時已是霸主，面對日益衰落的周王朝，問鼎的大小輕重，是對王權極嚴重的挑釁。王孫滿用「在德不在鼎」反駁他，維護了周王室的尊嚴。但王孫滿說周有「卜世三十，卜年七百」的天命，自己說自己滅亡的時間，讓人頗覺失實，因此有人說此篇很可能不是當時說辭的記錄，而是後人根據文獻檔案改編的。

楚子伐陸渾之戎①，遂至於雒②，觀兵於周疆③。定王使王孫滿勞楚子④，楚子問鼎之大小輕重焉⑤，對曰：「在德不在鼎。昔夏之方有德也，遠方圖物⑥，貢金九牧⑦，鑄鼎象物，百物而為之備，使民知神、奸。故民入川澤山林不逢不若⑧，螭魅罔兩⑨，莫能逢之。用能協於上下，以承天休⑩。桀有昏德⑪，鼎遷於商，載祀六百⑫。商紂暴虐，鼎遷於周。德之休明⑬，雖小，重也；其奸回昏亂⑭，雖大，輕也。天祚明德，有所厎止⑮。成王定鼎於郟鄏⑯，卜世三十⑰，卜年七百，天所命也。周德雖衰，天命未改。鼎之輕重，未可問也。」

【注釋】

①楚子：楚莊王，「春秋五霸」之一。陸渾之戎：古代西北少數民族的一支，原來居住在今甘肅敦

煌一帶，後遷居到今河南雒水一帶。「戎」是對西北少數民族的稱呼。
②雒（luò）：雒水。源出陝西，流經今河南洛陽附近入黃河。
③觀兵：檢閱軍隊。這裏有耀武揚威之意。周疆：周的邊境。
④定王：周定王。王孫滿：周大夫。勞：慰勞。
⑤鼎：即九鼎，相傳夏禹時用九州進貢的銅鑄成，以代表九州。
⑥圖物：繪製各地物品。
⑦金：指銅。九牧：九州之長。牧，為一州之長。
⑧不若：不順利，有害的東西。
⑨螭（chī）魅罔（wǎng）兩：指山林水澤中的精靈妖怪。
⑩承：接受。休：保佑。
⑪昏德：品德言行昏聵惑亂。
⑫載祀：年代。「載」和「祀」都是年的意思。
⑬休明：美善光明。
⑭奸回：奸惡邪僻。
⑮厎（zhǐ）止：定數。
⑯成王：周成王。郟鄏（jiárǔ）：東周王城，在今河南洛陽。
⑰世：父子相繼為一世，即一代。

【譯文】

楚王攻打陸渾之戎，於是到達了雒水，在周朝邊境上檢閱軍隊示威。周定王派王孫滿慰勞楚王，楚王問起九鼎的大小輕重，王孫滿回答說：「大小輕重在於德而不在於鼎本身。從前夏王朝正當有德的時候，遠方的物產都畫成圖，九州的長官進貢青銅，鑄造九鼎並把圖像鑄在鼎上，各種東西都具備，讓百姓認識神鬼惡物的形狀。所以百姓進入川澤、山林，就不會碰上不順利的事，妖魔精怪，都不會碰上。因而能夠使上下和諧，以接受上天的福佑。夏桀的品德言行昏亂，鼎遷到商朝，前後六百年。商紂暴虐，鼎又遷到周朝。德行如果美善光明，鼎雖然小，也是重的；如果邪惡昏亂，鼎雖然大，也是輕的。上天賜福給有德之人，是有固定期限的。成王把九鼎安放在郟鄏，占卜預告傳世三十代，享國七百年，這是上天所命令的。周室的德行雖然衰減，天命並沒有改變。鼎的輕重，是不能詢問的。」

齊國佐不辱命（成公二年）

「鞌之戰」是晉國的復仇之戰，所以戰勝之後，要求曾經羞辱過自己的齊君之母為質，頗有泄憤的意思；但作為兩國媾和的條件，又加上「盡東其畝」，就真是無禮之至了。對此，國佐雖是戰敗求和，還是從孝、德、義等幾個方面引經據典地申斥晉人，語氣雖然委婉，但沒有絲毫讓步和迴旋餘地，最後以背城借一的勇氣折服對方。所謂義正辭嚴，本篇可以當之。

晉師從齊師①，入自丘輿②，擊馬陘③。齊侯使賓媚人賂以紀甗、玉磬與地④，「不可，則聽客之所為。」

【注釋】

①從：跟隨。此處為追擊的意思。
②丘輿：齊地名。在今山東益都西南。
③馬陘（xíng）：齊地名。在今山東淄博東南。
④齊侯：齊頃公。賓媚人：即國佐，齊上大夫。紀甗（yǎn）：紀為古國，位於今山東壽光南，被齊滅亡。甗，古代炊器。紀甗當是紀國的祭器。磬：古代玉製的打擊樂器，也是一種禮器。用祭器與禮器作為賄賂是很重的。

【譯文】

晉軍追趕齊軍，從丘輿進入齊國，攻打馬陘。齊頃公派賓媚人送上紀甗、玉磬和土地，說：「如果他們不答應媾和，就隨他們怎麼辦吧。」

賓媚人致賂，晉人不可，曰：「必以蕭同叔子為質①，而使齊之封內盡東其畝②。」對曰：「蕭同叔子非他，寡君之母也，若以匹敵③，則亦晉君之母也。吾子布大命於諸侯，而曰必質其母以為信，其若王命何？且是以不孝令也。詩曰：『孝子不匱，永錫爾類④。』若以不孝令於諸侯，其無乃非德類也乎⑤？先王疆理天下⑥，物土之宜，而布其利。故詩曰：『我疆我理，南東其畝⑦。』今吾子疆理諸侯，而曰『盡東其畝』而已，唯吾子戎車是利，無顧土宜，其無乃非先王之命也乎？反先王則不義，何以為盟主？其晉實有闕⑧！四王之王也⑨，樹德而濟同欲焉⑩，五伯之霸也⑪，勤而撫之，以役王命。今吾子求合諸侯，以逞無疆之欲⑫，詩曰：『敷政優優，百祿是遒⑬。』子實不優，而棄百祿，諸侯何害焉？不然，寡君之命使臣，則有辭矣，曰：『子以君師辱於敝邑，不腆敝賦⑭，以犒從者，畏君之震，師徒撓敗⑮。吾子惠徼齊國之福⑯，不泯其社稷⑰，使繼舊好，唯是先君之敝器、土地不敢愛⑱。子又不許，請收合餘燼，背城借一⑲。敝邑之幸，亦云從也；況其不幸，敢不唯命是聽⑳？』」

【注釋】

①蕭同叔子：齊頃公的母親。蕭，國名。同叔，蕭國國君的字，是齊頃公外祖父。子，女兒。

②封內：疆域內，即境內。盡東其畝：把田間壟埂全部改成東西向。因為晉國在齊國西邊，這樣改道，是為了晉人兵車出入齊國方便。

③匹敵：對等，相等。
④孝子不匱，永錫爾類：詩句出自詩經・大雅・既醉。匱，窮盡。錫，賜予。類，同類人。
⑤無乃：恐怕，表示委婉的語氣。德類：道德法式。
⑥疆理：指對田地的規劃。疆，劃邊界。理，分地理。
⑦我疆我理，南東其畝：詩句出自詩經・小雅・信南山。南東其畝，指讓有的田壟東西向，有的田壟南北向。
⑧闕（quē）：指過失。
⑨四王（wáng）：指禹、湯、周文王、周武王。王（wàng）：以德治天下。
⑩同欲：共同的需求。
⑪五伯：指夏伯昆吾、商伯大彭和豕韋、周伯齊桓和晉文伯，諸侯的盟主。
⑫無疆：無盡。
⑬敷政優優，百祿是遒（qiú）：詩句出自詩經・商頌・長發。優優，寬緩的樣子。遒，積聚。
⑭腆（tiǎn）：厚。
⑮撓敗：打敗。
⑯徼（yāo）：通「邀」，招致，求取。
⑰泯：滅亡。
⑱愛：吝惜。
⑲背城借一：背靠城牆作最後一戰。
⑳敢：反語，怎麼敢。

【譯文】

賓媚人送上禮物，晉國人不答應，說：「一定要讓蕭同叔子做人質，而且要使齊國境內的田壟全部東向。」賓媚人回答說：「蕭同叔子不是別人，是我們國君的母親，如果從對等地位來說，也就是晉君的母親。您在諸侯中發佈大命令，說一定要用別人的母親作為人質來取信，那又怎麼對待周天子的命令呢？而且這是用不孝號令諸侯。詩經說：『孝心不盡不竭，永遠跟你同列。』如果用不孝號令諸侯，這恐怕不符合道德要求吧？先王劃定天下土地疆界，因地制宜，而作有利的佈置。所以詩經說：『我劃定疆界、分別田里，南向東向開闢田畝。』現在您劃定諸侯的疆界田里，卻說『田壟全部東向』，只考慮對您的兵車行進有利，不顧地勢是否適宜，這恐怕不是先王的政令吧？違反先王就是不合道義，怎麼做盟主？晉國確實有過錯啊！禹、湯、文王、武王統一天下，樹立德行而滿足大家的欲望；五位霸主領袖諸侯，自己勤勞而安撫大家，執行天子的命令。現在您要求會合諸侯，來滿足沒有止境的欲望，詩經說：『政事推行寬大舒徐，各種福祿都將積聚。』您如果確實不能寬大，拋棄各種福祿，對諸侯有什麼害處呢？如果您不答應，我們國君命令使臣我，就有另外的話，我們國君命令說：『您帶領貴國國君的軍隊光臨敝邑，敝邑用不富厚的財物，來犒賞您的隨從，由於害怕貴國國君的震怒，軍隊戰敗了。您能開恩而為齊國求福，不滅亡我們的國家，讓敝邑和貴國繼續過去的友好，那麼先君的破舊器物、土地，我們是不敢吝惜的。您如果又不允許，敝邑請求收集殘餘軍隊，背靠城牆藉機再圖一戰。敝邑有幸戰勝，也會服從貴國的；何況不幸而再戰敗，豈敢不唯命是聽？』」

楚歸晉知罃（成公三年）

楚將知罃送還晉國有不得已之處，所以楚王才「怨我」「德我」「何以報我」這樣反覆試探。知罃看似直接回答楚王的問題，但實際上是把自己置於事外，只講從作為臣子的責任和對國家的忠誠的角度，自己應該怎麼做，不卑不亢，維護了國家和自己的尊嚴。知罃對楚共王與當年晉文公對楚成王頗有相似之處，這種骨氣是很令人欽佩的。

晉人歸楚公子穀臣與連尹襄老之屍於楚①，以求知罃②。於是荀首佐中軍矣③，故楚人許之。

【注釋】

①穀臣：楚莊王的兒子。連尹：官名。襄老：楚臣。宣公十二年（前五九七）「邲之戰」中，荀首射殺連尹襄老，俘虜了穀臣；其子知罃被楚人俘獲。

②知罃（zhì yīng）：晉大夫，即荀罃，荀首之子。

③是：這個時候。荀首：即知莊子。當時為中軍副帥。佐中軍：中軍副帥。佐，副職。

【譯文】

晉國人把楚國公子穀臣連同連尹襄老的屍體歸還給楚國，以此要求交換知罃。當時荀首已經是中軍副帥，所以楚國人答應了。

王送知罃①，曰：「子其怨我乎？」對曰：「二國治戎，臣不才，不勝其任，以為俘馘②。執事不以釁鼓③，使歸即戮④，君之惠也。臣實不才，又誰敢怨⑤？」王曰：「然則德我乎⑥？」對曰：「二國圖其社稷，而求紓其民⑦，各懲其忿⑧，以相宥也⑨，兩釋累囚⑩，以成其好。二國有好，臣不與及，其誰敢德？」王曰：「子歸，何以報我？」對曰：「臣不任受怨⑪，君亦不任受德，無怨無德，不知所報。」王曰：「雖然，必告不穀。」對曰：「以君之靈⑫，累臣得歸骨於晉，寡君之以為戮，死且不朽。若從君惠而免之，以賜君之外臣首⑬，首其請於寡君，而以戮於宗⑭，亦死且不朽。若不獲命，而使嗣宗職⑮，次及於事⑯，而帥偏師以修封疆，雖遇執事，其弗敢違⑰。其竭力致死，無有二心，以盡臣禮，所以報也。」王曰：「晉未可與爭。」重為之禮而歸之。

【注釋】

①王：楚共王。
②俘馘（guó）：俘虜。馘，割耳。古代以割取敵人左耳來記軍功。
③釁（xìn）鼓：把血塗在鼓上，是古代的一種祭禮。
④即戮：接受殺戮。
⑤誰敢怨：即「敢怨誰」。
⑥德：感激。
⑦紓（shū）：寬解。
⑧懲：克制。
⑨宥（yòu）：原諒，寬恕。
⑩累囚：拘禁的犯人。
⑪任：擔當。
⑫以君之靈：託您的福。靈，福氣。
⑬外臣首：指父親荀首。對楚王而言，荀首是別國之臣，故稱「外臣」。
⑭宗：宗廟。
⑮嗣宗職：繼承宗族的世襲官職。
⑯次及於事：輪到我擔任國家政事。
⑰違：避。

【譯文】

楚共王送別知罃，說：「您大概怨恨我吧？」知罃回答說：「兩國興兵，下臣缺乏才能，不能勝任，所以被俘。君王的官員沒有殺掉我來釁鼓，讓我回國接受誅戮，這是君王的恩惠。下臣實在沒有才能，又敢怨誰？」楚共王說：「既然這樣，那麼你感激我嗎？」知罃回答說：「兩國為自己的國家打算，希望讓百姓解脫，各自克制忿怒來互相諒解，兩國都釋放被俘的囚徒來締結友好。兩國友好，並不是為了下臣，又敢感激誰？」楚共王說：「您回去，用什麼報答我？」回答說：「下臣不應當有怨恨，君王也不應當受感激，沒有怨恨沒有感激，不知道該報答什麼。」楚共王說：「儘管如此，還是一定要告訴我。」回答說：「託君王的福，被囚的下臣能把骨頭帶回晉國去，我們國君如果誅戮我，我就是死而不朽了。如果像君王一樣開恩而赦免下臣，把下臣賜給君王的外臣荀首；荀首向我們國君請求，把下臣在宗廟中加以誅戮，也是死而不朽。如果沒有得到誅戮的命令，讓下臣繼承宗族的世職，輪到下臣承擔晉國的政事，並率領一部分軍隊加強邊境的防禦，即使遇上您手下人，也不敢逃避。只有竭盡全力以至於死，也沒有別的念頭，用這來盡作為臣下的禮節，這就是用來報答君王的。」楚共王說：「晉國是不能和它抗爭的。」加倍優待知罃然後放他回去。

呂相絕秦（成公十三年）

左傳中的行人辭令有的是當時隨機應變，衝口而出，大多數則是事先眾人擬定好的，此篇即是如此。這篇辭令雖有強詞奪理、歪曲事實之處，但結構嚴整，步步進逼，句法錯綜，雄辯壯闊，開戰國縱橫家之先河，對後代的檄文也有很大影響。

晉侯使呂相絕秦①，曰：

【注釋】

①晉侯：晉厲公。呂相：魏相，晉大夫魏錡（ㄑㄧˊ）之子。「魏錡」又稱「呂錡」，故「魏相」又稱「呂相」。

【譯文】

晉厲公派呂相去秦國宣佈絕交，說：

「昔逮我獻公及穆公相好①，戮力同心②，申之以盟誓，重之以昏姻。天禍晉國③，文公如齊，惠公如秦。無祿，獻公即世④，穆公不忘舊德，俾我惠公用能奉祀於晉⑤。又不能成大勛，而為韓之師⑥。亦悔於厥心⑦，用集我文公⑧，是穆之成也⑨。

【注釋】

①逮（dài）：自從。獻公：晉獻公。穆公：秦穆公。

②戮（lù）力：並力，合力。

③天禍晉國：指公元前六五五年驪姬之亂。晉獻公聽信驪姬讒言，迫使太子申生自殺，公子重耳流亡於齊、楚等國，公子夷吾流亡至秦。

④即世：去世。

⑤奉祀於晉：主持晉國的祭祀，指為晉國君主。

⑥韓之師：指僖公十五年（前六四五）秦、晉「韓原之戰」。晉惠公依靠秦穆公的力量回國立為國君，曾答應回國後割讓給秦國城池，但隨即負約；晉饑，秦接濟糧食，秦饑，晉卻不接濟；於是有秦、晉「韓原之戰」。

⑦厥（jué）：其，指秦穆公。

⑧集：成就。

⑨成：成就，成全。

【譯文】

「過去自從我們獻公和穆公互相友好，合力同心，用盟誓表明它，又用婚姻鞏固它。上天降禍晉國，文公到了齊國，惠公到了秦國。不幸，獻公去世，穆公不忘記過去的恩德，使我們惠公能夠在晉國主持祭祀，但又沒有能完成這一重大功業，反而發動了韓原之戰。穆公心裏後悔，因此扶助我們文公回國做了國君。這是穆公安定晉國的功績。

「文公躬擐甲胄①，跋履山川，逾越險阻，征東之諸侯，虞、夏、商、周之胤而朝諸秦②，則亦既報舊德矣。鄭人怒君之疆埸③，我文公帥諸侯及秦圍鄭。秦大夫不詢於我寡君，擅及鄭盟，諸侯疾之，將致命於秦④。文公恐懼，綏靖諸侯⑤，秦師克還無害⑥，則是我有大造於西也⑦。

【注釋】

①躬：親自。擐（huàn）：穿。胄（zhòu）：頭盔。

②胤（yìn）：後代。按，「晉帥諸侯朝秦事」春秋三傳皆不載。

③怒：侵犯。疆埸（yì）：疆界，邊境。

④致命：拚死決戰。

⑤綏靖：安撫。

⑥克：能夠。害：損害。

⑦造：功勞。西：指秦國，在晉國之西。此指僖公三十年（前六三〇）秦、晉圍鄭之事。此役本是晉文公因鄭依附楚國且為報過鄭時鄭文公對他無禮的私仇而發起。

【譯文】

「文公親自披甲冑，跋涉山川，逾越艱難險阻，征討東方的諸侯，讓虞、夏、商、周的後裔都來朝見秦國，這也就已經報答過去的恩德了。鄭國人侵犯君主的邊境，我們文公率領諸侯和秦國一起包圍鄭國。可是秦國的大夫沒有徵詢我們國君的意見，擅自和鄭國訂立盟約，諸侯為此憤恨，準備和秦國拚命。文公憂懼，安撫諸侯，秦軍得以回國而沒有受到損害，這麼說來我們對秦國是有極大貢獻的。

「無祿，文公即世，穆為不弔①，蔑死我君②。寡我襄公③，迭我殽地④，奸絕我好⑤，伐我保城⑥，殄滅我費滑⑦，散離我兄弟，擾亂我同盟，傾覆我國家。我襄公未忘君之舊勳，而懼社稷之隕，是以有殽之師⑧。猶願赦罪於穆公⑨。穆公弗聽，而即楚謀我。天誘其衷⑩，成王隕命⑪，穆公是以不克逞志於我⑫。

【注釋】

①弔：弔唁。

②蔑死我君：或謂當作「蔑我死君」與下句「寡我襄公」對。

③寡：欺凌。

④迭（yì）：通「軼」，突然進犯。殽（xiáo）：同「崤」，地名。在今河南洛寧西北。

⑤奸絕：斷絕。
⑥保：同「堡」，小城。
⑦殄（tiǎn）滅：滅絕。費滑：滑國，姬姓，都於費。
⑧殽之師：指魯僖公三十二年（前六二八）秦、晉「崤之戰」。
⑨赦（shè）罪：赦免罪過，尋求和解。
⑩天誘其衷：意思是上天的心向着我們。誘，獎，勸勉，鼓勵。衷，心。
⑪成王：楚成王。
⑫逞：滿足。事見文公十四年（前六一三）。秦、楚合謀不成，由於楚國有人作梗且有內亂。呂相所言不過是外交辭令。

【譯文】

「不幸，文公去世，穆公不來弔唁，反而蔑視我們已故的國君，欺凌我們襄公，侵犯我們的崤地，斷絕我們的友好關係，攻打我們的城池，滅亡我們的滑國，離間我們的兄弟之邦，擾亂我們的同盟之國，顛覆我們的社稷家園。我們襄公沒有忘記君主過去的恩德，而又害怕國家的傾覆，所以才有崤之戰。但我們還是希望穆公能赦免晉國的罪過。穆公不答應，反而靠攏楚國打我們的主意。上天有眼，楚成王喪命，穆公因此對我國的謀劃沒能得逞。

「穆、襄即世，康、靈即位。康公①，我之自出②，又欲闕翦我公室③，傾覆我

社稷，帥我蝥賊④，以來蕩搖我邊疆，我是以有令狐之役⑤。康猶不悛⑥，入我河曲⑦，伐我涑川⑧，俘我王官⑨，翦我羈馬⑩，我是以有河曲之戰⑪。東道之不通⑫，則是康公絕我好也。

【注釋】

①康公：秦康公。

②我之自出：指康公為晉獻公女伯姬所生，是晉國的外甥。

③闕（jué）翦：損害。

④蝥（máo）賊：食苗害蟲，用來比喻內奸。這裏指晉文公之子公子雍。

⑤令狐之役：指魯文公七年（前六二〇）秦、晉「令狐之戰」。令狐，在今山西臨猗西南。當時晉襄公死後繼承人沒有確定，晉人想迎公子雍回國即位，並派人去秦國接他，秦康公以兵送之，後晉立靈公，反而出兵攻擊秦人及公子雍。

⑥悛（quān）：悔改。

⑦河曲：晉地名。在今山西芮城西風陵渡一帶黃河曲流處。

⑧涑（sù）川：水名。即今山西西南部黃河支流涑水河。

⑨王官：晉地名。在今山西聞喜南。

⑩羈（jī）馬：晉地名。在今山西永濟南。

⑪河曲之戰：指發生在魯文公十二年（前六一五）的秦、晉之戰。此戰是秦為報「令狐之役」而發動的。

⑫東道之不通：指兩國不相往來。晉國在秦國東面。

【譯文】

「穆公、襄公去世，康公、靈公即位。康公，是我國伯姬所生，卻又想損害我們公室，顛覆我們社稷，領着我國的奸賊，前來擾亂我們的邊疆，於是我國才有令狐這次戰役。康公還是不肯悔改，進入我國的河曲，攻打我國的涑川，侵佔我國的王官，切斷我國的羈馬，於是我國才有河曲這次戰役。東邊道路的不通，就是由於康公跟我們斷絕友好關係的緣故。

「及君之嗣也①，我君景公引領西望曰：『庶撫我乎！』君亦不惠稱盟②，利吾有狄難③，入我河縣④，焚我箕、郜⑤，芟夷我農功⑥，虔劉我邊陲⑦，我是以有輔氏之聚⑧。君亦悔禍之延，而欲徼福於先君獻、穆⑨，使伯車來命我景公曰⑩：『吾與女同好棄惡⑪，復修舊德，以追念前勳。』言誓未就，景公即世，我寡君是以有令狐之會⑫，君又不祥⑬，背棄盟誓。白狄及君同州⑭，君之仇讎，而我之昏姻也⑮，君來賜命曰：『吾與女伐狄。』寡君不敢顧昏姻，畏君之威，而受命於使⑯。君有二心於狄⑰，曰：『晉將伐女。』狄應且憎，是用告我。楚人惡君之二三其德

也⑱，亦來告我曰：『秦背令狐之盟，而來求盟於我，昭告昊天上帝、秦三公、楚三王曰⑲：「余雖與晉出入⑳，余唯利是視。」不穀惡其無成德，是用宣之㉑，以懲不一㉒。』諸侯備聞此言，斯是用痛心疾首，暱就寡人㉓。寡人帥以聽命，唯好是求。君若惠顧諸侯，矜哀寡人㉔，而賜之盟，則寡人之願也，其承寧諸侯以退㉕，豈敢徼亂？君若不施大惠，寡人不佞㉖，其不能以諸侯退矣。敢盡布之執事，俾執事實圖利之㉗。」

【注釋】

①君：秦桓公。
②稱盟：舉行盟會。
③利：利用，乘機。狄難：指魯宣公十五年（前五九四）秦國趁着晉軍剿滅赤狄潞氏而討伐晉國事。
④河縣：晉地名。在今山西蒲縣。
⑤箕：晉地名。在今山西蒲縣克城。郜（gào）：晉地名。在今山西祁縣西。
⑥芟（shān）夷我農功：指秦人搶劫收割晉國的莊稼。
⑦虔（qián）劉：屠殺。
⑧輔氏之聚：指魯宣公十五年（前五九四）晉在輔氏聚眾抗秦一事。輔氏，晉地名。在今陝西大荔。
⑨徼（yāo）：通「邀」，招致，求取。

⑩伯車：秦桓公的兒子。
⑪女（rǔ）：通「汝」，你。
⑫令狐之會：指魯成公十一年（前五八〇）的秦、晉之盟。
⑬不祥：不善。
⑭白狄：狄族的一支，與秦君同在雍州。同州：同在一個州。州，雍州，今陝西、甘肅全部及青海部分地區。
⑮我之昏姻：白狄女子曾嫁晉文公。
⑯受：同「授」，付與。
⑰有（yòu）：通「又」。
⑱二三其德：主意不確定，反覆無常。
⑲昭：明。昊天：皇天。秦三公：穆、康、共。楚三王：成、穆、莊。
⑳出入：往來。
㉑宣：公佈。
㉒不一：言行不一致。
㉓昵就：親昵。
㉔矜哀：憐憫，同情。
㉕承寧：止息，安靜。
㉖不佞：不才，不敏。
㉗俾（bǐ）：使，讓。此處有「請」的意思。圖：考慮。

【譯文】

「等到您繼位以後，我們的國君景公伸着脖子遙望西邊說：『大概應該安撫我們了吧！』然而您不肯加恩結盟，反而乘我有狄人騷擾之難的機會，進入我國的河縣，焚燒我國的箕地、郜地，搶割我國的莊稼，殺戮我國的邊民，我國因此而有輔氏的戰役。您也後悔災禍蔓延，而想求福於先君獻公和穆公，派遣伯車來命令我們景公說：『我跟你同心同德，拋棄怨恨，重新恢復以往的恩惠，以追念前人的勛勞。』盟誓還沒有完成，景公就去世了，我們國君因此而有令狐的會見，您又不懷善意，背棄了盟誓。白狄跟您同在雍州，是您的仇人，卻是我們的姻親。您派人來命令說：『我跟你去攻打狄人。』我們國君不敢顧惜婚姻關係，害怕您的威嚴，就向官吏下達這一命令。您又勾結狄人，說：『晉國將要攻打你們。』狄人口頭上答應，而心裏憎惡你們，因此告訴了我們。楚國人討厭您的反覆無常，也來告訴我們說：『秦國背棄令狐的盟約，卻來向我國請求結盟。明告皇天上帝、秦國的三位先公、楚國的三位先王說：「我雖然和晉國有來往，我不過是圖謀利益而已。」我討厭他缺乏固有的道德，因此把真相公佈出來，用來懲誡言行不一。』諸侯全都聽到了這些話，因此痛心疾首，來親近我們。我們率領諸侯來聽取您的命令，只是為了請求友好。您如果加恩於諸侯、憐憫寡人，而賜給我們盟約，那就是我們的願望，就會讓諸侯安定而退走，哪裏還敢希求動亂？您如果不施大恩，我們沒有本事，就不能率領諸侯退走了。謹把詳情全部報告給您的左右，請您的左右把利害估量一下。」

駒支不屈於晉（襄公十四年）

春秋講「尊王攘夷」，左傳也不時流露出這種思想，但左傳又能不有意貶低戎夷，這比後來尊華貶夷的觀點要進步得多。這篇文章就反映了左傳這一特點。駒支的辯辭用事實說話，並引用中原人的詩典，逐句辯駁，辭婉理直，最終使晉人認錯。從駒支的話中，也可見當時華夏與戎夷的交往，補充了一些史實，具有一定的史料價值。

會於向①。將執戎子駒支②。

【注釋】

①會於向：指晉國召集諸侯在向，商討如何對付楚國一事。向，在今安徽懷遠。

②戎子駒支：姜戎族首領，名駒支。

【譯文】

諸侯在向地會見。晉國人打算拘捕戎子駒支。

范宣子親數諸朝①，曰：「來！姜戎氏！昔秦人迫逐乃祖吾離於瓜州②，乃祖

吾離被苫蓋、蒙荊棘以來歸我先君③，我先君惠公有不腆之田④，與女剖分而食之⑤。今諸侯之事我寡君不如昔者，蓋言語漏泄，則職女之由⑥。詰朝之事⑦，爾無與焉。與⑧，將執女。」

【注釋】

①范宣子：士匄（gài），當時晉國的執政大臣。數：責備。朝：指盟會時設立的朝堂。
②乃：你。瓜州：地名。在今甘肅敦煌。
③被苫（shān）蓋：披着蓑衣。苫蓋，草編的遮蓋物，蓑衣。荊棘：這裏指用荊棘條編成的帽子。
④腆：豐厚，多。
⑤女（rǔ）：通「汝」，你。剖分：平分。
⑥職：當。
⑦詰朝：明天早上。
⑧與：參與。

【譯文】

范宣子親自在朝堂上責備他，說：「過來，姜戎氏！從前秦國人在瓜州追趕你的祖父吾離，你的祖父吾離身披蓑衣、頭戴草帽來歸附我國先君。我國先君惠公擁有並不豐厚的田地，還和你們平分而靠它吃飯。現在諸侯事奉我國國君所以不如以前，是因為說話泄漏機密，應當是你的緣故。明天早晨的諸侯會見，你不要參加了。如果參加，就要拘捕你。」

對曰：「昔秦人負恃其眾，貪於土地，逐我諸戎。惠公蠲其大德①，謂我諸戎是四嶽之裔胄也②，毋是翦棄③。賜我南鄙之田④，狐狸所居，豺狼所嘷，我諸戎除翦其荊棘，驅其狐狸豺狼，以為先君不侵不叛之臣，至於今不貳。昔文公與秦伐鄭，秦人竊與鄭盟，而舍戍焉⑤，於是乎有殽之師⑥。晉禦其上，戎亢其下⑦，秦師不復，我諸戎實然。譬如捕鹿，晉人角之，諸戎掎之⑧，與晉踣之⑨。戎何以不免？自是以來，晉之百役，與我諸戎相繼於時，以從執政，猶殽志也，豈敢離逷⑩？今官之師旅無乃實有所闕，以攜諸侯⑪，而罪我諸戎。我諸戎飲食衣服不與華同，贄幣不通⑫，言語不達，何惡之能為？不與於會，亦無瞢焉⑬。」賦青蠅而退⑭。

【注釋】

①蠲（juān）：顯示。

②四嶽：傳說為堯、舜時四方部落首領。裔胄（zhòu）：後代。

③翦棄：滅絕。

④鄙：邊疆。
⑤捨戍：留下戍守的人。
⑥殽（xiáo）之師：秦穆公乘晉文公去世，出兵伐鄭，在崤遭到晉人伏擊，全軍覆沒，即「崤之戰」。此戰戎人出兵幫助晉國。
⑦亢：抵擋。
⑧掎（jǐ）：拉住。
⑨踣（bó）：跌倒。
⑩離逷（tì）：疏遠。
⑪以攜諸侯：諸侯攜有貳心。
⑫贄（zhì）幣：見面時贈送的財物。
⑬瞢（méng）：煩悶。
⑭青蠅：詩經・小雅中的詩篇名。此詩意在譴責進讒小人，告誡統治者不要聽信讒言。

【譯文】

戎子駒支回答說：「從前秦國人仗着他們人多，貪求土地，驅逐我們各部戎人。惠公顯示了他重大的恩德，說我們各部戎人都是四嶽的後代，不能去除丟棄。賜給我們南部邊境的田地，狐狸在這裏居住，豺狼在這裏嗥叫，我們各部戎人砍伐這裏的荊棘，驅除這裏的狐狸豺狼，作為不侵犯不背叛先君的臣下，直到如今沒有二心。從前文公和秦國攻打鄭國，秦國人私下和鄭國結盟而在那裏安排了戍守的軍隊，因此就有了崤地的戰役。晉國在上邊抵禦，戎人在下邊對抗，秦國的軍隊回不去，實在是我們各部戎人使他們這樣的。譬如捕鹿，晉國人抓住角，各部戎人拖住腿，和晉國人合力讓它躺倒。戎人為什麼還不能免於罪責？從那時以來，晉國的多次戰役，我們各部戎人都及時緊跟而上，追隨執事，如同崤地戰役的態度一樣，哪裏敢有違背？現在你們的官員將帥恐怕是有不周到的地方，因而使諸侯有了二心，反倒加罪於我們各部戎人。我們各部戎人飲食衣服和中原不同，使者不相往來，言語不通，能夠做什麼壞事呢？不參加會見，也沒有什麼可煩悶的。」賦了青蠅這首詩然後退下。

宣子辭焉①，使即事於會，成愷悌也②。

【注釋】

①辭：道歉。

②成愷悌：這裏是不信讒言的意思。詩經．小雅．青蠅中有「豈弟君子，無信讒言」之句。豈弟，即愷悌，平易近人。

【譯文】

范宣子表示歉意，讓他參加會見的事務，顯示了平易而不聽讒言的美德。

祁奚請免叔向（襄公二十一年）

君子相惜，交情如水，從叔向與祁奚身上可以看出。文章寫叔向與祁奚的性格飽滿傳神。叔向的「弗應」「不拜」「不告免」，以及他對樂王鮒和祁奚的討論，表現了他的鎮定與知人；祁奚的乘馹而見，數典力諫，表現了他的急公好義。而結尾更是神來之筆，對世說新語等有明顯影響。

欒盈出奔楚①。宣子殺羊舌虎②，囚叔向③。

【注釋】

①欒盈：晉大夫。與大臣范宣子爭權失利而逃亡。

②宣子：即范宣子。羊舌虎：晉國大夫，叔向的異母弟，欒盈同黨。欒盈出逃後，與箕遺、黃淵等十人一起被殺。

③叔向：即羊舌肸（xī），羊舌虎兄，晉大夫。

【譯文】

欒盈逃亡到楚國。范宣子殺了羊舌虎，囚禁了叔向。

人謂叔向曰：「子離於罪①，其為不知乎②？」叔向曰：「與其死亡若何？詩曰：『優哉遊哉，聊以卒歲③。』知也。」

【注釋】

①離：通「罹」，遭受。

②知（zhì）：同「智」，明智。

③優哉遊哉，聊以卒歲：出自詩經．小雅．采菽。叔向因為受弟弟牽連而下獄，所以用此詩表示自己不介入黨爭，優遊卒歲是明智之舉。

【譯文】

有人對叔向說：「您遭受罪罰，恐怕是由於不明智吧？」叔向說：「比起死和逃亡來怎麼樣？詩經說：『自在啊逍遙啊，姑且以此度過歲月。』這正是明智啊。」

樂王鮒見叔向①，曰：「吾為子請。」叔向弗應。出，不拜。其人皆咎叔向。叔向曰：「必祁大夫②。」室老聞之③，曰：「樂王鮒言於君無不行，求赦吾子，吾子不許。祁大夫所不能也，而曰必由之，何也？」叔向曰：「樂王鮒，從君者也，何能行？祁大夫外舉不棄仇，內舉不失親，其獨遺我乎？詩曰：『有覺德行，四國順之④。』夫子⑤，覺者也。」

【注釋】

①欒王鮒（fù）：晉大夫，曾受晉平公的寵愛。
②祁大夫：即祁奚。他曾經舉薦仇人解狐和自己的兒子祁午，受到當時人們的稱道。
③室老：羊舌氏家臣的首領。
④有覺德行，四國順之：詩句出自詩經・大雅・抑。覺，正直。
⑤夫子：對人的尊稱，他老先生。

【譯文】

欒王鮒去見叔向，說：「我為您去求情。」叔向沒有回答。欒王鮒退出，叔向又不按禮儀拜送。叔向的手下都責怪他。叔向說：「一定要祁大夫才能辦成。」家臣首領聽到了，說：「欒王鮒對國君說的話沒有不被採納照辦的，他想去請求赦免您，您不同意。祁大夫所做不到的，而您說一定要由他去辦，這是為什麼？」叔向說：「欒王鮒，是順從國君的人，哪裏能辦得到？祁大夫舉拔宗族外的人不摒棄仇人，舉拔宗族內的人不遺落親人，難道會獨獨留下我嗎？詩經說：『有正直的德行，四方的國家向他歸順。』他老先生就是正直的人。」

晉侯問叔向之罪於欒王鮒①。對曰：「不棄其親，其有焉。」

【注釋】

①晉侯：晉平公。

【譯文】

晉侯向樂王鮒詢問叔向的罪過。樂王鮒回答說：「不背棄他的親人，他可能參加了策劃叛亂。」

於是祁奚老矣，聞之，乘馹而見宣子①，曰：「詩曰：『惠我無疆，子孫保之②。』書曰：『聖有謨勛，明徵定保③。』夫謀而鮮過、惠訓不倦者④，叔向有焉。社稷之固也，猶將十世宥之，以勸能者⑤，今壹不免其身，以棄社稷，不亦惑乎？鯀殛而禹興⑥，伊尹放大甲而相之⑦，卒無怨色，管、蔡為戮⑧，周公右王⑨。若之何其以虎也棄社稷⑩？子為善，誰敢不勉？多殺何為？」宣子說⑪，與之乘，以言諸公而免之⑫。不見叔向而歸，叔向亦不告免焉而朝。

【注釋】

①馹（ㄖˋ）：古時驛站所用的車子。

②惠我無疆，子孫保之：詩句見詩經．周頌．烈文。

③聖有謨（mó）勛，明徵定保：引文見偽古文尚書・夏書・胤徵。謨，謀略。徵，證明。
④鮮（xiǎn）：少。
⑤勸：鼓勵。
⑥鯀（gǔn）殛（jí）而禹興：鯀治水無功，舜流放之，繼用其子禹而成功。鯀，禹的父親。殛，流放。
⑦伊尹放大甲而相之：伊尹為商湯之相，大甲是湯的孫子。大甲即位無道，被伊尹放逐三年，改過後才復位，伊尹做他的宰相，而大甲毫無怨言。
⑧管、蔡為戮：管叔、蔡叔與周公是兄弟，管、蔡幫助殷之武庚叛周，周公輔佐成王，平定叛亂。
⑨右：同「佑」，輔佐。
⑩虎：羊舌虎。
⑪說（yuè）：同「悅」，喜悅。
⑫諸：之於。

【譯文】

當時祁奚已經告老退休了，聽到這個情況，坐上馹車去拜見范宣子，說：「詩經說：『賜給我們的恩惠沒有邊際，子子孫孫永遠保持。』書說：『智慧的人有謀略之功，應當相信保護。』謀劃而少有過錯，教育別人而不知疲倦，叔向就是這樣的人，他是國家的柱石，即使十代子孫有了過錯還要赦免，用來勉勵有能力的人。現在一次獲罪就連本身都不能赦免，拋棄國家的棟樑，這不也使人困惑嗎？鯀被流放而禹被起用；伊尹放逐太甲而又做他的宰相，太甲始終沒有怨恨的樣子；管叔、蔡叔被誅戮，周公輔佐成王。為什麼因為羊舌虎就拋棄社稷之臣呢？您做了好事，誰敢不努力？多殺人幹什麼？」范宣子高興了，和他共乘一輛車子，向晉侯勸說而赦免了叔向。祁奚不去見叔向就回去了，叔向也不向祁奚報告得到赦免而直接去朝見晉平公。

子產告范宣子輕幣（襄公二十四年）

范宣子加重諸侯貢賦藉以中飽私囊，子產的信一上來就將「令德」「令名」與「重幣」對舉，執論正大，然後用讚歎之語論述令德、令名對個人家國的重要，用激危之語論述重幣對個人家國的危害，正反論證了修德輕幣才是盟主風範。最後「象有齒以焚其身，賄也」的比喻，更是至今仍有借鑒意義。

范宣子為政，諸侯之幣重①，鄭人病之②。

【注釋】

①諸侯之幣重：指諸侯向晉國供奉大量財物。幣，財禮。

②病：憂患，苦惱。

【譯文】

范宣子執政，諸侯朝見晉國時的貢品很重，鄭國人對此感到苦惱。

二月，鄭伯如晉①。子產寓書於子西②，以告宣子，曰：「子為晉國，四鄰諸侯不聞令德③，而聞重幣，僑也惑之④。僑聞君子長國家者，非無賄之患⑤，而無令名之難⑥。夫諸侯之賄聚於公室，則諸侯貳；若吾子賴之⑦，則晉國貳。諸侯貳，則晉國壞；晉國貳，則子之家壞。何沒沒也⑧！將焉用賄？夫令名，德之輿也；德，國家之基也。有基無壞，無亦是務乎？有德則樂，樂則能久。詩云『樂只君子，邦家之基』⑨，有令德也夫！『上帝臨女，無貳爾心』⑩，有令名也夫！恕思以明德⑪，則令名載而行之，是以遠至邇安⑫。毋寧使人謂之『子實生我』，而謂『子浚我以生』乎⑬？象有齒以焚其身，賄也。」宣子說，乃輕幣。

【注釋】

①鄭伯：鄭簡公。如：往。

②子產：即公孫僑，字子產，鄭簡公時為卿。寓書：託人捎帶書信。子西：公孫夏，鄭大夫。

③令德：美德。

④僑：子產自稱。

⑤賄：財物。
⑥令名：好名聲。
⑦賴：佔為己有。
⑧沒沒（mò）：糊塗，執迷不悟。
⑨樂只君子，邦家之基：詩句出自詩經．小雅．南山有台。只，助詞，無義。
⑩上帝臨女，無貳爾心：詩句出自詩經．大雅．大明。女，通「汝」，你。
⑪恕思：寬厚、體諒。
⑫邇（ěr）：近。
⑬浚（jùn）：榨取。

【譯文】

二月，鄭伯前往晉國。子產捎信給子西，讓他告訴范宣子說：「您治理晉國，四鄰的諸侯沒聽說美德而聽說要很重的貢品，僑對這種情況感到迷惑。僑聽說君子領導國家和家族，不是擔心沒有財物，而是害怕沒有好名聲。諸侯的財貨聚集在國君家裏，那麼諸侯就會離異；如果您從中取利，那麼晉國的內部就不團結。諸侯懷有二心，那麼晉國就受到損害；晉國內部不一致，那麼您的家就受到損害。為什麼那麼糊塗呢！哪裏還用得着財貨？好名聲，是裝載德行遠遠傳播的車子；德行，是國家的根基。有了基礎才不至於毀壞，不應當致力於此嗎？有了德行就快樂，有了快樂就能長久。詩經說『快樂啊君子，是國家和家族的基礎』，這是因為有美德吧！『天帝在你的上面，你不要三心二意』，這是因為有好名聲吧！用寬厚體諒來發揚德行，那麼好名聲就像車子一樣裝載着美德四處傳播，因此遠方的人歸附，近處的人安心。您是寧可讓人對您說『您確實養活了我』，還是對您說『您榨取我來養活自己』呢？象有了象牙而毀了自己，是由於它值錢的緣故。」范宣子很高興，就減輕了貢品。

晏子不死君難（襄公二十五年）

臣子如何處理自己與君主的關係，愚忠是否可取？晏子的言論和行動對這個困擾臣子的問題給予了最好的回答。孟子所說「民為貴，社稷次之，君為輕」，晏子的言行與此暗合。

崔武子見棠姜而美之①，遂取之②。莊公通焉③，崔子弒之④。

【注釋】

①崔武子：崔杼，齊國大臣。棠姜：！國棠公之妻。
②取：同「娶」，娶妻。
③莊公：齊莊公。通：私通。
④弒（shì）：子殺父、臣殺君為「弒」。

【譯文】

崔武子見到棠姜覺得她很美，於是就娶了她。齊莊公和她私通，崔武子殺了齊莊公。

晏子立於崔氏之門外①，其人曰②：「死乎③？」曰：「獨吾君也乎哉，吾死也？」曰：「行乎？」曰：「吾罪也乎哉，吾亡也④？」曰：「歸乎？」曰：「君死，安歸？君民者⑤，豈以陵民⑥，社稷是主⑦。臣君者，豈為其口實⑧，社稷是養⑨。故君為社稷死，則死之；為社稷亡，則亡之。若為己死，而為己亡，非其私暱⑩，誰敢任之？且人有君而弒之⑪，吾焉得死之？而焉得亡之？將庸何歸？」門啟而入，枕屍股而哭。興⑫，三踴而出⑬。人謂崔子：「必殺之！」崔子曰：「民之望也⑭，捨之，得民。」

【注釋】

①晏子：晏嬰，字平仲。歷任齊靈公、莊公、景公三世，曾任齊卿。
②其人：指晏子的隨從。
③死：為國君殉難。
④亡：與上文「行」同意，指逃亡國外。
⑤君民：作為民眾君主的人。

⑥陵：凌駕於……之上。
⑦社稷是主：即「主社稷」，主持國家政務。
⑧口實：俸祿。
⑨社稷是養：即「養社稷」。養，保養。
⑩私昵：個人寵愛的人。
⑪人有君而弒之：莊公之立，由於崔杼，崔杼得到莊公的寵用，故言「人有君」。人，指崔杼。
⑫與：起來。
⑬三踊（yǒng）：跳了三下。踊，跳躍。
⑭望：仰望，擁戴。

【譯文】

晏子站在崔氏的門外，他的手下問道：「準備為他而死嗎？」晏子說：「他僅是我一個人的國君嗎，我要為他而死？」手下問道：「準備逃亡嗎？」晏子說：「是我的罪過嗎，我要逃亡？」手下問道：「準備回去嗎？」晏子說：「國君死了，回哪裏去？作為百姓的君主，難道是要讓他的地位凌駕於百姓之上嗎？應當是要他主持國政。作為君主的臣下，難道是為了得到他的俸祿嗎？應當是要他保養國家。所以君主為國家而死，那麼臣下也就為他而死；君主為國家而逃亡，那麼臣下也就為他而逃亡。如果君主是為自己而死，為自己而逃亡，不是他私人寵愛的人，誰敢承擔責任？而且人家受君主寵愛反而殺死了他，我哪裏能為他死？哪裏能為他逃亡？但是又能回到哪裏去呢？」

門開了，晏子進去，把屍體放在自己腿上而號哭。哭完站起來跳了三下以後才出去。有人對崔武子說：「一定要殺了他！」崔武子說：「他是百姓仰望的人，放了他，可以得民心。」

季札觀周樂（襄公二十九年）

禮樂是中原文化的核心，中原人引以為傲，並以此作為區別夷夏的重要標準之一。吳國雖自稱周太伯之後，但中原人一直視其為蠻夷。季札聘魯求觀周樂，在禮樂的擁有者守護者，號稱最知禮的魯人面前顯示了自己對禮樂的精到理解，不僅展示個人的文化修養，更展示了吳國的文明程度，表明吳並非蠻夷。吳想爭霸，壓制楚國，取得中原國家的承認與協助是第一步，季札這次出訪中原各國，就帶有這一政治目的，而通過對禮樂的理解則是拉近關係的重要手段，應該說季札的請觀周樂並不是出於他個人的愛好，而是有着明確的政治性。左傳的這篇記載還是現存最完整的詩經篇目編排的資料，對於後人研究詩經具有重要價值。

吳公子札來聘①，請觀於周樂②。使工為之歌周南、召南③，曰：「美哉，始基之矣④，猶未也⑤，然勤而不怨矣⑥。」為之歌邶、鄘、衞⑦，曰：「美哉，淵乎⑧！憂而不困者也。吾聞衞康叔、武公之德如是⑨，是其衞風乎？」為之歌王⑩，曰：「美哉，思而不懼⑪，其周之東乎⑫？」為之歌鄭⑬，曰：「美哉，其細已甚⑭，民弗堪也。是其先亡乎？」為之歌齊[15]，曰：「美哉，泱泱乎[16]！大風也哉[17]！表東海者[18]，其大公乎[19]？國未可量也。」

【注釋】

①吳：古國名。都城在今江蘇蘇州，自稱是周太王之子太伯之後，姬姓。公子札：即季札，吳王壽夢的小兒子。聘：聘問。
②周樂：周成王曾賜給魯國天子之樂，所以季札要求欣賞周王室樂舞。
③周南、召（shào）南：見於詩經，是採自周、召的樂歌。周、召是周公、召公的封地，在今長江、漢水一帶。
④始基之矣：意思是開始為周王奠定教化的基礎。
⑤猶未：還沒有盡善盡美。
⑥勤：勤勞。
⑦邶（bèi）、鄘（yōng）、衛：詩經中的邶風、鄘風、衛風，是採自邶、鄘、衛的樂歌。邶，是殷紂王子武庚的封地，在今河南湯陰；鄘，是周武王弟管叔的封地，在今河南汲縣；衛，是周武王弟康叔的封地，在今河南淇縣。
⑧淵：深。
⑨衛康叔：為衛國始封君，周公之弟。武公：衛康叔九世孫，是衛國的賢君。康叔遭管、蔡之亂，武公遭幽王褒姒之難，因此他們都有擔憂，但卻不為之困頓。

⑩王：詩經中的王風，採自東周洛陽附近的樂歌。王，周朝東都，周平王遷都於此，在今河南洛陽。
⑪思而不懼：思，憂慮。懼，畏懼。
⑫周之東：周王室東遷。
⑬鄭：詩經中的鄭風，採自鄭地的樂歌。
⑭其細已甚：這是說鄭詩多言瑣細之事，意指鄭國政令苛細。
⑮齊：詩經中的齊風，採自齊地的樂歌。
⑯泱泱：深廣宏大的樣子。
⑰大風：大國的音樂。
⑱表：表率。
⑲大公：姜太公呂尚，齊國始封君。

【譯文】

吳國的公子札前來魯國聘問，請求觀賞周天子的音樂舞蹈。讓樂工為他演唱周南、召南，他說：「美好啊！開始奠定基礎了，還沒有完成，然而百姓勤勞而沒有怨恨。」為他演唱邶風、鄘風、衛風，他說：「美好啊，深厚啊！哀愁而不窘迫。我聽說衛康叔、武公的德行就像這樣，這恐怕就是衛風吧？」為他演唱王風，他說：「美好啊！憂慮而不恐懼，恐怕是周室東遷以後的音樂吧？」為他演唱鄭風，他說：「美好啊！但它瑣碎得太過分了，百姓不能忍受。它恐怕是要先滅亡的吧？」

為他演唱齊風，他說：「美好啊，宏大啊！這是大國的音樂啊！作為東海一帶諸侯的表率，恐怕是太公的國家吧？國家不可限量。」

為之歌豳①，曰：「美哉，蕩乎②！樂而不淫③，其周公之東乎④？」為之歌秦⑤，曰：「此之謂夏聲⑥。夫能夏則大⑦，大之至也，其周之舊乎？⑧」為之歌魏⑨，曰：「美哉渢渢乎⑩！大而婉⑪，險而易行⑫。以德輔此，則明主也。」為之歌唐⑬，曰：「思深哉，其有陶唐氏之遺民乎⑭！不然，何憂之遠也？非令德之後，誰能若是？」為之歌陳⑮，曰：「國無主，其能久乎？」自鄶以下無譏焉⑯。

【注釋】

①豳（ㄅㄧㄣ）：詩經中的豳風，採自豳地的樂歌。豳，周代公劉曾遷都於此，西周亡後歸於秦，今陝西旬邑、彬縣一帶。

②蕩：博大的樣子。

③淫：過度。

④周公之東：指周公遭管、蔡之變，東征三年。

⑤秦：詩經中的秦風，採自秦地的樂歌。秦人起先住在今陝西、甘肅一帶，後遷至西周故地岐山一帶。

⑥夏聲：古代中原地區的民間音樂。

⑦能夏則大：此「夏」亦「大」意，云夏聲宏大。
⑧其周之舊：周王室東遷後，秦盡有周的舊地。
⑨魏：詩經中的魏風，採自魏地的樂歌。魏，西周和春秋時在今山西芮城。
⑩渢渢（fán）：形容音樂婉轉悠然。
⑪婉：委婉，多曲折。
⑫險而易行：指樂曲節奏迫促，但音聲流暢。險，迫促，狹隘。
⑬唐：詩經中的唐風，採自唐地的樂歌。唐，周叔虞的封地，在今山西南部。
⑭陶唐氏之遺民：堯本封陶，後遷至唐，都為堯之舊都，故有此稱。
⑮陳：詩經中的陳風，採自陳地的樂歌。陳，在今河南東南及安徽北部。
⑯鄶（kuài）：採自鄶地的樂歌。鄶，也作「檜」，周初封地，在今河南鄭州南。譏：評論。

【譯文】

為他演唱豳風，他說：「美好啊！坦蕩啊！歡樂而不過度，大概是周公東征的音樂吧？」為他演唱秦風，他說：「這就叫做『夏聲』。能發夏聲就是宏大，宏大到極點了，大概是周朝舊地的音樂吧？」為他演唱魏風，他說：「美好啊，抑揚婉轉呵！宏大而婉轉，急促而易於行腔。如果用德行加以輔助，就是賢明的君主了。」為他演唱唐風，他說：「思慮深遠啊！大概有陶唐氏的遺民吧！要不是這樣，為什麼憂思如此深遠呢？不是盛德之人的後裔，誰能像這樣？」為他演唱陳風，他說：「國家沒有主人，難道能長久嗎？」從鄶風以下，就沒有評論了。

為之歌小雅①，曰：「美哉，思而不貳，怨而不言②，其周德之衰乎？猶有先王之遺民焉③。」為之歌大雅④，曰：「廣哉，熙熙乎⑤！曲而有直體⑥，其文王之德乎？」

【注釋】

①小雅：主要是貴族作品，也有一些民間歌謠，多創作於西周晚期。
②不言：不形於言語。
③先王：指周代文、武、成、康諸王。
④大雅：西周時的貴族作品。
⑤熙熙：和美，融洽。
⑥直體：剛勁有力。

【譯文】

為他演唱小雅，他說：「美好啊！憂愁而沒有二心，怨恨而不形於言語，大概是周朝德行衰微時的音樂吧？還是有先王的遺民啊。」為他演唱大雅，他說：「寬廣啊，和美融洽啊！抑揚曲折而本體剛勁，恐怕是文王的德行吧？」

為之歌頌①，曰：「至矣哉！直而不倨②，曲而不屈③，邇而不偪，遠而不攜④，遷而不淫⑤，復而不厭，哀而不愁，樂而不荒⑥，用而不匱，廣而不宣⑦，施而不費⑧，取而不貪⑨，處而不底⑩，行而不流⑪。五聲和⑫，八風平⑬，節有度⑭，守有序⑮，盛德之所同也。」

【注釋】

①頌：祭祀所用樂歌。詩經中有周頌、魯頌、商頌。

②倨（jù）：放肆。

③屈：卑下。

④攜：離開。

⑤遷：變化。淫：過度。

⑥荒：過度。

⑦宣：顯露。

⑧費：減少。

⑨不貪：意為易於滿足。

⑩處：不動。底：停止，停滯。

⑪流：流蕩泛濫。

⑫五聲：指宮、商、角、徵（zhǐ）、羽五聲音階。
⑬八風：八方之風。一說為東北炎風、東滔風、東南熏風、南巨風、西南淒風、西飂風、西北厲風、北寒風，一說為東方明庶風、東南清明風、南方景風、西南涼風、西方閶闔風、西北不周風、北方廣莫風、東北融風。
⑭節：節奏。
⑮守有序：更相鳴奏，次序井然。

【譯文】

為他演唱頌，他說：「到達頂點了！正直而不放肆，委婉而不卑下，緊密而不局促，悠遠而不散漫，變化而不過分，反覆而不厭倦，哀傷而不憂愁，歡樂而不荒淫，用取而不匱乏，寬廣而不顯露，施予而不損耗，吸收而不貪婪，靜止而不停滯，行進而不流蕩。五聲協調，八風和諧，節拍合於節度，演奏按照次序，這是有盛德的人共同具有的。」

見舞象箾、南籥者①，曰：「美哉，猶有憾②。」見舞大武者③，曰：「美哉，周之盛也，其若此乎？」見舞韶濩者④，曰：「聖人之弘也⑤。而猶有慚德⑥，聖人之難也。」見舞大夏者⑦，曰：「美哉，勤而不德，非禹，其誰能修之？」見舞韶箾者⑧，曰：「德至矣哉！大矣如天之無不幬也⑨，如地之無不載也，雖甚盛德，其蔑以加於此矣。觀止矣。若有他樂，吾不敢請已。」

【注釋】

①象箾（shuò）：執竿而舞，是一種顯示勇武的舞蹈。箾，即舞蹈者手持的竿。南籥（yuè）：這是一種象徵文治的舞蹈。籥，古樂器，但也用作舞蹈者手持的道具。

②憾：遺憾，缺憾。

③大武：歌頌周武王的樂舞。

④韶濩（hù）：歌頌商湯的樂舞。濩，通「頀」，商湯樂名。

⑤弘：偉大。

⑥慚德：缺點。

⑦大夏：歌頌夏禹的樂舞。

⑧韶箾（xiāo）：虞舜時的樂舞。又作「簫韶」。

⑨幬（dào）：覆蓋。

【譯文】

看到跳象箾、南籥舞，公子札說：「美好啊！但還有些遺憾。」看到跳大武舞，他說：「美好啊！周朝興盛的時候，大概就是這樣吧？」看到跳韶頀舞，他說：「像聖人那樣的偉大，尚且因為還有缺點而內疚，當聖人不容易啊！」看到跳大夏舞，他說：「美好啊！勤勞而不自居有德，不是禹，誰能夠辦到？」看到跳韶箾舞，他說：「功德到達極點了！偉大啊，像蒼天的無不覆蓋，像大地的無不承載。這樣盛大的德行，不能再比它有所增加了，觀賞就到這裏了。如果還有其他音樂舞蹈，我不敢再請求了。」

子產壞晉館垣（襄公三十一年）

子產是鄭國傑出的政治家，尤其以嫻於辭令，擅長處理外交關係著稱。本文講的就是在鄭朝晉受到怠慢時子產的處置方式與對答辭令。子產在壞館垣時已經準備好了應對方法，他一方面表明這樣做是出於保護貢物的目的，一方面責備晉國不能守文公之教，有失霸主之職，正是義正辭嚴，強而不激。

子產相鄭伯以如晉①，晉侯以我喪故②，未之見也。子產使盡壞其館之垣而納車馬焉③，士文伯讓之④，曰：「敝邑以政刑之不修，寇盜充斥，無若諸侯之屬辱在寡君者何⑤，是以令吏人完客所館⑥，高其閈閎⑦，厚其牆垣，以無憂客使。今吾子壞之，雖從者能戒，其若異客何？以敝邑之為盟主，繕完葺牆，以待賓客。若皆毀之，其何以共命⑧？寡君使匄請命。」對曰：「以敝邑褊小，介於大國，誅求無時⑨，是以不敢寧居，悉索敝賦，以來會時事。逢執事之不閑，而未得見，又不獲聞命，未知見時，不敢輸幣⑩，亦不敢暴露。其輸之，則君之府實也⑪，非薦陳之⑫，不敢輸也；其暴露之，則恐燥濕之不時而朽蠹，以重敝邑之罪。僑聞文公之為盟主也⑬，宮室卑庳⑭，無觀台榭⑮，以崇大諸侯之館，館如公寢。庫廄繕修，司空以時平易道路⑯，圬人以時塓館宮室⑰；諸侯賓至，甸設庭燎⑱，僕人巡宮；車馬有所，賓從有代⑲，巾車脂轄⑳，隸人、牧、圉各瞻其事㉑，百官之屬各展其物。公不留賓㉒，而亦無廢事，憂樂同之，事則巡之，教其不知，而恤其不足。賓至如歸，無寧菑患㉓，不畏寇盜，而亦不患燥濕。今銅鞮之宮數里㉔，而諸侯舍於隸人，門不容車，而不可逾越；盜賊公行，而夭厲不戒㉕，賓見無時，命不可知，若又勿壞，是無所藏幣以重罪也。敢請執事：將何所命之？雖君之有魯喪，亦敝邑之憂也。若獲薦幣，修垣而行，君之惠也，敢憚勤勞！」文伯復命。趙文子曰㉖：「信，我實不德，而以隸人之垣以贏諸侯㉗，是吾罪也。」使士文伯謝不敏焉。

【注釋】

①子產：即公孫僑，字子產。鄭簡公時為卿。如：往，到。
②晉侯：晉平公。我喪：指魯襄公之喪。
③館：接待外賓的館舍。
④士文伯：名匄（gài），晉大夫。讓：責備。

⑤屬：臣屬。
⑥完：修繕。
⑦閈閎（hàn hóng）：館舍的大門。
⑧共（gōng）命：供應滿足大家的需求。共，通「供」。
⑨誅求：責求。無時：沒有定時。
⑩輸幣：送繳禮物貢品。
⑪府實：府庫中的財產物品。
⑫薦陳：古時客人向主人獻禮，先陳列於庭，稱為「薦陳」。
⑬僑：子產自稱。
⑭庳（bì）：矮小。
⑮觀（guàn）：宮門兩旁的高大建築。台榭（xiè）：平坦的高台為「台」，台上建有敞屋的為「榭」。
⑯司空：掌管土木的官員。
⑰圬（wū）人：泥瓦匠人。塓（mì）：粉刷。
⑱甸：甸人，掌薪火之官稱「甸人」。庭燎：庭中照明的火燭。
⑲賓從有代：指有人來替代賓客的隨從。
⑳巾車：掌管車輛的官員。轄：車軸兩端的鍵。
㉑隸人：掌管客館灑掃之事的人。牧：放牧牛羊的人。圉（yǔ）：養馬的人。瞻：照料，管理。
㉒公不留賓：意思是不使賓客滯留。

㉓菑（zāi）：同「災」。
㉔銅鞮（dī）：晉國君離宮。故址在今山西沁縣南。
㉕夭厲：亦作「夭癘」，指瘟疫。
㉖趙文子：晉大夫。
㉗贏：受，接受。

【譯文】

子產陪同鄭簡公去晉國，晉平公由於我們魯國有喪事的緣故，沒有會見鄭簡公。子產派人全部拆毀晉國賓館的圍牆讓車馬進入，士文伯責備他說：「敝邑由於政事刑罰的不能修明，盜賊到處都是，無奈諸侯的臣屬屈駕來向寡君問候，所以命令官吏修繕賓客的館舍，加高它的大門，加厚它的圍牆，以便不讓賓客使者擔憂。現在您拆毀了它，雖然您的隨從能夠做好警衛，但別國的賓客怎麼辦呢？由於敝邑是盟主，才修繕館舍圍牆，來接待賓客。如果都把它毀了，那又用什麼來滿足賓客的要求呢？我國國君派遣我前來請教。」子產回答說：「由於敝邑窄小，處在大國之間，大國索求貢品又沒有一定時間，因此不敢安居，搜索敝邑的全部財富，帶着它前來參加朝會。碰上執事不得空閑，沒有能夠進見，又得不到命令，不知道進見的日期，我們不敢奉獻財幣，也不敢日曬夜露。如果奉獻，這些就是君主府庫中的財物，不經過陳列聘享禮物的正式儀式，那是不敢奉獻的；如果日曬夜露，又恐怕一時乾燥一時潮濕而導致朽壞，加重敝邑的罪過。我聽說貴國文公做盟主的時候，宮室低小，沒有遊樂的台榭，卻把接待諸侯的賓館造得又高又大，如同今天貴國君主的寢宮一樣。倉庫馬房加以修繕，司空按時修整道路，泥瓦工按時粉刷賓館；諸侯賓客到達，甸人在庭院中點起火炬，僕人巡視賓館；車馬有一定的處所，隨從有人替代，巾車為車轄加油，隸人和牧人、圉人各自照料分內的事情，官員們各自展示他們的禮品。文公不讓賓客耽誤時間，可是也沒有簡省禮儀，和賓客同憂共樂，遇上意外就安撫慰問；賓客不知道的加以教導，缺少的加以賙濟。賓客到了這裏好像回到家裏一樣，沒有災害，不怕搶劫偷盜，而且也不怕乾燥潮濕。現在銅鞮山的宮室綿延幾里，諸侯卻住在下等人的屋子裏，大門進不去車，而又不能翻牆進去；盜賊公然橫行，而瘟疫又無法防止，賓客進見沒有一定時間，接見的命令也不知道什麼時候發佈，如果不拆毀圍牆，這就沒有地方收藏財禮而加重罪過了。冒昧地請問執事：準備對我們有什麼指示？儘管君主遇到魯國的喪事，這也是敝邑的憂慼。如果得以奉獻財禮，修好圍牆然後回去，這是君主的恩惠，我們難道敢害怕辛苦勤勞！」士文伯回去報告執行命令的情況。趙文子說：「是這樣，我們確實德行有虧，用收容下等人的房子去接待諸侯，這是我們的過錯啊。」派士文伯去表達歉意。

晉侯見鄭伯，有加禮，厚其宴，好而歸之。乃築諸侯之館。

【譯文】

晉平公接見鄭簡公，提高禮儀規格，宴會更加隆重，贈送更加豐厚，才讓他回國。於是修築了接待諸侯的賓館。

叔向曰①：「辭之不可以已也如是夫②！子產有辭，諸侯賴之，若之何其釋辭也？詩曰：『辭之輯矣，民之協矣；辭之懌矣，民之莫矣。』③其知之矣。」

【注釋】

①叔向：晉大夫。

②辭：辭令。已：廢棄。

③「辭之輯矣」以下四句：詩句出自詩經．大雅．板。輯，和善，親睦。懌（yì），歡悅。莫，安定。

【譯文】

叔向說：「辭令不能廢棄就像這樣吧！子產善於辭令，諸侯因此得利，像這樣怎麼能說廢棄辭令呢？詩經說：『辭令融洽，百姓就團結了；辭令動聽，百姓就安定了。』他懂得這個道理。」

子產論尹何為邑（襄公三十一年）

在如何培養人、任用人的問題上，子皮選擇了讓他邊學邊幹，子產選擇了先學後任用。仔細想來，對於重要的職位，子產的意見就顯得更為穩妥了。文中表現了子產知無不言的坦誠態度，子皮從善如流，主動讓賢的品德，兩人互相信任，互相扶助，是理想的上下級關係的寫照。子產的言論善用比喻，層層論證，令人信服。

子皮欲使尹何為邑①。子產曰：「少，未知可否。」子皮曰：「願②，吾愛之，不吾叛也。使夫往而學焉，夫亦愈知治矣。」子產曰：「不可。人之愛人，求利之也。今吾子愛人則以政，猶未能操刀而使割也，其傷實多。子之愛人，傷之而已，其誰敢求愛於子？子於鄭國，棟也。棟折榱崩③，僑將厭焉，敢不盡言？子有美錦，不使人學制焉④。大官、大邑，身之所庇也，而使學者制焉，其為美錦不亦多乎？僑聞學而後入政，未聞以政學者也。若果行此，必有所害。譬如田獵，射御貫⑤，則能獲禽，若未嘗登車射御，則敗績厭覆是懼⑥，何暇思獲？」子皮曰：「善哉！虎不敏。吾聞君子務知大者、遠者，小人務知小者、近者。我，小人也。衣服附在吾身，我知而慎之，大官、大邑，所以庇身也，我遠而慢之。微子之言，吾不知也。他日我曰：『子為鄭國，我為吾家，以庇焉，其可也。』今而後知不足。自今請雖吾家，聽子而行。」子產曰：「人心之不同如其面焉，吾豈敢謂子面如吾面乎？抑心所謂危，亦以告也。」子皮以為忠，故委政焉，子產是以能為鄭國。

【注釋】

①子皮：鄭卿公孫舍之子，名罕虎，為鄭上卿。尹何：子皮的家臣。為邑：治理封邑。
②願：謹慎老實。
③榱（cuī）：屋椽。
④制：裁剪。
⑤射御貫：熟悉射箭、駕車。貫，熟習。
⑥厭（yā）：通「壓」。

【譯文】

子皮想要讓尹何治理他的封邑。子產說：「他還年輕，不知道行不行。」子皮說：「他老實謹慎，我喜歡他，他不會背叛我。讓他到了那裏再學習，他也會更加懂得辦事了。」子產說：「不行。人家喜歡一個人，總是謀求對他有好處。現在您喜歡一個人卻把政事交給他，如同不會用刀子卻讓他去切割，那樣他受到的損傷就會很多。您喜歡一個人，讓他受到損傷，還有誰敢討您的喜歡？您在鄭國，是棟樑。棟樑折斷椽子崩散，僑就會壓在底下，豈敢不把話全部說出來？您有了漂亮的錦緞，是不會讓人用來學習裁製的。高級的職位和重要的城邑，是自身的庇護，反而讓初學的人去治理，它們比起漂亮的錦緞來，不是更貴重嗎？僑聽說學習以後才去辦理政事，沒有聽說把辦理政事作為學習的。如果真這樣做，必定有所損害。譬如打獵，熟習了射箭駕車，就能夠獲得獵物；如果從沒有登上車射過箭駕過車，那麼就只害怕車翻了壓着人，哪裏有工夫去想獲取獵物？」子皮說：「是啊！我真是不聰明。我聽說君子致力於了解大的、遠的，小人致力於了解小的、近的。我是小人啊。衣服穿在我身上，我了解而且愛惜它；高級的職位和重要的城邑是用來庇護自身的，我反而疏遠而且輕視它。要是沒有您的這番話，我是不會明白的。從前我說：『您治理鄭國，我治理我的家族以庇護自己，那就可以了。』現在才知道這樣還不夠。從現在起，我請求即使是我家族裏的事務，也聽憑您辦理。」子產說：「人心不一樣就好像他們的面孔，我哪敢說您的面孔像我的面孔呢？不過是心裏覺得危險，就把它告訴您。」子皮認為子產忠誠，就把政事全部交付給他，子產因此能夠治理鄭國。

子產卻楚逆女以兵（昭公元年）

文中楚太宰伯州犁的指責合情合理，無可辯駁，而鄭國子羽乾脆直接說破楚人藉聘問迎親襲擊鄭國的陰謀，使楚人明白鄭人已有防範，不敢輕舉妄動，這也是小國對付大國的一種手段。全文以伯州犁與子羽的問答為中心，渲染出當時極其緊張的氣氛，也是左傳的敘事特色之一。

楚公子圍聘於鄭①，且娶於公孫段氏②，伍舉為介③。將入館，鄭人惡之④，使行人子羽與之言⑤，乃館於外。

【注釋】

①公子圍：楚共王之子。楚王郟敖（jiá áo）時為令尹，主兵事，後弒郟敖即王位，謚靈王。

②公孫段：字子石，食邑於豐，鄭大夫。

③伍舉：是伍子胥的祖父。楚大夫。介：副使。

④惡（wù）：厭惡。

⑤行人：掌管朝覲聘問的官員。子羽：公孫翬，字子羽。

【譯文】

楚國的公子圍到鄭國聘問，同時迎娶公孫段家的女子，伍舉任副使。他們準備進入賓館，鄭國人討厭公子圍，派行人子羽同他交談，公子圍就住在了城外。

既聘，將以眾逆①。子產患之，使子羽辭，曰：「以敝邑褊小，不足以容從者，請墠聽命②。」令尹使太宰伯州犁對曰③：「君辱貺寡大夫圍④，謂圍：『將使豐氏撫有而室⑤。』圍布幾筵⑥，告於莊、共之廟而來⑦。若野賜之⑧，是委君貺於草莽也，是寡大夫不得列於諸卿也。不寧唯是，又使圍蒙其先君⑨，將不得為寡君老⑩，其蔑以復矣。唯大夫圖之。」子羽曰：「小國無罪，恃實其罪。將恃大國之安靖己，而無乃包藏禍心以圖之？小國失恃⑪，而懲諸侯，使莫不憾者，距違君命，而有所壅塞不行是懼。不然，敝邑，館人之屬也⑫，其敢愛豐氏之祧⑬？」

【注釋】

①眾：軍隊。逆：迎接。

②墠（shàn）：清掃地面以供祭祀之用。古代結婚，本應由男方到女方家的祖廟去行迎親之禮，子產不願意讓公子圍及其軍隊入城，於是說要在郊外設一個場，代替豐氏之廟。

③令尹：指公子圍。太宰：掌管宮廷內外事務、輔助國君治理國家的官員。伯州犁：楚國宗子，楚康王時任太宰。

④貺（kuàng）：賜予。

⑤撫有而室：指將豐氏女子嫁給公子圍。撫有，有，據有。而，你，你的。

⑥布幾（jī）筵：佈置筵席。

⑦莊：楚莊王，公子圍的祖父。共：楚共王。

⑧野：郊野。

⑨蒙：蒙騙。

⑩老：大臣。

⑪恃：指倚仗大國而無防備。

⑫館人之屬：意思是就像楚國的賓館。

⑬祧（tiāo）：祖廟。

【譯文】

聘問禮完成後，公子圍準備帶領士兵親迎。子產為此擔心，派子羽去拒絕他，說：「由於敝邑窄小，無法容納全部隨從，請求在郊外開闢墠場，以聽取命令。」公子圍命令太宰伯州犁回答說：「承蒙君主恩賜我們大夫圍，對圍說：『將要把豐氏的女兒嫁給你，讓你成家。』大夫圍敬備筵席，祭告楚莊王、共王的神廟然後前來。如果在野外恩賜於我，這是把君主的恩惠丟棄在雜草叢中，也是讓我們大夫不能處在卿的行列裏了。不僅如此，又讓大夫圍蒙騙他的先君，這樣就不能再做我們國君的大臣，恐怕也沒有臉面回去了。請大夫斟酌一下。」子羽說：「小國沒有罪過，一味倚仗大國倒確實是罪過。準備依仗大國安定自己，可是大國也許包藏禍心在打小國的主意吧？我們怕的是小國失去依靠，而使諸侯得以警戒，使他們沒有一個不怨恨，抵觸抗拒大國的命令，使大國的命令雍塞不能執行。如果不是這樣，敝邑就等於賓館一樣，豈敢愛惜豐氏的祖廟？」

伍舉知其有備也，請垂櫜而入①。許之。

【注釋】

①櫜（gāo）：裝弓矢盔甲的口袋。垂櫜，表示裏面沒有兵器。

【譯文】

伍舉知道鄭國有了防備，請求倒垂弓袋進入。鄭國同意了。

子革對靈王（昭公十二年）

楚靈王是個狂妄的君主，他問子革的三個問題充分暴露了他的野心。子革採用了欲擒故縱的方法進諫，先隨聲附和，而順辭中已寓深意；而後藉靈王稱讚左史倚相之機引出祈招之詩，言語始終不離不即，卻擊中了靈王的要害。本文是左傳中最有趣味的段落之一，其中對靈王衣飾形象的具體描寫、靈王前後的動作心理描寫，都是左傳中少見的；而中間忽插入靈王入內，析父與子革的對話，故做頓挫，使得文章搖曳生姿，煞是好看。

楚子狩於州來①，次於潁尾②，使蕩侯、潘子、司馬督、囂尹午、陵尹喜帥師圍徐以懼吳③。楚子次於乾谿④，以為之援。雨雪⑤，王皮冠，秦復陶⑥，翠被⑦，豹舄⑧，執鞭以出。僕析父從⑨。

【注釋】

①楚子：楚靈王。狩（shòu）：冬獵。州來：楚地名。在今安徽鳳台。

②次：駐紮。潁（yǐng）尾：潁水入淮河的地方稱「潁尾」，在今安徽潁上東南。

③蕩侯、潘子、司馬督、囂尹午、陵尹喜：五人都是楚大夫。徐：吳的附屬國，在楚、吳之間，今江蘇泗洪東南。

④乾谿：在今安徽亳州東南。

⑤雨（yù）雪：下雪。雨，作動詞用。

⑥秦復陶：秦國所贈的羽衣，可防雨雪。

⑦翠被（pī）：翠羽的披風。

⑧豹舄（xì）：豹皮做的鞋子。

⑨僕析父（fǔ）：楚大夫。

【譯文】

楚靈王在州來狩獵閱兵，駐紮在潁尾，派蕩侯、潘子、司馬督、囂尹午、陵尹喜領兵包圍徐國以威脅吳國。楚靈王駐在乾谿，作為他們的後援。下雪，楚靈王頭戴皮冠，身穿秦國的羽衣，外披翠羽披肩，腳蹬豹皮鞋，手拿鞭子走出來。僕析父隨侍在側。

右尹子革夕①。王見之，去冠、被，捨鞭，與之語，曰：「昔我先王熊繹與呂伋、王孫牟、燮父、禽父並事康王②，四國皆有分，我獨無有。今吾使人於周，求鼎以為分，王其與我乎？」對曰：「與君王哉！昔我先王熊繹辟在荊山③，篳路藍縷以處草莽④，跋涉山林以事天子，唯是桃弧、棘矢以共禦王事。齊，王舅也，晉及魯、衞，王母弟也。楚是以無分，而彼皆有。今周與四國服事君王，將唯命是從，豈其愛鼎？」王曰：「昔我皇祖伯父昆吾⑤，舊許是宅⑥。今鄭人貪賴其田，而不我與。我若求之，其與我乎？」對曰：「與君王哉！周不愛鼎，鄭敢愛田？」王曰：「昔諸侯遠我而畏晉，今我大城陳、蔡、不羹⑦，賦皆千乘⑧，子與有勞焉，諸侯其畏我乎？」對曰：「畏君王哉！是四國者，專足畏也。又加之以楚，敢不畏君王哉！」

【注釋】

①右尹：職官名。子革：名丹，鄭大夫子然的兒子，由鄭奔楚。夕：傍晚進見。

②熊繹：楚國最初受封的國君。呂伋（jí）：齊太公呂尚之子。齊國與周王室通婚，所以下文說齊為王舅。王孫牟：衞國始封君康叔之子。因康叔為周武王同母弟，故下文說衞是周王母弟。燮（xiè）父：晉國始封君唐叔的兒子。因唐叔為周成王之弟，故下文說晉也是周王母弟。禽父：即伯禽，周公之子，始封於魯。因周公為周武王同母弟，故下文說魯也是周王母弟。康王：周成

王之子周康王。
③荊山：楚人最早居住的地方，在今湖北南漳西。
④篳（bì）路藍縷：比喻開創艱難。篳路，柴車。
⑤皇祖伯父昆吾：楚國遠祖季連之兄名昆吾，因有伯父之稱。
⑥舊許：即許國，在今河南許昌。許後遷往葉、夷，舊地為鄭國所有，故稱「舊許」。昆吾曾居住在此。
⑦不羹（láng）：楚地名。有東、西二邑，東邑在今河南舞陽西北，西邑在今河南襄城東南。
⑧賦：軍賦，指戰車。

【譯文】

右尹子革傍晚前來進見。楚靈王接見他，脱掉帽子、披肩，扔掉鞭子，同他説道：「從前我們的先王熊繹和呂伋、王孫牟、燮父、禽父一起事奉康王，那四個國家都得到頒賜，唯獨我國沒有。現在我派人到周國，請求把鼎作為頒賜，天子會給我嗎？」子革回答説：「會給君王的啊！從前我們先王熊繹住在邊遠的荊山，乘柴車，穿破衣，住在雜草叢中，跋山涉水，事奉天子，只能用桃木弓、棗木箭進貢天子。齊國，是天子的舅父，晉國和魯國、衞國，是天子的同胞兄弟。楚國因此沒有得到頒賜，但他們可都得到了。現在周和四個國家都順服事奉君王，將會完全聽從您的命令，難道還敢愛惜鼎嗎？」楚靈王説：「從前我們遠祖伯父昆吾，居住在許國的舊地。現在鄭國人貪圖那裏的田地，不給我們。我們如果要求歸還，會給我們嗎？」子革回答説：「會給君王的啊！

成周不愛惜鼎，鄭國哪敢愛惜田地？」楚靈王說：「從前諸侯疏遠我國卻害怕晉國，現在我們大修陳、蔡和東、西不羹的城牆，每地都有戰車千輛，您也是有功勞的，諸侯會害怕我們嗎？」子革回答說：「會害怕君王的啊！這四個城邑，已經夠使人害怕的了。又加上楚國，諸侯哪敢不怕君王啊！」

工尹路請曰①：「君王命剝圭以為鏚柲②，敢請命。」王入視之。

【注釋】

①工尹路：「工尹」為世職，「路」是人名。

②圭：古玉器，長方形，上尖下方。鏚（qī）：斧。柲（bì）：柄。

【譯文】

工尹路請示說：「君王命令破開圭來裝飾斧柄，謹請指示。」楚靈王進去察看。

析父謂子革：「吾子，楚國之望也。今與王言如響，國其若之何？」子革曰：「摩厲以須①，王出，吾刃將斬矣。」

【注釋】

①摩厲：同「磨礪」，在磨刀石上磨刀。須：等待。

【譯文】

析父對子革說：「您是楚國中大家仰望的人。現在和君王應對好像他的回聲，國家怎麼辦？」子革說：「我磨快刀刃等着，君王出來，我的刀子就要砍下去了。」

王出，復語。左史倚相趨過①，王曰：「是良史也，子善視之！是能讀三墳、五典、八索、九丘②。」對曰：「臣嘗問焉，昔穆王欲肆其心③，周行天下，將皆必有車轍馬跡焉。祭公謀父作祈招之詩以止王心④，王是以獲沒於祇宮⑤。臣問其詩，而不知也，若問遠焉，其焉能知之？」王曰：「子能乎？」對曰：「能。其詩曰：『祈招之愔愔⑥，式昭德音。思我王度，式如玉⑦，式如金。形民之力⑧，而無醉飽之心。』」

【注釋】

①左史：史官。周代史官有左史、右史之別，一者記言，一者記事。倚相：楚國史官。趨過：在楚王前快步走過，表示敬意。

②三墳、五典、八索、九丘：傳說中記載三皇五帝、八卦、九州的古書。

③穆王：周穆王。肆：放縱。

④祭（zhài）公謀父：周王卿士。祭，畿內之國，謀父所封。

⑤沒（mò）：通「歿」，死。祇（zhī）宮：周穆王所修宮室。

⑥愔愔（yīn）：安詳和平。

⑦式：句首助詞。

⑧形：通「型」，意思是量度百姓的能力。

【譯文】

楚靈王出來，繼續談話。左史倚相低頭快步走過，楚靈王說：「這是個好史官，您要好好對待他！這個人能夠讀三墳、五典、八索、九丘。」子革回答說：「下臣曾經問過他，從前周穆王想要滿足他的欲望，走遍天下，要求到處都有他的車轍馬跡，祭公謀父作了祈招這首詩來遏止穆王的欲望，穆王因此得以在祇宮善終。下臣問他這首詩他卻不知道，如果問更遠的，他哪裏能夠知道？」楚靈王說：「您能知道嗎？」子革回答說：「能。這首詩說：『祈招安詳和悅，表明了有德者的聲音。想起我君王的氣度，好像玉，好像金。度量百姓的力量，自己沒有醉飽之心。』」

王揖而入，饋不食①，寢不寐，數日。不能自克，以及於難②。

【注釋】

①饋（kuì）：進餐。

②以及於難：指翌年楚靈王為公子比所逼迫，自縊而死。

【譯文】

楚靈王向子革作揖然後走了進去，吃不下飯，睡不着覺，過了好幾天。但終究不能克制自己，因而遇上了禍難。

仲尼曰：「古也有志①：『克己復禮，仁也。』信善哉②！楚靈王若能如是，豈其辱於乾谿？」

【注釋】

①志：記載。

②信：確實。

【譯文】

孔子說：「古時候有記載說：『克制自己回復到禮，這是仁。』真是說得好啊！楚靈王如果能夠這樣，難道會在乾谿蒙受恥辱嗎？」

子產論政寬猛（昭公二十年）

子產用水與火比喻政令的寬和猛，形象地闡釋了二者的辯證關係。全文以子產的話提出論點，以子太叔的執政實際為例證，以孔子的話為總結提升，如同一篇中心鮮明的小論文，簡潔明快，歷來受到執政者的重視。

鄭子產有疾①，謂子大叔曰②：「我死，子必為政。唯有德者能以寬服民，其次莫如猛。夫火烈，民望而畏之，故鮮死焉③；水懦弱，民狎而玩之④，則多死焉，故寬難。」疾數月而卒。

【注釋】

①疾：病。

②子大（tài）叔：游吉，鄭簡公、鄭定公時為卿，後繼子產執政。

③鮮（xiǎn）：少。

④狎：輕慢。玩：忽略。

【譯文】

鄭國的子產病了，對子太叔說：「我死以後，您必然執政。只有有德的人能用寬大來使百姓服從，其次就沒有比嚴厲更合適的了。火猛烈，百姓看着害怕，所以很少有人死於火；水軟弱，百姓輕慢而忽視它，很多人就死在水裏，所以寬大並不容易。」子產病了幾個月以後死了。

大叔為政，不忍猛而寬。鄭國多盜，取人於萑苻之澤①。大叔悔之，曰：「吾早從夫子，不及此。」興徒兵以攻萑苻之盜，盡殺之，盜少止。

【注釋】

①取（jù）：通「聚」。萑苻（huán fú）之澤：澤名。因葭葦叢生而便於藏身。

【譯文】

太叔執政，不忍心用嚴厲而實行寬大政策。結果鄭國盜賊很多，聚集在萑苻澤裏。太叔後悔，說：「我早點聽從他老人家的話，不會到這一步的。」發動步兵攻打萑苻澤的盜賊，把他們全部殺掉，盜賊稍有收斂。

仲尼曰：「善哉！政寬則民慢①，慢則糾之以猛，猛則民殘，殘則施之以寬。寬以濟猛，猛以濟寬，政是以和。詩曰：『民亦勞止，汔可小康。惠此中國，以綏四方②。』施之以寬也。『毋從詭隨，以謹無良。式遏寇虐，慘不畏明③。』糾之以猛也。『柔遠能邇，以定我王④。』平之以和也。又曰：『不競不絿，不剛不柔，布政優優，百祿是遒⑤。』和之至也。」及子產卒，仲尼聞之，出涕曰：「古之遺愛也。」

【注釋】

①慢：怠慢。
②「民亦勞止」以下四句：詩句引自詩經．大雅．民勞。汔（qì），其。
③「毋從詭隨」以下四句：欺詐叫「詭」，善變叫「隨」。從，同「縱」，放縱。謹，約束。式，應該。慘，曾，從來。明，明文規定的法律。
④柔遠能邇，以定我王：這兩句詩的意思是，平等地對待遠方、溫柔地對待近處，以使我王安定。
⑤「不競不絿（qiú）」以下四句：詩句引自詩經．商頌．長發。絿，急。遒，聚集。

【譯文】

孔子說：「好啊！政策寬大百姓就怠慢，怠慢就要用嚴厲來糾正，嚴厲就會使百姓受到傷害，受到傷害就再實施寬大。用寬大調劑嚴厲，用嚴厲調劑寬大，政事因此而和諧。詩說：『百姓已經辛勞，可以讓他們稍稍安康；賜恩給中原各國，用以安定四方。』這是實施寬大。『不要放縱假裝附和的人，以約束不良之徒。應當制止侵奪殘暴，他們從來不怕法度。』這是用嚴厲來糾正。『安撫邊遠，柔服近地，來安定我王。』這是用和諧來使國家平靜。又說：『不爭不急，不剛不柔，施政從容不迫，百種福祿臨頭。』這是和諧的最高境界。」等到子產死去，孔子聽到這一消息，流着眼淚說：「他具有古人仁愛的遺風啊。」

吳許越成（哀公元年）

伍員的諫辭先以夏少康中興來比附句踐，再分析句踐的為人，復分析吳、越兩國世代為仇的利害關係，由古及今，並對未來作出預言，深刻地說明了「樹德莫如滋，去疾莫如盡」的道理。文中記載的少康中興一段歷史不見於史記·夏本紀，是一段很重要的夏史資料。

吳王夫差敗越於夫椒①，報檇李也②，遂入越。越子以甲楯五千保於會稽③，使大夫種因吳太宰嚭以行成④。吳子將許之。

【注釋】

①夫差：春秋末年吳國國君。夫椒：山名。在今江蘇吳縣西南太湖中。

②槜（zuì）李：在今浙江嘉興西南。魯定公十四年（前四九六），越國在此大敗吳軍，吳王闔閭腳傷而死。

③越子：越王句踐。甲楯（dùn）：披甲執楯的士兵。楯，盾牌。會（kuài）稽：山名。在今浙江紹興南。

④大夫種：即文種，字禽，越國大夫。嚭（pǐ）：伯嚭，吳王夫差的寵臣，官至太宰。

【譯文】

吳王夫差在夫椒打敗越軍，這是報復了槜李之仇，並乘勢進入越國。越王帶着披甲執盾的士兵五千人守着會稽，派大夫種通過吳國太宰嚭去求和。吳王打算答應。

伍員曰①：「不可。臣聞之：『樹德莫如滋，去疾莫如盡。』昔有過澆殺斟灌以伐斟鄩②，滅夏后相③，后緡方娠④，逃出自竇⑤，歸於有仍⑥，生少康焉。為仍牧正⑦，惎澆能戒之⑧。澆使椒求之⑨，逃奔有虞⑩，為之庖正⑪，以除其害。虞思於是妻之以二姚⑫，而邑諸綸⑬，有田一成⑭，有眾一旅⑮。能布其德，而兆其謀⑯，以收夏眾，撫其官職。使女艾諜澆⑰，使季杼誘豷⑱，遂滅過、戈⑲。復禹之績，祀夏配天，不失舊物。今吳不如過，而越大於少康，或將豐之，不亦難乎！句踐能親而務施，施不失人，親不棄勞。與我同壤，而世為仇讎。於是乎克而弗取，將又存之，違天而長寇讎，後雖悔之，不可食已。姬之衰也⑳，日可俟也。介在蠻夷，而長寇讎，以是求伯㉑，必不行矣。」

【注釋】

①伍員（yún）：字子胥。其父伍奢為楚大夫，被殺，子胥逃到吳國為大夫。

②過（guō）：古國名。在今山東掖縣北。傳說夏代東夷族首領寒浞之子澆（ào）封於此。斟灌、斟鄩（xún）：都是夏的同姓諸侯。

③后相：傳說中的夏代君主相，夏啟之孫。據說夏王太康被后羿奪去王位，寒浞殺后羿，取代夏政。后相依二斟，澆滅二斟，后相亡。

④后緡（mín）：相的妻子，有仍氏的女兒。娠：懷孕，妊娠。

⑤竇：洞。

⑥有仍：古代部族，在今山東濟寧東南。

⑦牧正：掌管畜牧的官員。

⑧惎（jì）：毒，仇恨。

⑨椒：澆的臣下。

⑩有虞：原是舜的部落，這裏指舜的後代封國，在今河南虞城北。
⑪庖正：掌管膳食的官員。
⑫虞思：虞國君。二姚：虞思的兩個女兒。虞國姚姓。
⑬綸：虞地名。在今河南虞城東南。
⑭成：土地面積單位，方十里為「一成」。
⑮旅：五百步卒為「一旅」。
⑯兆：始。
⑰女艾：少康之臣，打入澆那裏做間諜。
⑱季杼：少康之子。豷（yì）：澆之弟，封於戈。
⑲過、戈：指澆國和豷國。
⑳姬：吳國姬姓。
㉑伯（bà）：通「霸」。

【譯文】

伍員說：「不行。下臣聽說：『建樹德行沒有比不斷培植更重要的，去除毒害沒有比掃滅乾淨更重要的。』從前過國的澆殺了斟灌而攻打斟鄩，滅亡夏后相，夏后相的妻子后緡正懷着孕，從城牆小洞裏逃出，回到娘家有仍，生了少康。少康後來做了有仍的牧正，對澆滿懷仇恨而能警惕戒備。澆派椒尋找少康，少康逃奔到有虞，做了那裏的庖正，藉此逃避禍害。虞思把兩個女兒嫁給他，封他在綸邑，擁有十里見方的地田和五百個步卒。少康能廣施恩德，開始實行復國的計劃，收集夏朝的餘部，安撫他們的官員。派女艾到澆那裏去刺探情報，派季杼去引誘豷。這樣就滅亡了過國、戈國。恢復了禹的功績，奉祀夏朝的祖先同時祭祀天帝，沒有丟掉原有的天下。現在吳國不如過國，而越國大於少康，如果使越國壯大，不也是我們的災難嗎！越王句踐能夠親近百姓而致力於施捨，對應該施捨的人就加以施捨，對有功勞的人從不拋棄而加以親近。越國和我國同處一塊土地，而世世代代又是仇敵。在這種情況下攻下了而不取歸己有，又打算讓它存在下去，違背上天而壯大仇敵，以後雖然懊悔，也吃不消了。姬姓的衰微，指日可待，我國介於蠻夷之間而讓仇敵壯大，用這樣的辦法求取霸業，必然是行不通的。」

弗聽。退而告人曰：「越十年生聚，而十年教訓，二十年之外，吳其為沼乎！」

【譯文】

吳王不聽從他的意見。伍員退下後告訴別人說：「越國用十年繁衍人口積聚力量，用十年教育訓練人們，二十年以後，吳國的宮殿恐怕要成為池沼了！」

卷三

國語

國語是一部先秦時期的歷史文獻匯編。關於它的作者，司馬遷認為是左丘明，但現在的學者一般認為，國語是戰國中葉一個不知名的史家，根據春秋各國史料匯編而成的。國語包括周語、魯語、齊語、晉語、鄭語、楚語、吳語、越語八個部分，但受編者所掌握材料的限制，國語所收錄的各國史料並不均衡。其中晉語最多，有一二七條，鄭語最少，只有二條。

從時間來看，國語中的記載上起西周穆王時期，下至東周貞定王十六年（前四五三），共約五百多年。它所記載的內容主要是當時各級貴族與治國相關的言論，雖以記言為主，但往往會用簡略的語言交代事件的前因後果，因此各篇的記載相對完整獨立。

祭公諫征犬戎（周語上）

這篇文章記載祭公謀父勸諫周穆王以德化懷服外邦，反覆闡明了「耀德不觀兵」的道理。穆王不聽勸告，勞師動眾僅得四隻白鹿、四隻白狼而歸。

穆王將征犬戎①，祭公謀父諫曰②：「不可！先王耀德不觀兵。夫兵戢而時動，動則威，觀則玩，玩則無震。是故周文公之頌曰③：『載戢干戈，載櫜弓矢④。我求懿德，肆於時夏⑤，允王保之。』先王之於民也，茂正其德而厚其性，阜其財求而利其器用，明利害之鄉⑥，以文修之，使務利而避害，懷德而畏威，故能保世以滋大。

【注釋】

①穆王：即周穆王姬滿，西周第五代天子。犬戎：西北戎人的一支。
②祭公謀父：周王卿士，字謀父，封於祭（今河南新鄭），故稱「祭公」。
③頌曰：以下詩句出自詩經・周頌・時邁，武王伐紂後周公所作。
④載：動詞前的助詞，無實在意義。戢（jí）：收藏兵器。櫜（gāo）：收藏弓矢盔甲的袋子。
⑤肆：陳列，佈陳。時（shì）：通「是」，這。夏：華夏，指中國。
⑥鄉（xiàng）：通「向」。

【譯文】

周穆王打算征伐犬戎，祭公謀父進諫道：「不可以！我們先王重視德化，不輕易使用武力。武力平時應該收斂，在需要時才能動用；一旦動用，就要顯示威力；隨便使用武力，就會顯得輕率；輕率濫用武力，就不再具有威懾力。所以周文公所作的頌詩說：『收起干戈，藏起弓箭。追求美德，讓美德在中華大地施行，我王一定能永久保持並發揚光大。』先王對於百姓，總是勉勵他們端正自己的品行，重視培養他們美好的品德；努力增加他們的財富，讓他們有好的器物用具；使他們明白利害所在，再用禮法道德教導他們，使他們能夠做到趨利避害，心懷感恩而畏懼威嚴，所以先王能夠使王位世代相傳並且更加強大。

「昔我先世后稷①，以服事虞、夏。及夏之衰也，棄稷弗務，我先王不窋用失其官②，而自竄於戎、翟之間③。不敢怠業，時序其德④，纂修其緒⑤，修其訓典，朝夕恪勤，守以惇篤⑥，奉以忠信，奕世載德⑦，不忝前人⑧。至於武王，昭前之光明而加之以慈和，事神保民，莫不欣喜。商王帝辛⑨，大惡於民，庶民弗忍，欣戴武王，以致戎於商牧⑩。是先王非務武也，勤恤民隱而除其害也。

【注釋】

①后稷（jì）：王室的農官，掌管農耕。此指棄，周的始祖，曾為虞舜、夏禹兩朝的農官。

②不窋（zhú）：周先王棄之子，與其父相繼為稷即農官。

③戎：古族名。主要居住在西部。翟：同「狄」，古族名。主要居住在北方。二者亦為中原人對各少數民族的泛稱。

④序：繼續。下文「纂」也是此義。
⑤緒：事業。
⑥惇（dūn）篤：敦厚、實誠。
⑦奕世：累世，世世代代。
⑧忝（tiǎn）：玷污，辱沒。
⑨商王帝辛：即商代最後一位君王紂，名辛。
⑩戎：兵戎，指戰爭。商牧：商朝都城朝歌郊外的牧野，在今河南淇縣南。周武王在這裏大敗商紂王的軍隊。

【譯文】

「過去我們祖先后稷，侍奉虞、夏兩朝。到夏朝衰微時，廢除了農官之職，我們的先祖不窋因此失掉官職，逃到西戎、北狄等少數民族之間。他不敢懈怠廢棄農事，常常傳佈先人的美好品德，研習祖先流傳下來的教誨，編修典章制度，從早到晚，勤勤懇懇，謹慎敦厚，忠誠信實，世世代代奉行，沒有辱沒祖先。武王又發揚前代品德，再加上他慈愛謙和，侍奉神靈，保護百姓，沒有一個不高興的。而商紂王受到人們的極端憎恨，百姓忍受不了他的酷政，於是擁戴武王，在牧野和紂王作戰並打敗了他。這並非武王崇尚武力，而是他體恤百姓的苦難，為百姓除掉禍害。

「夫先王之制：邦內甸服①，邦外侯服②，侯、衛賓服③，夷蠻要服④，戎翟荒服⑤。甸服者祭，侯服者祀，賓服者享⑥，要服者貢，荒服者王。日祭，月祀，時享，歲貢，終王⑦，先王之訓也。有不祭則修意，有不祀則修言，有不享則修文，有不貢則修名，有不王則修德，序成而有不至則修刑。於是乎有刑不祭，伐不祀，征不享，讓不貢⑧，告不王。於是乎有刑罰之辟⑨，有攻伐之兵，有征討之備，有威讓之令，有文告之辭。布令陳辭而又不至，則又增修於德，無勤民於遠。是以近無不聽，遠無不服。

【注釋】

①邦內：王畿（jī）之內，即天子直轄的地區。甸服：本指耕種王田而服事天子，這裏指天子直轄的區域。甸，王田。

②侯服：本指警衛王畿而服事天子，此指天子分封給諸侯的區域。

③侯、衛賓服：諸侯與邊疆之間的區域，因距王都較遠，故待以賓客之禮。衛，衛畿。賓服，本指定期朝貢而服事天子。賓，賓見。

④夷蠻要（yāo）服：指邊疆地區。要服，指按約進見而服事天子。要，通「邀」，希求。

⑤荒服：荒遠地區。

⑥享：享獻，指賓服者每季度向天子貢獻祭品。

⑦終王：意思是終世朝覲一次。
⑧讓：責備。
⑨辟：法律。

【譯文】

「先王的制度是：王畿之內叫甸服，出了王畿叫侯服，侯服之外到邊疆之間叫賓服，蠻夷所居之地叫要服，戎狄所居之地叫荒服。甸服的諸侯提供周王對父親、祖父的祭品，侯服的諸侯提供周王對高祖、曾祖的祭品，賓服的諸侯提供周王始祖的祭品，要服的蠻夷之主進獻周王對遠祖以及天地之神的祭物，戎狄之君則一生朝見一次。祭祀祖父、父親的祭品每天供應一次，祭祀高祖、曾祖的祭品每月供應一次，始祖祭物每季供應一次，遠祖和天地神祭物每年供應一次，朝覲終身一次，這是先王的規定。如果有不提供日祭祭品的，周王就檢查自己的心意是否誠懇；如果有不進獻月祭之物的，周王就檢查自己言語是否失誤；如果有不按季度來進獻祭物的，周王就要加強文治；如果有不來提供歲貢的，周王就要完善尊卑名號；如果有不來朝貢的戎狄之君，周王就要加強德行修養；這一切都做到了，但還有不遵行的，就採取相應的處罰措施。處罰不日祭的，攻打不月祭的，征伐不季享的，責備不歲貢的，勸告不來朝覲的。於是就有了處罰條例，有了攻伐的武力，有了征戰的準備，有了斥責的政令，有了勸告的文書。公佈了政令，闡明了道理，仍然有不來的，國君就要進一步增進自己的德行，而不是讓百姓去遠征。國君這樣做，近的諸侯沒有不聽從的，遠方的部落沒有不歸附的。

「今自大畢、伯仕之終也①，犬戎氏以其職來王，天子曰：『予必以不享征之，且觀之兵。』其無乃廢先王之訓而王幾頓乎②？吾聞夫犬戎樹惇，能帥舊德而守終純固③，其有以禦我矣！」

【注釋】

①大畢、伯仕：犬戎的兩位首領。

②頓：破壞。

③帥：遵循。

【譯文】

「現在自從大畢、伯仕兩位犬戎君主去世之後，犬戎都按規定來朝見，您說：『我要用不納貢的罪名來征討他，而且向他們展示武力。』這樣做豈不是違反祖先的訓導、破壞先王的制度嗎？我聽說犬戎樹立了純樸的德行，能夠遵循先代的德行，並且始終如一，他們就有理由抵禦我們了！」

王不聽，遂征之，得四白狼、四白鹿以歸。自是荒服者不至。

【譯文】

周穆王沒有聽從勸諫，仍然去征伐犬戎，只得到四隻白狼、四隻白鹿回來。從此荒服者不再來朝貢了。

召公諫厲王止謗（周語上）

這篇文章記述召公勸諫周厲王不要阻止百姓指責朝政過失，提出「防民之口，甚於防川」的觀點，反對厲王用殺人的辦法來消除指責。厲王不聽勸諫，最後被國人流放。

厲王虐①，國人謗王②。召公告曰③：「民不堪命矣！」王怒，得衛巫，使監謗者，以告，則殺之。國人莫敢言，道路以目。

【注釋】

①厲王：姬胡，西周第十代王。暴虐無道，後在「國人暴動」中被逐。

②國人：都城裏的老百姓。謗（bàng）：議論指責。

③召（shào）公：召穆公姬虎，周王卿士。

【譯文】

周厲王暴虐無道，國都百姓紛紛埋怨指責他。召公告訴厲王說：「百姓已經忍受不了你的政令了！」厲王聽了很生氣，便找來衞國的一個巫師，命他去監視指責他的人，巫師一發現有人埋怨指責，便向厲王報告，然後將這人抓起殺掉。從此國都的人都不敢說話，路上碰見只用眼神示意。

王喜，告召公曰：「吾能弭謗矣，乃不敢言。」召公曰：「是鄣之也①。防民之口，甚於防川。川壅而潰②，傷人必多，民亦如之。是故為川者決之使導，為民者宣之使言。故天子聽政，使公卿至於列士獻詩③，瞽獻典④，史獻書，師箴，瞍賦⑤，矇誦⑥，百工諫，庶人傳語，近臣盡規，親戚補察，瞽、史教誨，耆、艾修之⑦，而後王斟酌焉，是以事行而不悖。民之有口也，猶土之有山川也，財用於是乎出，猶其有原隰⑧，衍沃也⑨，衣食於是乎生。口之宣言也，善敗於是乎興，行善而備敗，所以阜財用、衣食者也。夫民慮之於心而宣之於口，成而行之，胡可壅也？若壅其口，其與能幾何？」

【注釋】

①鄣（zhàng）：阻塞。

②壅：堵塞。

③公卿至於列士：指大小官員。周朝官職分公、卿、大夫、士四級。列士，士的總稱，分元士、中士、庶士。
④瞽（gǔ）：盲人。此指樂師，古代樂師多以盲人擔任。
⑤瞍（sǒu）：盲人而無瞳仁者。賦：公卿列士所獻詩。
⑥矇（méng）：盲人而有瞳仁者，主弦歌、諷誦。
⑦耆：六十歲的老人。艾：五十歲的老人。
⑧原：寬廣平坦的土地。隰（xí）：低而濕的窪地。
⑨衍：低而平的土地。沃：肥沃的土地。

【譯文】

厲王很高興，對召公說：「我能夠阻止百姓的指責了，他們不敢開口說話了。」召公說：「這樣做只是用暴力堵住了人們的嘴巴，堵塞百姓嘴巴比堵塞流水的禍患更大。江河流水被堵塞，一旦決口，必定會傷害很多人，堵塞百姓的嘴巴也是一樣。所以治理河道，要疏浚河道使水暢通無阻；治理百姓，要開導百姓，使他們暢所欲言。所以天子處理政事，讓公卿大臣直到列士獻上規諫的詩歌，樂官獻上樂典，史官獻上古代文獻，少師進箴言，瞍者朗誦，矇者吟詠，百工都來直言規勸，百姓把意見輾轉向上傳達，左右近臣盡力規勸，宗室姻親彌補缺失，樂官和太史施以教誨，元老重臣勸誡天子，然後由天子來斟酌裁決，這樣，政事才能推行下去。百姓有口，就像大地上有山有水一樣，財物器用從這裏產生；就好像土地有平原、窪地，高低良田，吃的穿的從這裏得到。百姓議論政事，政事的好壞才能反映出來。實行好的，防範壞的，這是增加財物、器用、衣食的方法。人們在心裏考慮，用嘴巴講，只要形成想法便會說出來，怎麼可能堵塞呢？如果堵塞百姓的嘴巴，那麼統治還能維持多久呢？」

王弗聽，於是國人莫敢出言。三年，乃流王於彘①。

【注釋】

①彘（zhì）：晉地名。在今山西霍縣。

【譯文】

厲王不聽召公的勸告，從此，都城的人都不敢議論政事。過了三年，厲王就被流放到彘那個地方去了。

襄王不許請隧（周語中）

晉文公幫助周襄王復位之後，請求把天子的葬禮賜給他。這裏主要記述襄王婉言回絕的一席話，晉文公只好慚愧而還。

晉文公既定襄王於郟①，王勞之以地。辭，請隧焉②。

【注釋】

①晉文公：名重耳，「春秋五霸」之一。文公是其謚號。襄王：周襄王，因其異母弟奪得王位而逃往鄭國，並向晉國求援，晉文公重耳助其在郟地恢復王位。郟：洛邑王城，在今河南洛陽西。

②隧：天子葬禮，開掘隧道。

【譯文】

晉文公幫助周襄王在郟地恢復王位，襄王用田地作酬勞。晉文公推辭不接受，請求在自己死後享受靈柩穿隧而葬的天子葬儀。

王弗許，曰：「昔我先王之有天下也，規方千里以為甸服，以供上帝山川百神之祀，以備百姓兆民之用，以待不庭、不虞之患①。其餘以均分公侯伯子男②，使各有寧宇③，以順及天地，無逢其災害。先王豈有賴焉④？內官不過九御⑤，外官不過九品，足以供給神祇而已，豈敢厭縱其耳目心腹以亂百度？亦唯是死生之服物采章⑥，以臨長百姓而輕重布之⑦，王何異之有？

【注釋】

①不庭：諸侯不依禮來朝見。不虞：意外的災難事件。
②其餘：指甸服以外的土地。
③寧宇：安寧的居處。
④賴：利，盈餘。
⑤內官：宮中女官。九禦：九等姬妾。
⑥服物采章：服裝用品的花紋和顏色。
⑦臨長（zhǎng）：統治。

【譯文】

襄王不答應，說：「過去我祖先得到天下，劃出方圓一千里的地方叫甸服，用此地的產出來祭祀上帝以及山川諸神，滿足百官和百姓的日常需要，以及應付不來進貢和各種意外事件。其餘的土地則平均分配給公、侯、伯、子、男，使他們都有安樂的居所，以順應天地之道，免遭災害。先王哪裏貪圖什麼私利？天子宮內不過九等姬妾，宮外不過九等人員，足以用來供奉天地神明的祭祀罷了，哪裏敢放縱耳目心腹之欲來擾亂法度？也只有在這喪葬和衣服器物的花紋和顏色等方面有所不同，用此來統治百官，區別尊卑貴賤，除此之外，作為天子，和其他人又有什麼不同呢？

「今天降禍災於周室，余一人僅亦守府①，又不佞以勤叔父②，而班先王之大物以賞私德，其叔父實應且憎，以非余一人。余一人豈敢有愛也？先民有言曰：『改玉改行③。』叔父若能光裕大德，更姓改物④，以創制天下，自顯庸也⑤，而縮取備物以鎮撫百姓⑥，余一人其流辟於裔土⑦，何辭之有與？若猶是姬姓也，尚將列為公侯，以復先王之職，大物其未可改也。叔父其茂昭明德，物將自至，余敢以私勞變前之大章⑧，以忝天下？其若先王與百姓何？何政令之為也？若不然，叔父有地而隧焉，余安能知之？」

【注釋】

①府：收藏國家文書的地方。這裏指先王遺留的法令規章。

②叔父：天子對九州之長同姓者的稱呼。這裏指晉文公。

③改玉改行：古代人戴佩玉以控制步行節奏，身份不同，行走快慢有異，所以說換佩玉，等於是改變身份。

④更姓改物：指改朝換代。更姓，建立新朝。改物，改曆法，易服色。

⑤庸：功用。

⑥縮取備物：指援引天子的葬儀等。縮，引。備物，完備的禮儀。

⑦流辟：流放。裔土：偏遠地區。
⑧大章：即服物采章的制度。

【譯文】

「現在上天給周王朝降下災禍，我只是守着先王的府庫，加上自己無能，以致煩勞了叔父，如果分賜先王的大禮給您，用來報答您的恩惠，恐怕叔父您接受了我的賞賜之後，也會不滿，甚至責備我。我自己又怎麼敢吝嗇呢？從前有句話說：『改換佩玉，就要相應改換步伐。』叔父假若能發揚光大您的美德，改變姓氏和服色，創建並掌管天下，顯示出自己的功績，而接受天子的完備禮儀，來統治和安撫百姓，那麼我將逃到邊遠荒涼之處，對此我還有什麼可說的呢？如果還是周室姬姓天下，叔父您就還是公侯，來履行先王制定的職責，那麼大禮便不可輕易改變了。叔父您如果勉力發揚美德，您要求的隧葬禮儀就會自然到來，我哪敢因酬謝個人的受惠而改變先王重大制度來玷辱天下？這樣做又怎麼向先王和百姓交代？以後怎麼頒佈政令呢？如果我的話不對，叔父您有自己的晉國，在您自己的土地上實行隧葬，我又怎麼知道呢？」

文公遂不敢請，受地而還。

【譯文】

晉文公於是不敢再提隧葬的要求，接受了周襄王的土地回國去了。

單子知陳必亡（周語中）

單襄公奉命出使，路過陳國。他通過在陳國的見聞，從內政不修、生產荒廢、外交廢弛、國君荒淫四個方面入手，引古證今，得出結論：陳國必定滅亡。

定王使單襄公聘於宋①，遂假道於陳②，以聘於楚。火朝覿矣③，道茀不可行也④。候不在疆⑤，司空不視塗⑥，澤不陂⑦，川不梁；野有庾積⑧，場功未畢⑨，道無列樹，墾田若蓺⑩；膳宰不致餼⑪，司里不授館⑫，國無寄寓，縣無旅舍；民將築台於夏氏⑬。及陳，陳靈公與孔寧、儀行父南冠以如夏氏⑭，留賓弗見。

【注釋】

①定王：周定王姬瑜。單（shàn）襄公：名朝，周定王卿士。聘：國事訪問。宋：國名。其都城在今河南商丘。

②假道：借路。借路去第三國，須向所經國的朝廟獻束帛為禮。天子遣使訪問諸侯本無須借路，然周王室衰弱，故行此禮。陳：國名。其國都在今河南淮陽。

③火：古代星名。又稱「大火」「商星」「心宿」，出現在立冬前後的早晨。覿（dí）：見。

④茀（fú）：雜草遍地。

⑤候：候人，掌管迎送賓客的官員。

⑥司空：九卿之一。掌管土木、路政、水利。塗：道路。

⑦陂（bēi）：堤岸。這裏指修築堤壩。

⑧庾積：露天堆積的穀物。

⑨場功：指修整禾場、打穀、進倉等一系列農事。

⑩蓺（yì）：種植。

⑪餼（xì）：糧食、飼料。

⑫司里：掌管客房住宿的官員。

⑬夏氏：指陳國大夫夏徵舒。夏徵舒之母夏姬為陳靈公從祖母，陳靈公及大夫孔寧、儀行父都與她私通，不久夏徵舒殺死陳靈公，自立為陳侯。不久，又被楚莊王所殺，陳國滅亡。

⑭陳靈公：陳國第十三代國君，荒淫無道。孔寧、儀行父：陳靈公寵臣。南冠：楚國帽子。古代國君、大夫穿戴他國冠服是嚴重的輕狎失禮的行為。夏氏：此處指夏徵舒之母夏姬。

【譯文】

周定王派單襄公去訪問宋國，就向陳國借道，以便訪問楚國。這時候，商星已在東方升起，時令已是立冬前後了，道路上雜草叢生，難以通行。負責接待賓客的官員不在邊境上，司空不曾巡視道路，湖泊沒有修築堤壩，江河沒有架設橋樑；田野上露天堆積着穀物，打麥場上的農活還沒有幹完，道路兩旁沒有成列的樹木，田野裏的莊稼稀稀落落就像茅草；膳宰不供應食物，司里也不招待賓客住宿，國都、小城裏沒有旅店；老百姓正在夏徵舒家修築樓台。到了陳國國都，陳靈公和大夫孔寧、儀行父戴着南方楚國的帽子去了夏徵舒家，丟下客人不接見。

單子歸，告王曰：「陳侯不有大咎，國必亡。」王曰：「何故？」對曰：「夫辰角見而雨畢①，天根見而水涸②，本見而草木節解③，駟見而隕霜④，火見而清風戒寒。故先王之教曰：『雨畢而除道，水涸而成梁，草木節解而備藏，隕霜而冬裘具，清風至而修城郭宮室。』故夏令曰⑤：『九月除道，十月成梁。』其時儆曰⑥：『收而場功，待而畚揭⑦，營室之中⑧，土功其始。火之初見，期於司里。』此先王之所以不用財賄，而廣施德於天下者也。今陳國，火朝覿矣，而道路若塞，野場若棄，澤不陂障，川無舟梁，是廢先王之教也。

【注釋】

①辰角見（xiàn）：角星早晨出現。角宿出現在寒露節氣。見，同「現」。
②天根：亢、氐宿之間，出現在寒露雨畢後五天。
③本：氐星。寒露後十天氐星早晨出現。
④駟（sì）：房星。出現在霜降時節。
⑤夏令：夏代月令。
⑥儆（jǐng）：告誡。
⑦偫（zhì）：置辦。畚揭（běnjū）：竹、木、鐵做成的盛土、抬土的器具。
⑧營室：室宿，又稱「定星」。夏曆十月黃昏出現在天空的正中。古人認為是營建房屋的好時節。

【譯文】

單襄公返回後，對周定王說：「陳侯即使沒有大禍，國家也必定滅亡。」定王問：「為什麼？」單襄公回答說：「如果早上看見角星，雨季就要結束；看見天根星，河湖就會慢慢乾涸；看見氐宿，草木將凋零；看見天駟，開始降霜；看見心宿，涼風將起，就到了準備過冬禦寒的時候了。所以先王教誨說：『雨季結束就要修治道路，河湖乾涸就要架設橋樑，草木凋落就要儲備收藏，寒霜降下就要準備過冬的皮衣，涼風颳起就要修治城郭房屋。』所以夏令說：『九月修整道路，十月修築橋樑。』這時又告誡：『結束你們場院的農活，將你們的畚箕、筐之類的準備好，當定星出現在天空中，土建工作就要開始。心宿出現，人們就到司里集合修房造屋。』這正是先王不浪費財物，卻遍佈恩惠於天下的緣故。現在陳國已經到了早晨看見心宿的時候，但道路還被野草堵塞，田野、禾場彷彿被遺棄一樣沒人過問，湖泊不築堤壩，江河沒有橋樑，這是廢棄了先王的教誨啊。

「周制有之曰：『列樹以表道，立鄙食以守路①。國有郊牧②，疆有寓望③，藪有圃草④，囿有林池⑤，所以禦災也。其餘無非穀土，民無懸耜⑥，野無奧草。不奪農時，不蔑民功。有優無匱，有逸無罷⑦。國有班事，縣有序民。』今陳國道路不可知，田在草間，功成而不收，民罷於逸樂，是棄先王之法制也。

【注釋】

①鄙食：郊外邊地所設供應往來路人飲食的館舍。
②郊牧：國都城外的專區。郊近牧遠。「郊」用作祭祀，「牧」用作放牧。
③畺（jiāng）：邊境。寓望：邊境所設寄宿之舍、候望之人。
④藪（sǒu）：長草的沼澤。圃草：茂盛的草。圃，茂盛，繁茂。一說，「圃草」即蒲草，可用來編製草席等器物。
⑤囿：古代帝王畜養禽獸的林苑。
⑥耜（sì）：農具。
⑦罷（pí）：疲勞，疲乏。

【譯文】

「周朝的制度有這樣的規定：『種植成列的樹木以標示道路，野外沿途設立房舍飲食以供應往來過路人。國都近郊有放牧場，邊疆上有投宿之處和守護者，沼澤地裏有茂盛的草，苑囿裏有樹木和池塘，這些都是準備防禦災害的。其餘都是用來栽種五穀的土地，百姓農具不閑掛着，野外沒有荒草。不耽誤百姓播種和收穫，不浪費人們的勞動成果。使人們富裕而不匱乏，安逸而不疲勞。都城裏的事情井井有條，地方上有秩序地輪番服役。』現在的陳國，道路分不清楚，田野裏雜草叢生，莊稼成熟也無人收割，百姓因為國君尋歡作樂而精疲力竭，這是廢棄先王定下的法度啊。

「周之秩官有之曰①：『敵國賓至②，關尹以告③，行理以節逆之④，候人為導，卿出郊勞，門尹除門，宗祝執祀⑤，司里授館，司徒具徒⑥，司空視塗⑦，司寇詰奸⑧，虞人入材⑨，甸人積薪⑩，火師監燎⑪，水師監濯⑫，膳宰致飧⑬，廩人獻餼⑭，司馬陳芻⑮，工人展車⑯，百官各以物至，賓入如歸，是故小大莫不懷愛。其貴國之賓至，則以班加一等，益虔。至於王使，則皆官正蒞事⑰，上卿監之。若王巡守，則君親監之。』今雖朝也不才，有分族於周，承王命以為過賓於陳，而司事莫至，是蔑先王之官也。

【注釋】

①秩官：周代述職官官典之書，已失傳。秩，定品級。
②敵國：實力匹敵的國家。敵，對等，相當。
③關尹：掌管關門的人。
④行理：又稱「行李」、「行人」，掌管外交使節朝覲聘問的官員。節：符節，即憑證。逆：迎接。
⑤宗祝：掌管祭祀的官員。宗，宗伯。祝，太祝。
⑥司徒：掌管土地和百姓教化的官員。具徒：調派服務的僕役。
⑦司空：掌管工程的官員。
⑧司寇：掌管刑獄糾察的官員。

⑨虞人：掌管山林水澤的官員。
⑩甸人：掌管柴薪的官員。
⑪火師：掌管王室火燭的官員。燎：照明的火把。
⑫水師：掌管王室洗滌事物的官員。
⑬飧（sūn）：熟食，飯食。
⑭廩人：掌管糧庫的官員。餼（xì）：生的穀物、飼料。
⑮司馬：此指指揮圉人養馬的官員，異於九卿的「司馬」。芻：草料。
⑯工人：監造器物的官員。
⑰官正：各部門官員首長。

【譯文】

「周朝的秩官有這樣的規定：『同等地位國家的賓客來訪，守關的官員就要上報國君，負責接待的官員要手持符節迎接，候人引導，朝廷的高級官員出城慰勞，把守城門的官員清理城門，負責祈禱的官員主持祭祀典禮，司里安排住處，司徒為客人分派僕役，司空巡視道路，司寇盤查奸人，虞人備好木材，甸人準備柴火，火師監管火燭，水師監督用水和洗滌事務，膳宰送上食物，廩人獻上穀米，司馬備好草料，工人檢修車輛，百官各自送來有關物品，客人如同回到自己家裏一樣，因此大小官吏無不感激喜悅。如果是尊貴國家的賓客到來，就按次序把禮遇增加一等，更加虔敬。倘若是天子的使臣到來，就要安排各部門的長官親自接待，由上卿監督他們。若是天子本人巡行，就由國君親自監督接待事務。』我單朝雖沒有才能，也是王族的一員，奉王命借路經過陳國，陳國有關官員卻沒有一人出面接待，這樣做是極端輕視先王的官員。

「先王之令有之曰：『天道賞善而罰淫，故凡我造國①，無從匪彝②，無即慆淫③，各守爾典，以承天休④。』今陳侯不念胤續之常⑤，棄其伉儷妃嬪，而帥其卿佐以淫於夏氏，不亦瀆姓矣乎？陳，我大姬之後也⑥，棄衮冕而南冠以出⑦，不亦簡彝乎⑧？是又犯先王之令也。

【注釋】

①造國：指受封的諸侯。

②匪（fěi）彝：非法。匪，同「非」。彝，常法。

③慆（tāo）淫：輕慢放縱。

④天休：上天的恩賜。休，美好，吉祥。

⑤胤（yìn）續：子孫繼承父祖。胤，後嗣。

⑥大（tài）姬：周武王的長女，嫁給陳國始祖虞胡公為妻。

⑦衮（gǔn）冕：古代帝王與上公的禮服和禮冠。

⑧簡：簡慢，輕視。

【譯文】

「先王的教令有這樣的話：『天道獎賞善良，懲罰淫惡，因此，我朝封立的諸侯國，不能做違背禮法的事情，不要沾染懈怠淫邪的惡習，各自遵守法規，從而接受上天的恩賜。』現在陳侯不考慮傳續宗嗣的倫常，拋下自己的正妻妃嬪，率領下屬到夏家淫樂，這不是褻瀆同姓嗎？陳國，是我們大姬的後代子孫啊，現在卻丟掉周朝的禮服戴着楚國的帽子外出，這不是輕視禮法嗎？這也是違犯先王的教令啊。

「昔先王之教，茂帥其德也①，猶恐隕越②。若廢其教而棄其制，蔑其官而犯其令，將何以守國？居大國之間，而無此四者，其能久乎？」

【注釋】

①茂：努力。帥：遵循。

②隕越：顛墜，喪失。

【譯文】

「從前先王教誨，即使勉力遵循美好的品德行事，猶恐品德敗壞。假若廢止先王教導、丟掉先王政令，輕視先王的官制、違反先王訓令，還憑什麼來保住國家呢？陳國夾在大國之間，卻沒有這四樣東西，難道能長久嗎？」

六年，單子如楚。八年，陳侯殺於夏氏。九年，楚子入陳①。

【注釋】

①楚子：楚莊王。

【譯文】

周定王六年，單襄公去楚國。周定王八年，陳侯被夏徵舒所殺。周定王九年，楚莊王攻入陳國。

展禽論祀爰居（魯語上）

臧文仲派人去祭一隻停在城東門的海鳥，展禽認為祭祀是國家政治生活中的一件大事，有嚴格規定，把一隻海鳥當作神來祭祀是「越禮」。文仲聽從了他的批評，承認了自己的錯誤。

海鳥曰「爰居」①，止於魯東門之外二日②，臧文仲使國人祭之③。展禽曰④：「越哉⑤，臧孫之為政也！夫祀，國之大節也⑥，而節，政之所成也，故慎制祀以為國典。今無故而加典，非政之宜也。

【注釋】

①爰（yuán）居：一種巨型海鳥。據左傳，此事發生在魯文公二年，即公元前六二五年。
②魯東門：指魯國都城曲阜東門。
③臧文仲：魯大夫，複姓臧孫，名辰，謚號文，歷仕莊公、閔公、僖公、文公四朝。
④展禽：名獲，字禽。魯大夫。謚號惠，封地在柳下，故稱「柳下惠」。
⑤越：逾越，越規。
⑥節：儀式制度。

【譯文】

有種海鳥名叫「爰居」，停在魯國都城東門外兩天，臧文仲命令都城居民祭祀它。展禽說：「臧孫治理國家真是不按照禮法行事啊！祭祀是國家的重要禮儀制度，而儀式制度是國家政治賴以成功的基礎，所以要慎重制定祭祀的禮節作為國家大典。現在無緣無故增加典禮，不是處理政事的合適舉措。

「夫聖王之制祀也，法施於民則祀之，以死勤事則祀之，以勞定國則祀之，能禦大災則祀之，能捍大患則祀之。非是族也，不在祀典。昔烈山氏之有天下也①，其子曰柱，能植百穀百蔬，夏之興也，周棄繼之②，故祀以為稷。共工氏之伯九有也③，其子曰后土④，能平九土⑤，故祀以為社⑥。黃帝能成命百物⑦，以明民共財⑧，顓頊能修之⑨。帝嚳能序三辰以固民⑩，堯能單均刑法以儀民⑪，舜勤民事而野死⑫，鯀障洪水而殛死⑬，禹能以德修鯀之功，契為司徒而民輯⑭，冥勤其官而水死⑮，湯以寬治民而除其邪⑯，稷勤百穀而山死，文王以文昭，武王去民之穢。故有虞氏禘黃帝而祖顓頊⑰，郊堯而宗舜⑱，夏后氏禘黃帝而祖顓頊，郊鯀而宗禹，商人禘舜而祖契，郊冥而宗湯，周人禘嚳而郊稷，祖文王而宗武王。幕⑲，能帥顓頊者也⑳，有虞氏報焉；杼㉑，能帥禹者也，夏后氏報焉；上甲微㉒，能帥契者也，商人報焉；高圉、太王㉓，能帥稷者也，周人報焉。凡禘、郊、祖、宗、報，此五者國之典祀也。

【注釋】

①烈山氏：即炎帝神農氏，傳說中的上古部落首領。

②周棄：周的始祖棄，堯、舜時為稷官，即農官，人稱「后稷」，後世祀為稷神，即穀神。

③共工氏：傳說中的上古共工族的部落首領。伯（bó）：古代諸侯首領。九有：九州。有，用同「域」，州域。

④后土：名勾龍，傳說是黃帝時的土官。

⑤平：治理。九土：九州的土地。

⑥社：社神，即土地神。
⑦成命：定名，命名。
⑧共財：貢獻財用。
⑨顓頊（zhuān xū）：黃帝之孫，號高陽氏。
⑩帝嚳（kù）：黃帝之曾孫，號高辛氏。三辰：日、月、星。這裏指帝嚳能治曆明時。
⑪堯：傳說父系社會後期炎黃部落聯盟的首領，為陶唐部落長，因號「陶唐氏」，史稱「唐堯」。單：通「殫」，竭盡。
⑫舜：有虞部落長，因號「有虞氏」，史稱「虞舜」。死於蒼梧（在今湖南）的田野。
⑬鯀（gǔn）：顓頊後裔，禹的父親，奉堯命治水，失敗被殺。殛（jí）：誅殺。
⑭契：帝嚳子，為商始祖，堯時任司徒，掌管教化。輯：安定。
⑮冥：契的五世孫，夏時為司空，掌管工程，死於治河，後祀為水神，稱「玄冥」。
⑯湯：商朝的開國之君，契的後裔，滅了夏桀。邪：這裏指夏桀。
⑰禘（dì）：於圜（yuán）丘祭祀昊天。祖：於明堂祭祀五帝。
⑱郊：於南郊祭祀上帝。宗：與「祖」同。
⑲幕：舜的後裔。
⑳帥：繼承。
㉑杼：禹的後裔，曾復建夏朝。
㉒上甲微：契的後裔，曾復振祖業。
㉓高圉（yǔ）：傳說是棄的後裔。有功於復興周業。太王：古公亶父，周文王祖父。

【譯文】

「聖王制定的祭祀禮法是：制定對人們有益法規的，就祭祀他；為國家辛勤做事而死的，就祭祀他；勞苦功高安定國家的，就祭祀他；能夠為國抵抗大災難的，就祭祀他；能夠抵禦大禍患的，就祭祀他。不屬於這幾類的，不在祭祀的典禮之列。從前烈山氏主宰天下，他有個兒子叫作柱，能種植多種穀物和蔬菜，夏朝興起的時候，周棄繼承了柱的事業，因此把他作為穀神祭祀。共工氏稱霸九州的時候，他兒子叫后土，能治理天下四方的土地，所以把他當作土神祭祀。黃帝能給各種物品命名，使百姓明白地為國家供應財物；顓頊能夠光大黃帝的功業。帝嚳能依據日、月、星運行規律，讓百姓安居樂業；堯能夠盡力公平施行刑法，使百姓向善；舜勤於治理民事，以致身死郊野；鯀築堤堵擋洪水失敗被殺；禹能用高尚的德行改進鯀的方法成功；契擔任司徒，使百姓和睦；冥辛辛苦苦履行水官的職責而死於水中；湯為政寬厚，除掉了暴君夏桀；稷盡心於農事，死於山中；文王以文德著稱；武王消滅了百姓痛恨的殷紂王。所以有虞氏用禘禮祭黃帝、祖禮祭顓頊，郊禮祭堯、宗禮祭舜；夏代用禘禮祭黃帝、祖禮祭顓頊，郊禮祭鯀、宗禮祭禹；商代用禘禮祭舜、祖禮祭契，郊禮祭冥、宗禮祭湯；周代用禘禮祭嚳、郊禮祭稷，祖禮祭文王、宗禮祭武王。幕能遵循顓頊的德政，有虞氏對他進行報祭；杼能承繼禹的功業，夏后氏對他進行報祭；上甲微能承繼契的功業，商朝人便對他進行報祭；高圉和太王能承繼稷的功業，周人對他們進行報祭。禘、郊、祖、宗、報，這五種祭禮是國家祭祀大典。

「加之以社稷山川之神，皆有功烈於民者也[①]；及前哲令德之人，所以為民質也[②]；及天之三辰，民所以瞻仰也；及地之五行，所以生殖也；及九州名山川澤，所以出財用也。非是不在祀典。

【注釋】

①功烈：功績。

②質：誠信。

【譯文】

「再加上社稷山川的神靈，是對百姓有功績的；以及前代聖哲，是被人們所信賴的；天上的日、月、星，是人們所仰視的；地上的水、火、木、金、土是生養萬物的；九州、名山、河流、湖泊，是出產財物、器用的。除此之外，不在國家的祭祀典禮之中。

「今海鳥至，己不知而祀之，以為國典，難以為仁且知矣。夫仁者講功，而知者處物，無功而祀之，非仁也；不知而不問，非知也。今茲海其有災乎？夫廣川之鳥獸，恆知而避其災也。」

【譯文】

「現在，一隻海鳥飛來，臧文仲自己不知道它的來歷卻祭祀它，還作為國家大典，很難說這是有仁德和智慧的。仁愛的人講究功效，明智的人能夠正確處理各種事務。對國家毫無功勞卻去祭它，不是仁德；不懂又不問，不是聰明。今年海上恐怕要發生災難了！海上的鳥獸，常常懂得預先避災。」

是歲也，海多大風，冬暖。文仲聞柳下季之言[①]，曰：「信吾過也，季子之言不可不法也。」使書以為三策[②]。

【注釋】

①柳下季：即展禽。

②策：古代拿竹片或木片寫字，用繩子編起來，稱「策」。一篇為「一策」。

【譯文】

這一年，海上大風多，冬天又比往常暖和。臧文仲聽了展禽的一席話，說：「這實在是我的過失，季子的話不能不作為準則。」叫人把柳下季的話刻成三份簡冊。

里革斷罟匡君（魯語上）

魯宣公不顧時令，下網捕魚。太史里革割破並扔掉了漁網，進行規諫。魯宣公及時醒悟，虛心納諫。

宣公夏濫於泗淵①，里革斷其罟而棄之②，曰：「古者大寒降，土蟄發，水虞於是乎講罛罶③，取名魚，登川禽，而嘗之寢廟④，行諸國人，助宣氣也。鳥獸孕，水蟲成，獸虞於是乎禁罝羅⑤，矠魚鱉以為夏犒⑥，助生阜也⑦。鳥獸成，水蟲孕，水虞於是乎禁罜麗？⑧，設阱鄂⑨，以實廟庖⑩，畜功用也⑪。且夫山不槎蘖⑫，澤不伐夭⑬，魚禁鯤鮞⑭，獸長麑麇？⑮，鳥翼鷇卵⑯，蟲舍蚳蝝⑰，蕃庶物也，古之訓也。今魚方別孕，不教魚長，又行網罟，貪無藝也⑱。」

【注釋】

①宣公：魯宣公。濫：漬。這裏是指下網。泗：泗水，發源於山東，流至江蘇。
②里革：魯大夫。罟（gǔ）：捕魚網。
③水虞：掌水產及相關政令的官員。講：謀劃。罛（gū）：大漁網。罶（liǔ）：捕魚簍。
④嘗：一種祭祀，以應時的新鮮食品率先祭供祖先。寢廟：宗廟。

⑤獸虞：掌鳥獸及相關政令的官員。罝（jū）：捕兔網。羅：捕鳥網。

⑥矠（zé）：刺取。槁：指魚乾。

⑦阜：生長。

⑧罜麗（dú lú）：小孔漁網。

⑨鄂：埋有尖木樁的陷阱。

⑩庖（páo）：宗廟、廚房。

⑪畜：儲蓄，積蓄。

⑫槎（zhà）：砍伐。蘖（niè）：從被砍過的樹上新生出的枝條。

⑬夭：新生的稚嫩小草。

⑭鯤：魚子。鮞（ér）：魚苗。

⑮麑（ní）：小鹿。麌（yǎo）：小麋鹿。

⑯鷇（kòu）：初生小鳥。

⑰蚳（chí）：蟻的幼蟲。蝝（yuán）：蝗的幼蟲。

⑱藝：限度。

【譯文】

夏天，魯宣公在泗水深處撒下漁網捕魚，里革割斷了他的漁網扔掉了，說：「從前，大寒過去之後，土中蟄伏的蟲子逐漸蘇醒，負責捕魚的官員在這個時候安排大網竹籠去捕捉大魚，撈起甲魚、蛤蜊之類，拿去在宗廟祭祀，然後再讓百姓去捕撈食用，這有助於宣揚春天的陽氣。春季鳥獸孕育，水中生物長成之時，負責打獵的官員就禁止使用張網捕獸捕鳥，只許刺取魚鱉做成魚乾夏天吃，這是幫助鳥獸的生長。到鳥獸長成，水中生物進入孕育季節，負責捕魚的官員就禁止細孔漁網入水，只設陷阱捕捉走獸，以充實祖廟的祭品和庖廚的美味，這是保護水產資源可供日後取用。而且，山中不砍伐新生的枝條，湖泊旁不割取幼嫩的植物，不捕小魚，不捉小鹿以及走獸幼子，捕鳥時要留下雛鳥和鳥卵，捕蟲時要放開幼蟲，這是為了讓萬物繁衍，這是古人的教導。現在魚類正是孕育的時候，您不讓魚兒長大，還要設網捕捉，實在是貪得無厭！」

公聞之曰：「吾過而里革匡我①，不亦善乎！是良罟也，為我得法。使有司藏之，使吾無忘諗②。」師存侍③，曰：「藏罟不如置里革於側之不忘也。」

【注釋】

①匡：糾正。

②諗（shěn）：規勸。

③師存：名字叫「存」的樂師。

【譯文】

宣公聽到這番話後說：「我錯了，里革糾正我，不是很好嗎！這個破了的漁網真好，它為我得到了很好的教訓。讓有關部門把它保存好，使我不會忘記這一番規勸。」樂師存侍立在宣公之旁，說：「保存漁網，不如將里革放在您身旁，那更不會忘記了。」

敬姜論勞逸（魯語下）

這篇文章從公父文伯反對敬姜紡績的母子衝突入手，引出一篇長論。敬姜通過勤勞的好處和安逸的壞處的分析對比，教育兒子警惕和杜絕「淫心捨力」的惡習。

公父文伯退朝①，朝其母，其母方績。文伯曰：「以歜之家而主猶績②，懼干季孫之怒也③，其以歜為不能事主乎！」

【注釋】

①公父文伯：即公父歜（chù），魯大夫。其母為敬姜。
②主：是主母的簡稱，對貴族家中女主人的稱呼。
③干：冒犯。季孫：指季康子季孫肥，時任魯國主持朝政的正卿，敬姜是季孫的叔祖母。

【譯文】

公父文伯退朝後回家，拜望他的母親，他母親正在紡麻。文伯說：「以我這樣的家庭，您還紡麻，我擔心季孫發火，認為我沒能好好侍奉母親！」

其母歎曰：「魯其亡乎！使僮子備官而未之聞邪[1]？居，吾語女。昔聖王之處民也，擇瘠土而處之，勞其民而用之，故長王天下。夫民勞則思，思則善心生；逸則淫，淫則忘善，忘善則惡心生。沃土之民不材，淫也；瘠土之民莫不向義，勞也。是故天子大采朝日[2]，與三公、九卿祖識地德[3]；日中考政，與百官之政事，師尹惟旅、牧、相宣序民事[4]，少采夕月[5]，與太史、司載糾虔天刑[6]，日入監九御[7]，使潔奉禘、郊之粢盛[8]，而後即安。諸侯朝修天子之業命，晝考其國職，夕省其典刑，夜儆百工[9]，使無慆淫[10]，而後即安。卿大夫朝考其職，晝講其庶政，夕序其業，夜庀其家事[11]，而後即安。士朝受業，晝而講貫，夕而習複，夜而計過無憾，而後即安。自庶人以下，明而動，晦而休，無日以怠。王后親織玄紞[12]，公侯之夫人加之以紘、綖[13]，卿之內子為大帶[14]，命婦成祭服[15]，列士之妻加之以朝服[16]，自庶士以下，皆衣其夫。社而賦事[17]，烝而獻功[18]，男女效績，愆則有辟[19]，古之制也。君子勞心，小人勞力，先王之訓也。自上以下，誰敢淫心捨力[20]？

【注釋】

①僮：同「童」。備官：居官，做官。未之聞：指沒聽過做官的道理。

②大采：五彩禮服。朝日：天子每年春分時節祭祀太陽的儀式。

③三公：指太師、太傅、太保，為周朝行政中樞最高長官。九卿：指冢宰、司徒、司馬、宗伯、司寇、司空、少師、少傅、少保，為行政各級長官。祖識：熟悉，了解。地德：古人認為土地有生長萬物、養育人們的恩德，也可解釋為土地的習性。

④師尹：大夫官。惟：與。旅：眾士。牧：州牧。此指地方官吏。相：國相。

⑤少采：三彩禮服。夕月：天子每年秋分之夜祭祀月亮的儀式。

⑥太史：掌管史書及星曆的官員。司載：掌管天文的官員。糾：恭。虔：敬。天刑：天體運行的法則。

⑦九御：九嬪，天子宮中的各種女官。

⑧禘（dì）：天子祭祀祖先的大祭。郊：天子在國都郊外舉行的祭祀天地的典禮。粢盛（zī chéng）：祭祀用的穀物。

⑨儆（jǐng）：警誡，訓誡。

⑩慆（tāo）淫：懈怠，放蕩。

⑪庀（pǐ）：治理。

⑫玄紞（dǎn）：古代冠冕兩旁用來懸玉的黑色絲帶。

⑬紘（hóng）：古代冠冕繫在頷下的帶子。綖（yán）：覆在冕上的布。

⑭內子：卿的正妻。大帶：祭服上束腰的帶子。
⑮命婦：大夫的妻子。
⑯列士：士的總稱，周代分元士、中士、庶士三種。
⑰社：春社，每年春分時祭祀土地神。賦事：指安排農桑一類的事。
⑱烝：冬祭。獻功：獻祭收穫之物。功，農業收成。
⑲愆（qiān）：罪過。辟：刑罰。
⑳淫心捨力：放蕩心志，不出力。

【譯文】

文伯的母親歎着氣說：「魯國大概要滅亡了吧！使幼稚無知的人佔據官位，卻不告知為官之道嗎？坐下，我告訴你。從前聖明的君主對待百姓，總是選擇貧瘠土地讓他們去居住，使他們在那裏辛勤勞作然後加以任用，所以能夠長久地統治天下。百姓勤勞，才去思考，思考才會產生善良之心；安逸就會放縱，放縱就會忘記善良，忘記善良就會產生邪惡之心。居住在肥沃土地上的百姓不成材，就是因為太安逸；貧瘠土地的百姓沒有人不趨向道義，是由於勤勞。因此天子每年春分穿着五彩禮服祭祀太陽，與三公、九卿了解、熟悉大地上五穀生長情況；到了日中的時候，考察國家政事和各部門工作，朝廷長官帶領下屬和地方官員輔助天子依次序去做百姓的事情；每年秋分又穿三彩禮服祭祀月亮，和太史、司載恭敬地觀看天上變化所顯示的徵兆；到了黃昏時分，監督宮內女官，讓她們把一切祭品料理乾淨，然後才去安睡。諸侯早晨辦理天子交代的事情和命令，白天考察本國政事，黃昏檢查施行法令的情況，晚上告誡百官，使他們不懈怠不放蕩，然後才去安歇。卿大夫早晨考察完成管理範圍的職責，白天研究處理政事，黃昏將經辦的各項事務安排就緒，晚間料理家族事務，然後才能安寢。士人早晨接受學業，白天研習功課，黃昏複習，晚間反省是否有過錯，沒有過失，然後才能休息。從庶人以下的各類人，天亮勞動，天黑休息，無一日懈怠。王后親自編織天子冠冕上用來懸玉的黑色絲帶，公侯的夫人們編織的，還要加上冠冕上的紘帶和覆在冕上的布，卿的正妻編織大帶，大夫的妻子縫製祭服，士的妻子還要加製朝服，庶士到一般百姓的妻子各自為自己的丈夫縫製衣服。春分祭祀時安排農事，冬天烝祭時獻上穀物布帛，無論男女，都要考察成績，有過失就要懲罰，這是自古以來的制度。君子以心力操勞，小人以體力操勞，這是先王的訓導。自上而下，誰敢放蕩不去用力呢？

「今我，寡也，爾又在下位，朝夕處事，猶恐忘先人之業，況有怠惰，其何以避辟？吾冀而朝夕修我曰①：『必無廢先人。』爾今曰：『胡不自安？』以是承君之官，余懼穆伯之絕祀也②。」

【注釋】

①而：你。修：勉勵。

②穆伯：公父文伯之父。

【譯文】

「現在我是個寡婦，你職位又不高，從早到晚勤懇做事，還怕忘掉祖宗的業績，何況有所鬆懈，將怎麼避免懲處呢？我希望你時常勉勵我說：『一定不要丟棄祖上的功績！』你今天卻說：『為什麼不自圖安逸？』用這種怠惰的心思接受國君安排你做的官職，我害怕你父親會絕後了。」

仲尼聞之曰：「弟子志之，季氏之婦不淫矣①。」

【注釋】

①淫：貪圖安逸。

【譯文】

仲尼聽到這件事，說：「弟子們記下來，季氏家的這個婦女的確是不貪圖安逸啊！」

叔向賀貧（晉語八）

韓起憂慮貧困，太傅叔向引用晉國欒氏和郤氏兩大家族的興亡歷史，認為富奢容易敗壞德行而招致災禍，所以反而向韓起道賀，並正告他應當「憂德」而不應「憂貧」。

叔向見韓宣子①，宣子憂貧，叔向賀之。宣子曰：「吾有卿之名，而無其實，無以從二三子，吾是以憂，子賀我何故？」

【注釋】

①叔向：羊舌氏，名肸（xī），字叔向，春秋時晉國大夫。韓宣子：韓起，「宣子」是謚號。

【譯文】

叔向去見韓宣子，宣子正為自己貧困而憂慮，叔向卻向他表示祝賀。宣子說：「我有卿的虛名，卻沒有相應的財富，無法與同事來往應酬，我正為此發愁，你卻祝賀我，這是為什麼？」

對曰：「昔欒武子無一卒之田①，其宮不備其宗器②，宣其德行，順其憲則，使越於諸侯③。諸侯親之，戎狄懷之，以正晉國。行刑不疚，以免於難④。及桓子⑤，驕泰奢侈，貪欲無藝，略則行志⑥，假貨居賄，宜及於難⑦，而賴武之德，以沒其身。及懷子⑧，改桓之行，而修武之德，可以免於難，而離桓之罪⑨，以亡於楚。夫郤昭子⑩，其富半公室，其家半三軍，恃其富寵，以泰於國⑪。其身屍於朝，其宗滅於絳⑫。不然，夫八郤，五大夫三卿，其寵大矣。一朝而滅，莫之哀也，惟無德也。

【注釋】

①欒武子：欒書，晉厲公、晉悼公兩朝正卿，諡號「武」。一卒之田：即百頃田地。但按規定上卿應有一旅之田，即五百頃的俸祿。古制百人為卒，五百為旅。

②宮：居室。宗器：祭器。

③越：指欒武子聲名遠播。

④免於難：史載，厲公時，外戚胥童曾拘禁欒書脅迫厲公處死他，厲公沒有聽從，釋放了欒書。後欒書殺死厲公擁立悼公，有弒君之罪，但悼公也未追究，故曰「免於難」。

⑤桓子：欒黶（yǎn），欒書之子。悼公時大夫，後任下軍元帥。

⑥略則：侵害法則，即做違法的事。

⑦宜及於難：欒黶與朝中另一大勢力范氏爭鬥多年，最後范氏被逐，欒黶幸未落敗，故曰「宜及於難」。

⑧懷子：欒盈，欒黶之子。平公時任下軍佐。晉平公六年（前五五二）因誣被逐，逃往楚國。三年後起兵失敗被殺，欒氏被滅族。

⑨離：通「罹」，遭受。

⑩郤（xì）昭子：郤至，晉國卿。因居功自傲，後為厲公脅迫自殺，家族也被誅滅。

⑪泰：奢汰。

⑫絳：晉國國都。在今山西翼城。

【譯文】

叔向回答說：「過去欒武子沒有一百頃田地，家裏連祭祀宗廟的禮器也不齊全，但他傳播他的德行，遵守法制，聲名遠播於諸侯。諸侯們親近他，戎狄歸附他，使晉國一切走上正軌。他執行刑法，沒有差錯，就依靠這個沒有遭到弒君的責難。他兒子桓子驕傲奢侈，貪得無厭，違法亂紀，為所欲為，放債取利，這種人本該遭禍，卻依靠武子德行的餘蔭，竟得以善終。到了懷子，改變桓子的行為，恢復武子的德行，本該免禍，但由於他父親的罪惡，結果流亡到楚國。另外，郤昭子家，財富抵得上半個晉國，家中所出軍賦抵得上三軍的一半，卻憑他的財勢，橫行國內，不可一世。最後他的屍首在朝廷示眾，宗族也在絳都被滅絕。如果不是這樣的話，郤家先後有八人擔任要職，其中有五位大夫、三位卿相，他們所受的恩寵也是夠大了。一旦滅亡，卻沒一人同情，就因為沒有德行。

「今吾子有欒武子之貧，吾以為能其德矣，是以賀。若不憂德之不建，而患貨之不足，將弔不暇①，何賀之有？」

【注釋】

①弔：憑弔。

【譯文】

「現在您有欒武子的清貧，我以為你也能有他的德行，所以向你祝賀。倘若你不去憂慮無法樹立德行，卻擔心財物不夠，我替你憂慮都來不及，又有什麼祝賀可言呢？」

宣子拜稽首焉①**，曰：「起也將亡，賴子存之。非起也敢專承之，其自桓叔以下嘉吾子之賜**②**。」**

【注釋】

①稽（ㄑㄧˇ）首：古代一種叩頭至地的跪拜禮。

②桓叔：名成師，號桓叔，晉穆侯之子。桓叔之子萬，受封於韓邑，以韓為氏，稱「韓萬」，故韓起尊桓叔為始祖。

【譯文】

宣子跪下來拜謝，說：「我韓起幾乎要滅亡了，全靠您保全了我。這不是我一個人敢單獨承受的，恐怕我的祖宗桓叔以下的世世代代都要感激您的恩賜。」

王孫圉論楚寶（楚語下）

趙簡子向楚國使者問楚寶，公然挑釁楚國的尊嚴。王孫圉沉着機智地回答說，楚國視為寶貝的是對國家和百姓有益的人才和物產，而非叮當作響、徒有其表的美玉。

王孫圉聘於晉①，定公饗之②。趙簡子鳴玉以相③，問於王孫圉曰：「楚之白珩猶在乎④？」對曰：「然。」簡子曰：「其為寶也，幾何矣？」

【注釋】

①王孫圉（yǔ）：楚國大夫。聘：聘問，諸侯國之間相互訪問。

②定公：晉定公姬午。饗（xiǎng）：用酒食招待客人。

③趙簡子：趙鞅，晉國正卿。鳴玉：使佩玉發出響聲。相：相禮，幫助國君執行禮儀。

④珩（héng）：繫在玉佩上的橫玉。

【譯文】

王孫圉訪問晉國，晉定公設宴招待他。趙簡子身上的佩玉叮噹作響，站在一旁擔任讚禮官。他問王孫圉說：「楚國白珩還在嗎？」王孫圉回答說：「在。」簡子說：「那寶貝有多大價值？」

曰：「未嘗為寶。楚之所寶者，曰觀射父①，能作訓辭②，以行事於諸侯，使無以寡君為口實③。又有左史倚相④，能道訓典，以敘百物，以朝夕獻善敗於寡君，使寡君無忘先王之業；又能上下說乎鬼神⑤，順道其欲惡，使神無有怨痛於楚國。又有藪曰雲連徒洲⑥，金、木、竹、箭之所生也，龜、珠、角、齒、皮、革、羽、毛，所以備賦⑦，以戒不虞者也，所以共幣帛⑧，以賓享於諸侯者也。若諸侯之好幣具，而導之以訓辭，有不虞之備，而皇神相之，寡君其可以免罪於諸侯，而國民保焉。此楚國之寶也，若夫白珩，先王之玩也，何寶焉？

【注釋】

①觀（guàn）射（yì）父：楚國大夫。
②訓辭：指外交辭令。
③口實：話柄。
④左史倚相：楚國史官。
⑤說（yuè）：同「悅」。
⑥藪（sǒu）：長水草的沼澤地。
⑦賦：指軍備財物。
⑧共（gōng）：通「供」。

【譯文】

王孫圉回答說：「楚國從不將它看作寶貝。楚國所視為寶物的，叫觀射父，他擅長辭令，到諸侯各國去辦事，能使人家沒法拿我們的國君做話柄。還有一個左史倚相，能引經據典，論述各種事物，又早晚將前人善惡、成敗的情況向我國君陳說，使他不致忘記祖宗功業；他還善於取悅於天地神明，順應他們的好惡，使神明對楚國沒有怨恨。還有一片沼澤叫雲夢，它連接着徒洲，這裏盛產金屬、木材、竹材、箭竹，還有龜甲、珍珠、獸角、象牙、虎豹皮、犀兕革、鳥羽、犛牛尾，用來提供軍用物資，以防範意外事件；這類產物，可以作為禮物，供招待和饋贈諸侯之用。假若諸侯喜歡這些禮物，又輔以優美的文辭，又有對付意外事件的準備，加上神明保佑，我國國君就不會得罪諸侯，因此國家和百姓得以保全。這些才是楚國的寶貝，至於白珩，只是以前君王的玩物，怎麼會把它作為寶貝呢？

「圉聞國之寶，六而已：聖能制議百物，以輔相國家，則寶之。玉足以庇蔭嘉穀①，使無水旱之災，則寶之。龜足以憲臧否②，則寶之。珠足以禦火災，則寶之。金足以禦兵亂，則寶之。山林藪澤足以備財用，則寶之。若夫嘩囂之美，楚雖蠻夷，不能寶也。」

【注釋】

①玉：用於祭祀的玉器。

②憲臧否：判定是非。臧，法。

【譯文】

「我聽說國家之寶，只有六種而已：聖明之人能夠評判各種事務，依靠他輔弼治理國家，就把他當作寶貝。玉器可以保護穀物，不致有水災旱災，就把它當作寶貝。龜甲可以判定是非，就把它當作寶貝。珍珠足以抵禦火災，就把它當作寶貝。銅鐵金屬足以抵抗兵亂，就把它當作寶貝。山林湖澤能生產各種材料製作器具，就把它當作寶貝。至於那些叮噹作響、徒有其表的美玉，楚國雖然是蠻夷之國，也不會把它當作寶物。」

諸稽郢行成於吳（吳語）

越王句踐被吳王夫差打敗後，為了取得喘息機會，培養國力，用文種計，再次派諸稽郢卑辭厚禮向夫差求和。諸稽郢不辱使命，利用夫差目光短淺和好虛名的弱點，最終說動了吳王。

吳王夫差起師伐越①，越王句踐起師逆之江②。

【注釋】

①吳王夫差：春秋時吳國國君，吳王闔閭之子。公元前四七三年吳國被越國所滅，夫差自殺。

②越王句踐：春秋時越國國君。公元前四九四年，吳攻越，句踐戰敗，屈身事吳，十年臥薪嘗膽，積蓄力量，終於在公元前四七三年舉兵滅吳。

【譯文】

吳王夫差起兵攻打越國，越王句踐發兵江邊迎戰。

大夫種乃獻謀曰①：「夫吳之與越，唯天所授，王其無庸戰。夫申胥、華登簡服吳國之士於甲兵②，而未嘗有所挫也。夫一人善射，百夫決拾③，勝未可成。夫謀必素見成事焉④，而後履之，不可以授命。王不如設戎，約辭行成⑤，以喜其民，以廣侈吳王之心。吾以卜之於天，天若棄吳，必許吾成而不吾足也，將必寬然有伯諸侯之心焉⑥。既罷弊其民⑦，而天奪之食，安受其燼⑧，乃無有命矣。」

【注釋】

①種：文種，越國大夫。

②申胥：伍員（yún），字子胥，楚國大夫伍奢之子。因避父兄之難入吳，吳王封以申邑，後稱「申胥」。後因在吳、越相爭中堅持滅越拒和，且不支持夫差北上爭霸，遭夫差嫉恨，賜劍自殺。華登：宋國司馬華費遂之子，避禍逃至吳國，為吳大夫。簡：習。

③決拾：射箭用具。決，骨製扳指，套在右手大拇指上用以鉤弦。拾，革製臂衣，套在左臂上籠住衣袖。

④素見：預料到，預見。

⑤約辭行成：低聲下氣求和。成，締結合約。

⑥伯（bà）：稱霸。

⑦罷（pí）：疲敝。

⑧燼：灰燼。這裏指遭受天災和人禍之後的吳國殘局。

【譯文】

越國大夫文種獻計說：「吳國和越國，都聽命於天，大王您可以不用作戰。伍子胥、華登選拔和訓練的士卒，在戰爭中還從來沒有失敗過。一人會射箭，一百人就會效法追隨，我們沒把握取勝。凡是計謀一定要事先料到它會成功，才去執行，不可輕易送命。大王不如準備好去戰鬥，同時低聲下氣去求和，使吳國百姓高興，使吳王的驕傲心理膨脹起來。我們拿這件事向天占卜吉凶，上天如果拋棄吳國，吳國一定會同意我們的求和，而不再滿足於戰勝我們，吳國必然會產生稱霸中原的野心。吳百姓筋疲力盡之後，老天再去搶奪他們的糧食，我們就可以毫不費力地接收這一殘局，吳國也就不再受上天的眷顧了。」

越王許諾，乃命諸稽郢行成於吳①，曰：「寡君句踐使下臣郢不敢顯然布幣行禮，敢私告於下執事曰②：『昔者越國見禍，得罪於天王③，天王親趨玉趾④，以心孤句踐，而又宥赦之。君王之於越也，緊起死人而肉白骨也。孤不敢忘天災，其敢忘君王之大賜乎？今句踐申禍無良，草鄙之人，敢忘天王之大德，而思邊陲之小怨，以重得罪於下執事？句踐用帥二三之老，親委重罪，頓顙於邊⑤。今君王不察，盛怒屬兵，將殘伐越國。越國固貢獻之邑也，君王不以鞭箠使之，而辱軍士使寇令焉。句踐請盟：一介嫡女⑥，執箕帚以晐姓於王宮⑦；一介嫡男，奉槃匜以隨諸御⑧；春秋貢獻，不解於王府⑨。天王豈辱裁之？亦徵諸侯之禮也。』

【注釋】

①諸稽郢：越國大夫。

②下執事：指吳王身邊的辦事人員。這是對吳王表示尊敬的說法，表示不配跟吳王直接對話。

③得罪於天王：公元前四九五年，吳、越交戰，句踐射中夫差的父親闔閭，闔閭傷重而死。天王，天子。這裏敬稱夫差。
④親趨玉趾：親自勞駕趕來。這裏指吳王親自參戰。
⑤頓顙（sǎng）：叩頭。顙，額。
⑥一介：一個。
⑦晐（gāi）姓：謂納女於天子。
⑧槃匜（pán yí）：盥洗用具。槃，同「盤」。
⑨解（xiè）：通「懈」。

【譯文】

越王同意了文種的意見，便派諸稽郢向吳王求和，說：「敝國國君句踐派遣小臣諸稽郢前來，不敢公然陳列禮品舉行朝見禮，只敢私下裏向您的辦事官吏稟告說：『從前越國遭遇禍患，得罪了天王，天王親自前來討伐，拋棄了句踐，後來又赦免了他。君王對於越國，等於使死人復活，讓白骨生出新肉。句踐不敢忘記上天降下的災難，又怎敢忘掉天王的恩賜？今天句踐重遭禍殃，時運不佳，草野邊鄙之人，難道敢忘記天王的大恩大德，去計較邊疆的小衝突，以致又得罪您手下的辦事人員？句踐因此率領他的幾名大臣，親自承擔犯下的重罪，在邊疆上磕頭請罪。現在君王沒有詳細了解情況，大發雷霆，聚集軍隊，打算討伐越國。越國本來是向您納貢稱臣的一塊地方，君王不用鞭子驅使它，卻屈尊使您的將士前來討伐。句踐請求締結和約：讓一個親生女兒，拿着箥箕掃帚入宮做您的婢女；讓一個親生兒子，捧着水盆盛具伺候您盥洗；春秋兩季進貢，不會懈怠。天王難道還要屈尊討伐我們？這也是天子向諸侯徵收的禮制呀。』

「夫諺曰：『狐埋之而狐搰之①，是以無成功。』今天王既封殖越國，以明聞於天下，而又刈亡之②，是天王之無成勞也。雖四方之諸侯，則何實以事吳？敢使下臣盡辭，唯天王秉利度義焉！」

【注釋】

①搰（hú）：掘。

②刈（yì）亡：鏟除，滅亡。刈，斬殺。

【譯文】

「俗語說：『狐狸埋了又刨出，所以不見有成效。』現在天王您既然已經扶植了越國，美德已經天下傳揚，您卻又要滅亡它，這會使天王的努力沒有成果。即使四方的諸侯國打算侍奉吳國，將按照什麼標準來辨呢？恕我冒昧說完了心中想說的話，只請您權衡利弊，仔細考慮！」

申胥諫許越成（吳語）

吳國君臣對諸稽郢的求和行動有不同反應。伍子胥看破了越國卑辭求和別有企圖，勸吳王夫差抓住時機，一舉消滅敵國。但昏庸的吳王不聽勸告，養虎遺患，最終被越國滅亡。

吳王夫差乃告諸大夫曰：「孤將有大志於齊①，吾將許越成，而無拂吾慮。若越既改，吾又何求？若其不改，反行②，吾振旅焉。」

【注釋】

①孤將有大志於齊：意思是吳王要進攻齊國。其時齊國國力強盛，是吳國爭霸中原的首要障礙。

②反行：返回來。反，同「返」。

【譯文】

吳王夫差於是召告大夫們說：「我打算向齊國採取重大軍事行動，因此想同意越國的求和，你們不要反對。假若越國已經悔改，我還求什麼？假若它不悔改，等我從齊國回來，我再興兵去攻打它。」

申胥諫曰：「不可許也。夫越非實忠心好吳也，又非懾畏吾甲兵之強也。大夫種勇而善謀，將還玩吳國於股掌之上①，以得其志。夫固知君王之蓋威以好勝也，故婉約其辭，以從逸王志，使淫樂於諸夏之國，以自傷也。使吾甲兵鈍弊，民人離落，而日以憔悴，然後安受吾燼。夫越王好信以愛民，四方歸之，年穀時熟，日長炎炎②。及吾猶可以戰也，為虺弗摧③，為蛇將若何？」

【注釋】

①還（xuán）玩：擺弄。還，迴旋。

②日長炎炎：蒸蒸日上。炎炎，興盛的樣子。

③虺（huǐ）：小蛇。

【譯文】

伍子胥勸阻說：「不能答應越國的講和。越國不是真心實意要和吳國友好，也不是懼怕吳國武力的強大。越國大夫文種勇敢有謀略，他將會把吳國玩弄於股掌之間，以實現他的陰謀。他本知道您崇尚武力，又爭強好勝，所以言辭謙卑，來使君王您放縱心志，讓您到中原諸國去縱情妄為，使我們自己受傷害。讓我們的武器損耗士兵疲憊，人們流離失所，國家一天天衰落下去，然後他們毫不費力地收拾我們的殘局。越王在國內講信用，愛百姓，四方百姓都歸附他，五穀豐登，時間久了，國力將一天天興盛強大起來。趁我們還可以戰勝它時攻打它，如果蛇小不打，等它長成大蛇了，怎麼對付？」

吳王曰：「大夫奚隆於越[1]，越曾足以為大虞乎？若無越，則吾何以春秋曜吾軍士[2]？」乃許之成。將盟，越王又使諸稽郢辭曰：「以盟為有益乎？前盟口血未乾[3]，足以結信矣。以盟為無益乎？君王舍甲兵之威以臨使之，而胡重於鬼神而自輕也？」吳王乃許之，荒成不盟[4]。

【注釋】

①奚：為何。隆：重視，抬高。
②春秋：春秋兩季的閱兵。曜（yào）：炫耀。
③口血未乾：結盟時殺牲飲血，血在嘴邊還沒有乾。
④荒成：指口頭達成協議。荒，虛，空。

【譯文】

吳王說：「您為什麼這樣抬舉越國？越國也值得這麼大加憂慮嗎？若沒有越國，我們在春秋二季怎麼能炫耀我們的兵力？」於是答應越國的求和要求。即將訂立盟約的時候，越王又派諸稽郢推辭說：「您認為盟誓有效嗎？上次盟誓塗在嘴脣上的血還沒乾，足夠表示信義了。您認為盟誓沒有效果嗎？您就放棄武力的威脅，親自役使我們好了，為什麼您重視鬼神的力量卻輕視自己的力量呢？」吳王同意了越王的提議，只是達成和約，沒有舉行盟誓的儀式。

公羊傳

公羊傳是春秋公羊傳的簡稱，儒家的重要經典。相傳它是孔子的再傳弟子公羊高為解釋春秋一書所作的，主要是闡發春秋中的「微言大義」。它最初是師徒之間口耳相傳，並沒有形成書面文字，直到西漢景帝時才由公羊壽和胡毋生整理成書。與左傳相比，略於史實而偏重議論，全書都用自問自答的方式，對每一個詞進行解釋，體現了鮮明的政治思想。它對春秋義理的解釋，大多穿鑿附會，但由於體現了儒家「大一統」的思想，在西漢受到武帝的推崇，在歷代也受到重視。

春王正月（隱公元年）

本文是對春秋經文「元年春王正月」的解說，採用自問自答的形式，提出了「大一統」的中心觀點，並闡發了春秋「辨尊卑，別嫡庶」的儒家正統思想，指出這樣做是為了調整和鞏固內部關係，避免爭奪。

「元年」者何？君之始年也。「春」者何？歲之始也。「王」者孰謂？謂文王也[1]。曷為先言王而後言正月？王正月也。何言乎「王正月」？大一統也。

【注釋】

①文王：指周文王。

【譯文】

「元年」是什麼意思？是君主即位的第一年。「春」是什麼意思？是一年的開始。「王」是說誰？說的是周文王。為什麼先說「王」然後說「正月」呢？因為這是周王所頒曆法的正月。為什麼要說「王正月」？是為了強調天下一統。

公何以不言「即位」[1]？成公意也[2]。何成乎公之意？公將平國而反之桓[3]。曷為反之桓？桓幼而貴，隱長而卑，其為尊卑也微，國人莫知。隱長又賢，諸大夫扳隱而立之[4]，隱於是焉而辭立，則未知桓之將必得立也。且如桓立，則恐諸大夫之不能相幼君也[5]。故凡隱之立，為桓立也。隱長又賢，何以不宜立？立適[6]，以長不以賢，立子，以貴不以長。桓何以貴？母貴也。母貴則子何以貴？子以母貴，母以子貴。

【注釋】

①公：魯隱公，魯惠公妾所生長子。

②成：成全。

③反：同「返」。桓：魯桓公，魯惠公嫡子。因惠公死時，其尚年幼，故由隱公攝政，後殺隱公自立為君。

④扳（pān）：援引，挽引。這裏指推舉。

⑤相：輔佐。

⑥適（dí）：同「嫡」。

【譯文】

隱公為什麼不說「即位」？這是成全隱公的意願。為什麼是成全隱公的意願？因為隱公準備治理好國家，然後把國家權力交還給桓公。為什麼要把國家權力交還給桓公？因為桓公雖然年幼卻地位尊貴，隱公雖然年長卻地位卑下，這種尊卑的區別很小，國人都不知道。隱公年長又賢良，諸大夫擁戴隱公，立他為國君，隱公如果在這個時候辭讓君位，那麼他也不知道桓公日後是否一定能夠被立為國君。況且如果桓公立為國君，又怕諸大夫不能輔佐年幼的君主。因此總的來說，隱公做國君，是為了日後桓公能立為國君。隱公年長又賢良，為什麼不適合立為國君？因為立正妻之子為君，只憑年長而不憑賢良，立偏房的兒子是立地位最尊貴的，而不是看是否最年長。桓公為什麼尊貴？因為他的母親地位尊貴。母親尊貴，兒子為什麼也尊貴？兒子因為母親尊貴而尊貴，母親又因兒子尊貴而尊貴。

宋人及楚人平（宣公十五年）

本篇是對經文「宋人及楚人平」這一句的解釋。楚莊王率兵攻打宋國，包圍宋都九個月之久，由於宋國大夫華元和楚國司馬子反二人的努力，最終使二國議和。本文褒揚了二者的行為。

外平不書①，此何以書？大其平乎己也②。何大其平乎己？莊王圍宋③，軍有七日之糧爾，盡此不勝，將去而歸爾。於是使司馬子反乘堙而窺宋城④，宋華元亦乘堙而出見之⑤。司馬子反曰：「子之國何如？」華元曰：「憊矣。」曰：「何如？」曰：「易子而食之⑥，析骸而炊之⑦。」司馬子反曰：「嘻！甚矣憊！雖然，吾聞之也，圍者柑馬而秣之⑧，使肥者應客。是何子之情也⑨？」華元曰：「吾聞之，君子見人之厄則矜之⑩，小人見人之厄則幸之。吾見子之君子也，是以告情於子也。」司馬子反曰：「諾。勉之矣。吾軍亦有七日之糧爾，盡此不勝，將去而歸爾。」揖而去之。

【注釋】

①外平不書：春秋以魯國國君世系記事，只記載魯國與其他國家講和的事，一般不記其他諸侯國之間的停戰講和。宋、楚這次講和春秋記載了，是唯一的一次例外。平，講和。書，書寫，記錄。

②大：讚揚。
③莊王：楚莊王。魯宣公十四年（前五九五），楚國大夫申舟訪問齊國，途經宋國時未向宋借道，被宋國殺死。當年九月，楚莊王怒而興師圍宋。
④司馬子反：即楚國公子側，字子反，任司馬，掌管軍政。乘堙（yīn）：登上小土山。
⑤華元：宋大夫。
⑥易：交換。
⑦析：劈開。骸：屍骨。
⑧柑（qián）馬：讓馬嘴裏銜一根木棍，不讓它進食。
⑨情：這裏指道出實情。
⑩戹：災難。矜：憐憫。

【譯文】

魯國以外的國家停戰講和，春秋是不加記載的，這件事為什麼要記載？是為了讚揚這次媾和是由司馬子反和華元兩位大夫促成的。為什麼要讚揚他們私自講和的行為？楚莊王圍困宋國都城，軍中的糧食只夠吃七天，吃完這些糧食還不能取勝，楚國就要退兵回國。楚莊王於是派司馬子反登上土堆，窺探宋國都城中的動靜，宋國的華元也登上城裏的土堆，並出來見他。司馬子反問：「你的都城中情況怎麼樣？」華元說：「困頓不堪了。」司馬子反問：「到了什麼程度？」華元回答說：「城裏的人彼此交換孩子來吃，劈開屍骨當柴燒。」司馬子反說：「唉！確實困頓到極點了！雖然如此，但是我聽說，被圍困的人把木棍塞在馬嘴裏，不讓它們吃東西，然後假裝餵馬，而把肥壯的馬牽出來欺騙對方。這次你為什麼把真情和盤托出呢？」華元說：「我也聽說過，君子見到別人困厄而產生憐憫，小人見到別人困厄而幸災樂禍。我見你是個君子，所以告訴你真情。」司馬子反說：「我知道了。你努力守城吧。我們的軍隊也只有七日口糧了，吃完這些糧食而不能取勝，將要撤兵回國了。」兩人拱手作揖而別。

反於莊王①。莊王曰：「何如？」司馬子反曰：「憊矣！」曰：「何如？」曰：「易子而食之，析骸而炊之。」莊王曰：「嘻！甚矣憊！雖然，吾今取此，然後而歸爾。」司馬子反曰：「不可。臣已告之矣，軍有七日之糧爾。」莊王怒曰：「吾使子往視之，子曷為告之？」司馬子反曰：「以區區之宋，猶有不欺人之臣，可以楚而無乎？是以告之也。」莊王曰：「諾。捨而止。雖然，吾猶取此，然後歸爾。」司馬子反曰：「然則君請處於此，臣請歸爾。」莊王曰：「子去我而歸，吾孰與處於此？吾亦從子而歸爾。」引師而去之。故君子大其平乎己也。此皆大夫也，其稱人何？貶。曷為貶？平者在下也②。

【注釋】

①反：同「返」，返回。

②平者在下：講和的是處於下位的臣子。

【譯文】

司馬子反回來後向楚莊王覆命。楚莊王問：「情況怎麼樣？」司馬子反說：「已經困頓不堪了！」楚莊王問：「到了什麼程度？」司馬子反回答道：「彼此交換孩子來吃，劈開屍骨當柴燒。」楚莊王說：「唉！他們真是困頓到極點了！雖然如此，我現在還是要攻取這座城邑，然後回國去。」司馬子反說：「不行。我已經告訴他們了，我們軍中只有七天的口糧了。」楚莊王氣憤地說：「我派你去探測敵情，你為什麼要告訴他們這些？」司馬子反說：「以區區宋國，尚且有不欺騙別人的臣子，我們楚國難道可以沒有嗎？所以我就跟他說了。」楚莊王說：「好吧。我要築營駐紮下來。儘管宋國已經知道我軍糧食短缺，我還是要攻取這座城邑，然後回國去。」司馬子反說：「既然如此，那麼您請留在這裏，下臣我請求您准許我先回國。」楚莊王說：「你離開我回去，我和誰一起留在這裏？我也跟着你回去吧。」於是撤軍回國。所以君子讚揚司馬子反和華元促成停戰媾和。他們二位都是大夫，而春秋為什麼卻稱他們為「楚人」「宋人」？原來春秋是為了貶低他們。為什麼要貶低他們？因為這次媾和的是處於下位的臣子而不是國君。

吳子使札來聘（襄公二十九年）

本文是對「吳子使札來聘」經文的解釋，文中高度讚揚了吳季札讓國的品德，他的讓國可敬可佩，提高了吳國的威望。

吳無君、無大夫①，此何以有君、有大夫②？賢季子也③。何賢乎季子？讓國也。其讓國奈何？謁也，餘祭也，夷昧也，與季子同母者四。季子弱而才，兄弟皆愛之，同欲立之以為君。謁曰：「今若是迮而與季子國④，季子猶不受也。請無與子而與弟，弟兄迭為君，而致國乎季子。」皆曰：「諾。」故諸為君者，皆輕死為勇，飲食必祝曰：「天苟有吳國，尚速有悔於予身。」故謁也死，餘祭也立；餘祭也死，夷昧也立；夷昧也死，則國宜之季子者也。

【注釋】

①吳無君、無大夫：春秋記載吳國的事情時從來不提吳國的國君和大夫，以表示它是蠻夷之邦。

②此何以有君、有大夫：此指春秋中「吳子使札來聘」的記錄，這裏尊稱吳國國君為「吳子」，又記錄了大夫「札」的名字，這在春秋裏是例外的一次。

③季子：即季札，吳王壽夢幼子。

④迮（zé）：倉促。

【譯文】

吳國本來沒有國君、大夫，這裏為什麼又顯示出吳國有國君、大夫呢？這是認為季子賢良的緣故。為什麼認為季子賢良呢？因為他辭讓不當國君。他是如何辭讓的呢？謁、餘祭、夷昧和季子，是同母所生的四個兄弟。季子年紀最小而最有才能，哥哥們都很喜歡他，共同要立他為國君。謁說：「現在如果這樣倉促地把王位傳給季子，季子還是不會接受的。我希望我們不要傳位於子而傳位於弟，兄弟依次做國君，就可以把王位交給季子。」大家都說：「好的。」所以這幾個人做國君時都捨生忘死，十分勇敢，飲食時必定要祈禱說：「上天如果保佑吳國，希望趕快把災難降到我身上。」所以謁死之後，餘祭繼位；餘祭死後，夷昧繼位；夷昧死後，國家就應該傳到季子手裏了。

季子使而亡焉①。僚者②，長庶也，即之。季子使而反，至而君之爾。闔廬曰③：「先君之所以不與子國而與弟者，凡為季子故也。將從先君之命與，則國宜之季子者也。如不從先君之命與，則我宜立者也。僚惡得為君乎？」於是使專諸刺僚④，而致國乎季子。季子不受曰：「爾弒吾君⑤，吾受爾國，是吾與爾為篡也。爾殺吾兄，吾又殺爾，是父子兄弟相殺，終身無已也。」去之延陵⑥，終身不入吳國。故君子以其不受為義，以其不殺為仁。

【注釋】

①使而亡：出使在外，避而不歸。

②僚：吳王壽夢的長庶子，季札的庶兄。

③闔廬：又作「闔閭」，史記認為是謁之子，公羊傳認為是夷昧之子。
④專諸：著名刺客。闔閭派專諸刺僚，專諸把匕首藏於魚腹裏，藉宴會獻魚之機，刺殺了僚，專諸也當場被殺。
⑤弒（shì）：古代臣殺君、子殺父母為「弒」。
⑥延陵：吳邑名。在今江蘇武進。

【譯文】

季子出使在外，避而不歸。僚是壽夢庶子中年長者，即位為君。季子出使歸來，到了吳國也把僚當國君對待。闔廬說：「我們先君之所以不把王位傳給兒子而傳給弟弟，都是為了最後要把王位傳給季子的緣故。如果遵從先君的遺命，那麼王位應該傳給季子。如果不遵從先君的遺命，那麼我是應該立為國君的人。僚憑什麼當國君？」闔廬於是派專諸刺殺僚，而把王位交給季子。季子不接受，說：「你殺了我的國君，我接受你交來的王位，這是我和你一起在篡位。你殺了我的兄長，我又殺你，這是父子兄弟相互殘殺，一輩子也沒個完啊。」於是季子離開吳都到了他的封邑延陵，一直到死也沒有再進吳國國都。所以君子認為他不接受君位是道義，不殺闔廬是仁。

賢季子，則吳何以有君、有大夫？以季子為臣，則宜有君者也。「札」者何？吳季子之名也。春秋賢者不名①，此何以名？許夷、狄者②，不壹而足也。季子者，所賢也，曷為不足乎季子？許人臣者必使臣，許人子者必使子也。

【注釋】

①春秋賢者不名：古代士大夫有名有字，稱字表示尊敬，春秋作者對有賢德的人只稱字，不稱名。

②許：讚許，褒揚。

【譯文】

認為季子賢良，那吳國怎麼就有了國君、大夫呢？因為既然認為季子有資格作為臣子，那就應該有國君了。「札」是什麼？是吳國季子的名字。春秋對於賢能的人不稱呼名字，這裏為什麼稱名？這是因為讚許夷、狄之人，不能因為他們做了一件值得稱道的事情就認為他們已很完美了。季子被認為是賢良之人，為什麼還認為他不夠完美呢？因為讚美人臣一定要使他與人臣的地位相適應，讚美人子一定要使他與人子的地位相適應。

穀梁傳

穀梁傳也稱春秋穀梁傳、穀梁春秋，為儒家經典之一。全書上起魯隱公元年（前七二二），止於魯哀公十四年（前四八一）。其作者相傳是子夏的弟子，戰國時魯人穀梁赤。起初也為口頭傳授，至西漢時才成書。它是我們研究秦漢間及西漢初年儒家思想的重要資料。

鄭伯克段於鄢（隱公元年）

這篇文章通過對「鄭伯克段於鄢」六個字的逐字闡釋，譴責段的不義，更譴責鄭伯的不仁，即他處心積慮，姑息養奸，殲滅弟弟的行為，最後表明了「親親」的儒家觀點。

「克」者何？能也。何能也？能殺也。何以不言殺？見段之有徒眾也。

【譯文】

「克」是什麼意思？就是能夠。能夠幹什麼呢？能夠殺人。為什麼不直接說殺呢？表明共叔段有軍隊。

段①，鄭伯弟也②。何以知其為弟也？殺世子、母弟目君③，以其目君，知其為弟也。段，弟也而弗謂弟，公子也而弗謂公子，貶之也。段失子弟之道矣。賤段而甚鄭伯也。何甚乎鄭伯？甚鄭伯之處心積慮，成於殺也。

【注釋】

①段：鄭伯弟，封在京邑。因圖謀不軌被鄭伯挫敗於鄢地，後又逃到共地，故稱「共叔段」。

②鄭伯：即鄭莊公。

③世子：指帝王或諸侯正妻所生的長子。目君：稱為國君。春秋作者稱呼殺死世子或者同母弟弟的君主，都只稱國君，不再以兄弟相稱，有貶抑的意思。

【譯文】

共叔段，是鄭伯的弟弟。怎麼知道他是弟弟呢？殺掉世子和同母弟的，只稱國君，因為這裏把鄭伯看做國君，就知道共叔段是弟弟。共叔段是弟弟而不稱他作弟弟，是公子而不稱他作公子，是貶低他的意思，因為共叔段不遵守做公子和做弟弟的規矩呀。貶斥共叔段，更加貶斥鄭伯。為什麼更貶斥鄭伯呢？是貶斥鄭伯處心積慮，最終達到了殺共叔段的目的。

「於鄢」[①]，遠也。猶曰取之其母之懷中而殺之云爾，甚之也。然則為鄭伯者宜奈何？緩追逸賊，親親之道也[②]。

【注釋】

①鄢（yān）：鄭邑。在今河南鄢陵西北。

②親親之道也：第一個「親」是動詞，「對……親善」；第二個「親」是名詞，親人。

【譯文】

「於鄢」，是說鄭伯追擊很遠。鄭伯追殺共叔段就好像是從母親懷裏搶過嬰兒殺掉那樣，所以更加貶斥他。然而作為鄭伯這樣應該怎麼辦呢？慢慢去追趕那逃亡的賊子，這才是對親人親善友愛的正確做法。

虞師晉師滅夏陽（僖公二年）

晉獻公想攻打虢國的邊境要塞夏陽，向虞國借道。虞國國君貪戀晉國送來的寶馬美玉，不聽大臣宮之奇勸諫，同意了晉國的要求。夏陽被攻之後，虢國很快滅亡，虞國最終也難逃滅亡的命運。

非國而曰「滅」，重夏陽也①。虞無師，其曰「師」，何也？以其先晉，不可以不言師也。其先晉何也？為主乎滅夏陽也。夏陽者，虞、虢之塞邑也，滅夏陽而虞、虢舉矣②。

【注釋】

①夏陽：虢（guó）邑名，又稱「下陽邑」。在今山西平陸東北。

②舉：拔取，攻佔。

【譯文】

不是國家而說「滅」，這是重視夏陽。虞國沒有出兵，春秋卻說「虞國軍隊」，這是為什麼呢？因為在晉國出兵前，虞國就已經把夏陽推入了死地，所以不能不說是軍隊。為什麼說它在晉國出兵前就把夏陽推入死地了呢？是因為它是滅亡夏陽的主謀。夏陽是虞國和虢國邊界上的城邑，滅掉了夏陽，虞國和虢國也就可以攻下來了。

虞之為主乎滅夏陽，何也？晉獻公欲伐虢①，荀息曰②：「君何不以屈產之乘、垂棘之璧③，而借道乎虞也？」公曰：「此晉國之寶也。如受吾幣，而不借吾道，則如之何？」荀息曰：「此小國之所以事大國也。彼不借吾道，必不敢受吾幣。如受吾幣，而借吾道，則是我取之中府而藏之外府④，取之中廄而置之外廄也⑤。」公曰：「宮之奇存焉，必不使受之也。」荀息曰：「宮之奇之為人也，達心而懦⑥，又少長於君。達心則其言略，懦則不能強諫，少長於君，則君輕之。且夫玩好在耳目之前⑦，而患在一國之後，此中知以上乃能慮之。臣料虞君，中知以下也。」公遂借道而伐虢。

【注釋】

①晉獻公：晉國國君。
②荀息：晉大夫。
③屈：晉邑名。在今山西吉縣北。乘（shèng）：四馬為一乘。這裏指馬。垂棘：晉地名。出產美玉。
④中府：宮中倉庫。外府：宮外倉庫。
⑤中廄（jiù）：宮中的馬棚。外廄：宮外的馬棚。
⑥達心：心裏明白通達。
⑦玩好（hào）：玩賞之物。

【譯文】

說虞國是滅掉夏陽的主謀，這是為什麼呢？晉獻公打算攻打虢國，荀息說：「國君為什麼不用屈地出產的駿馬和垂棘出產的美玉，向虞國借道呢？」晉獻公說：「這些都是晉國的寶物啊。如果虞國接受了我的禮物，卻又不借道給我，那該怎麼辦呢？」荀息說：「這就是小國用來侍奉大國的禮數。它不借道給我們，就一定不敢接受我們的禮物。如果接受了我們的禮物，又借道給我們，那麼，我們只不過是把美玉從宮中的庫房裏取出來藏在宮外的庫房裏，把良馬從宮內的馬廄中牽出來放在宮外的馬廄而已。」晉獻公說：「宮之奇還在虞國任職呢，他一定不會讓國君接受這禮物的。」荀息說：「宮之奇的為人，雖然內心通達但性情懦弱，又是從小和國君一起長大的。心裏明白，說話就簡略；性情懦弱，就不會堅決勸諫；從小和國君一起長大，國君就不會重視他。況且虞國國君喜歡的珍寶就在面前，而亡國之災卻要在另一個國家滅亡才會有，這是中等智力以上的人才能想到的。我料定虞國國君是個中等智力以下的人。」於是，晉獻公就向虞國借道去攻打虢國。

宮之奇諫曰：「晉國之使者，其辭卑而幣重，必不便於虞。」虞公弗聽，遂受其幣而借之道。宮之奇又諫曰：「語曰：『脣亡則齒寒。』其斯之謂與？」挈其妻子以奔曹[1]。

【注釋】

①曹：春秋小國。在今山東定陶西南。

【譯文】

宮之奇向虞國國君進諫道：「晉國的使者言辭謙卑，禮物十分貴重，肯定會對虞國不利。」虞國國君不聽，接受了晉國送來的禮物，借道給了晉國。宮之奇又進諫道：「古語説『脣亡則齒寒』，這大概就是説虢國和虞國的關係吧？」宮之奇帶上他的妻子兒女一起逃到曹國去了。

獻公亡虢，五年①，而後舉虞。荀息牽馬操璧而前曰：「璧則猶是也，而馬齒加長矣。」

【注釋】

①五年：指魯僖公五年（前六五五）。

【譯文】

晉獻公滅掉了虢國，魯僖公五年，又佔領了虞國。荀息牽着良馬，捧着美玉，來到晉獻公跟前，説：「美玉還是老樣子，馬卻變老了。」

禮記

禮記為儒家經典之一，是戰國到秦、漢年間儒家學者解釋說明經書儀禮的文章選集，是一部儒家思想的資料匯編。由於涉及面廣，其影響甚至超出了周禮、儀禮。禮記有兩種傳本，一種是戴德所編，有八十五篇，今存四十篇，稱大戴禮記；另一種，也便是我們現在所見的禮記，是戴德之姪戴聖選編的四十九篇，稱小戴禮記，保存了大量先秦時代的社會史料。它對於研究先秦以至秦漢時代的婚喪嫁娶制度、家族制度、社會風俗等具有重要的史料價值。

檀弓是禮記中的一篇，主要記載禮儀制度、注意事項、孔子和門人及其他歷史人物有關禮制的言論、行為，分上下兩部分。它用一個個事例來說明禮儀制度，其語言簡潔質樸，有一定的文學性。

晉獻公殺世子申生（檀弓上）

晉獻公聽信驪姬讒言，逼申生自盡。申生在蒙冤的情況下，沒有採納重耳勸他申辯或出逃的建議，順從獻公的意志從容就死，臨死前仍不忘憂慮國事，盡顯忠孝本色。

晉獻公將殺其世子申生①。公子重耳謂之曰：「子蓋言子之志於公乎②？」世子曰：「不可。君安驪姬，是我傷公之心也。」曰：「然則蓋行乎？」世子曰：「不可。君謂我欲弒君也，天下豈有無父之國哉？吾何行如之？」

【注釋】

①申生：是晉獻公夫人齊姜所生，為世子。晉獻公又娶狐氏姊妹，生重耳、夷吾。再娶驪姬，生奚齊。驪姬欲廢申生而立奚齊。

②蓋：通「盍」，何不。

【譯文】

晉獻公打算殺掉他的世子申生。公子重耳對申生說：「你為何不對國君表明心意呢？」申生說：「不行。國君喜歡驪姬，要是我去說，那太傷國君的心了。」重耳說：「既然如此，你為什麼不逃走呢？」申生說：「不行。國君說我企圖弒君，天下難道有無父之國嗎？我往哪兒逃呢？」

使人辭於狐突曰①：「申生有罪，不念伯氏之言也②，以至於死。申生不敢愛其死③。雖然，吾君老矣，子少，國家多難。伯氏不出而圖吾君，伯氏苟出而圖吾君，申生受賜而死。」再拜稽首乃卒。是以為恭世子也④。

【注釋】

①狐突：字伯，申生的師傅。

②伯氏之言：魯閔公二年（前六六〇），獻公命申生領兵討伐東山皋落氏，狐突勸申生趁機逃走，申生沒有聽從。伯氏，對狐突的敬稱。

③愛其死：吝惜性命。

④恭：申生的謚號。「恭」的意思是恭順敬上的意思，申生明知父命是錯誤的卻順從了，故謚號「恭」。

【譯文】

申生派人去向狐突訣別，說：「申生有罪，沒有聽從您的話，以致死到臨頭。申生不敢吝惜性命。但是，國君年事已高，弟弟還年幼，國家將多有危難。您不出面為國君謀劃國事便罷，您若肯出面為國君謀劃，申生我雖死，也蒙受您的恩惠。」申生拜了兩拜，然後自殺。所以他被謚為恭世子。

曾子易簀（檀弓上）

病危的曾子聽到童子問席子是否是大夫用的時，意識到自己僭禮，堅持要求兒子和弟子換掉它，讚揚了曾子知錯就改、嚴格守禮的精神。

曾子寢疾①，病。樂正子春坐於牀下②，曾元、曾申坐於足③，童子隅坐而執燭。

【注釋】

①曾子：名參，字子輿。春秋時魯國人，是孔子弟子。
②樂正子春：子春是曾子弟子，官任樂正。樂正，公室樂官。
③曾元、曾申：都是曾參兒子。

【譯文】

曾子臥病在牀，病情危急。他的弟子樂正子春坐在牀下，曾元、曾申坐在曾子腳旁，童子坐在角落裏，手裏拿着燈燭。

童子曰：「華而睆①，大夫之簀與②？」子春曰：「止！」曾子聞之，瞿然曰：「呼！」曰：「華而睆，大夫之簀與？」曾子曰：「然。斯季孫之賜也③，我未之能易也。元，起易簀。」曾元曰：「夫子之病革矣④，不可以變。幸而至於旦，請敬易之。」曾子曰：「爾之愛我也不如彼！君子之愛人也以德，細人之愛人也以姑息⑤。吾何求哉？吾得正而斃焉，斯已矣。」舉扶而易之，反席未安而沒⑥。

【注釋】

①睆（huǎn）：光亮。

②大夫之簀（zé）：簀華美而光潔，是大夫所用，曾子未嘗為大夫，因此僮僕有此問。簀，竹席。

③季孫：魯大夫。

④革（jí）：通「亟」，危急。

⑤細人：小人。姑息：無原則的遷就。

⑥沒：通「歿」，死去。

【譯文】

童子說：「又精美又光潔，這是大夫用的竹席吧？」樂正子春說：「別說話！」曾子聽到聲音驚醒了，問：「喔！」童子說：「又精美又光潔，這是大夫用的竹席吧？」曾子說：「是的。這是季孫送給我的，我還沒來得及把它換下來。元，你扶我起來，把席子換掉。」曾元說：「您老人家病情危急，不宜移動。請等到天亮，再給您老人家換掉。」曾子說：「你對我的愛不如那個童子！君子愛人成全他的德行，小人愛人則無條件地寬容。我還有什麼可求的呢？只要能死得合乎正禮，就行了。」於是，大家抬起曾子，換下竹席，把他放回席子上，還沒安頓好就死了。

有子之言似夫子（檀弓上）

對於孔子是否主張「喪欲速貧，死欲速朽」，幾個弟子進行了一番爭論，最終結論是孔子在談論禮時都是針對具體的人和具體的事來進行的，不可以偏概全，或形而上學地去理解。

有子問於曾子曰①：「問喪於夫子乎②？」曰：「聞之矣。『喪欲速貧，死欲速朽』。」有子曰：「是非君子之言也。」曾子曰：「參也聞諸夫子也。」有子又曰：「是非君子之言也。」曾子曰：「參也與子游聞之③。」有子曰：「然。然則夫子有為言之也。」

【注釋】

①有子：名若，孔子弟子。

②問（wèn）：通「聞」。喪：喪失。這裏指失去官職。夫子：古時對男子的尊稱，弟子亦稱老師為「夫子」。

③子游：名偃，孔子弟子。

【譯文】

有子問曾子說：「你向夫子請教過如何對待失去職位嗎？」曾子說：「我聽到過。『失去職位要快點窮，死了要快點腐爛』。」有子說：「這不像君子說的話！」曾子說：「我這是從夫子那裏聽來的。」有子又說：「這不是君子說的話。」曾子說：「我是和子游一起聽到夫子這樣說的。」有子說：「這樣啊。夫子是有所指才這樣說的吧。」

曾子以斯言告於子游。子游曰：「甚哉，有子之言似夫子也！昔者夫子居於宋，見桓司馬自為石槨①，三年而不成。夫子曰：『若是其靡也，死不如速朽之愈也。』死之欲速朽，為桓司馬言之也。南宮敬叔反②，必載寶而朝。夫子曰：『若是其貨也，喪不如速貧之愈也。』喪之欲速貧，為敬叔言之也。」

【注釋】

①桓司馬：即桓魋（tuí），宋國司馬。掌管軍事。槨（guǒ）：棺材外面的大棺。古時棺木內為棺，外為槨。

②南宮敬叔：即仲孫閱，魯國人。曾失去官位離開魯國，後來返回。

【譯文】

曾子把有子的話告訴了子游。子游說：「太像了，有子的話真像是夫子說的！從前，夫子在宋國居住時，看到桓司馬為自己造石槨，三年過去了還沒有造好。夫子就說：『如此奢侈，死了不如快點腐爛的好。』死了要快點腐爛，這是針對桓司馬說的話。南宮敬叔失去職位以後回國，車上總是載着珠寶去朝拜國君。夫子說：『像這樣行賄，失了官之後還不如很快變窮更好。』失去職位要快點窮，是針對南宮敬叔說的。」

曾子以子游之言告於有子。有子曰：「然。吾固曰非夫子之言也。」曾子曰：「子何以知之？」有子曰：「夫子制於中都①，四寸之棺，五寸之槨，以斯知不欲速朽也。昔者夫子失魯司寇②，將之荊③，蓋先之以子夏④，又申之以冉有⑤，以斯知不欲速貧也。」

【注釋】

①制於中都：指孔子任中都宰。中都，魯邑名。在今山東汶上西。
②司寇：官名。掌管刑獄。孔子曾任魯國司寇，後去職。
③荊：楚國。
④子夏：卜商，字子夏，孔子弟子。
⑤冉有：又稱「冉求」，孔子弟子。

【譯文】

曾子把子游的話告訴有子。有子說：「是這樣。我本來就說那不是夫子的話。」曾子說：「您是怎麼知道的呢？」有子說：「夫子任中都宰的時候，制定了棺厚四寸，椁厚五寸的制度，我因此知道夫子了不希望人死之後很快就腐爛。從前，夫子失去了魯國司寇的職位，將要到楚國去任職。他先派了子夏，然後又派冉有去楚國了解情況，所以我知道夫子不希望失去職位以後很快就貧窮。」

公子重耳對秦客（檀弓下）

晉獻公死時，秦穆公勸重耳藉此機會回國繼位，但狐偃認為時機不成熟，讓重耳謝絕了秦穆公的好意。秦穆公的狡詐、狐偃的老謀深算以及重耳的節制在對話中鮮明地表現了出來。

晉獻公之喪，秦穆公使人弔公子重耳[1]，且曰：「寡人聞之：『亡國恆於斯，得國恆於斯。』雖吾子儼然在憂服之中，喪亦不可久也，時亦不可失也，孺子其圖之。」以告舅犯[2]。舅犯曰：「孺子其辭焉。喪人無寶，仁親以為寶。父死之謂何？又因以為利，而天下其孰能說之？孺子其辭焉。」

【注釋】

①秦穆公：春秋時秦國國君，公元前六五九－前六二一年在位。

②舅犯：狐偃，字子犯，重耳的舅父。其時重耳被逐出晉國，與狐偃等在外祖家狄人處避難。

【譯文】

晉獻公去世後，秦穆公派人去向公子重耳表示哀悼，並且說：「寡人聽到過這樣的話：『失去國家常常是在這種時候，得到國家也常常是在這種時候。』雖然您正處在為父王服喪的悲痛之中，但悲痛不可太久，得到國家的時機不可輕易錯過，希望您考慮一下。」重耳把這些話告訴了舅父子犯。子犯說：「您應該辭謝他的好意。流亡在外的人沒有什麼可寶貴的東西，只有仁慈的父母才是最寶貴的。父親的死是何等重大悲痛的事情啊？如果想乘機謀取利益，那麼天下之人有誰能高興呢？所以您還是辭謝他的好意吧。」

公子重耳對客曰：「君惠弔亡臣重耳。身喪父死，不得與於哭泣之哀，以為君憂。父死之謂何？或敢有他志，以辱君義？」稽顙而不拜①，哭而起，起而不私②。

【注釋】

①稽顙（sǎng）而不拜：跪下來磕頭，但不拜謝。拜，即成拜，指主喪者對弔唁的人先磕頭後拜謝，是古代喪禮之一。

②私：私下談話。

【譯文】

公子重耳對秦穆公的使者説：「蒙貴國君主恩惠，來慰問亡命之臣重耳。我自己逃亡在外，父親死了，卻無法在靈前為父王哭泣哀悼，勞動貴國國君憂慮擔心。父親死是一件哀痛的事，我怎敢乘機謀取君位，而有辱貴國君主對我的情義呢？」説罷，跪下叩頭，卻不行拜謝禮，哭着站起來，也不再與使者私下交談。

子顯以致命於穆公[1]。穆公曰：「仁夫，公子重耳！夫稽顙而不拜，則未為後也，故不成拜。哭而起，則愛父也。起而不私，則遠利也。」

【注釋】

①子顯：即秦國大夫公子縶（zhí）。

【譯文】

子顯把這些情況向秦穆公作了匯報。秦穆公説：「公子重耳真是仁人啊！他叩頭卻不拜謝賓客，是認為自己不是晉國君主，所以不行拜禮。哭着站起來，是表示哀悼其父。起來後不與賓客私下交談，是表示不願藉此謀求個人私利。」

杜蕢揚觶（檀弓下）

晉大夫知悼子死而未葬，晉平公就和樂師、近臣一起喝酒奏樂。杜蕢機智勸諫，以三次罰酒引起國君的好奇發問，以三次對答批評曠、調和自己，啟發國君覺悟自責，從而達到進諫的目的。

知悼子卒①，未葬，平公飲酒②，師曠、李調侍③，鼓鐘。杜蕢自外來④，聞鐘聲，曰：「安在？」曰：「在寢⑤。」杜蕢入寢，歷階而升。酌曰：「曠飲斯。」又酌曰：「調飲斯。」又酌，堂上北面坐飲之。降，趨而出。

【注釋】

①知（zhì）悼子：知罃（yīng），楚大夫。
②平公：晉平公。
③師曠：晉國樂官，即下文所稱「太師」。李調：晉平公的寵臣，即下文所稱「褻（xiè）臣」。
④杜蕢（kuì）：晉平公的廚師，即下文所稱「宰夫」。
⑤寢：寢宮。

【譯文】

知悼子去世還沒有安葬，晉平公就喝起酒來，師曠和李調在一旁侍候，並敲鐘作樂。杜蕢從外面進來，聽到鐘聲，就問：「他們在哪兒飲酒作樂？」有人回答說：「在寢宮。」杜蕢走進寢宮，一步一級地走上台階。他斟了一杯酒，說：「師曠，喝了這杯。」又斟了一杯，說：「李調，喝了這杯。」然後又斟了一杯，在殿堂之上，面朝北面跪坐而飲。喝完之後走下台階，快步走出寢宮。

平公呼而進之，曰：「蕢，曩者爾心或開予①，是以不與爾言。爾飲曠②，何也？」曰：「子卯不樂③。知悼子在堂，斯其為子卯也大矣。曠也，太師也，不以詔，是以飲之也。」「爾飲調，何也？」曰：「調也，君之褻臣也，為一飲一食忘君之疾，是以飲之也。」「爾飲，何也？」曰：「蕢也，宰夫也，非刀匕是共④，又敢與知防，是以飲之也。」平公曰：「寡人亦有過焉，酌而飲寡人。」杜蕢洗而揚觶⑤。公謂侍者曰：「如我死，則必毋廢斯爵也⑥。」

【注釋】

①曩（nǎng）：以往，過去。開予：開導我。

②飲（yìn）：使……飲酒。

③子卯不樂：相傳甲子日、乙卯日分別是商紂和夏桀的忌日，這兩天禁止奏樂。

④匕（bǐ）：羹匙。共：通「供」。
⑤觶（zhì）：一種青銅酒器。
⑥爵：酒器。此指觶。

【譯文】

晉平公喊他進去，說：「杜蕢，剛才我以為你也許要開導我，所以沒有主動跟你說話。你罰師曠喝酒，是為什麼？」杜蕢回答說：「在甲子、乙卯忌日，君主不得飲酒作樂。如今知悼子的靈柩還停在堂上，這是比甲子、乙卯忌日更重要的事。師曠身為太師，卻不提醒您，因此罰他一杯。」平公又問：「你罰李調喝酒，又為什麼呢？」杜蕢回答說：「李調是國君您親近的臣子，卻因貪於飲食而忘記君主應忌諱的事情，因此罰他一杯。」平公又問：「你罰自己一杯，又為什麼呢？」杜蕢回答說：「我是個廚師，不好好給您侍候飲食用具，卻敢越職進諫，因此也罰自己一杯。」平公說：「我也有錯，斟上酒罰我一杯吧。」杜蕢洗淨觶，斟上酒，高高舉起，恭敬地獻給平公。平公對侍者說：「如果我死了，一定不要丟棄這隻觶。」

至於今，既畢獻，斯揚觶，謂之「杜舉」。

【譯文】

直到現在，每逢主人向賓客敬完酒，就舉起手中的觶，人們把這個動作稱為「杜舉」。

晉獻文子成室（檀弓下）

晉獻文子新宅落成，張老祝賀趙氏的祖宗又能受到祭祀，趙氏家人都能壽終正寢，趙氏宗族得以復興。趙武答謝，祝賀與答謝都密切結合着趙氏自滅絕後再起的現實，確是「善頌善禱」。

晉獻文子成室①，晉大夫發焉②。張老曰③：「美哉輪焉④，美哉奐焉⑤。歌於斯，哭於斯，聚國族於斯。」

【注釋】

①晉獻文子：晉正卿趙武，謚號獻文，也稱「趙文子」。成室：新居落成。

②發：送禮慶賀。

③張老：晉國大夫張孟。

④輪：高大。

⑤奐（huàn）：華麗。

【譯文】

晉國大夫趙武的新居落成，晉國的大夫們前往慶賀送禮。張老說：「多麼美啊，這樣高大；多麼美啊，這樣富麗堂皇。既可以在這裏奏樂祭祀，又可以在這裏舉行葬禮，還可以在這裏宴請國賓，聚會宗族。」

文子曰：「武也，得歌於斯，哭於斯，聚國族於斯，是全要領以從先大夫於九京也①。」北面再拜稽首。君子謂之善頌、善禱。

【注釋】

①全要（yāo）領：指不受腰斬、砍頭之刑罰。要，同「腰」。領，頸。「要」、「領」是古代的兩種死刑，即腰斬和砍頭。九京：晉國卿大夫墓地的九原。

【譯文】

趙武說：「我趙武能夠在這裏歌舞祭祀，在這裏舉行喪禮，在這裏宴請國賓、聚會宗族，說明我可以保全我的身首，從而跟隨我的先祖先父一起葬於九原了。」說完，就面向北叩頭拜謝。當時的君子稱讚他們二人一個善於祝頌，一個善於禱告。

卷四

戰國策

戰國策是一部戰國時代各國的史料匯編。因其內容是記敘戰國時代以縱橫家為主的謀臣策士遊說各國、為各國諸侯出謀劃策的言論，所以起名叫戰國策，後又簡稱國策。作者已經無法查考。現在流行的本子，是西漢劉向根據戰國末年的縱橫家著作編輯而成的。全書分東周、西周、秦、齊、楚、趙、魏、韓、燕、宋、衛、中山十二策，共三十三篇（東、西周各一篇，秦五篇，齊六篇，楚、趙、魏各四篇，韓、燕各三篇，宋、衛合為一篇，中山為一篇）。所載史事，上起公元前四五八年知伯滅范、中行氏，下迄公元前二二一年秦統一天下後，高漸離以筑擊秦始皇，記錄了這一時期諸侯各國在政治、軍事、外交等方面的一些重大事件，纂輯了不少謀臣策士縱橫捭闔的鬥爭活動及其有關的謀劃或說辭，反映了戰國時代各個國家、各個階級之間尖銳複雜的矛盾和鬥爭，是後世治史者不可或缺的參考書。

戰國策同樣具有較高的文學價值。書中不少篇章是公認的先秦散文的優秀代表作。它的語言犀利，文筆恣肆，論辯周密精闢，又善於用比喻和寓言故事來形象地說明抽象的道理。這些都對後世散文創作的發展有明顯影響。

蘇秦以連橫說秦

本文選自戰國策・秦策。蘇秦是戰國時代縱橫家的代表人物，本文寫的就是他發跡的經過。蘇秦的發奮苦讀，他的先主「連橫」、後主「合縱」，都是為了博取功名富貴，這代表了戰國策士謀利投機的共同心態。其家人對他前倨後卑，對比鮮明，具有很強的諷刺性。應該注意，戰國策中蘇秦的說辭很多，大多是縱橫家後學模擬假託之作，不可確信。

蘇秦始將連橫說秦惠王曰①：「大王之國，西有巴、蜀、漢中之利②，北有胡貉、代馬之用③，南有巫山、黔中之限④，東有殽、函之固⑤。田肥美，民殷富，戰車萬乘，奮擊百萬，沃野千里，蓄積饒多，地勢形便，此所謂天府，天下之雄國也。以大王之賢，士民之眾，車騎之用，兵法之教，可以併諸侯，吞天下，稱帝而治。願大王少留意⑥，臣請奏其效。」

【注釋】

①蘇秦：字季子，戰國時著名的縱橫家。連橫：流行於戰國期間諸侯國相互爭鬥的一種策略，指函谷關以西的秦國與楚、齊等國的個別聯合。與此相對的「合縱」，則指函谷關以東的楚、燕、趙、魏、韓、齊六國的聯合抗秦。說（shuì）：勸說。

②巴：包括今四川東部、重慶、湖北西部的地區。蜀：今四川中、西部地區。漢中：指今陝西漢中一帶。

③胡貉（hé）：產於北方地區的貉皮。貉形似狸，皮可製裘。代：相當於今河北、山西北部地區。多產馬。

④巫山：山名。在今重慶巫山東。黔中：地名。在今湖南常德。

⑤殽：同「崤」，崤山，在今河南洛寧西北。函：函谷關，在今河南靈寶東北。

⑥少：稍。

【譯文】

蘇秦最初用連橫的策略去遊說秦惠王說：「大王的國家，西面有巴、蜀、漢中的富饒，北面有胡地的貉皮、代地的良馬可以利用，南面有巫山、黔中作為屏障，東面有崤山、函谷關這樣堅固的門戶。土地肥美，百姓富足，戰車萬輛，戰士百萬，沃野千里，財物豐足，地理形勢便利，這正是人們所說的天府，真是天下的強國。若憑着大王的賢明，士民的眾多，車馬的效用，兵法的教習，足以兼併諸侯，統一天下，稱帝而治。請大王稍加注意，讓我陳述統一天下的功效。」

秦王曰：「寡人聞之，毛羽不豐滿者不可以高飛，文章不成者不可以誅罰①，道德不厚者不可以使民，政教不順者不可以煩大臣②。今先生儼然不遠千里而庭教之③，願以異日。」

【注釋】

①文章：指法令。

②煩：調遣。

③儼然：莊重認真的樣子。

【譯文】

秦惠王卻說：「我聽說，鳥雀羽毛不豐滿便不能飛得很高；法令條文不完備便不能用來實施刑罰；道德行為不高尚便不能役使百姓；政令教化不和順便不能差遣大臣。現在，先生不遠千里，鄭重地登廷賜教於我，還是改日再說吧。」

蘇秦曰：「臣固疑大王之不能用也①。昔者神農伐補遂②，黃帝伐涿鹿而禽蚩尤③，堯伐驩兜④，舜伐三苗⑤，禹伐共工⑥，湯伐有夏⑦，文王伐崇⑧，武王伐紂，齊桓任戰而霸天下。由此觀之，惡有不戰者乎⑨？古者使車轂擊馳⑩，言語相結，天下為一；約從連橫，兵革不藏⑪；文士並飭⑫，諸侯亂惑；萬端俱起⑬，不可勝理；科條既備⑭，民多偽態；書策稠濁⑮，百姓不足；上下相愁，民無所聊；明言章理⑯，兵甲愈起；辯言偉服，戰攻不息；繁稱文辭，天下不治；舌敝耳聾，不見成功；行義約信，天下不親。於是，乃廢文任武，厚養死士，綴甲厲兵⑰，效勝於戰場⑱。夫徒處而致利，安坐而廣地，雖古五帝、三王、五霸⑲，明主賢君，常欲坐而致之，其勢不能，故以戰續之。寬則兩軍相攻，迫則杖戟相撞，然後可建大功。是故兵勝於外，義強於內；威立於上，民服於下。今欲併天下，淩萬乘⑳，詘敵國㉑，制海內，子元元㉒，臣諸侯，非兵不可！今之嗣主，忽於至道，皆惛於教㉓，亂於治，迷於言，惑於語，沉於辯，溺於辭。以此論之，王固不能行也。」

【注釋】

①固：本來。

②補遂：古部落名。

③涿（zhuō）鹿：地名。今屬河北。禽：同「擒」。蚩尤：傳說中九黎族首領。

④驩（huān）兜：傳說是堯的臣下，「四凶」之一。

⑤三苗：古代部落。在今湖北武昌、湖南岳陽、江西九江一帶。

⑥共工：傳說是堯的臣下，「四凶」之一。

⑦有夏：夏朝。這裏指夏桀。

⑧崇：商代小國。在今河南嵩縣，一說在今陝西西安西灃水側。這裏指崇侯虎。

⑨惡（wū）：哪裏。

⑩轂（gǔ）：車輪中央的圓木。這裏指車乘。
⑪兵革：武器裝備。這裏指戰爭。
⑫飭（shì）：通「飾」，巧飾。
⑬端：事端。
⑭科條：法令規章。
⑮稠濁：又多又亂。
⑯章：同「彰」，明顯。
⑰厲：同「礪」，磨礪。
⑱效：實現。
⑲五帝：一般指黃帝、顓頊、帝嚳、唐堯、虞舜。三王：指夏禹、商湯和周代的文王、武王。五霸：春秋五霸，通常指齊桓公、晉文公、宋襄公、楚莊王、秦穆公。
⑳凌：超過。萬乘：一萬輛戰車。這裏指大國。
㉑詘（qū）：屈服。
㉒元元：百姓。
㉓至道：最重要的道。這裏指戰爭。
㉔惛（hūn）：糊塗，不明事理。

【譯文】

蘇秦說：「我本來就料到大王是不會採用我的主張的。從前，神農討伐補遂，黃帝討伐涿鹿因而擒殺蚩尤；唐堯討伐驩兜，虞舜討伐三苗，夏禹討伐共工，商湯討伐夏桀，周文王討伐崇侯虎，周武王討伐殷紂王，齊桓公運用武力稱霸天下。由此可見，哪有不曾運用武力而統一天下的呢？古時候，各國使臣的車駕往來頻繁，車轂相擊；他們以言語相互結納，使天下成為一體；後來實行約縱連橫的策略，戰爭就不停息了；文士都巧飾辭令，反而使各國諸侯疑惑而無所適從；各種事端層出不窮，卻無法進行料理；法令條文完備，人們卻多作偽；文書政令多而混亂，百姓卻愈加貧困；君臣上下都在發愁，民不聊生；文士把道理講得很清楚，但戰爭卻更為頻繁；身着盛裝的文士發言雄辯，但爭戰攻伐仍未停息；文士繁縟的文雅辭令，使天下並未因此得到治理；發言者說爛了舌頭，聽講者聽聾了耳朵，也並未產生什麼效果；提倡道義，約以誠信，但天下仍不能和睦相處。於是，各國便廢棄文治，採用武力，以豐厚的待遇豢養勇猛敢死之士，製好鎧甲，磨礪兵器，在戰場上角逐勝負。無所事事而獲得利益，安然而坐而開拓疆土，即使古代的五帝、三王、五霸以及那些明主賢君也常想實現這一願望，在這種情勢下也是無法辦到的，所以他們還是用戰爭去繼續求取。兩軍對壘，距離遠的就擺開陣勢對打，距離近的便短兵相接，只有這樣做才能建樹大功業。因此，只有軍隊取勝於外，對內聲揚道義才強勁有力；只有國君在上面把威望樹立起來，百姓才會在下面服從。現在要想兼併天下，凌駕於現有的大國之上，使敵國屈服，控制海內，撫育百姓，臣服諸侯，非用武力不可！現今在位的君主，忽視這一根本道理，政教不明，不懂治道，迷惑於花言巧語，沉溺於詭辯文辭。由此看來，大王是一定不能採納我的主張了。」

說秦王書十上而說不行。黑貂之裘敝，黃金百斤盡，資用乏絕，去秦而歸。羸縢履蹻①，負書擔囊，形容枯槁，面目黧黑，狀有愧色。歸至家，妻不下紝②，嫂不為炊，父母不與言。蘇秦喟然歎曰③：「妻不以我為夫，嫂不以我為叔，父母不以我為子，是皆秦之罪也。」乃夜發書，陳篋數十④，得太公陰符之謀⑤，伏而誦之，簡練以為揣摩⑥。讀書欲睡，引錐自刺其股，血流至足。曰：「安有說人主不能出其金玉錦繡，取卿相之尊者乎？」期年⑦，揣摩成，曰：「此真可以說當世之君矣！」

【注釋】

①羸：通「累」，纏繞。縢（téng）：綁腿。蹻（juē）：草鞋。
②紝（rèn）：織布帛的絲縷。這裏指織機。
③喟（kuì）然：歎息貌。
④篋（qiè）：箱子。
⑤太公陰符：傳說是姜太公兵法。
⑥簡：選擇。
⑦期（jī）年：一周年。

【譯文】

蘇秦遊說秦惠王的奏章上了十次，但他的主張最終未被採納。黑貂皮袍穿破了，一百斤黃金花光了，費用沒有了，他只好離開秦國回家去。他綁上裹腿，穿着草鞋，挑着書箱行囊，身體乾瘦，臉色黝黑，面有愧色。回到家中，妻子不走下織機迎接他，嫂子不給他做飯吃，父母不和他講話。蘇秦長歎道：「妻子不把我當丈夫，嫂子不把我當小叔子，父母不把我當兒子，這都是我蘇秦的罪過啊。」於是蘇秦連夜找書，擺開了幾十隻書箱，找到了姜太公的陰符一書，便埋頭誦讀，並反覆推敲，鑽研體會書中精要。讀書困乏昏昏欲睡的時候，他便拿錐子刺自己的大腿，以致鮮血一直流到腳後跟。他說：「哪有遊說君主而不能掏出他的金玉錦繡，取得卿相高位的呢？」堅持了一年，終於研究成功，他自己說：「這下我確信能夠說服當今的國君了！」

於是乃摩燕烏集闕①，見說趙王於華屋之下②。抵掌而談③。趙王大說，封為武安君④，受相印。革車百乘，錦繡千純⑤，白璧百雙，黃金萬鎰⑥，以隨其後，約從散橫，以抑強秦。故蘇秦相於趙而關不通⑦。

【注釋】

①摩：揣摩，模仿。燕烏集闕：燕烏，烏鴉的一種。這裏以烏集宮闕之狀，比喻博喻宏辭、縱橫開闔的說辯藝術。

②趙王：趙肅侯。
③抵（zhǐ）掌而談：指談得很融洽。抵掌，擊掌。
④武安：地名。今屬河北。
⑤純（tún）：古代計量單位。布帛一段為一純。
⑥鎰（yì）：古代重量單位。二十兩為一鎰，又說二十四兩為一鎰。
⑦關：函谷關。

【譯文】

於是，蘇秦便以燕烏集闕般的說辭，在華麗的宮殿中拜見並勸說趙王。他侃侃而談，常常擊掌有聲。趙王聽了，十分高興，封蘇秦為武安君，授給他相印。又給他兵車百輛，錦繡千疋，白璧百對，黃金萬鎰，讓他帶着去與各國相約合縱，拆散連橫，以便抑制強大的秦國。所以蘇秦在趙國為相期間，函谷關的交通便斷絕了。

當此之時，天下之大，萬民之眾，王侯之威，謀臣之權，皆欲決於蘇秦之策。不費斗糧，未煩一兵，未戰一士，未絕一弦，未折一矢，諸侯相親，賢於兄弟。夫賢人任而天下服，一人用而天下從。故曰：式於政①，不式於勇；式於廊廟之內，不式於四境之外。當秦之隆，黃金萬鎰為用，轉轂連騎，炫熿於道②。

山東之國③，從風而服，使趙大重。且夫蘇秦特窮巷掘門、桑戶棬樞之士耳④，伏軾撙銜⑤，橫歷天下，庭說諸侯之主，杜左右之口⑥，天下莫之伉⑦。

【注釋】

①式：用。
②炫熿（xuàn huáng）：閃耀。熿，同「煌」。
③山東：崤山以東。
④掘（kū）門：鑿牆為門。掘，通「窟」，洞穴。桑戶：桑木為門板。棬（quān）樞：用捲起來的樹枝作門樞。
⑤撙（zǔn）銜：馭馬使之就範。撙，控制。銜，馬勒。
⑥杜：塞，堵住。
⑦伉：匹敵，相當。

【譯文】

在這時候，儘管天下廣大，百姓眾多，王侯威嚴，謀臣權變，但都要取決於蘇秦的決策。於是，不費一斗糧食，不勞一個兵卒，沒有一個戰士參加打仗，沒斷過一根弓弦，沒折過一支箭，就使六國諸侯相互親睦勝過兄弟。大凡賢人在位就能使天下人信服；一位賢人用事就能使天下人服從。所以說：要在政治上而不是武力上用力氣；要在朝廷決策上而不是周邊爭戰上用力氣。當蘇秦尊顯的時候，黃金萬鎰任憑他使用，隨從的車騎絡繹不絕，走在路上風光顯耀。當時，崤山以東的國家，有如風吹草動般地聽從蘇秦的指揮，從而使趙國的威望也大大增強。蘇秦只不過是個居於窮巷陋室裏的讀書人罷了，但他卻能手扶車前橫木，控制着馬韁繩，走遍天下，在朝堂上遊說各國諸侯，使諸侯周圍的親信無話可說，普天之下沒有誰能和他抗衡。

將說楚王，路過洛陽。父母聞之，清宮除道[①]，張樂設飲，郊迎三十里。妻側目而視，側耳而聽。嫂蛇行匍伏，四拜自跪而謝[②]。蘇秦曰：「嫂，何前倨而後卑也？」嫂曰：「以季子位尊而多金。」蘇秦曰：「嗟乎！貧窮則父母不子，富貴則親戚畏懼。人生世上，勢位富厚，蓋可以忽乎哉[③]！」

【注釋】

①清：清掃。宮：古時房屋的通稱。
②謝：請罪。
③蓋：通「盍」，何。

【譯文】

後來，蘇秦打算去遊說楚王，經過洛陽。他的父母聽到這一消息，便收拾房舍，清掃街道，設置樂隊，擺設酒席，在郊外三十里處迎接他。他的妻子不敢正眼瞧他，側耳聽他說話。他的嫂子趴在地上像蛇一樣爬行而來，朝他拜了四拜，跪着自己認錯。蘇秦問道：「嫂子，為什麼你過去那樣趾高氣揚，而現在又這麼低聲下氣呢？」他的嫂子回答：「因為現在你地位尊貴而且很有錢。」蘇秦歎道：「唉！一個人貧困失意，連父母都不把他當兒子看待，富貴了連親人也害怕他。可見，人生在世，對於權勢地位榮華富貴，怎麼可以忽視啊！」

司馬錯論伐蜀

本文選自戰國策・秦策。內容所寫是秦國向外擴張的重大事件之一。公元前三一六年，蜀國發生內亂，於是圍繞是出兵伐韓還是伐蜀，秦國大臣之間展開了辯論。張儀主張先伐韓，不主張伐蜀。司馬錯則主張伐蜀，從正反兩方面展開論述，層層鋪墊，步步深入，具有很強的說服力。秦惠王採納了他的意見，一舉滅蜀，從而為統一中國奠定了物質基礎。

司馬錯與張儀爭論於秦惠王前①。司馬錯欲伐蜀，張儀曰：「不如伐韓。」王曰：「請聞其說。」

【注釋】

①司馬錯：戰國時秦將。張儀：戰國時魏人，曾任秦國的相。

【譯文】

司馬錯與張儀在秦惠王面前進行了爭論。司馬錯主張攻打蜀國，張儀說：「不如攻打韓國。」秦惠王說：「請讓我聽聽你們的見解。」

對曰：「親魏善楚，下兵三川①，塞轘轅、緱氏之口②，當屯留之道③。魏絕南陽④，楚臨南鄭⑤，秦攻新城、宜陽⑥，以臨二周之郊⑦，誅周主之罪，侵楚、魏之地。周自知不救，九鼎寶器必出。據九鼎，按圖籍⑧，挾天子以令天下，天下莫敢不聽，此王業也。今夫蜀，西僻之國，而戎狄之長也，敝兵勞眾不足以成名，得其地不足以為利。臣聞：『爭名者於朝，爭利者於市。』今三川、周室，天下之市朝也。而王不爭焉，顧爭於戎狄⑨，去王業遠矣。」

【注釋】

①三川：指今河南洛陽一帶，因有黃河、洛河、伊河，故稱「三川」，地屬韓國。

②轘（huán）轅：山名。在今河南偃師東南。緱（gōu）氏：山名。在今河南偃師。
③屯留：在今山西屯留南。太行山的羊腸阪道即經過此地。
④絕：隔斷。南陽：在今河南焦作、博愛一帶，地屬韓國。
⑤南鄭：地名。在今河南境內。
⑥新城：韓地。在今河南伊川西南。宜陽：韓地。在今河南宜陽。
⑦二周：西周、東周。
⑧圖籍：指疆域圖與戶籍。
⑨顧：反而。

【譯文】

張儀回答說：「秦國應先與魏國和楚國交好，然後出兵三川，堵住轘轅、緱氏的出口，擋住屯留險道。再讓魏國斷絕通往南陽之路，楚國進軍南鄭，秦國攻打新城和宜陽，兵臨東、西二周的都城近郊，聲討兩周君主的罪行，然後逐漸侵佔楚國和魏國的領土。兩周自知難以挽救局勢，必然會交出九鼎寶器。秦國據有九鼎，掌握了那裏的地圖戶籍之後，挾制周天子號令天下，天下沒有誰敢不聽從的，這才是帝王的大業。而如今的蜀國，只是一個西部的偏僻小國，戎狄的頭目而已。為此而勞師動眾，不足以成就威名；得到該國的土地，也沒有多大好處。我聽說：『爭名就要爭於朝廷，爭利就要爭於集市。』現在三川和周室，就是當今天下爭名的朝堂，爭利的集市。大王不於此處爭奪，反而要與戎狄去爭奪，這離帝王大業相差太遠了。」

司馬錯曰：「不然。臣聞之，欲富國者，務廣其地；欲強兵者，務富其民；欲王者，務博其德。三資者備，而王隨之矣。今王之地小民貧，故臣願從事於易。夫蜀，西僻之國也，而戎狄之長也，而有桀、紂之亂。以秦攻之，譬如使豺狼逐群羊也。取其地，足以廣國也；得其財，足以富民。繕兵不傷眾①，而彼已服矣。故拔一國，而天下不以為暴；利盡西海②，諸侯不以為貪。是我一舉而名實兩附，而又有禁暴止亂之名。今攻韓劫天子，劫天子，惡名也，而未必利也，又有不義之名。而攻天下之所不欲，危！臣請謁其故③：周，天下之宗室也；韓，周之與國也④。周自知失九鼎，韓自知亡三川，則必將二國併力合謀，以因乎齊、趙⑤，而求解乎楚、魏。以鼎與楚，以地與魏，王不能禁。此臣所謂『危』，不如伐蜀之完也。」惠王曰：「善！寡人聽子。」

【注釋】

①繕：整治。

②西海：西方，相對中原而言。

③謁：說明。

④與國：友好國家。

⑤因：依靠。

【譯文】

司馬錯說：「不對。我聽說，要使國家富足，就必須開拓疆域；要使兵力強盛，就必須讓百姓富足；要成帝王之業，就必須廣施恩德。這三個條件具備，王業便隨之建立了。現在大王的國土狹小，百姓貧窮，所以我打算從容易做的事情着手。蜀國，的確只是個西部的偏僻小國，戎狄諸國的頭兒，眼下還發生了像夏桀、殷紂時那樣的內亂。用秦國的軍隊去攻打它，就像讓豺狼去追逐羊群一般容易。奪取蜀國的土地，足以擴大秦國的疆域；獲得蜀國的財富，足以使秦國百姓富足。完成此事，只要打上一仗，不需要損傷民眾，而蜀國便已經屈服了。因此，秦國雖然攻取了一個國家，但天下卻並不認為殘暴；雖然盡得西方的財利，諸侯卻並不認為貪婪。這樣我國是一舉兩得，名利雙收，而且還有禁止暴戾、平定禍亂的美名。如果現在去進攻韓國，脅持天子，本來就是很不好的名聲，又未必能由此得到好處，反而落個不義的惡名。而且，去攻打天下所不願讓去攻打的國家，是很危險的！請讓我說說其中的道理：周朝，是天下諸侯的宗室；韓國，是周朝的友邦。周一旦知道自己將會因秦國進攻而失去九鼎，韓一旦知道自己將會因秦國進攻而失去三川，那麼周、韓二國必然會齊心協力，依靠齊國、趙國的力量，向楚國、魏國求救。周把九鼎給楚國，韓把土地給魏國，這是大王您無法制止的。這就是我所說的『危險前景』，不如攻打蜀國那麼妥善啊。」秦惠王說：「很好！我聽您的。」

卒起兵伐蜀，十月取之，遂定蜀。蜀主更號為侯，而使陳莊相蜀①。蜀既屬，秦益強富厚，輕諸侯。

【注釋】

①陳莊：秦國官員。

【譯文】

秦國最終發兵攻打了蜀國，並用了十個月時間奪取了蜀地，於是平定了蜀國。蜀國君主的稱號被降改為侯，還派陳莊去做了蜀相。蜀國附屬秦國後，秦國更加富強，也更輕視諸侯各國了。

范雎說秦王

本文選自戰國策・秦策。記述了范雎到秦國後初次受到秦昭王接見時的情景。在這次談話中，范雎採取了步步為營、迂迴曲折的戰術。開始他對秦昭王唯唯再三，欲言又止，以試探秦昭王的真實心意。然後一步步告訴昭王自己要談的是「匡君臣之事，處人骨肉之間」的大事，但自己願盡忠而不避死亡，將自己定位在維護秦昭王根本利益的立場上。最後才轉到本次談話的主題，指出宣太后、魏冉專權所造成的危害，從而引起秦昭王的重視。

范雎至①，秦王庭迎范雎②，敬執賓主之禮，范雎辭讓。是日見范雎，見者無不變色易容者。秦王屏左右[3]，宮中虛無人。秦王跪而進曰：「先生何以幸教寡人？」范雎曰「唯唯」。有間，秦王復請，范雎曰「唯唯」。若是者三。秦王跽曰[4]：「先生不幸教寡人乎？」

【注釋】

①范雎（jū）：字叔，魏國人。因成功遊說秦昭王而拜為相。

②秦王：秦昭王。

③屏（bǐng）：使退避。

④跽（jì）：通常古人席地而坐時，以兩膝着地，臀部貼在腳後跟上。臀部不貼腳跟為「跪」，跪而挺身直腰即為「跽」。

【譯文】

范雎來到秦國，秦昭王在宮廷前迎接他，對他恭敬地採用了賓主禮節，范雎也客氣地稱謝謙讓。就在當天秦昭王會見了范雎，看到當時情景的人沒有不驚訝失色的。秦昭王屏退身邊的人，殿中除了他和范雎空無一人。秦昭王跪着請求說：「先生用什麼來指教我呢？」范雎只是應了一聲「嗯嗯」。過了一會兒，秦昭王再次請教，范雎仍然只應了一聲「嗯嗯」。如此反覆三次。秦昭王挺直上身跪着說：「先生不願意指教我嗎？」

范睢謝曰：「非敢然也。臣聞昔者呂尚之遇文王也①，身為漁父而釣於渭陽之濱耳。若是者，交疏也。已一說而立為太師，載與俱歸者，其言深也。故文王果收功於呂尚，卒擅天下而身立為帝王②。即使文王疏呂望而弗與深言，是周無天子之德，而文、武無與成其王也。今臣，羈旅之臣也③，交疏於王，而所願陳者，皆匡君臣之事，處人骨肉之間④。願以陳臣之陋忠，而未知王心也，所以王三問而不對者是也。

【注釋】

①呂尚：姜姓，字子牙，封於呂，故稱「呂尚」。傳說他垂釣於渭水之濱，周文王與他一見如故，便立為統率軍隊的太師。後佐武王滅紂。

②擅：擁有。

③羈旅：長期旅居他鄉。

④骨肉：這裏指秦昭王和其母（宣太后）等的關係。

【譯文】

范睢向秦王謝罪說：「我不敢這樣呀。我聽說，當初呂尚遇到周文王的時候，只是垂釣於渭水北岸的一個老漁翁而已。像這種情況，說明他們的交往是疏淺的。他能通過一次交談就被立為太師，與周文王同車而歸，這是由於他所講的道理很深刻的緣故。因此，周文王也果然在呂尚的輔佐下取得了成功，終於據有天下成為帝王。假如當初周文王疏遠呂尚而不同他深談，那便說明周室還不具備做天子的德行，而文王、武王也就不能成就他們的帝王大業了。如今的我，不過是一個客居他鄉之臣，我和大王的交往很疏淺，而我要陳述的卻都是匡正君臣關係的大事，需要置身於您的全親骨肉之間。我本願意表達對您的淺陋忠誠，可是我不知道大王內心的想法，所以大王三次問我我都沒回答，就是因為這個緣故啊。

「臣非有所畏而不敢言也。知今日言之於前，而明日伏誅於後，然臣弗敢畏也。大王信行臣之言，死不足以為臣患，亡不足以為臣憂，漆身而為厲①，被髮而為狂，不足以為臣恥。五帝之聖而死，三王之仁而死，五霸之賢而死，烏獲之力而死②，奔、育之勇而死③。死者，人之所必不免。處必然之勢，可以少有補於秦，此臣之所大願也，臣何患乎？

【注釋】

①厲（lài）：生癩瘡，癩瘡。

②烏獲：秦武王的力士。

③奔、育：指孟奔、夏育，均為衛國勇士。孟奔，一作「孟賁」。

【譯文】

「我不是因為有所畏懼而不敢講話。雖然明知今天把話講出來，明天就會被處死，但我並不敢因此而畏懼。倘使大王果真能夠採納我的主張，死不足以成為我的顧慮；流亡不足以成為我的擔憂；渾身塗漆遍體生癩、披頭散髮成為狂人，也不足以成為我的恥辱。五帝那樣的聖人死了，三王那樣的仁人死了，五霸那樣的賢人死了，烏獲那樣的力士死了，孟奔、夏育那樣的勇士死了。死，是人最終不能避免的。處於這樣一種必然趨勢之中，如果我的死能夠對秦國稍有補益，這便是我的最大心願了，我還有什麼值得顧慮的呢？

「伍子胥橐載而出昭關①，夜行而晝伏，至於蔆水②，無以餬其口，膝行蒲伏③，乞食於吳市，卒興吳國，闔閭為霸。使臣得進謀如伍子胥，加之以幽囚不復見，是臣說之行也，臣何憂乎？箕子、接輿④，漆身而為厲，被髮而為狂，無益於殷、楚。使臣得同行於箕子、接輿，可以補所賢之主，是臣之大榮也，臣又何恥乎？

【注釋】

①伍子胥：春秋時楚國人。其父兄為楚平王所殺後，逃到吳國。橐（tuó）：口袋。昭關：在今安徽含山西北小峴山上。

②菱（líng）水：即溧水。這裏指江蘇溧陽一帶。
③蒲伏：猶「匍匐」。
④箕子：名胥餘，商紂王叔父，官太師，封於箕（今山西太谷東）。因諫紂王不聽，披髮佯狂。接輿：春秋時楚國隱者，姓陸名通。

【譯文】

「伍子胥藏身牛皮袋子之中逃出昭關，黑夜趕路，白天潛伏，來到菱水，沒有吃的，就跪着爬着前行，到吳市上討飯，卻最終使吳國興盛，闔閭成為霸主。假如我能得到像伍子胥那樣進獻謀略的機會，即使把我囚禁起來，使我終身不能再見到大王，只要可以使我的主張得到施行，我又有什麼值得擔憂的呢？箕子、接輿用漆塗身像生癩，披頭散髮成為狂人，但對殷朝和楚國毫無益處。假使我與箕子、接輿有同樣行為，渾身塗漆可對我認為賢明的君主有所幫助，這便是我最大的榮耀了，我又怎麼會感到恥辱呢？

「臣之所恐者，獨恐臣死之後，天下見臣盡忠而身蹶也①，是以杜口裹足，莫肯即秦耳。足下上畏太后之嚴，下惑奸臣之態；居深宮之中，不離保傅之手②，終身暗惑，無與照奸，大者宗廟滅覆，小者身以孤危。此臣之所恐耳！若夫窮辱之事，死亡之患，臣弗敢畏也。臣死而秦治，賢於生也。」

【注釋】

①蹶（jué）：跌到。

②保傅：古代輔導天子及諸侯子弟的官員。

【譯文】

「我所擔心的，只是在我死以後，天下人看到我盡忠而被殺，因此便閉口不言，裹足不前，不肯再到秦國來了。大王您對上畏懼太后的威嚴，對下被奸臣的媚態所迷惑；住在深宮之中，不能擺脫權臣的制約，始終遭受蒙蔽，沒人幫助您洞察奸邪，這樣下去，大則會使國家滅亡，小則會使您身陷孤立危險境地。這才是我所擔心的問題！至於個人窮困受辱的事情，死亡流亡的禍患，我是不敢害怕的。我死了秦國卻能治理好，這便勝過我活着了。」

秦王跪曰：「先生是何言也！夫秦國僻遠，寡人愚不肖，先生乃幸至此，此天以寡人慁先生①，而存先王之廟也。寡人得受命於先生，此天所以幸先王而不棄其孤也。先生奈何而言若此！事無大小，上及太后，下至大臣，願先生悉以教寡人，無疑寡人也。」范雎再拜，秦王亦再拜。

【注釋】

①慁（hùn）：打擾。

【譯文】

秦王於是跪坐着說：「先生怎能這麼說呢！秦國地處偏僻荒遠之地，我又愚昧無能，幸蒙先生光臨此地，這是上天讓我來煩擾先生，好使先王的宗廟得以留存啊。我能得到先生的教誨，這是上天眷顧先王，而不肯遺棄我的緣故啊。先生怎麼能說這樣的話呢！不論事情大小，上到太后，下到大臣，希望先生悉數教導我，不要懷疑我的誠意。」范睢向秦王拜了兩拜，秦王也向范睢拜了兩拜。

鄒忌諷齊王納諫

本文選自戰國策·齊策。先以生活小事「比美」問答開篇，引人入勝。繼而寫鄒忌因小悟大，體察出一番政治道理：越是居高位者所受蒙蔽越深，並以此諷諫齊威王。齊威王接受鄒忌的意見，懸賞納諫，廣開言路。最終使齊國「戰勝於朝廷」。文章寓意深刻，發人深思。

鄒忌修八尺有餘[①]，而形貌昳麗[①]。朝服衣冠[③]，窺鏡，謂其妻曰：「我孰與城北徐公美？」其妻曰：「君美甚，徐公何能及君也！」城北徐公，齊國之美麗者也。忌不自信，而復問其妾曰[④]：「吾孰與徐公美？」妾曰：「徐公何能及君也！」旦日[⑤]，客從外來，與坐談，問之：「吾與徐公孰美？」客曰：「徐公不若君之美也！」明日，徐公來，熟視之[⑥]，自以為不如，窺鏡而自視，又弗如遠甚。暮，寢而思之，曰：「吾妻之美我者，私我也[⑦]；妾之美我者，畏我也；客之美我者，欲有求於我也。」

【注釋】

①鄒忌：齊人。齊威王時任齊相。修：長。這裏指身高。尺：周代一尺約合今七寸多。
②昳（yì）麗：光豔美麗。
③朝：早晨。服：穿戴。
④妾：侍女，女性奴僕。
⑤旦日：第二天。
⑥熟：仔細。
⑦私：偏愛。

【譯文】

鄒忌身高八尺有餘，外表清朗俊美。早晨，鄒忌穿戴完畢，朝鏡子裏端詳，對他妻子說：「我與城北的徐公哪個更美？」他的妻子答道：「您美極了，徐公怎能比得上您呀！」城北的徐公，是齊國的美男子。鄒忌有點不自信，因而又問他的侍女說：「我跟徐公，哪個更美？」侍女回答說：「徐公哪裏比得過您呢！」第二天，有客人從外面來，和鄒忌坐着閑談，鄒忌問客人說：「我和徐公，哪個更美？」客人答道：「徐公不如您這麼美啊！」過了一天，徐公來訪，鄒忌仔細端詳他，自以為不如徐公美，而後又照鏡子端詳自己，更覺得自己比徐公差得遠。晚上，躺在牀上，思考道：「我的妻子說我美，這是她偏愛我；侍女說我美，這是她懼怕我；客人說我美，這是他想有求於我啊。」

於是入朝見威王曰①：「臣誠知不如徐公美，臣之妻私臣，臣之妾畏臣，臣之客欲有求於臣，皆以美於徐公。今齊地方千里，百二十城，宮婦左右，莫不私王；朝廷之臣，莫不畏王；四境之內，莫不有求於王。由此觀之，王之蔽甚矣！」王曰：「善！」乃下令：「群臣吏民，能面刺寡人之過者，受上賞；上書諫寡人者，受中賞；能謗議於市朝，聞寡人之耳者，受下賞。」令初下，群臣進諫，門庭若市；數月之後，時時而間進；期年之後，雖欲言，無可進者。燕、趙、韓、魏聞之，皆朝於齊。此所謂戰勝於朝廷。

【注釋】

①威王：齊威王。

【譯文】

於是，鄒忌上朝拜見齊威王，說道：「臣下確實知道自己不如徐公美，由於臣下的妻子偏愛臣下，臣下的侍女畏懼臣下，臣下的客人有求於臣下，所以他們都說臣下比徐公美。如今，齊國方圓千里，有城池一百二十座，宮中嬪妃及左右侍從沒有一個不偏愛大王您；朝廷的官吏沒有一個不敬畏大王您；國境之內，沒有一個人不想求助於您的。由此看來，大王您所受的蒙蔽太嚴重了！」威王道：「說得好！」於是頒佈命令：「不論朝臣、官吏和普通百姓，凡是能夠敢於當面指摘我的過失的，給予上等獎賞；通過上書勸諫我的，給予中等獎賞；能夠在公共場所批評我而傳入我耳中的，給予下等獎賞。」命令一發出，群臣紛紛上朝諫言，王宮就像集市一樣熱鬧；幾個月後，來進諫的人已經斷斷續續；一年以後，雖然有人還想進諫，可是已經沒什麼可說的了。後來，燕、趙、韓、魏四國的國王聽說這件事後，都來齊國朝見。這就是所謂的不需要動用武力，安坐於朝廷之上就可以戰勝諸侯。

顏斶說齊王

本文選自戰國策·齊策。戰國時代，七雄爭霸，很多文士通過遊說諸侯謀取高官厚祿。本文通過顏斶和齊宣王論述「士貴耳，王者不貴」的對話，突出表現了顏斶自尊、自重且清高貞節的形象。

齊宣王見顏斶①，曰：「斶前！」斶亦曰：「王前！」宣王不說。左右曰：「王，人君也；斶，人臣也。王曰『斶前』，斶亦曰『王前』，可乎？」斶對曰：「夫斶前為慕勢，王前為趨士②，與使斶為慕勢，不如使王為趨士。」王忿然作色曰：「王者貴乎？士貴乎？」對曰：「士貴耳，王者不貴。」王曰：「有說乎？」斶曰：「有。昔者秦攻齊，令曰：『有敢去柳下季壟五十步而樵採者③，死不赦。』令曰：『有能得齊王頭者，封萬戶侯④，賜金千鎰。』由是觀之，生王之頭，曾不若死士之壟也。」

【注釋】

①顏斶（chù）：齊國隱士。

②趨：接近。

③壟：指墳墓。
④侯：古代五等爵位的第二等稱「侯」。

【譯文】

齊宣王召見顏斶說：「顏斶過來！」顏斶也說：「大王過來！」宣王聽後不高興了。左右大臣責備顏斶說：「大王，那是為人君主；你顏斶，是為人臣子的。大王說『顏斶過來』，你也說『大王過來』，這像話嗎？」顏斶答道：「我主動上前，這是趨附權勢，大王主動過來，這是禮賢下士。與其讓我趨附權勢，不如讓大王禮賢下士。」宣王聽後很生氣，勃然變色道：「是做王的尊貴，還是做士人的尊貴？」顏斶答道：「士人尊貴，王不尊貴。」宣王又問：「有根據嗎？」顏斶答道：「有。過去，秦國攻打齊國，下令說：『如有人敢到柳下季墓地五十步之內砍柴的，定殺不饒。』還有一道命令說：『如有人斬獲齊王頭顱，就封爵萬戶侯，賞金千鎰。』由此來看，活着的君王的頭顱，還不如已死去士人的墳墓啊。」

宣王曰：「嗟乎！君子焉可侮哉？寡人自取病耳！願請受為弟子。且顏先生與寡人遊①，食必太牢②，出必乘車，妻子衣服麗都③。」顏斶辭去曰：「夫玉生於山，制則破焉，非弗寶貴矣，然太璞不完④。士生乎鄙野⑤，推選則祿焉，非不尊遂也，然而形神不全。斶願得歸，晚食以當肉，安步以當車，無罪以當貴，清淨貞正以自虞⑥。」則再拜而辭去。

【注釋】

①遊：交往。

②太牢：祭祀時牛、羊、豬俱全為「太牢」。

③麗都：華麗。

④璞：未雕琢的玉。

⑤鄙：邊遠的地方。

⑥虞：通「娛」，樂。

【譯文】

宣王說道：「是啊！君子豈可受人侮辱？我這是自取其辱啊！請求您收我做學生吧。顏先生與我交遊，吃的肯定是美味佳肴，出門必定有車馬迎送，妻子兒女穿戴華麗。」顏斶謝絕告辭說：「我聽說，玉石生於山中，經過琢磨就破損了，不是說經過琢磨的玉就不珍貴，而是璞玉已失去它最本質的東西。士人生於邊遠荒野，經人推舉做了官，當官吃祿不能說不尊貴，而是士人的精神品質不全了。我願意回歸山林，餓了再吃東西，就像吃肉一樣有滋味；安閑踱步，就像乘車一樣舒適；不會獲罪可以算是富貴；內心純潔行為正直，可以自娛自樂。」說罷，顏斶向宣王拜了兩拜，告辭而去。

君子曰：「斶知足矣，歸真反璞，則終身不辱。」

【譯文】

君子說：「顏斶可以說是懂得知足了，歸於自然，返於純樸，就終身安樂不會受辱了。」

馮煖客孟嘗君

本文選自戰國策・齊策。戰國時期，養士之風大盛。各國貴族紛紛網羅士人為自己服務，而士也把投靠貴族門下作為自己安身立命的一種途徑。馮煖就是孟嘗君的一個門客。馮煖與孟嘗君雖是豢養與被豢養的關係，但他的擇主而棲，為主人竭盡忠誠還是很感人的。文中「彈鋏而歌」「焚券賈義」「狡兔三窟」三個小故事使馮煖的性格極其生動鮮明。

齊人有馮煖者①，貧乏不能自存，使人屬孟嘗君②，願寄食門下③。孟嘗君曰：「客何好？」曰：「客無好也。」曰：「客何能？」曰：「客無能也。」孟嘗君笑而受之曰：「諾④。」

【注釋】

①馮煖（xuān）：孟嘗君的門客。又作「馮諼」或「馮」。

②屬（zhǔ）：致意。孟嘗君：田姓名文，齊湣王時為相，封於薛（今山東滕縣東南），號孟嘗君，與魏信陵君、趙平原君、楚春申君號稱「戰國四公子」。

③寄食：依附於他人吃飯。

④諾：答應聲。

【譯文】

齊國有個叫馮煖的人，家境貧寒無法養活自己，便讓人去致意孟嘗君，希望能到他門下做食客。孟嘗君問來人：「此人有什麼愛好？」答道：「這人沒有什麼愛好。」孟嘗君又問：「此人有什麼本事？」答道：「這人沒有什麼本事。」孟嘗君笑着同意收留他，說：「好吧。」

左右以君賤之也，食以草具①。居有頃②，倚柱彈其劍，歌曰：「長鋏歸來乎③！食無魚。」左右以告。孟嘗君曰：「食之，比門下之客。」居有頃，復彈其鋏，歌曰：「長鋏歸來乎！出無車。」左右皆笑之，以告。孟嘗君曰：「為之駕，比門下之車客。」於是乘其車，揭其劍，過其友曰：「孟嘗君客我。」後有頃，復彈其劍鋏，歌曰：「長鋏歸來乎！無以為家。」左右皆惡之，以為貪而不知足。孟嘗君問：「馮公有親乎？」對曰：「有老母。」孟嘗君使人給其食用，無使乏。於是馮煖不復歌。

【注釋】

①食（sì）：給人吃的。草具：粗劣的食物。
②有頃：意指時間短。
③鋏（jiá）：劍。

【譯文】

孟嘗君的隨從們因為主人看不起馮煖，就給他吃些粗劣的食物。住了沒多久，馮煖靠着柱子彈着他的佩劍，唱道：「長劍啊，我們回去吧！沒有魚吃。」隨從們把這事告訴了孟嘗君。孟嘗君說：「給他吃魚，像我的一般門客一樣對待他。」住了沒多久，馮煖又彈起佩劍，唱道：「長劍啊，我們回去吧！出門沒有車坐。」隨從們都恥笑他，把這事去告訴了孟嘗君。孟嘗君說：「給他備車，比照門下能坐車的賓客的標準。」於是，馮煖乘着他的車，舉着他的劍，去拜訪他的朋友，說：「孟嘗君把我當上客看待。」這以後又過了沒多久，馮煖又彈起他的佩劍，唱道：「長劍啊，我們回去吧！沒有可以養家的東西。」隨從們都討厭他了，覺得他貪得無厭。孟嘗君問道：「馮公有親人嗎？」隨從們回答道：「有個老母親。」孟嘗君派人供給他母親吃的用的，不讓她缺乏。於是馮煖不再唱歌了。

後孟嘗君出記①，問門下諸客：「誰習計會，能為文收責於薛者乎②？」馮煖署曰：「能。」孟嘗君怪之，曰：「此誰也？」左右曰：「乃歌夫『長鋏歸來』者也。」孟嘗君笑曰：「客果有能也，吾負之，未嘗見也。」請而見之，謝曰：「文倦於是，憒於憂③，而性懧愚④，沉於國家之事，開罪於先生。先生不羞，乃有意欲為收責於薛乎？」馮煖曰：「願之。」於是約車治裝，載券契而行。辭曰：「責畢收，以何市而反？」孟嘗君曰：「視吾家所寡有者。」

【注釋】

①記：賬冊。

②責（zhài）：同「債」。

③憒（kuì）：昏亂。

④懧（nuò）：同「懦」。

【譯文】

後來，孟嘗君出示賬簿，問門下的眾賓客：「誰熟悉會計，能替我到薛地去收債呢？」馮煖簽上名，說：「我能。」孟嘗君有些奇怪，問：「這是誰呀？」隨從們回答道：「就是唱『長劍啊，我們回去吧』的那個人。」孟嘗君笑道：「這個門客果然有本事，我辜負了他，還沒和他見過面。」把馮諼請來見面，孟嘗君向他道歉説：「我被小事弄得疲憊不堪，整天憂心忡忡，心昏意亂，再加上天性懦弱愚笨，整天忙於處理國家事務，以致得罪了先生。先生不計較，真的願意為我到薛地去收債嗎？」馮諼回答：「我願意。」於是，準備車輛，收拾行裝，裝上債券契據準備出發。馮諼向孟嘗君告別時問道：「收完了債，買些什麼東西帶回來？」孟嘗君説：「看我家裏缺什麼就買什麼。」

驅而之薛，使吏召諸民當償者，悉來合券①。券遍合赴，矯命以責賜諸民，因燒其券。民稱萬歲。

【注釋】

①合券：驗對債券。古時的契約，借貸雙方各執一半，驗證時就看這兩半是否相合。

【譯文】

馮諼驅車到了薛地，派小吏把應該還債的老百姓全部招來核對債券。等債券都核對完，馮諼假託孟嘗君的命令，把債款都賞賜給了眾百姓，於是燒掉了那些債券。百姓們歡呼萬歲。

長驅到齊，晨而求見。孟嘗君怪其疾也①，衣冠而見之，曰：「責畢收乎？來

何疾也？」曰：「收畢矣。」「以何市而反？」馮煖曰：「君云『視吾家所寡有者』。臣竊計，君宮中積珍寶，狗馬實外廄，美人充下陳②，君家所寡有者以義耳！竊以為君市義。」孟嘗君曰：「市義奈何？」曰：「今君有區區之薛，不拊愛子其民③，因而賈利之④。臣竊矯君命，以責賜諸民，因燒其券，民稱萬歲。乃臣所以為君市義也！」孟嘗君不說⑤，曰：「諾，先生休矣！」

【注釋】

①疾：快，迅速。

②下陳：台階下面。

③拊（fǔ）：撫慰，安撫。

④賈（gǔ）：買。

⑤說（yuè）：同「悅」。

【譯文】

馮煖馬不停蹄地驅車回到了齊國，大清早就求見孟嘗君。孟嘗君對他這麼快回來感到奇怪，穿戴整齊去接見他，問道：「債都收完了嗎？怎麼回來得這麼快？」馮煖回答：「收完了。」「買了什麼東西回來？」馮煖回答：「您說『看我家缺什麼就買什麼』。臣下暗想，您的宮裏堆滿了奇珍異寶，獵狗駿馬擠滿了外面的牲口棚，後宮裏住滿了美女佳麗，您家裏缺少的只是『義』啊！我私下為您買回了『義』。」孟嘗君問：「買回了『義』是怎麼回事呢？」馮煖說：「現在您擁有這小小的薛地，不把老百姓當自己的子女一樣愛撫，所以才會在他們身上做生意牟利。我私自假託您的命令，把債款都賞賜給了老百姓，又燒掉了債券，老百姓們都歡呼萬歲。這就是我為您買回了『義』呀！」孟嘗君不高興了，說：「好吧，先生休息去吧！」

後期年①，齊王謂孟嘗君曰②：「寡人不敢以先王之臣為臣③。」孟嘗君就國於薛。未至百里，民扶老攜幼，迎君道中，終日④。孟嘗君顧謂馮煖：「先生所為文市『義』者，乃今日見之。」

【注釋】

①期（jī）年：一周年。

②齊王：指齊湣（mǐn）王。

③先王：這裏指齊湣王亡父齊宣王。

④終日：一整天。

【譯文】

過了一年，齊王對孟嘗君說：「我不敢把先王用過的大臣作為自己的臣下。」孟嘗君只好前往他的封邑薛地。離薛地還有一百多里地，老百姓們便扶着老人，帶着孩子，在路上迎接孟嘗君，整天都是這樣。孟嘗君回頭對馮煖說：「先生為我買回的『義』，今天終於見到了。」

馮煖曰：「狡兔有三窟，僅得免其死耳。今有一窟，未得高枕而臥也，請為君復鑿二窟。」孟嘗君予車五十乘，金五百斤，西遊於梁①。謂梁王曰：「齊放其大臣孟嘗君於諸侯，先迎之者，富而兵強。」於是，梁王虛上位，以故相為上將軍，遣使者，黃金千斤，車百乘，往聘孟嘗君。馮煖先驅誡孟嘗君曰：「千金，重幣也；百乘，顯使也。齊其聞之矣②。」梁使三反，孟嘗君固辭不往也。

【注釋】

①梁：指魏國都大梁，在今河南開封。

②其：助詞，表示推測。

【譯文】

馮煖說：「狡猾的兔子有三個藏身的洞穴，才僅能免其一死。現在您有了一個洞穴，還不能高枕無憂，請讓我為您再鑿兩個洞穴吧。」孟嘗君給他車五十乘，黃金五百斤，向西去大梁遊說。馮煖對魏王說：「齊王把他的大臣孟嘗君放逐給諸侯國了，首先迎請他的諸侯將會國富兵強。」於是，魏王空出相位，讓以前的相做上將軍，派使者帶着黃金一千斤、車一百乘去請孟嘗君。馮煖先驅車回來告誡孟嘗君說：「黃金一千斤，是很貴重的聘禮；車一百乘，是很顯赫的使者。齊王應該聽說這一消息了吧。」大梁的使者往返了好幾趟，孟嘗君堅決推辭不去。

齊王聞之，君臣恐懼，遣太傅齎黃金千斤①，文車二駟②，服劍一③，封書謝孟嘗君曰：「寡人不祥，被於宗廟之祟④，沉於諂諛之臣，開罪於君，寡人不足為也。願君顧先王之宗廟⑤，姑反國統萬人乎！」馮煖誡孟嘗君曰：「願請先王之祭器⑥，立宗廟於薛。」廟成，還報孟嘗君曰：「三窟已就，君姑高枕為樂矣！」

【注釋】

①太傅：官名。齊的高官。齎（jī）：持物贈人。
②文車：繪有圖案的車子。文，花紋。駟：四匹馬拉的車。
③服劍：指齊王的佩劍。服，佩。
④被：遭受。祟（suì）：災禍。
⑤顧：顧念。
⑥祭器：宗廟裏祭祖用的禮器。

【譯文】

齊王聽說這個消息，君臣上下都很害怕，派太傅帶了黃金一千斤、兩輛四匹馬拉的彩飾車駕、齊王自佩的寶劍一把，並寫信向孟嘗君道歉說：「我沒福氣，祖宗降下的災禍落到了我的頭上，又被那些喜歡阿諛諂媚的臣子所迷惑，得罪了您，我是不值得您幫助的了。但希望您看在先王宗廟的份上，暫且回齊國來治理百姓好嗎！」馮煖又提醒孟嘗君說：「希望您向齊王請求先王傳下來的祭器，在薛地建立宗廟。」宗廟建成了，馮煖回來向孟嘗君報告說：「三個洞窟已經都建成了，您就高枕無憂，放心享樂去吧！」

孟嘗君為相數十年，無纖介之禍者①，馮煖之計也。

【注釋】

①纖介：細微的。

【譯文】

孟嘗君做了幾十年宰相，沒遭受一點災禍，全靠馮煖的謀劃。

趙威后問齊使

本文選自戰國策・齊策。趙威后的前三問，先歲、民，後王，體現了她民貴君輕的民本思想；後四問從用人的角度，婉轉批評了齊國政治的現狀，也是她重民愛才的民本思想的具體體現。趙威后傑出女政治家的形象躍然紙上。

齊王使使者問趙威后①。書未發②，威后問使者曰：「歲亦無恙耶③？民亦無恙耶？王亦無恙耶？」使者不說，曰：「臣奉使使威后，今不問王，而先問歲與民，豈先賤而後尊貴者乎？」威后曰：「不然。苟無歲，何有民？苟無民，何有君？故有問捨本而問末者耶？」

【注釋】

①齊王：戰國時齊王田建。趙威后：趙孝成王之母，惠文王妻。惠文王卒，孝成王年幼，太后執政。

②書：書信。

③歲：年成，收成。恙：災，病。

【譯文】

齊王派使臣去問候趙威后。書信還沒有拆開，趙威后就問使臣：「今年的收成好嗎？百姓好嗎？齊王好嗎？」使臣不高興，說：「我奉了齊王之命出使到威后您這裏，現在您不先問候齊王，卻先問收成和老百姓，難道卑賤的居先，尊貴的反而居後嗎？」趙威后說：「不對。如果沒有收成，哪會有百姓？如果沒有百姓，哪會有國君？所以哪裏有不問根本而問末節的呢？」

乃進而問之曰：「齊有處士曰鍾離子①，無恙耶？是其為人也，有糧者亦食②，無糧者亦食，有衣者亦衣③，無衣者亦衣。是助王養其民者也，何以至今不業也④？葉陽子無恙乎⑤？是其為人，哀鰥寡，恤孤獨，振困窮⑥，補不足。是助王息其民者也，何以至今不業也？北宮之女嬰兒子無恙耶⑦？撤其環瑱⑧，至老不嫁，以養父母。是皆率民而出於孝情者也，胡為至今不朝也⑨？此二士弗業，一女不朝，何以王齊國，子萬民乎？於陵子仲尚存乎⑩？是其為人也，上不臣於王，下不治其家，中不索交諸侯。此率民而出於無用者，何為至今不殺乎？」

【注釋】

①鍾離子：齊國處士。「鍾離」是複姓。

②食（sì）：給人吃。
③衣（yì）：拿衣服給人穿。
④業：做官。
⑤葉（shè）陽子：齊國處士。「葉陽」是複姓。
⑥振：賑濟。
⑦北宮之女：北宮，複姓。嬰兒子：姓北宮名嬰兒子，齊國有名的孝女。
⑧環瑱（tiàn）：女子裝飾用品。環，指耳環、手鐲。瑱，作耳飾的玉。
⑨胡：何，為什麼。朝：上朝接受召見。
⑩於（wū）陵：齊地。在今山東長山。子仲：齊國隱士。

【譯文】

於是趙威后進一步問道：「齊國有個處士叫鍾離子，他好嗎？這個人的為人啊，有糧食的他給食物吃，沒糧食的他也給食物吃；有衣服的他給衣服穿，沒衣服的他也給衣服穿。這是個幫助國君養活百姓的人啊，為什麼直到現在他還沒有做官成就功業呢？葉陽子還好吧？這個人的為人啊，同情那些鰥夫和寡婦，幫助那些孤兒和沒有子女的人，救濟那些貧困潦倒的人，補給那些缺衣少食的人。這是個能夠幫助國君滋生養育百姓的人啊，為什麼直到現在還沒有做官成就功業呢？北宮家的女兒嬰兒子還好吧？她摘掉珠玉首飾，到老不嫁，來奉養父母。她是個引導百姓盡孝心的人啊，為什麼直到現在還沒讓她上朝給予表彰呢？這樣的兩個賢士還沒有做官，一個孝女還沒上朝，靠什麼統治齊國，撫育百姓呢？於陵的子仲還活着嗎？這個人的為人啊，上不向君主稱臣，下不搞好他的家庭，中不求結交諸侯。這是個引導百姓無所作為的人，為什麼到現在還不殺掉他呢？」

莊辛論幸臣

本文選自戰國策．楚策。楚襄王寵信州侯、夏侯等佞臣，奢靡淫逸，不理國政，莊辛進諫指出這樣下去楚國必危。襄王反認為他妖言惑眾。莊辛只好離開楚國來到趙國。莊辛留居趙國五個月，秦軍攻破了楚國國都鄢及郢、上蔡等地，楚襄王逃到陳，派人去請莊辛回來。本文就是莊辛回來後的一次進諫。他用蜻蛉、黃雀、黃鵠、蔡靈侯層層設喻，由小及大，由物及人，最後揭示主題。說理生動透徹，具有很強的感染力和說服力。

臣聞鄙語曰[1]：「見兔而顧犬，未為晚也；亡羊而補牢[2]，未為遲也。」臣聞昔湯、武以百里昌，桀、紂以天下亡。今楚國雖小，絕長續短[3]，猶以數千里，豈特百里哉[4]？

【注釋】

①臣：莊辛自稱。因其為楚莊王後代，故姓「莊」。

②牢：養牲畜的圈（juàn）。

③絕：截斷。續：連接。

④豈特：何止。

【譯文】

臣下聽俗話說：「見兔顧犬，不算晚；亡羊補牢，不算遲。」臣下聽說，從前商湯和周武王依靠百里之地而興盛起來，夏桀和商紂雖擁有天下卻最終滅亡。現在楚國雖小，但是截長補短，算來也還有幾千里，何止百里土地呢？

王獨不見夫蜻蛉乎①？六足四翼，飛翔乎天地之間，俛啄蚊虻而食之②，仰承甘露而飲之。自以為無患，與人無爭也，不知夫五尺童子，方將調飴膠絲③，加己乎四仞之上④，而下為螻蟻食也！

【注釋】

①蜻蛉（qīng líng）：即蜻蜓。

②俛（fǔ）：同「俯」，低頭，屈身。虻（méng）：一種飛蠅。
③飴（yí）：用麥芽製成的糖漿。膠：動詞，粘。
④仞：八尺為一仞。

【譯文】

大土難道沒有見過蜻蜓嗎？它六隻腳四隻翅膀，在天地間飛來飛去，低頭啄蚊蟲和飛虻吃，仰頭接甜美的露水喝。它自以為沒有什麼災難，和誰也沒有爭奪，哪曉得那些五尺高的小孩子，正在調糖漿粘網絲，把它從兩三丈高的地方粘下來，喂螻蛄和螞蟻啊！

夫蜻蛉其小者也，黃雀因是以①。俯噣白粒②，仰棲茂樹，鼓翅奮翼。自以為無患，與人無爭也，不知夫公子王孫，左挾彈，右攝丸，將加己乎十仞之上，以其類為招③。晝遊乎茂樹，夕調乎酸鹹④，倏忽之間⑤，墜於公子之手。

【注釋】

①因：如同。是：這。以：通「已」，句末語助詞。
②噣（zhuó）：同「啄」，鳥啄食。白粒：白米粒。
③類：指黃雀之類。一說作「頸」。招：靶子。

④調乎酸醎（xián）：調上醋、鹽之類的佐料。醎，同「鹹」。

⑤倏（shū）忽：忽然。

【譯文】

蜻蛉還是小的哩，黃雀也是這樣。它低頭啄米粒吃，仰頭在枝葉繁茂的樹枝上棲息，撲騰着翅膀。自以為沒有什麼災難，和誰也沒有爭奪，哪曉得那些公子哥兒正左手拿彈弓，右手取彈丸，準備把它從七八丈高的地方射下來，以這類小鳥作靶子。白天還在茂密的樹林中遊玩，晚上已經被人調上酸鹹佐料做成菜肴了，頃刻之間就喪命於公子哥兒之手。

夫雀其小者也，黃鵠因是以①。遊乎江海，淹乎大沼②，俯噣鰽鯉，仰齧蔆衡③，奮其六翮④，而淩清風，飄搖乎高翔。自以為無患，與人無爭也，不知夫射者，方將修其碆盧⑤，治其矰繳⑥，將加己乎百仞之上。被礛磻⑦，引微繳，折清風而抎矣⑧。故晝遊乎江湖，夕調乎鼎鼐⑨。

【注釋】

①黃鵠（hú）：天鵝。

②淹：棲息。

③蔆（líng）衡：菱葉和荇菜。蔆，同「菱」。
④六翮（hé）：因為鳥翅的主羽一般有六根，這裏代指鳥翅膀。
⑤碆（bō）盧：用弓發射打鳥的石箭頭。
⑥矰繳（zēng zhuó）：繫着絲繩的箭。矰，射鳥的箭。繳，繫箭的絲繩。
⑦㔋（jiān）：銳利。磻（bō）：同「碆」，石箭頭。
⑧抎（yǔn）：通「隕」，損失，隕墜。
⑨鼎鼐（nài）：古代烹煮食物的器具。鼐，是一種大鼎。

【譯文】

黃雀還是小的哩，天鵝也是這樣。它遨遊在江海上，棲息在水池邊，低頭啄食鱔魚鯉魚，仰頭咀嚼菱葉荇菜，展開有力的翅膀，駕着清風，在高空飛翔。它自以為沒有什麼災難，和誰也沒有爭奪，哪曉得那射手正在修理黑弓和箭頭，整理繫有絲繩的箭，要在七八十丈高的空中射中它。它帶着銳利的箭頭，拖着箭的細絲繩，死於清風之中墜落於地。所以白天還在江湖上遊玩的天鵝，晚上已被放進鍋裏烹調了。

夫黃鵠其小者也，蔡靈侯之事因是以①。南遊乎高陂②，北陵乎巫山③，飲茹溪流④，食湘波之魚⑤，左抱幼妾，右擁嬖女⑥，與之馳騁乎高蔡之中⑦，而不以國家為事。不知夫子發方受命乎靈王⑧，繫己以朱絲而見之也。

【注釋】

①蔡靈侯：春秋時蔡國國君。公元前五三一年被楚靈王誘殺。
②陂（bēi）：山坡。
③陵：登。巫山：山名。在今重慶巫山東。
④茹溪：水名。在今重慶巫山北。
⑤湘：湘水。
⑥嬖（bì）：寵愛。
⑦高蔡：河南上蔡。
⑧子發：楚國令尹。

【譯文】

天鵝還是小的哩，蔡靈侯的事也是這樣。他南遊高坡，北登巫山，在茹溪清流飲馬，吃着湘水中的魚，左抱年輕的愛妾，右摟寵愛的美女，同她們馳馬遊樂於上蔡之中，不把國家大事放在心上。他哪曉得子發剛接受楚靈王的命令，正要用紅繩子把他捆綁起來去見楚王呢。

蔡靈侯之事其小者也，君王之事因是以①。左州侯②，右夏侯，輦從鄢陵君與壽陵君，飯封祿之粟③，而載方府之金④，與之馳騁乎雲夢之中⑤，而不以天下國家為事。而不知夫穰侯方受命乎秦王⑥，填黽塞之內⑦，而投己乎黽塞之外！

【注釋】

①君王：指楚頃襄王。

②州侯：與下面提到的夏侯、鄢陵君、壽陵君均是楚頃襄王寵臣。

③飯：動詞，吃。封：封邑。

④方府：府庫，國庫。

⑤雲夢：楚國大澤名。在今湖北境內。

⑥穰（ráng）侯：秦相魏冉，封於穰（在今河南鄧縣）。秦王：指秦昭王。

⑦黽（méng）塞：即平靖關，在今河南信陽西南，與湖北應山接界。

【譯文】

蔡靈侯的事還是小的哩，大王您的事也是這樣。您身邊左有州侯，右有夏侯，輦車後面跟着鄢陵君和壽陵君，吃着各封邑進奉來的糧食，載着四方府庫繳納國庫的錢財，同他們馳馬遊樂於雲夢澤，而不把國家大事放在心上。您哪曉得穰侯正接受秦王的命令，已出兵佔領黽塞之內，而把大王您驅逐到黽塞之外去了！

觸讋說趙太后

本文選自戰國策・趙策。危急關頭，觸讋以敘家常的方式，平息了趙太后的怒氣，並說服她心甘情願地把愛子長安君送到齊做人質。觸讋說服趙太后的主要理論，是父母愛子女就應該從長遠為他們打算，讓他們為國立功，取得應有的地位。這從另一方面反映出戰國中後期傳統的世卿世祿制度已受到挑戰，選賢任能、以功立世的觀念已為一些開明人士所接受。

趙太后新用事①，秦急攻之。趙氏求救於齊②，齊曰：「必以長安君為質③，兵乃出。」太后不肯，大臣強諫。太后明謂左右：「有復言令長安君為質者，老婦必唾其面！」

【注釋】

①趙太后：趙惠文王后，即趙威后。惠文王死，子孝成王年幼，由她執政。用事：掌權。

②趙氏：指趙國。

③長安君：趙威后幼子的封號。質：人質。

【譯文】

趙太后剛執政，秦國就加緊進攻趙國。趙國向齊國求救，齊國表示：「一定要把長安君作為人質，才能出兵。」趙太后不肯，大臣們極力勸說。太后明確地對大臣們說：「有誰再說讓長安君去做人質的，老太太我一定吐他一臉唾沫！」

左師觸讋願見①。太后盛氣而揖之②。入而徐趨，至而自謝③，曰：「老臣病足，曾不能疾走④，不得見久矣，竊自恕⑤。恐太后玉體之有所郄也⑥，故願望見。」太后曰：「老婦恃輦而行。」曰：「日食飲得無衰乎？」曰：「恃鬻耳⑦。」曰：「老臣今者殊不欲食，乃自強步，日三四里，少益嗜食⑧，和於身⑨。」曰：「老婦不能。」太后之色少解。

【注釋】

①觸讋（zhé）：趙國的左師（官名）。史記．趙世家及長沙馬王堆漢墓出土帛書戰國策縱橫家書又作「觸龍」。

②揖：揖讓。

③謝：謝罪。

④曾：竟。

⑤竊：謙詞。
⑥郄（jǐ）：疲勞。
⑦鬻（zhōu）：同「粥」。
⑧少：稍微。益：增加。
⑨和：適。

【譯文】

左師觸讋求見太后，太后氣沖沖地等着他。觸讋進門之後蹣跚地向前快步走，走到太后跟前謝罪說：「老臣我的腳有毛病，走不快，很久沒拜見您了，我私下裏以腳病原諒自己了。然而恐怕太后玉體有些疲勞，所以希望見到您。」太后說：「我是靠着輦車行動。」觸讋問道：「您每天飲食該不會減少吧？」太后說：「只靠吃粥罷了。」觸讋說：「老臣我近來特別不想吃東西，就自己勉強散散步，每天走上三四里，稍稍增進了食欲，身體就舒適些了。」太后說：「我可做不到。」太后的臉色稍微緩和了一些。

左師公曰：「老臣賤息舒祺[1]，最少，不肖[2]。而臣衰，竊愛憐之。願令補黑衣之數[3]，以衞王宮，沒死以聞[4]。」太后曰：「敬諾。年幾何矣？」對曰：「十五歲矣。雖少，願及未填溝壑而託之[5]。」太后曰：「丈夫亦愛憐其少子乎[6]？」對曰：「甚於婦人。」太后曰：「婦人異甚。」對曰：「老臣竊以為媼之愛燕后賢於長安君[7]。」曰：「君過矣，不若長安君之甚。」左師公曰：「父母之愛子，則為之計深遠。媼之送燕后也，持其踵為之泣[8]，念悲其遠也，亦哀之矣。已行，非弗思也，祭祀必祝之，祝曰：『必勿使反[9]。』豈非計久長，有子孫相繼為王也哉？」太后曰：「然。」

【注釋】

①賤息：對自己兒子的謙稱。

②不肖（xiào）：沒有出息。

③黑衣：指宮廷衛士。當時的衛士穿黑衣。

④沒（mò）死：冒死。

⑤填溝壑：人死埋於地下，故稱「填溝壑」。「死」的自謙說法。

⑥丈夫：古代男人的通稱。

⑦媼（ǎo）：對老年婦女的尊稱。燕后：趙威后的女兒，嫁與燕王。

⑧踵：腳後跟。

⑨反：同「返」。

【譯文】

左師公說：「老臣我的兒子舒祺，年紀最小，不成材。而我衰老了，私下裏疼他。希望能讓他當一名侍衛，以保衛王宮，所以我冒着死罪來稟告太后。」太后說：「行。他年紀多大了？」答道：「十五歲了。雖然他年紀還小，但我希望趁自己還沒有死的時候把他託付給您。」太后問道：「男人也疼愛他的小兒子嗎？」回答說：「比婦人更疼愛。」太后笑着說：「婦人對小兒子疼愛得特別厲害。」回答說：「老臣我私下以為您疼愛燕后勝過長安君。」太后說：「你錯了，我對燕后的疼愛不如長安君那麼厲害。」左師公說：「父母疼愛子女，就要替他們作長遠的打算。當初您送燕后出嫁的時候，抱着她的腳後跟為她哭泣，為她嫁到遠方而傷心，也真夠心疼她的。燕后走了以後，您並不是不想念她啊，每當祭祀時一定要為她祝福、禱告，說：『一定不要讓她回來。』這難道不是為她作長久打算，希望她有子孫世代做燕王嗎？」太后說：「是的。」

左師公曰：「今三世以前①，至於趙之為趙，趙王之子孫侯者，其繼有在者乎？」曰：「無有。」曰：「微獨趙②，諸侯有在者乎？」曰：「老婦不聞也。」「此其近者禍及身，遠者及其子孫。豈人主之子孫則必不善哉？位尊而無功，奉厚而無勞③，而挾重器多也。今媼尊長安之位，而封以膏腴之地，多予之重器，而不及今令有功於國。一旦山陵崩④，長安君何以自託於趙？老臣以媼為長安君計短也，故以為其愛不若燕后。」太后曰：「諾。恣君之所使之⑤。」於是為長安君約車百乘質於齊⑥，齊兵乃出。

【注釋】

①三世：三代。
②微獨：不僅。微，不，非。
③奉：通「俸」，俸祿。
④山陵崩：指君王死。
⑤恣：聽任，任憑。
⑥約：備。乘：指四馬一車。

【譯文】

左師公說：「從距今三代算起，甚至推算到趙國開始建國的時候，趙王的子孫封侯的，他們的後代有至今還保住封爵的嗎？」太后說：「沒有。」左師公說：「不僅是趙國，其他諸侯的子孫封侯的，他們的後代有至今還保住封爵的嗎？」太后說：「我沒有聽說過。」左師公說：「這是因為封侯者近的災禍落到自己身上，遠的就落到他們的後代身上。難道國君的子孫就一定不好嗎？只是因為他們地位尊貴卻沒有建立功勛，俸祿豐厚卻沒有勞績，而擁有的權位太高財寶太多啊。現在您給長安君以尊貴的地位，封給他肥沃的土地，賜給他大量的財寶，而不讓他趁此機會為國立功。有朝一日太后不在了，長安君自己憑什麼在趙國立足存身呢？老臣我認為您為長安君考慮得太短淺了，所以覺得您對長安君的疼愛比不上對燕后的疼愛。」太后說：「好。聽憑您怎樣安排他。」於是為長安君備車百輛，到齊國去做人質，齊國就出兵了。

子義聞之曰[1]：「人主之子也，骨肉之親也，猶不能恃無功之尊，無勞之奉，以守金玉之重也，而況人臣乎！」

【注釋】

①子義：趙國賢士。

【譯文】

子義聽到這件事，說：「國君的兒子，是國君的親骨肉，尚且不能依靠沒有功勛的尊貴地位，沒有勞績的豐厚俸祿，來守住他們的金玉財寶，何況做臣子的呢！」

魯仲連義不帝秦

本文選自戰國策．趙策。魯仲連在趙王君臣猶豫是否尊秦為帝的關鍵時刻挺身而出，同辛垣衍展開了激烈的辯論，用大量史事論述了帝秦對趙、魏等國的危害，對辛垣衍本人的危害，從而說服了辛垣衍，也堅定了趙國抗秦的決心與信心。趙國解圍後，魯仲連卻辭卻封贈，功成身退，顯示了無意名利的「高士」節操。

秦圍趙之邯鄲①。魏安釐王使將軍晉鄙救趙②。畏秦，止於蕩陰③，不進。

【注釋】

①邯鄲：趙國都城，在今河北邯鄲西南。

②魏安釐（xī）王：名圉（yǔ），公元前二七六—前二四三年在位。

③蕩陰：地名。位於趙、魏兩國交界處，今河南湯陰。

【譯文】

秦軍圍困趙國的邯鄲。魏國安釐王派將軍晉鄙去援救趙國。他們懼怕秦國，停在蕩陰，不敢前進。

魏王使客將軍辛垣衍間入邯鄲①，因平原君謂趙王曰②：「秦所以急圍趙者，前與齊閔王爭強為帝③，已而復歸帝，以齊故。今齊閔王益弱④。方今唯秦雄天下，此非必貪邯鄲，其意欲求為帝。趙誠發使尊秦昭王為帝，秦必喜，罷兵去。」平原君猶豫未有所決。

【注釋】

①客將軍：別國人而在本國做將軍的。辛垣衍：在魏任將軍。間入：悄悄地從小路進入。

②因：通過。平原君：趙孝成王之叔，名勝，當時為趙相。「戰國四公子」之一。

③與齊閔王爭強為帝：這裏說的是秦昭王曾與齊閔王相約同時稱帝，秦昭王為西帝，齊閔王為東帝，但齊閔王後來取消帝號，秦昭王便也隨之取消。

④益：更加。

【譯文】

魏王派客將軍辛垣衍從小路潛入邯鄲，通過平原君跟趙王說：「秦國之所以加緊圍困趙國，是因為以前秦王和齊閔王爭強稱帝，不久又取消帝號，是因為齊取消帝號的緣故。現在齊國已更加衰弱，如今只有秦國稱雄天下，它這次軍事行動並非一定要得到邯鄲，真正意圖是求取帝號。趙國如能派遣使臣尊秦昭王為帝，秦王必然高興，就會撤兵回去。」平原君猶豫，拿不定主意。

此時魯仲連適遊趙①，會秦圍趙，聞魏將欲令趙尊秦為帝，乃見平原君曰：「事將奈何矣？」平原君曰：「勝也何敢言事？百萬之眾折於外②，今又內圍邯鄲而不去。魏王使客將軍辛垣衍令趙帝秦，今其人在是，勝也何敢言事？」魯連曰：「始吾以君為天下之賢公子也，吾乃今然後知君非天下之賢公子也。梁客辛垣衍安在？吾請為君責而歸之。」平原君曰：「勝請為召而見之於先生。」

【注釋】

①魯仲連：又名「魯連」，齊國隱士。因齊在趙東面，故下文自稱「東國魯連先生」。

②百萬之眾折於外：指去年秦、趙「長平之戰」，結果趙軍大敗。

【譯文】

這時候魯仲連恰巧在趙國，正遇上秦軍圍困趙國，聽說魏國將要讓趙國尊秦王為帝，於是去見平原君，說：「事情打算怎麼辦呢？」平原君說：「我趙勝怎麼敢對此事發表意見呢？百萬大軍挫敗在外，如今秦軍又內圍邯鄲而不撤兵。魏王派客將軍辛垣衍來讓趙王尊秦王為帝，現在此人還在這裏。我怎麼敢對此事發表意見？」魯仲連說：「以前我以為您是當今天下的賢明公子，我現在才知道您不是天下的賢公子啊。魏國客人辛垣衍在哪裏？請讓我替您責問他，打發他回去。」平原君說：「請讓我召他來見先生。」

平原君遂見辛垣衍曰：「東國有魯連先生，其人在此，勝請為紹介而見之於將軍。」辛垣衍曰：「吾聞魯連先生，齊國之高士也。衍，人臣也，使事有職。吾不願見魯連先生也。」平原君曰：「勝已泄之矣。」辛垣衍許諾。

【譯文】

平原君就去見辛垣衍，說：「齊國有位魯仲連先生，此人現在這裏，我請求為您介紹，讓他來見將軍。」辛垣衍說：「我聽說過魯仲連先生是齊國的高士啊。我是魏王的臣子，身負使命，有自己的職責。我不想去見魯仲連先生。」平原君說：「我已經把您在這裏的消息泄露給他了。」辛垣衍答應了。

魯連見辛垣衍而無言。辛垣衍曰：「吾視居此圍城之中者，皆有求於平原君者也。今吾視先生之玉貌，非有求於平原君者，曷為久居此圍城之中而不去也①？」魯連曰：「世以鮑焦無從容而死者②，皆非也。今眾人不知，則為一身。彼秦，棄禮義、上首功之國也③。權使其士，虜使其民。彼則肆然而為帝④，過而遂正於天下⑤，則連有赴東海而死耳，吾不忍為之民也！所為見將軍者，欲以助趙也。」辛垣衍曰：「先生助之奈何？」魯連曰：「吾將使梁及燕助之⑥，齊、楚固助之矣。」辛垣衍曰：「燕則吾請以從矣。若乃梁⑦，則吾乃梁人也，先生惡能使梁助之耶？」魯連曰：「梁未睹秦稱帝之害故也。使梁睹秦稱帝之害，則必助趙矣。」辛垣衍曰：「秦稱帝之害將奈何？」魯仲連曰：「昔齊威王嘗為仁義矣⑧，率天下諸侯而朝周。周貧且微，諸侯莫朝，而齊獨朝之。居歲餘，周烈王崩⑨，諸侯皆弔，齊後往。周怒，赴於齊曰⑩：『天崩地坼⑪，天子下席⑫，東藩之臣田嬰齊後至，則斮之⑬。』威王勃然怒曰：『叱嗟⑭！而母婢也⑮！』卒為天下笑。故生則朝周，死則叱之，誠不忍其求也。彼天子固然，其無足怪。」

【注釋】

①曷：為何。

②鮑焦：春秋時的隱士，以砍柴拾橡果為生，後抱樹而死。一般人以為他的死純屬個人原因，其實是由於對現實的不滿。

③上首功：崇尚斬首之功。上，通「尚」，崇尚，看重。

④則：假如。

⑤過而：甚而。遂：竟。正：統治。

⑥梁：即魏國。魏惠王徙都大梁，故魏又稱「梁」。

⑦若乃：至於。

⑧齊威王：田氏，名嬰齊。公元前三五六－前三二〇年在位。

⑨周烈王：名喜，公元前三七五—前三五六年在位。周烈王死於田齊桓公時，此處敘述與事實不合。
⑩赴：同「訃」，報喪。
⑪坼（chè）：裂開。
⑫天子下席：這裏是說天子去世，繼位天子要在草席上守喪。
⑬斮（zhuó）：斬。
⑭叱嗟（chìjiē）：怒斥聲。
⑮而：你。

【譯文】

魯仲連見了辛垣衍卻沒有說話。辛垣衍說：「我看住在這圍城裏面的人，都是有求於平原君的。現在我觀察先生的尊容，卻不是有求於平原君的人，為什麼久留這被圍之城而不離去呢？」魯仲連說：「世上那些認為鮑焦是由於沒有豁達胸襟而自殺的人，都錯了。現在一般人不了解情況，就認為他是為了自身一人而死。那秦國是個拋棄禮義而崇尚戰功的國家。玩弄權術來役使它的士兵，像對待奴隸一樣的驅使它的百姓。如果秦王肆無忌憚地稱帝，甚至實現統治天下，那麼我魯仲連只有去跳東海而死了，我不能忍受做它的臣民！我所以來見將軍，是想幫助趙國。」辛垣衍說：「先生怎麼樣幫助趙國呢？」魯仲連說：「我準備讓魏國和燕國幫助趙國，齊國、楚國本來就幫助它了。」辛垣衍說：「燕國嘛，我願意讓它聽從您吧。至於魏國，我就是魏國人，先生怎能讓魏國幫助趙國呢？」魯仲連說：「這是由於魏國沒有看清秦國稱帝的害處。如果魏國看清了秦國稱帝的害處，那就一定會幫助趙國了。」辛垣衍說：「秦國稱帝的害處將會怎樣呢？」魯仲連說：「從前齊威王曾經施行仁義，率領天下諸侯朝拜周天子。周國貧窮微弱，諸侯沒有一個去朝拜的，而只有齊國去朝拜。過了一年多，周烈王去世了，諸侯都去弔唁，齊王去晚了。周國惱怒，訃告送到齊國說：『周天子逝世猶如天崩地裂，新繼位天子移居草廬苫席守喪，東方藩臣田嬰齊竟敢遲到，應殺了他。』齊威王勃然大怒，說：『呸！你個丫頭養的！』結果成天下笑柄。在天子活着時候朝拜他，死了就叱罵，這實在是忍受不了天子的苛求啊。那周天子本來就是這樣，他這麼做沒什麼值得奇怪的。」

辛垣衍曰：「先生獨未見夫僕乎？十人而從一人者，寧力不勝①，智不若邪？畏之也。」魯仲連曰：「然梁之比於秦若僕邪？」辛垣衍曰：「然。」魯仲連曰：「然則吾將使秦王烹醢梁王②。」辛垣衍怏然不說，曰：「嘻！亦太甚矣，先生之言也！先生又惡能使秦王烹醢梁王？」魯仲連曰：「固也，待吾言之。昔者，鬼侯、鄂侯、文王③，紂之三公也。鬼侯有子而好④，故入之於紂，紂以為惡，醢鬼侯。鄂侯爭之急，辨之疾⑤，故脯鄂侯⑥。文王聞之，喟然而歎⑦，故拘之於牖里之庫百日⑧，而欲令之死。曷為與人俱稱帝王，卒就脯醢之地也？

【注釋】

①寧：難道。

②烹醢（hǎi）：古代的酷刑。烹，下油鍋。醢，剁成肉醬。

③鬼侯：又作「九侯」。媿姓赤狄首領。鄂侯：鄂國首領。

④子：古時對子女的通稱。這裏指女兒。好：長得美麗。

⑤辨：通「辯」。疾：急。

⑥脯：肉乾。這裏用作動詞，製成肉乾。

⑦喟（kuì）然：歎息的樣子。

⑧牖（yǒu）里：也作「羑里」，地名。在今河南湯陰北。庫：監牢。

【譯文】

辛垣衍說：「先生您難道沒有看見過奴僕嗎？十個奴僕聽從一個主人，難道是力氣勝不過、智慧不如他嗎？是怕他。」魯仲連說：「對。那麼魏國比起秦國來，就像奴僕對主人嗎？」辛垣衍說：「是的。」魯仲連說：「既然這樣，我將要讓秦王把魏王煮成肉醬。」辛垣衍很不高興地說：「咳！先生這話也太過分了！先生又怎能讓秦王把魏王煮成肉醬呢？」魯仲連說：「當然能啊，等我說說其中的道理吧。從前鬼侯、鄂侯、周文王是商紂的三公。鬼侯有個女兒長得美，所以就把她進獻給紂，紂認為她不好，就把鬼侯剁成了肉醬。鄂侯為此諫爭得急切，辯護得激烈，就把鄂侯做成了肉乾。周文王聽到了這事，長歎一聲，紂因此把周文王拘禁在牖里的監牢中一百天，還想殺了他。為什麼跟人家同樣稱帝稱王，結果反而落到做肉乾、肉醬的地步呢？

「齊閔王將之魯①，夷維子執策而從②，謂魯人曰：『子將何以待吾君？』魯人曰：『吾將以十太牢待子之君③。』夷維子曰：『子安取禮而來待吾君？彼吾君者，天子也。天子巡狩，諸侯避舍，納筦鍵④，攝衽抱几⑤，視膳於堂下。天子已食，退而聽朝也。』魯人投其籥⑥，不果納，不得入於魯。將之薛，假塗於鄒⑦。當是時，鄒君死，閔王欲入弔。夷維子謂鄒之孤曰⑧：『天子弔，主人必將倍殯柩⑨，設北面於南方，然後天子南面弔也。』鄒之群臣曰：『必若此，吾將伏劍而死。』故不敢入於鄒。鄒、魯之臣，生則不得事養，死則不得飯含⑩，然且欲行天子之禮於鄒、魯之臣，不果納。今秦萬乘之國梁亦萬乘之國，俱據萬乘之國，交有稱王之名。睹其一戰而勝，欲從而帝之，是使三晉之大臣不如鄒、魯之僕妾也⑪。

【注釋】

①之：往，去。
②策：馬鞭。
③太牢：牛、羊、豬各一。這裏代指最高禮儀。

④筦（guǎn）鍵：指鑰匙和鎖。
⑤攝衽（rèn）：掖起衣襟。抱几（jī）：抱着几案。
⑥投其籥（yuè）：指閉關上鎖。籥，鎖。
⑦假：借。塗：道路。鄒：戰國時的小國，在今山東鄒縣。
⑧孤：父死稱「孤」。這裏指新君。
⑨倍殯柩：指把靈柩調轉方向，由原來的坐北朝南，換成坐南朝北，因為天子要面向南。倍，通「背」。
⑩飯含：在死人嘴裏放粟米稱「飯」，放玉稱「含」。
⑪三晉：指魏、趙、韓三國，是春秋時的晉國分裂而成。

【譯文】

「齊閔王要到魯國去，夷維子拿着馬鞭隨行，對魯國人說：『你們準備用什麼來款待我們的國君？』魯國人說：『我們將用十太牢款待您的國君。』夷維子說：『怎能用這樣的禮節款待我們的國君呢？我們國君，是天子。天子來視察，諸侯應離開自己居住的宮室，交出鎖和鑰匙，掖起衣襟，捧起几案，到堂下侍候天子用膳。等天子用餐完畢，才敢告退，回朝堂聽政。』魯國人閉關上鎖，不予接納，齊閔王不能進入魯國。齊閔王將到薛國去，向鄒國借道。當時鄒國國君剛死，齊閔王打算進去弔唁。夷維子跟鄒國國君的兒子說：『天子來弔唁，喪主一定要背對靈柩，讓靈柩頭朝北，設在南邊，然後天子面朝南來致弔。』鄒國的眾臣說：『如果一定要這樣，我們將橫劍自殺。』所以齊閔王不敢進入鄒國。鄒、魯的臣子們，生時不能親身侍候奉養天子，死後也得不到隆重葬禮，然而齊閔王想讓鄒、魯的臣子用接待天子的禮節來接待自己，結果被他們拒絕。現在秦國是擁有戰車萬輛的大國，魏國也是擁有戰車萬輛的大國，同樣是戰車萬輛的大國，彼此都有稱王的名分。看見秦國打了一次勝仗，就打算順從地尊它為帝，這就是三晉的大臣不如鄒、魯的奴婢了。

「且秦無已而帝①，則且變易諸侯之大臣。彼將奪其所謂不肖，而予其所謂賢；奪其所憎，而予其所愛。彼又將使其子女讒妾為諸侯妃姬②，處梁之宮，梁王安得晏然而已乎？而將軍又何以得故寵乎？」

【注釋】

①已：止。

②讒：在別人面前說陷害某人的壞話。

【譯文】

「再說，秦國貪心不止果真當上了皇帝的話，就會更換諸侯的大臣。它就要剝奪它認為不好的人，而給予它認為好的；剝奪它所厭惡的，而給予它所喜歡的人。它又會讓它的女兒和善於搬弄是非的侍妾來做諸侯的妃子，住在魏國的宮中，魏王還能安然無事嗎？將軍你又憑什麼能夠得到原來的寵信呢？」

於是，辛垣衍起，再拜謝曰：「始以先生為庸人，吾乃今日而知，先生為天下之士也。吾請去，不敢復言帝秦。」

【譯文】

於是辛垣衍站起身來，向魯仲連拜了兩拜，致歉說：「開始我以為先生是平凡人，現在我才知道先生是天下的高士。請允許我告辭，不敢再說尊秦稱帝的事了。」

秦將聞之，為卻軍五十里。適會公子無忌奪晉鄙軍以救趙擊秦①，秦軍引而去②。

【注釋】

①無忌：即信陵君，名無忌。魏國公子。

②引：撤退。

【譯文】

秦國將軍聽說這件事後，為之退兵五十里。恰好趕上魏國公子無忌奪了晉鄙的軍權來援救趙國，攻擊秦軍，秦軍就撤退回國了。

於是平原君欲封魯仲連。魯仲連辭讓者三，終不肯受。平原君乃置酒，酒酣，起，前，以千金為魯連壽。魯連笑曰：「所貴於天下之士者，為人排患、釋難、解紛亂而無所取也。即有所取者①，是商賈之人也，仲連不忍為也。」遂辭平原君而去，終身不復見。

【注釋】

①即：如果。

【譯文】

於是平原君打算封賞魯仲連。魯仲連再三辭讓，始終不肯接受。平原君就設下酒宴，酒喝到興頭上，平原君起身上前，獻上千金為魯仲連祝壽。魯仲連笑着說：「天下之士所以可貴，就在於能替人排憂解難，消除禍亂而無所索取。假如有什麼索取，那就成了商人了，我魯仲連可不願這樣做。」於是辭別平原君走了，終身不再露面。

魯共公擇言

本文選自戰國策·魏策。梁惠王於公元前三四四年召集逢澤（今開封東南）大會，當時梁強盛，故魯、衛、宋等國諸侯都來朝見。本文是魯共公在梁王宴會上的一段祝酒詞。他引述歷史，勸諫梁王不可貪圖美酒、美味、美女、美景，以免導致亡國。

梁王魏嬰觴諸侯於范台①，酒酣，請魯君舉觴②。魯君興③，避席擇言曰：「昔者，帝女令儀狄作酒而美④，進之禹。禹飲而甘之，遂疏儀狄，絕旨酒⑤，曰：『後世必有以酒亡其國者。』齊桓公夜半不嗛⑥，易牙乃煎、熬、燔、炙⑦，和調五味而進之。桓公食之而飽，至旦不覺，曰：『後世必有以味亡其國者。』晉文公得南之威⑧，三日不聽朝，遂推南之威而遠之，曰：『後世必有以色亡其國者。』楚王登強台而望崩山⑨，左江而右湖，以臨彷徨⑩，其樂忘死，遂盟強台而弗登⑪，曰：『後世必有以高台、陂池亡其國者。』今主君之尊⑫，儀狄之酒也；主君之味，易牙之調也；左白台而右閭須⑬，南威之美也；前夾林而後蘭台⑭，強台之樂也。有一於此，足以亡其國，今主君兼此四者，可無戒與？」梁王稱善相屬。

【注釋】

①梁王魏嬰：魏惠王。梁，即魏國，因遷都大梁，故又稱「梁」。觴（shāng）：飲酒器。這裏指宴飲。范台：梁國的台觀。

②魯君：魯共公。
③興：站起來。
④帝女：傳說是夏禹的女兒，或說是堯、舜的女兒。儀狄：傳說為禹時的釀酒人。
⑤旨：味美。
⑥嗛（qiè）：通「慊」，滿足。
⑦易牙：人名。春秋時齊桓公寵臣，善於烹調。燔（fán）、炙（zhì）：烤。
⑧南之威：南威，美女名。
⑨楚王：楚莊王。強台：即章華台，在今湖北監利西北。崩山：在今湖北境內。
⑩彷徨：水名。
⑪盟：起誓。
⑫尊：酒器。
⑬白台、閭須：皆美女名。
⑭夾林：楚國的一個地名。蘭台：宮苑名。在今湖北境內。

【譯文】

梁惠王魏嬰在范台請諸侯飲酒，酒喝到興頭上，請魯共公舉杯。魯共公站起身，離開坐席，選好有益的話題說：「從前，夏禹的女兒讓儀狄釀酒，釀出的酒味道很好，就把酒進獻給禹。禹喝了覺得味道甜美，於是疏遠了儀狄，戒了美酒，說：『後世一定會有因為貪杯而亡國的。』齊桓公半夜裏想吃東西，易牙就煎熬燒烤，調和各種美味進獻給齊桓公。桓公吃得很飽，一覺睡到天亮還沒睡醒，感歎說：『後世一定會有因為貪圖美味而亡國的。』晉文公得了南威，一連三天沒上朝聽政，於是就推開了南威，疏遠了她，說：『後世一定會有因為貪戀女色而亡國的。』楚王登上強台觀賞崩山風景，左邊是江，右邊是湖，下臨彷徨之水，快樂至極，於是發誓不再登上強台，說：『後世一定會有因為迷戀高台、池沼山水風光而亡國的。』現在君王您的酒樽裏，是儀狄釀造的那種美酒；君王您的食物，是易牙烹調的那般美味；您左邊的白台、右邊的閭須，都是南威般的美女；前面有夾林後面有蘭台，有着在強台一樣的快樂。這四件事裏有了一件，就足以使他的國家滅亡，現在君王您兼有這四件，能不警惕嗎？」梁惠王聽了，連聲稱魯共公說得好。

唐雎說信陵君

本文選自戰國策・魏策。「長平之戰」後，秦軍繼續向趙都邯鄲進攻，趙向魏求救。魏王派大將晉鄙率軍往救，又懾於秦的恫嚇，命軍隊按兵不動。魏信陵君竊符救趙，解除了邯鄲之圍。趙王親自到城郊迎接信陵君，信陵君頗感自豪。本文就是唐雎在這種情形下向信陵君提出的忠告。

信陵君殺晉鄙①，救邯鄲②，破秦人，存趙國，趙王自郊迎。唐雎謂信陵君曰③：「臣聞之曰，事有不可知者，有不可不知者；有不可忘者，有不可不忘者。」信陵君曰：「何謂也？」對曰：「人之憎我也，不可不知也；我憎人也，不可得而知也。人之有德於我也，不可忘也；吾有德於人也，不可不忘也。今君殺晉鄙，救邯鄲，破秦人，存趙國，此大德也。今趙王自郊迎，卒然見趙王④，願君之忘之也。」信陵君曰：「無忌謹受教。」

【注釋】

①信陵君：魏無忌，魏昭王之子。晉鄙：魏國大將。秦國圍趙，魏派晉鄙率兵救趙。

②邯鄲：趙國都城，在今河北邯鄲西南。

③唐雎（jū）：魏國人。

④卒（cù）然：急促、匆忙的樣子。卒，同「猝」。

【譯文】

信陵君殺了晉鄙，解了邯鄲之圍，打敗了秦軍，保住了趙國。趙王親自到郊外迎接信陵君。唐雎對信陵君說：「我聽到過這樣的話：事情有不可知道的，有不可不知道的；有不可忘掉的，有不可不忘掉的。」信陵君問：「這是怎麼說呢？」唐雎回答說：「別人怨恨我，不可以不知道；我怨恨別人，就不可以讓人知道。別人對我有恩德，不可以忘掉；我對別人有恩德，不可以不忘掉。

現在您殺了晉鄙，救了邯鄲，打敗秦軍，保住了趙國，這是對趙國的莫大恩德。現在趙王親自到郊外迎接您，當您一見到趙王，我希望您把這件事忘掉。」信陵君說：「我一定真誠地接受您的指教。」

唐雎不辱使命

本文選自戰國策・魏策。秦王提出以五百里土地換安陵，實際上是想用詐騙手段吞併安陵。唐雎受命出使秦國，在狡詐殘暴的秦王面前，機智勇敢、不畏強暴、堅持正義，最終使秦王長跪致歉，承認安陵雖小而不可辱，從而出色地完成了出使任務。

秦王使人謂安陵君曰①：「寡人欲以五百里之地易安陵②，安陵君其許寡人！」安陵君曰：「大王加惠，以大易小，甚善。雖然，受地於先王，願終守之，弗敢易。」秦王不說③。安陵君因使唐雎使於秦。

【注釋】

①秦王：即秦始皇嬴政，其時尚未稱帝。安陵君：戰國時魏襄王曾封其弟為安陵君，此為安陵君後裔。安陵，魏的附庸小國，在今河南鄢（yān）陵西北。此時魏已被秦所滅。

②易：換。

③說（yuè）：同「悅」，高興。

【譯文】

秦王派人對安陵君說：「我想用方圓五百里的土地來換安陵，安陵君可要答應我！」安陵君說：「大王給我恩惠，以大換小，很好。雖然這是好事，但是我從先王那裏繼承了這塊封地，希望能永遠守着它，不敢用來交換。」秦王很不高興。安陵君就派唐雎出使到秦國去。

秦王謂唐雎曰：「寡人以五百里之地易安陵，安陵君不聽寡人，何也？且秦滅韓亡魏，而君以五十里之地存者，以君為長者，故不錯意也①。今吾以十倍之地，請廣於君②，而君逆寡人者，輕寡人與？」唐雎對曰：「否，非若是也。安陵君受地於先王而守之，雖千里不敢易也，豈直五百里哉③？」

【注釋】

①錯意：放在心上。錯，通「措」。

②廣：擴充。

③豈直：何止。

【譯文】

秦王對唐雎說：「我拿五百里的土地來換安陵，而安陵君不聽從我，為什麼呢？再說秦國滅掉了韓國、魏國，而安陵君憑着五十里的土地幸存下來，是因為我把安陵君看成長者，才沒打他的主意。現在我拿十倍於安陵的地方，請求擴大安陵君的地盤，安陵君卻違抗我，豈不是輕視我嗎？」唐雎回答說：「不，不像你說的那樣。安陵君從先王那裏繼承了這塊土地而守着它，即使千里之地也不敢換，何況只是五百里呢？」

秦王怫然怒①，謂唐雎曰：「公亦嘗聞天子之怒乎？」唐雎對曰：「臣未嘗聞也。」秦王曰：「天子之怒，伏屍百萬，流血千里。」唐雎曰：「大王嘗聞布衣之怒乎②？」秦王曰：「布衣之怒，亦免冠徒跣③，以頭搶地耳④。」唐雎曰：「此庸夫之怒也，非士之怒也。夫專諸之刺王僚也⑤，彗星襲月。聶政之刺韓傀也⑥，白虹貫日⑦。要離之刺慶忌也⑧，蒼鷹擊於殿上。此三子皆布衣之士也，懷怒未發，休祲降於天⑨，與臣而將四矣。若士必怒，伏屍二人，流血五步，天下縞⑩素，今日是也。」挺劍而起。

【注釋】

①怫（fèi）然：忿忿的樣子。

②布衣：平民。

③跣（xiǎn）：光着腳。

④搶（qiāng）：撞。

⑤專諸：春秋時吳國勇士。王僚：據史記．吳世家，王僚為春秋時吳王壽夢第三個兒子夷昧之子，名僚。壽夢長子諸樊之子公子光（即後來的闔閭）與之爭奪王位，派專諸將短劍藏在魚腹中，藉獻食的機會，刺死王僚，專諸也被殺。

⑥聶政：戰國時魏國勇士。韓傀（kuǐ）：韓國的相。韓國大夫嚴仲子和韓傀有仇，聶政便替嚴仲子刺死韓傀，自己毀容自殺。

⑦貫：穿過。

⑧要離：春秋時吳國勇士。慶忌：吳王僚之子。吳王闔閭殺死吳王僚後，慶忌出逃至衛國。要離便假裝得罪吳王，逃歸慶忌，並取得信任，尋機殺死慶忌，然後伏劍自盡。

⑨休祲（jìn）：徵兆。休，吉兆。祲，凶兆。

⑩縞（gǎo）素：白色喪服。

【譯文】

秦王勃然大怒，對唐雎說：「你可曾聽說過天子發怒的情形嗎？」唐雎回答說：「我沒有聽說過。」秦王說：「天子一發怒，能橫屍百萬，流血千里。」唐雎說：「大王可曾聽說過老百姓發怒的情形嗎？」秦王說：「老百姓發怒，也不過甩掉帽子，赤着腳，把頭往地上撞罷了。」唐雎說：「這是平庸無能的人發怒，不是志士發怒。那專諸行刺王僚時，彗星的光尾橫掃月亮。聶政行刺韓傀時，白色長虹橫穿太陽。要離行刺慶忌時，蒼鷹搏擊在宮殿之上。這三位都是布衣之士，他們胸中的怒氣未暴發出來之時，上天就降下了預兆，現在加上我將成為四個人了。如果志士真要發怒，橫在地上的屍首不過兩具，流血不過五步，可是天下的人都得穿白色喪服，今天就要發生這樣的事了。」說完，拔出寶劍，挺身而起。

秦王色撓①，長跪而謝之曰②：「先生坐，何至於此！寡人諭矣③。夫韓、魏滅亡，而安陵以五十里之地存者，徒以有先生也！」

【注釋】

①色撓：臉色沮喪。撓，屈。

②長跪：雙膝跪地，直腰挺立，臀部離開腳後跟，以示鄭重。謝：道歉。

③諭：明白，領會。

【譯文】

秦王臉色沮喪下來，直起身子跪着向唐雎道歉說：「先生請坐，哪會到這種地步！我明白了。那韓國、魏國滅亡，而安陵卻憑着五十里的地盤存留下來，只因為有先生您啊！」

樂毅報燕王書

本文選自戰國策・燕策。此信首先對燕惠王的倒打一耙予以反駁，繼而表達了自己對燕昭王知遇之恩的銘記不忘，進而表示決不為別國攻打燕國的一片忠心。全文情辭真摯委婉，對後世影響很大，諸葛亮的出師表中就處處顯現出它的影響。

昌國君樂毅為燕昭王合五國之兵而攻齊①，下七十餘城，盡郡縣之以屬燕。三城未下②，而燕昭王死。惠王即位，用齊人反間，疑樂毅，而使騎劫代之將③。樂毅奔趙，趙封以為望諸君。齊田單詐騎劫④，卒敗燕軍，復收七十餘城以復齊。

【注釋】

①樂毅：戰國時燕將。燕昭王時任亞卿，率燕軍破齊，封為昌國君。五國：指趙、楚、魏、韓、燕。

②三城：指即墨、莒（jǔ）、聊城，都在今山東境內。

③騎劫：燕國將領。

④田單：戰國時齊人。因用反間計使樂毅奔趙，又擊敗騎劫，收復齊地而被齊襄王任為相國。詐：欺騙。

【譯文】

昌國君樂毅，為燕昭王聯合五國的軍隊去攻打齊國，攻克了七十多座城池，把它們全部設為郡縣歸屬燕國。還有三座城沒有攻下，而燕昭王去世了。燕惠王即位，中了齊人的反間計，對樂毅產生懷疑，便派騎劫代替樂毅統兵。樂毅逃到趙國，趙王封他為望諸君。齊國田單用計欺騙騎劫，終於打敗燕軍，又收回七十多座城池，恢復了齊國的領土。

燕王悔，懼趙用樂毅乘燕之敝以伐燕①。燕王乃使人讓樂毅②，且謝之曰③：「先王舉國而委將軍④，將軍為燕破齊，報先王之仇⑤，天下莫不振動，寡人豈敢一日而忘將軍之功哉？會先王棄群臣，寡人新即位，左右誤寡人。寡人之使騎劫代將軍，為將軍久暴露於外，故召將軍且休計事⑥。將軍過聽，以與寡人有隙⑦，遂捐燕而歸趙⑧。將軍自為計則可矣，而亦何以報先王之所以遇將軍之意乎？」

【注釋】

①敝：敗。
②讓：責怪。
③謝：道歉。
④先王：指已經去世的燕昭王。

⑤先王之仇：指齊曾因燕國發生子之之亂而攻破燕國之事。
⑥計：商議。
⑦隙：裂痕。此處意為怨仇。
⑧捐：拋棄。

【譯文】

燕惠王後悔了，害怕趙國任用樂毅乘燕國疲敝的時候攻打燕國。燕惠王於是派人責備樂毅，並且向他表示歉意，說：「先王把整個國家託付將軍，將軍為燕國攻破齊國，報了先王的仇，天下人無不受到震動，我豈敢有一天忘記將軍的功勞呢？正趕上先王去世，我剛剛即位，左右之人貽誤了我。我之所以派騎劫代替將軍您，是因為將軍長期風餐露宿在外，因而召回將軍暫且休息一下，並且共議國事。將軍誤信流言，以致與我有了隔閡，就拋棄燕國而投奔趙國。將軍為自己打算是可以的，然而又用什麼來報答先王對將軍的知遇之恩呢？」

望諸君乃使人獻書報燕王曰：「臣不佞①，不能奉承先王之教，以順左右之心，恐抵斧質之罪②，以傷先王之明，而又害於足下之義，故遁逃奔趙。自負以不肖之罪，故不敢為辭說。今王使使者數之罪③，臣恐侍御者之不察先王之所以畜幸臣之理④，而又不白於臣之所以事先王之心⑤，故敢以書對。

【注釋】

①不佞（nìng）：不才。佞，有才智。

②抵：冒犯。斧質之罪：殺身之罪。斧質，是斬人的刑具。質，通「鑕」，腰斬所用底座。

③數：列舉。

④畜（xù）：養。幸：寵信。

⑤白：明白。

【譯文】

望諸君樂毅於是派人呈上書信回答燕王說：「臣不才，沒能奉行和秉承先王的教導，來順從您左右大臣的心意，恐怕回到燕國自己觸犯死罪，以致有損先王的知人之明，而又害您蒙上不義的名聲，所以逃奔趙國。自己甘願承擔不賢的罪名，所以不敢作解釋。如今大王派使者列數我的罪過，我恐怕侍候您的人不理解先王栽培和厚愛我的道理，而且也不明白我之所以侍奉先王的忠心，所以才敢寫這封信作答。

「臣聞賢聖之君，不以祿私其親，功多者授之；不以官隨其愛，能當者處之。故察能而授官者，成功之君也；論行而結交者，立名之士也。臣以所學者觀之，先王之舉錯①，有高世之心，故假節於魏王②，而以身得察於燕。先王過舉，擢之乎賓客之中③，而立之乎群臣之上，不謀於父兄，而使臣為亞卿④。臣自以為奉令承教，可以幸無罪矣，故受命而不辭。

【注釋】

①舉錯：舉措。錯，通「措」，施行，推行。

②假節於魏王：意思是憑着魏王使節的身份到燕國。假，借。節，外交使臣所持符節。

③擢（zhuó）：提拔。

④亞卿：官名。地位僅次於上卿。

【譯文】

「我聽説聖賢的君王，不拿爵祿私自授予親信的人，而是授給功勞多的人；不拿官職隨意賜予喜愛的人，而是讓能夠勝任的人擔當。所以説，考察能力而授予官職的，是能成就功業的君王；根據品行來結交朋友的，是能樹立名聲的賢士。我憑所學知識進行觀察，先王的舉止措施，有高出世俗的理想，所以我才藉為魏王出使的機會，得以親自來燕國考察。先王過分抬舉我，把我從賓客中提拔起來，安排我在群臣之上的位置，不曾與宗室大臣們商量，就任命我為亞卿。我自以為奉行命令秉承教導，就可以幸免獲罪了，所以接受任命而沒推辭。

「先王命之曰：『我有積怨深怒於齊①，不量輕弱，而欲以齊為事。』臣對曰：『夫齊，霸國之餘教而驟勝之遺事也②，閑於甲兵③，習於戰攻。王若欲伐之，則必舉天下而圖之。舉天下而圖之，莫徑於結趙矣④。且又淮北、宋地，楚、魏之所同願也。趙若許約，楚、魏、宋盡力，四國攻之，齊可大破也。』先王曰：『善。』臣乃口受令，具符節，南使臣於趙。顧反命⑤，起兵隨而攻齊。以天之道、先王之靈，河北之地，隨先王舉而有之於濟上⑥。濟上之軍，奉令擊齊，大勝之。輕卒銳兵，長驅至國⑦。齊王逃遁走莒⑧，僅以身免。珠玉財寶，車甲珍器，盡收入燕。大呂陳於元英⑨，故鼎反乎曆室⑩，齊器設於寧台⑪。薊丘之植⑫，植於汶篁⑬。自五伯以來，功未有及先王者也。先王以為順於其志，以臣為不頓命⑭，故裂地而封之，使之得比乎小國諸侯。臣不佞，自以為奉令承教，可以幸無罪矣，故受命而弗辭。

【注釋】

①積怨：指燕王噲時，齊國乘燕國發生子之之亂而入侵一事。

②霸國：齊桓公曾稱霸諸侯，齊湣王也曾自稱東帝，因此這裏說齊國有稱霸的傳統。驟勝：多次勝利。

③閑：通「嫻」，熟悉。
④徑：快。
⑤顧：還。反命：覆命。
⑥濟：濟水，發源於河南，其故道經山東，與黃河並行入海。上：指水邊。
⑦國：指齊國都臨淄。
⑧莒（jǔ）：地名。在今山東莒縣。
⑨大呂：鐘名。元英：燕國宮殿。
⑩故鼎：指齊人殺燕王噲時掠走的燕鼎。曆室：燕國宮殿。
⑪寧台：燕國的台。
⑫薊丘：燕國之都，在今北京。
⑬汶：齊國水名，即今之山東大汶河。篁（huáng）：種竹子的田。
⑭頓：停頓，耽誤。

【譯文】

「先王命令我說：『我和齊國有積怨深仇，顧不得自己力量的輕微弱小，打算把伐齊作為大事。』我回答說：『齊國，保持着霸主之國的遺留教化，而且有屢打勝仗的經驗，熟悉軍事，習慣征戰。大王想要討伐齊國，就必須發動各國共同去對付它。要想發動各國去對付它，沒有比結盟於趙國更直接的了。況且，齊國的淮北和宋地，是楚國和魏國都希望得到的地方。趙國如果答應了，再約請楚、魏、宋盡力相助，以四國之力攻齊，就可以大破齊國了。』先王說：『好！』我於是接受先王口授的命令，準備好符節，南行出使到趙國。回來覆命之後，接着就發兵攻齊。依靠上天的佑助和先王的英明，黃河以北的地方，隨先王進兵全部收復，直到濟水邊上。濟水邊上的軍隊奉命進擊齊軍，大敗齊軍。輕裝精銳之師，長驅直入齊都臨淄。齊王逃到莒城，僅隻身走脫。齊國的珠玉財寶、兵車甲仗以及珍貴器物，統統歸於燕國。齊國的大呂巨鐘陳列在燕國的元英殿，燕國原先被掠走的大鼎又回到曆室宮，齊國的祭器陳列在寧台，我們薊都郊外的樹苗移栽到了齊國汶水的竹園裏。從五霸以來，功業沒有誰比得上先王的。先王覺得已經如願以償，認為臣沒有貽誤使命，所以分出土地封賞我，使我的地位能夠相當於小國諸侯。我不才，自以為奉行命令，承受教導，就可以幸免獲罪了，所以接受了分封而沒推辭。

「臣聞賢明之君，功立而不廢，故著於春秋①，蚤知之士②，名成而不毀，故稱於後世。若先王之報怨雪恥，夷萬乘之強國③，收八百歲之蓄積④，及至棄群臣之日，遺令詔後嗣之餘義⑤，執政任事之臣，所以能循法令、順庶孽者⑥，施及萌隸⑦，皆可以教於後世。臣聞善作者，不必善成；善始者，不必善終。昔者伍子胥說聽乎闔閭⑧，故吳王遠跡至於郢⑨。夫差弗是也，賜之鴟夷而浮之江⑩。故吳王夫差不悟先論之可以立功⑪，故沉子胥而弗悔，子胥不蚤見主之不同量⑫，故入江而不改。

【注釋】

①春秋：泛指史書。
②蚤（zǎo）知：先知。蚤，通「早」。
③夷：平定。
④八百歲：齊國歷經約八百年。
⑤後嗣：繼承者。
⑥順：通「訓」，教導。庶孽：妾生子。
⑦施（yì）及：達於。萌隸：百姓。
⑧伍子胥：春秋時吳大夫，曾幫助吳王闔閭攻破楚國。後因勸阻夫差伐齊，抵制越國求和，被夫差賜死，屍體沉入江中。
⑨郢（yǐng）：楚國都城，在今湖北江陵。
⑩賜之鴟（chī）夷：這裏說的是夫差不像闔閭那樣懂得伍子胥的作用，將他賜死後裝入皮囊，投於江中。鴟夷，皮革製的口袋。
⑪先論：預見。伍子胥生前曾預言，吳不滅越，越將滅吳。
⑫量：氣量。

【譯文】

「我聽說賢明的君王，功業建立而不再廢弛，所以被載入史冊，有先見之明的賢士，成就名聲而能保持，所以被後世稱頌。像先王那樣報仇雪恨，踏平萬乘強國，收繳齊國八百年來積聚的財富，直到他離世之時，還留下告誡繼位子孫的遺訓，執政任事的大臣，因此能遵循法令，教導庶子，並推行於平民百姓，這些都可以教育後世。我聽說，善於耕作的，不一定有好收成；好的開端，不一定有好的結束。從前，伍子胥的言說被吳王闔閭接受，所以闔閭能遠征到楚國郢都。吳王夫差卻不是這樣，反而賜給伍子胥一隻皮囊把他投入江中。吳王夫差不懂得伍子胥的預見可以為吳國建立功業，所以把伍子胥投入江中而不後悔。伍子胥沒能及早發現闔閭、夫差兩位君主氣量不同，所以至死也沒有改變自己的態度。

「夫免身全功，以明先王之跡者，臣之上計也。離毀辱之非①，墮先王之名者②，臣之所大恐也。臨不測之罪，以幸為利者③，義之所不敢出也。

【注釋】

①離：通「罹」，蒙受。
②墮（huī）：毀壞。
③幸：僥幸。

【譯文】

「使自身免於禍患，保全功名，以證明先王的業績，是我的上策。自身遭受詆毀和侮辱的錯誤處置，損害先王的英名，是我最害怕的。面臨不可測的罪名，卻以僥幸心理求取私利，這是我絕對不能做的。

「臣聞古之君子交絕不出惡聲①；忠臣之去也，不潔其名②。臣雖不佞，數奉教於君子矣。恐侍御者之親左右之說，而不察疏遠之行也③，故敢以書報，唯君之留意焉。」

【注釋】

①交：交情。絕：斷絕。

②潔：洗刷，表白。

③疏遠：被疏遠的人，樂毅自指。

【譯文】

「我聽說古代的君子，與人斷絕交情時也不惡語傷人；忠臣離開故國，也不為自己的名聲辯白。我雖不才，也曾多次受教於君子。恐怕大王您聽信左右的話，而不體察我這被疏遠者的行為，所以斗膽用書信作答，希望您留心一閱。」

李斯

李斯（約前二八〇—前二〇八），戰國末年楚國上蔡（今河南上蔡西南）人，出身平民。年輕時曾在郡裏當小吏，地位很低。他由老鼠得到啟示，認為「人之賢不肖譬如鼠矣，在所自處耳」。從此「老鼠哲學」支配了李斯一生。李斯先到齊拜著名思想家荀子為師，學習「帝王之術」，學成後他審時度勢，決定去秦國建功立業。

李斯到秦國後，先在呂不韋門下做舍人，後在秦王政面前嶄露頭角，縱論天下大勢，獻計獻策，顯示了出眾的才華，被任為客卿，稱為謀臣。公元前二三七年，李斯針對秦的逐客令寫了著名的諫逐客書，勸阻了秦王的逐客行為，保證了秦國人才沒有流失，對秦國的強盛起了重要的作用。

從秦王政十七年（前二三〇）到秦始皇二十六年（前二二一），秦先後滅掉了韓、趙、燕、魏、楚、齊六國，結束了長期分裂的局面，實現了國家的統一。李斯策劃參與了滅六國的戰爭，並在統一之後幫助秦始皇規劃政權建設，制定鞏固統治的各項制度，促進了歷史的發展。在官職上李斯也由廷尉升至一人之下萬人之上的丞相。

公元前二一〇年，秦始皇在沙丘平台（今河北廣宗北）病故，李斯、趙高等合謀，篡改秦始皇遺詔，殺扶蘇，立胡亥為皇帝。秦二世統治殘暴，致使社會矛盾加劇並最終爆發了秦末農民大起義，李斯有不可推卸的責任。

公元前二〇八年，李斯遭趙高陷害，被腰斬於咸陽。

諫逐客書

戰國末年，秦國強大，逼凌侵略六國，韓國首當其衝，就派水工鄭國到秦國興修水利，以此消耗秦的國力，使其無力對韓用兵。秦王嬴政發覺後，接受宗室大臣的建議，下令逐客。李斯也在被逐之列，於是他向秦王寫了這封諫書。文章圍繞逐客不是統一天下、制服諸侯所應採取的方法這一主旨展開，由古及今，由物及人，擺事實，講道理，鋪陳排比，反覆論證，極具說服力。秦王看後幡然醒悟，撤銷了逐客令。

秦宗室大臣皆言秦王曰①：「諸侯人來事秦者，大抵為其主遊間於秦耳，請一切逐客②。」李斯議亦在逐中。

【注釋】

①秦王：秦始皇，此時尚未統一，故仍稱「秦王」。

②客：指其他諸侯國在秦國做官的人。

【譯文】

秦國的宗室大臣都對秦王說：「從各諸侯國來事奉秦國的人，大都是為他們的君主遊說和離間秦國罷了，請把外來人一律驅逐出境。」李斯也在計劃被驅逐的人之中。

斯乃上書曰：「臣聞吏議逐客，竊以為過矣。

【譯文】

李斯於是上書秦王說：「我聽說官吏們在計議驅逐外來人，我私下以為這種做法是錯誤的。

「昔穆公求士①，西取由余於戎②，東得百里奚於宛③，迎蹇叔於宋④，求丕豹、公孫支於晉⑤。此五子者，不產於秦，而穆公用之，并國二十，遂霸西戎。孝公用商鞅之法⑥，移風易俗，民以殷盛⑦，國以富強，百姓樂用，諸侯親服，獲楚、魏之師，舉地千里，至今治強⑧。惠王用張儀之計⑨，拔三川之地⑩，西併巴、蜀⑪，北收上郡⑫，南取漢中⑬，包九夷⑭，制鄢、郢⑮，東據城皋之險⑯，割膏腴之壤⑰，遂散六國之從，使之西面事秦，功施到今⑱。昭王得范雎⑲，廢穰侯⑳，逐華陽㉑，強公室㉒，杜私門㉓，蠶食諸侯，使秦成帝業。此四君者，皆以客之功。由此觀之，客何負於秦哉！向使四君卻客而不內㉔，疏士而不用，是使國無富利之實，而秦無強大之名也。

【注釋】

①穆公：指秦穆公。

②由余：春秋時晉國人。逃到西戎，秦穆公以禮招其歸秦，並用其計統一了西戎各部。

③百里奚：其身世說法不一。傳說他是楚國宛（今河南南陽）人，曾為楚大夫，後淪落為奴，被秦穆公用五張羊皮贖出，任為秦相，故又稱「五羖大夫」。

④蹇（jiǎn）叔：本岐州（即今陝西）人，遊於宋國，經百里奚推薦，秦穆公聘他來做上大夫。

⑤丕豹：晉國人。其父被晉惠公殺害後，投奔秦穆公，為大將，助秦攻晉。公孫支：字子桑。遊於晉，後入秦，秦穆公任他為大夫。

⑥商鞅：姓公孫，名鞅。本是衛國公族，又稱「衛鞅」。因秦孝公曾封之以商地（在今陝西商州），故稱「商鞅」。任秦相十年間，實行變法，使秦國強盛起來。

⑦以：因。

⑧治強：國家穩定，軍力強盛。

⑨張儀：魏國人。曾屢任秦相，主張「連橫」策略。

⑩三川：指今河南西北一帶，因有黃河、洛河、伊河流過境內，故稱「三川」。

⑪巴：今四川東部。蜀：今四川西部。

⑫上郡：魏國屬地，在今陝西西北一帶。
⑬漢中：今陝西漢中地區。
⑭九夷：泛指當時楚地少數民族。
⑮鄢：楚國舊都，在今湖北宜城南。郢：楚國都，故址在今湖北江陵。
⑯城皋：地名。即今河南滎陽的虎牢。
⑰膏腴之壤：土地肥沃的地區。
⑱施（yì）：延續。
⑲范雎：字叔，魏國人。曾被秦昭王任為秦相，提出「遠交近攻」政策，秦國領土大為拓展。
⑳穰（ráng）侯：秦昭王舅父魏冉的封號。
㉑華陽：指華陽君。秦昭王舅父羋（mǐ）戎。
㉒公室：朝廷。
㉓私門：王公貴族的勢力。
㉔向使：假使。卻：拒絕。內（nà）：同「納」。

【譯文】

「從前，秦穆公招納賢士，從西戎聘請了由余，從東方的宛得到百里奚，從宋國迎來蹇叔，從晉國招致丕豹、公孫支。這五位先生，都不是秦國人，可穆公任用他們，兼併了二十個小國，終於稱霸西戎。孝公採用商鞅的新法，移風易俗，百姓因而富裕興旺，國家因而富強，百姓樂於為國效力，諸侯都對秦國順從聽命，打敗了楚國、魏國的軍隊，擴展土地上千里，至今國家安定強盛。秦惠王採用張儀的計策，攻佔三川地區，西面吞併了巴、蜀之地，北面收取了上郡，南面奪取了漢中，吞併了九夷，控制了楚國的鄢、郢二城，東面佔據了成皋的險要，割取了別國肥沃的土地，於是拆散了六國的合縱聯盟，迫使他們向西侍奉秦國，功業一直延續到現在。昭王得到范雎，廢掉穰侯，驅逐了華陽君，加強了朝廷的權力，遏制貴族王室的勢力，一步步吞併了諸侯各國，使秦國成就了帝王的基業。這四位君王，都是依靠了外來人的功勞。由此看來，外來人有什麼對不起秦國的地方呢！假使當初這四位君王拒絕外來人而不接納，疏遠賢士而不任用，那就會使國家沒有雄厚富裕的實力，而秦國也就沒有強大的威名了。

「今陛下致崑山之玉[1]，有隨、和之寶[2]，垂明月之珠，服太阿之劍[3]，乘纖離之馬[4]，建翠鳳之旗[5]，樹靈鼉之鼓[6]。此數寶者，秦不生一焉，而陛下說之，何也？必秦國之所生然後可，則是夜光之璧不飾朝廷，犀象之器不為玩好，鄭、魏之女不充後宮，而駿馬駃騠不實外廄[7]，江南金錫不為用，西蜀丹青不為采[8]。所以飾後宮、充下陳、娛心意、說耳目者，必出於秦然後可，則是宛珠之簪、傅璣之珥、阿縞之衣、錦繡之飾[9]，不進於前，而隨俗雅化、佳冶窈窕趙女不立於側也。夫擊甕叩缶[10]，彈箏搏髀[11]，而歌呼嗚嗚、快耳目者，真秦之聲也；鄭、衛桑間、韶、虞、武、象者[12]，異國之樂也。今棄擊甕而就鄭、衛，退彈箏而取韶、虞，若是者何也？快意當前，適觀而已矣。今取人則不然。不問可否，不論曲直，非秦者去，為客者逐。然則是所重者在乎色樂珠玉，而所輕者在乎人民也。此非所以跨海內、制諸侯之術也。

【注釋】

①致：收羅。崑山：崑崙山，古代傳說這裏產玉。
②隨：春秋時的小國，在今湖北隨縣。傳說隨侯有一顆名貴的寶珠，稱「隨侯珠」。和：春秋時楚國人卞和，據說他在山中發現一塊璞玉，獻給楚王，稱「和氏璧」。
③服：佩戴。太阿（ē）：寶劍名。相傳春秋楚國人干將、莫邪合鑄的寶劍之一。
④纖離：駿馬名。
⑤翠鳳之旗：以翠羽為裝飾的旗子。
⑥鼉（tuó）：俗名「豬婆龍」，一種鱷魚，皮可以蒙鼓。
⑦駃騠（juétí）：古代北方的名馬。外廄：馬棚。
⑧丹青：紅色和青色的顏料。
⑨宛（yuān）珠：宛地出產的珠子。傅：粘貼。璣：不圓的珠子。珥（ěr）：耳環。阿縞（gǎo）：齊國東阿（今屬山東）出產的白色的絹。
⑩甕（wèng）：汲水瓦罐。缶（fǒu）：小口大腹的瓦罐。秦國的甕、缶為打擊樂器。
⑪箏：弦樂器。搏髀（bì）：拍着大腿打拍子。

⑫桑間：衞國濮水邊上的一個地名，是青年男女聚會的地方。這裏指桑間之詠、淫靡之音。韶虞：相傳為歌頌虞舜的音樂。武象：周初的樂舞。

【譯文】

「如今陛下收羅到崑山的美玉，有隨侯珠、和氏璧之類的珍寶，懸掛明月之珠，佩帶太阿之劍，乘騎纖離之馬，豎立翠鳳旗幟，陳設靈鼉皮鼓。這幾樣寶物，一件也不產於秦國，而陛下您卻喜愛它們，為什麼呢？如果必須是秦國出產的然後才可以使用，那麼夜光之璧就不會裝飾在您的朝廷，犀角象牙製成的器物就不會為您所把玩賞識，鄭國和魏國的美女就不會充滿您的後宮，駿馬駃騠就不會養在您的馬棚裏，江南的金錫就不會用來製作器具，西蜀的顏料就不能用來添光彩。您所用來裝飾後宮的珍寶，充實堂下的姬妾，娛樂心意的器物，愉悅耳目的音樂繪畫等，如果一定要出產於秦國然後才可以使用，那麼這些鑲嵌着宛珠的簪子，綴有小珠的耳環，東阿白絹做成的衣服，錦緞繡成的裝飾品，就不可能進獻到您面前，而且那些打扮入時、豔麗窈窕的趙國美女，就不會侍立在您身旁了。那些敲打陶罐瓦器、彈箏拍腿，嗚嗚呀呀地歌唱以愉悅耳目的，才是真正的秦國音樂；鄭、衞一帶的民間音樂，韶虞武象的古曲，都是異國的音樂。如今您不聽敲擊陶罐瓦器的秦樂而聽鄭、衞二國的音樂，不聽彈箏而聽韶虞，像這樣做是為什麼呢？還不是為了心情愉快、宜於觀賞罷了。如今用人卻不這樣，不問可用還是不行，不分是非曲直，不屬秦國的人士都離開，凡是外來人都驅逐。這樣做只能說明您所重視的是女色、音樂、珠寶、美玉，而所輕視的卻是百姓。這可不是用來統一天下、制服諸侯的方法。

「臣聞地廣者粟多，國大者人眾，兵強則士勇①。是以泰山不讓土壤，故能成其大；河海不擇細流，故能就其深；王者不卻眾庶②，故能明其德。是以地無四方，民無異國，四時充美，鬼神降福，此五帝、三王之所以無敵也。今乃棄黔首以資敵國③，卻賓客以業諸侯④，使天下之士退而不敢西向，裹足不入秦，此所謂『藉寇兵而齎盜糧』者也⑤。

【注釋】

①兵：武器。
②眾庶：民眾。
③黔（qián）首：百姓。黔，黑色。
④卻：拒絕，排斥。業：成就功業。
⑤齎（jī）：送給。

【譯文】

「我聽說，土地廣闊糧食就充足，國家強大百姓就眾多，武器精良士兵就勇敢。因此，泰山不捨棄任何土壤，所以能形成它的高大；河海不排斥任何細流，所以能形成它的深廣；帝王不拒絕所有百姓，所以能顯示他的恩德。因此，土地不論東西南北，民眾不分哪個國家，四季都富足美滿，鬼神都來降福，這就是五帝、三王之所以無敵於天下的原因。如今竟然拋棄百姓去資助敵國，排斥賓客以成就其他諸侯的功業，使天下的賢士退縮而不敢向西方來，停步不敢進入秦國，這就是所謂的『供給敵人武器，送給強盜糧食』。

「夫物不產於秦，可寶者多；士不產於秦，而願忠者眾。今逐客以資敵國，損民以益仇，內自虛而外樹怨於諸侯，求國之無危，不可得也。」

【譯文】

「東西不出產於秦國的，其中的寶物很多；賢士不出生於秦國的，願意效忠秦國的不少。如今驅逐外來人以資助敵國，損害民眾以強大敵人，結果是對內削弱了自己，對外與諸侯結怨，而想求得國家沒有危險，是不可能的啊！」

秦王乃除逐客之令，復李斯官。

【譯文】

秦王於是廢除了逐客令，恢復了李斯的官職。

楚辭

楚辭是詩經之後的又一部詩歌總集，是西漢劉向所輯的楚地詩體作品的集子，收錄了戰國時楚人屈原、宋玉及漢代一些作家的辭賦，其中以屈原的作品為主。這些辭賦的題材、形式、語言、風格都具有濃厚的楚地色彩，所以叫「楚辭」。

楚辭中有很多方言、俗語，句中句末多用「兮」字，以調節語言和韻律，句式參差不齊。它開創了我國古代浪漫主義詩風，與詩經一起成為我國古典詩歌浪漫主義與現實主義的兩大源頭，是古典詩歌的典範。

卜居

所謂「卜居」即通過問卜來指示自己如何做人、如何處世。屈原被逐三年沒能見到楚懷王，盡忠報國反被讒言所害，心煩意亂，於是前去問卜。屈原連設八問，以「寧……將……」的句式，正反兩面反覆對照，表面上看，似乎是他對人生道路和處世原則選擇上的疑惑，實際上表達了他對是非顛倒的混濁世界的震驚與憤慨。

屈原既放[①]，三年不得復見。竭智盡忠，而蔽障於讒，心煩慮亂，不知所從。乃往見太卜鄭詹尹曰[②]：「余有所疑，願因先生決之。」詹尹乃端筴拂龜曰[③]：「君將何以教之？」

【注釋】

①屈原：名平，字原，戰國時楚國人。楚懷王時曾任左、徒、三閭、大夫，後被流放，長期過着流亡生活，最後投汨羅江而死。他傳世的代表作品有離騷、九歌、天問、九章等。

②太卜：官名。卜筮官之長。

③筴：同「策」，蓍（shī）草。龜：龜殼。龜和策都是古代占卜用的工具。

【譯文】

屈原已遭放逐，三年沒能再見楚懷王。他竭盡才智，忠貞不貳，卻遭受讒言，被楚懷王疏遠隔絕，他不免心煩意亂，不知如何是好。於是去見太卜鄭詹尹，說：「我心中有些疑惑，想通過先生您的占卜決定。」鄭詹尹連忙擺正蓍草，拂淨龜殼，問：「您有何見教？」

屈原曰：「吾寧悃悃款款[①]，樸以忠乎，將送往勞來[②]，斯無窮乎[③]？寧誅鋤草茅以力耕乎，將遊大人以成名乎？寧正言不諱以危身乎，將從俗富貴以媮生乎[④]？

寧超然高舉以保真乎，將哫訾慄斯、喔咿嚅唲以事婦人乎⑤？寧廉潔正直以自清乎，將突梯滑稽、如脂如韋以絜楹乎⑥？寧昂昂若千里之駒乎，將氾氾若水中之鳧乎⑦，與波上下，偷以全吾軀乎？寧與騏驥亢軛乎⑧，將隨駑馬之跡乎⑨？寧與黃鵠比翼乎⑩，將與雞鶩爭食乎⑪？此孰吉孰凶，何去何從？世溷濁而不清⑫，蟬翼為重，千鈞為輕⑬；黃鐘毀棄⑭，瓦釜雷鳴⑮；讒人高張，賢士無名。吁嗟默默兮，誰知吾之廉貞？」

【注釋】

①悃悃（kǔn）款款：誠實忠信的樣子。
②將：還是。送往勞來：隨處周旋，巧於應酬。
③斯：連詞，則。窮：困境。
④媮（tōu）：苟且，怠慢。
⑤哫訾（zú zǐ）：阿諛奉承的樣子。慄斯：小心求媚的樣子。斯，虛詞。喔咿嚅唲（rúér）：強顏歡笑的樣子。婦人：指楚懷王的寵姬鄭袖。
⑥突梯：滑溜的樣子。滑（gǔ）稽：圓滑的樣子。脂：脂膏。韋：熟皮。絜（xié）：用繩子圍繞圓柱形物體。楹：柱子。
⑦鳧（fú）：野鴨子。
⑧騏驥：兩種良馬的名字。亢：通「伉」，並。軛：是車轅前面用來架馬的橫木。

⑨駑馬：劣馬。
⑩黃鵠（hú）：天鵝。
⑪鶩（wù）：鴨。
⑫溷（hùn）濁：混亂污濁。
⑬鈞：古代重量單位。三十斤為「鈞」，「千鈞」即三萬斤，常用來形容物之重。
⑭黃鐘：這裏是樂器名。
⑮瓦釜：陶土製的器具。

【譯文】

屈原說：「我是應該誠懇樸實，保持忠心，還是四處周旋應酬，以免陷於困境呢？是應該鋤草耕作，勤勞務農，還是去遊說權貴，追求虛名呢？是應該直言不諱，不顧安危，還是順從世俗，貪圖富貴，苟且偷生呢？是應該超脫塵俗，卓爾不群，保持自己的本性，還是阿諛諂媚，強顏歡笑，去事奉楚懷王的寵姬呢？是應該廉潔正直，潔身自好，還是迎合世俗，像油脂那樣光滑、像熟牛皮那樣柔軟地去趨炎附勢呢？是應該像日行千里的駿馬那樣驅馳，還是像浮游水面的野鴨那樣，隨波逐流，苟全性命呢？是應該與良馬並駕齊驅，還是追隨劣馬的足跡呢？是應該與天鵝比翼齊飛，還是同雞鴨一道爭食呢？所有這些，哪個是吉哪個是凶？我應該何去何從？世道混濁不清，以為蟬翼是重的，以為千鈞是輕的；貴重的黃鐘遭到毀棄，劣質的瓦器反而發出雷鳴般的聲音；讒佞小人飛揚跋扈，賢明之士默默無聞。唉，還是默默無聞吧，有誰知道我的廉潔忠貞呢？」

詹尹乃釋策而謝曰：「夫尺有所短，寸有所長。物有所不足，智有所不明，數有所不逮①，神有所不通。用君之心，行君之意。龜策誠不能知此事！」

【注釋】

①數：指占卜。逮：及，到。

【譯文】

鄭詹尹放下蓍草向屈原致歉道：「尺有所短，寸有所長。事物總會有不足之處，智者也有糊塗的時刻，占卜未必事事都能預料，神明也有不能通達之處。就按您的心意，照您的意志辦事吧。龜甲和蓍草確實不能預知這些事！」

宋玉對楚王問

本文以「對問」的形式，表現了宋玉超然獨處、不同流俗的情懷，反映了他在仕途上的失意潦倒以及楚頃襄王時朝政日非、賢能人士受讒毀的現實。寫作上宋玉運用了比喻手法，先以「曲」與「和」作比照，再以「鳳凰」與「鷃」、「鯤魚」與「鯢」作比照，從而引出自己志趣絕俗、超然獨處的品德與情操。

楚襄王問於宋玉曰①：「先生其有遺行與②？何士民眾庶不譽之甚也③？」

【注釋】

①宋玉：戰國後期楚國人。相傳為屈原的學生，在楚懷王、頃襄王時做過文學侍從類的官。

②遺行：有失檢點的品行。

③庶：眾。譽：稱讚。

【譯文】

楚襄王問宋玉說：「先生大概有不檢點的行為吧？為什麼士人百姓們對你非議得如此厲害呢？」

宋玉對曰：「唯，然，有之。願大王寬其罪，使得畢其辭。

【譯文】

宋玉回答說：「是的，的確如此，確實有這樣的事。希望大王寬恕我的罪過，讓我把要說的話說完。

「客有歌於郢中者①，其始曰下里、巴人②，國中屬而和者數千人③；其為陽阿、薤露④，國中屬而和者數百人；其為陽春、白雪⑤，國中屬而和者不過數十人；引商刻羽，雜以流徵⑥，國中屬而和者不過數人而已。是其曲彌高⑦，其和彌寡。

【注釋】

①郢：楚國國都，在今湖北江陵。
②下里、巴人：都是楚國通俗的樂曲。
③國：國都。屬（zhǔ）：聚集。和（hè）：跟着唱和。
④陽阿（ē）、薤（xiè）露：都是楚國比較高雅的樂曲。
⑤陽春、白雪：都是楚國高雅的樂曲。
⑥引商刻羽，雜以流徵（zhǐ）：古代有五聲，即宮、商、角、徵、羽，後又增加了變徵、變宮，成為七聲，表示七聲音階的七個音級。這裏用音級的複雜變化來形容音樂技巧的高超。
⑦彌：越，更。

【譯文】

「有位客人在郢都唱歌，開始唱的是下里、巴人，城中聚在一起跟着唱的有幾千人；後來唱陽阿、薤露，城中聚在一起跟着唱的有幾百人；等到唱陽春、白雪時，城中聚在一起跟着唱的不過幾十人；當他唱歌時引用商聲、刻畫羽聲，夾雜以流動的徵聲，城中聚在一起跟着唱的不過幾人而已。這就是説，所唱的曲調愈是高雅，能與之唱和的也就愈少。

「故鳥有鳳而魚有鯤①。鳳凰上擊九千里，絕雲霓②，負蒼天，足亂浮雲，翱翔乎杳冥之上③，夫藩籬之鷃④，豈能與之料天地之高哉！鯤魚朝發崑崙之墟⑤，暴鬐於碣石⑥，暮宿於孟諸⑦，夫尺澤之鯢⑧，豈能與之量江海之大哉！

【注釋】

①鯤（kūn）：傳說中的一種大魚。
②絕：超越。
③杳：高遠。冥：深。
④鷃（yàn）：一種小鳥。
⑤崑崙：即今崑崙山。墟：山腳。
⑥暴（pù）：暴露在陽光之下。鬐（qí）：魚脊鰭。碣石：山名。在今河北昌黎。
⑦孟諸：澤名。在今河南商丘東北。
⑧鯢（ní）：一種小魚。

【譯文】

「所以鳥中有鳳，魚中有鯤。鳳凰展翅高飛九千里，穿越雲霓，背負蒼天，腳踏浮雲，翱翔在極高遠的天空，那跳躍在籬笆間的雀怎能和它一樣了解天地的高遠呢！鯤魚清晨從崑崙山腳出發，中午在碣石山上歇息，夜晚停宿在孟諸澤，那一尺來深水塘裏的小鯢怎能和它一樣測量江海的廣闊呢！

「故非獨鳥有鳳而魚有鯤也，士亦有之。夫聖人瑰意琦行①，超然獨處，世俗之民，又安知臣之所為哉！」

【注釋】

①瑰意琦行：卓越不凡的思想行為。瑰、琦，奇異美好。

【譯文】

「不只是鳥中有鳳，魚中有鯤，士人之中也有英才。聖人有高潔的情操和美好的行為，超塵脱俗，卓爾不群，那些世俗之人又哪裏能夠理解我的行為呢！」

卷五

史記

史記是我國第一部紀傳體通史，上迄黃帝，下至漢武帝太初年間，記述了三千多年的史事，西漢司馬遷著。史記列「二十四史」之首，與後來的漢書、後漢書、三國志合稱「前四史」。全書共一百三十篇，包括按年月時間記述帝王言行政績的十二本紀，記述帝王肱股良臣事跡的三十世家，記載卓犖倜儻，影響巨大的歷史人物的七十列傳，排列大事年代的十表，記述禮樂制度、天文兵律、社會經濟、河渠地理等制度發展的八書，共五個部分，約五十二萬六千五百多字。主體部分是本紀、世家和列傳。

司馬遷創作史記的目的是「究天人之際，通古今之變，成一家之言」，就是要通過史記探尋天地間萬事萬物的規律，表達自己的治世理論。

史記也是一部優秀的文學著作，開創了我國傳記文學的先河，其寫人藝術取得了空前的成就。史記情感激昂充沛，行文揮灑自如，成為後世散文作家學習的榜樣。

由於其傑出的史學和文學成就，史記被魯迅譽為「史家之絕唱，無韻之離騷」。

五帝本紀贊

本篇是史記的開篇五帝本紀末尾的贊語。「贊」這種形式，由司馬遷首創，後世史書多所沿用。該篇贊語交待了寫作本紀的史料，說明其紊亂、殘缺的情況，及整理編次的重要性。邏輯清晰，頗有說服力。

太史公曰①：學者多稱五帝，尚矣②。然尚書獨載堯以來③，而百家言黃帝，其文不雅馴，薦紳先生難言之④。孔子所傳宰予問五帝德及帝繫姓⑤，儒者或不傳。余嘗西至空峒⑥，北過涿鹿⑦，東漸於海，南浮江淮矣，至長老皆各往往稱黃帝、堯、舜之處，風教固殊焉，總之，不離古文者近是。予觀春秋、國語，其發明五帝德、帝繫姓章矣⑧，顧弟弗深考⑨，其所表見皆不虛。書缺有間矣，其軼乃時時見於他說。非好學深思，心知其意，固難為淺見寡聞道也。余並論次，擇其言尤雅者，故著為本紀書首⑩。

【注釋】

①太史公：是司馬遷自稱，司馬遷曾任太史令。

②尚：久遠。

③尚書：記錄上古政治文誥和部分古代事跡的書，也稱書、書經。

④薦紳：又作「搢紳」、「縉紳」，是古代高級官員的裝束，即在腰帶裏插笏（hù，上朝時所持手板），代指有身份地位的人。紳，腰帶。

⑤宰予問五帝德：見大戴禮。帝繫姓：見孔子家語。

⑥空峒：即崆峒山，在今寧夏隆德東。傳說黃帝曾問道於此。

⑦涿（zhuō）鹿：涿鹿山，在今河北涿鹿東南，山邊有涿鹿城，相傳黃帝和堯、舜都曾在這裏建都。

⑧發明：闡發，闡述。

⑨弟：僅，只是。

⑩本紀：紀傳體史書中的帝王傳記稱「本紀」。

【譯文】

太史公說：讀書人常常談論黃帝、顓頊、帝嚳、堯、舜這五帝，已經很久遠了。但是尚書只記載唐堯以來的事，諸子百家的著述裏談到黃帝的，也常常不可確信，士大夫們很難相信並轉述它。孔子所傳的宰予問五帝德和帝繫姓，有的儒者並不傳授學習。我曾西遊崆峒，北到涿鹿，東近大海，南渡江淮，所經過的地方，當地年長的人常常指着黃帝、堯、舜活動過的地方講述他們的事情，各地風俗教化本不相同，但總的來說，與古文文獻所載相合的比較接近事實。我讀春秋、國語，他們闡發五帝德、帝繫姓很是明白，只不過沒有深入考察，但二書所記載的事情都不虛妄。

尚書殘缺很久了，它沒有記載的內容，往往可從別的著作中看到。如果不是愛好學習而深入思考，善於領會，當然就不易跟見聞不廣的人闡述清楚。我考察編次有關五帝的記載，選擇雅正可靠的那些材料，寫成五帝本紀，作為全書的第一篇。

項羽本紀贊

項羽本紀贊是項羽本紀的篇末贊語部分。史記中的「本紀」本為記載歷代帝王之事的體裁，並未成就霸業的項羽之所以被司馬遷列入「本紀」，是因他在秦、漢之間的若干年間，享有帝王一樣的權威，也表明了司馬遷對項羽的欣賞態度。本文對項羽成、敗的原因秉筆直書，體現了對他愛恨交加的複雜情緒。

太史公曰：吾聞之周生曰「舜目蓋重瞳子」①，又聞項羽亦重瞳子。羽豈其苗裔邪②？何興之暴也！夫秦失其政，陳涉首難，豪傑蜂起，相與並爭，不可勝數。然羽非有尺寸，乘勢起隴畝之中，三年，遂將五諸侯滅秦，分裂天下而封王侯，政由羽出，號為「霸王」。位雖不終，近古以來未嘗有也。及羽背關懷楚③，放逐義帝而自立④，怨王侯叛己，難矣。自矜功伐，奮其私智而不師古，謂霸王之業欲以力征經營天下，五年卒亡其國，身死東城⑤，尚不覺寤而不自責，過矣。乃引「天亡我，非用兵之罪也」，豈不謬哉！

【注釋】

①重瞳子：雙瞳人。後人以「重瞳」為帝王之相。
②苗裔：子孫後代。
③背關懷楚：放棄關中，懷念楚地。
④義帝：即項羽奉立的楚懷王熊心。項羽自號「西楚霸王」，定都於彭城（今江蘇徐州），使義帝自彭城遷至郴縣（今湖南郴州），途中讓人殺了義帝。
⑤東城：地在今安徽定遠東南。項羽自垓（gāi）下突圍，逃往東城，再向南至烏江邊自刎而死。

【譯文】

太史公說：我聽周朝的儒生講過「舜的眼睛可能有兩個瞳仁」，又聽說項羽也有兩個瞳仁。難道項羽是舜的後代嗎？項羽的興起是多麼迅猛啊！秦國政治混亂、失掉民心，陳涉首先發難反秦，各路豪傑也蜂擁而起，相互爭奪天下，參加的人數多得數不清。而項羽沒有尺寸之地，趁着時勢興起於民間，不過三年，就率領齊、趙、燕、韓、魏五國諸侯的軍隊滅掉了秦國，然後分割天下，封王封侯，所有政令都由項羽發佈，號稱「霸王」。雖然項羽的王位沒坐多久，但自古以來還不曾有過他這樣的人物。等到項羽因懷念楚地而放棄關中、回到彭城，又放逐了當初起義時擁立的義帝而自立為王，再來抱怨各路王侯背叛自己，就太勉強了。誇耀自己的功勞，逞弄個人的聰明才智，不肯師法古代帝王的仁義之道，雖說是霸王的事業，想僅僅通過武力取得並統治天下，不過五年就使國家顛覆滅亡，自己也死在東城，尚且至死不悟，還不肯引咎自責，這當然是錯誤的。竟然說什麼「是天要滅亡我，並不是我用兵的罪過」，難道不是很荒唐的嗎！

秦楚之際月表

「表」也是司馬遷在史記中首創的一種史書體例，以表格的形式編次某一歷史時期的事件。本文為史記十個表之第四個表秦、楚之際月表的序言，概括秦、楚之際三次政權的變更，回顧了古代賢君統一天下的艱難歷程，點明劉邦最終成就帝業的原因。

太史公讀秦、楚之際，曰：初作難①，發於陳涉②；虐戾滅秦③，自項氏；撥亂誅暴，平定海內，卒踐帝祚④，成於漢家。五年之間，號令三嬗⑤，自生民以來，未始有受命若斯之亟也⑥。

【注釋】

①作難：起事，發難。

②陳涉：即陳勝，字涉，陽城（今河南登封東南）人。秦末農民起義領袖。

③虐戾滅秦：指項羽用武力滅秦並誅殺秦王子嬰。

④卒：最終。踐：登上。帝祚：帝位。
⑤嬗（shàn）：變，變更。
⑥受命：接受天命，改朝換代。亟（jí）：急促。

【譯文】

太史公讀了秦、楚之際的歷史記載，說：最先發難反秦的是陳涉；用武力滅掉秦朝的是項羽；清除混亂，誅滅強暴，平定天下，最終登上帝位，取得成功的是漢家。五年之內，號令變更了三次，自有人類以來，帝王接受天命從沒有像這樣急促過。

昔虞、夏之興①，積善累功數十年，德洽百姓，攝行政事，考之於天，然後在位。湯、武之王②，乃由契、后稷③，修仁行義十餘世。不期而會孟津八百諸侯④，猶以為未可，其後乃放弒。秦起襄公，章於文、繆，獻、孝之後，稍以蠶食六國，百有餘載，至始皇乃能并冠帶之倫⑤。以德若彼，用力如此，蓋一統若斯之難也。

【注釋】

①虞、夏：即虞舜和夏禹，傳說中的遠古帝王。
②湯：指商湯，商朝的建立者。武：指周武王，周朝的建立者。

③契：傳說中商的始祖。后稷（jì）：傳說中周的始祖。

④不期：沒有約定。孟津：古黃河津渡，在今河南孟津東北。

⑤冠帶之倫：戴冠束帶之輩。這裏指六國諸侯。

【譯文】

從前，虞、夏興起，都積累善行和功德數十年之久，恩德潤澤百姓，代理執行政事，接受上天的考驗，之後才正式登位。商湯、周武王稱王，正是由於祖先契、后稷以來積累仁義，經歷十幾代。周武王沒有發出邀請，在孟津會盟，與會的就有八百諸侯，但武王還認為時機未到，後來商湯才放逐了夏桀，周武王才誅殺了殷紂王。秦國興起於襄公，強盛於文公、穆公時，獻公、孝公之後，逐步侵吞關東六國，經過了一百多年，到秦始皇時才有能力兼併六國諸侯。像虞、夏、商、周那樣以德行取天下，像秦朝那樣以強力取天下，說明統一天下本來就是這麼艱難的。

秦既稱帝，患兵革不休，以有諸侯也，於是無尺土之封，墮壞名城，銷鋒鏑①，鉏豪傑②，維萬世之安。然王跡之興，起於閭巷③，合從討伐，軼於三代。鄉秦之禁④，適足以資賢者為驅除難耳。故憤發其所為天下雄，安在無土不王？此乃傳之所謂大聖乎？豈非天哉？豈非天哉？非大聖孰能當此受命而帝者乎？

【注釋】

①鏑（dí）：箭頭。
②鉏（chú）：同「鋤」，鏟除。
③閭巷：街巷，借指民間。這裏指劉邦出身低賤。
④鄉（xiàng）：通「向」，從前。

【譯文】

秦始皇稱帝後，擔心諸侯之間戰亂不斷，因此對功臣和親族沒有一尺土地的分封，並且毀壞有名的城市，銷毀兵器，鏟除各路豪傑，期望維持萬代安寧。但是，新的帝王事業的興起，來自民間，聯合討伐秦朝的聲勢，卻遠遠超過夏、商、周三代。從前秦朝所設的各種禁令，此時卻正好為賢人掃除了滅秦的障礙。所以，劉邦發憤而起，稱雄天下，哪裏還講什麼沒有封土就不能稱王的呢？這恐怕就是古書所講的大聖人了吧？難道不是天意嗎？難道不是天意嗎？如果不是大聖人，怎麼能在這樣的時候承受天命而成就帝業呢？

高祖功臣侯年表

本文是史記·高祖功臣侯者年表的序。該表記載了漢朝開國功臣的經歷及其後代的情況，序中分析了古代受封者享國久遠、漢代功臣及其後代大多被誅、被廢的原因。一正一反，論證有力。

太史公曰：古者人臣功有五品：以德立宗廟、定社稷曰勛①，以言曰勞，用力曰功，明其等曰伐，積日曰閱。封爵之誓曰：「使河如帶，泰山若厲②，國以永寧，爰及苗裔。」始未嘗不欲固其根本，而枝葉稍陵夷衰微也③。

【注釋】

①宗廟：帝王、諸侯等祭祀祖宗的廟宇。這裏指帝業。社稷：土神和穀神，是國家的象徵。
②厲：同「礪」，磨刀石。
③陵夷：由盛轉衰。

【譯文】

太史公說：古時候大臣的功績分為五個等級：憑德行開創帝業、安定國家的，稱作「勛」；憑藉言論立下功績的，稱作「勞」；憑武力立下功績的，稱作「功」；使功勞等級明確的，稱作「伐」；日積月累建立功績的，稱作「閱」。漢立之初封爵時的誓詞說：「哪怕黃河變得像衣帶一樣細，泰山變得像磨刀石一樣小，那時朝廷也要使各個封國永享安寧，恩澤潤澤子孫後代。」當初分封時朝廷並不是不想使封國的根基牢固，但很多封國後來還是漸漸地衰落了。

余讀高祖侯功臣①，察其首封，所以失之者，曰：異哉所聞！書曰「協和萬國」②，遷於夏、商，或數千歲。蓋周封八百，幽、厲之後③，見於春秋。尚書有唐、虞之侯、伯，歷三代千有餘載，自全以蕃衞天子④，豈非篤於仁義、奉上法哉？漢興，功臣受封者百有餘人。天下初定，故大城名都散亡，戶口可得而數者十二、三，是以大侯不過萬家，小者五六百戶。後數世，民咸歸鄉里，戶益息，蕭、曹、絳、灌之屬或至四萬⑤，小侯自倍，富厚如之。子孫驕溢，忘其先，淫嬖。至太初⑥，百年之間，見侯五⑦，餘皆坐法隕命亡國，秏矣。罔亦少密焉⑧，然皆身無兢兢於當世之禁云。

【注釋】

①侯：封賞。此處用作動詞。
②協和萬國：見於尚書·堯典。原文作「協和萬邦」，漢代避劉邦諱，改「邦」為「國」。
③幽：周幽王。厲：周厲王。幽、厲都是暴君。
④蕃：通「藩」，屏障。
⑤蕭：蕭何。曹：曹參。絳：絳侯周勃。灌：灌嬰。
⑥太初：漢武帝年號。
⑦見（xiàn）：同「現」，現存的。

⑧罔：同「網」，法禁之網。少：稍。

【譯文】

我閱讀了高祖分封諸侯的有關史料，考察了被封者起初被封、後來失去爵位的原因，說：分封的傳聞跟實際情況真是很不相同啊！尚書說「堯以前的各封國都和睦相處」，直到夏、商時代，約有幾千年。周朝時約有八百諸侯受封，經歷了幽王、厲王的亂世之後，在春秋上還能看到關於他們的記載。尚書記載的唐堯、虞舜分封的侯、伯，直到夏、商、周，也有一千多年，仍能自我保全、充當周王室的屏障，難道不是因為他們能堅守仁義、遵行天子的法令嗎？漢朝興起，受到爵位封賞的功臣有一百多人。當時天下剛剛安定下來，大的城市和有名的都城裏的人口大都流散逃亡去了，留下來的戶口實際上只有十分之二三，所以，大侯的封邑不超過一萬家，小侯的封邑只有五六百家。後來經過幾代，老百姓都慢慢返回故里，戶口越來越多，蕭何、曹參、周勃、灌嬰他們的後代，有的封戶多達四萬家，小侯的封戶也翻倍了，其財富也隨着增強。但是，封國的子孫也驕橫起來，忘了祖先創業的艱難，行為邪惡放縱起來了。到了太初年間，一百年之內，現存的侯只剩下五個，其餘的全都因為犯法而喪命亡國，全都完了。朝廷的法禁之網對他們也稍微嚴厲了些，但是，那些人失去封爵都是因為沒有小心謹慎地遵守當時的法令。

居今之世，志古之道①，所以自鏡也②，未必盡同。帝王者各殊禮而異務，要以成功為統紀③，豈可緄乎④？觀所以得尊寵及所以廢辱，亦當世得失之林也，何必舊聞？於是謹其終始，表見其文，頗有所不盡本末，著其明，疑者闕之⑤。後有君子，欲推而列之，得以覽焉。

【注釋】

①志：記。

②鏡：借鑒。

③統紀：目標。

④緄（gǔn）：縫合，如今天說給布滾邊的意思。

⑤闕（quē）：空缺着。

【譯文】

處在今天這個社會，記取古代的道理，引以為鑒，不必強求和古人完全相同。做帝王的，各自都有不同的禮法和政務，關鍵在於以成就功業為目標，怎能強求他們完全一樣呢？考察這些諸侯王由得到尊寵到遭受貶黜、凌辱的原因，也正是當世政治得失的道理所在，為什麼一定要依據古代的傳聞呢？於是，我認真地考察了諸侯王廢立的經過，並用表格來反映文字記載，要是有些事情難以說清本末的，就只記下那些比較可信的材料，對有疑問的地方就空着。後世君子如果有人想推究並論列他們的事跡本末的，可以參閱這裏的表。

孔子世家贊

該篇是史記・孔子世家的贊語部分。「世家」是史記五種體例之一，主要記載世襲封國諸侯的事跡。孔子並不是諸侯，司馬遷出於對他的崇敬和尊重，而將其編入「世家」。

太史公曰：詩有之①：「高山仰止，景行行止②。」雖不能至，然心鄉往之③。余讀孔氏書④，想見其為人。適魯，觀仲尼廟堂、車服、禮器，諸生以時習禮其家，余低回留之，不能去云。天下君王至於賢人眾矣，當時則榮，沒則已焉。孔子布衣，傳十餘世，學者宗之。自天子王侯，中國言六藝者折中於夫子⑤，可謂至聖矣！

【注釋】

①詩：我國最早的一部詩歌總集。又稱詩經。

②高山仰止，景行（háng）行止：出自詩經・小雅・車舝（xiá）。止，句尾語氣詞。景行，大道。

③鄉（xiàng）：通「向」，從前。

④孔氏：即孔子，名丘，字仲尼，春秋末魯國人。曾做過魯國司寇，後周遊列國。記錄其言行的著作主要有論語。

⑤六藝：指易、禮、樂、詩、書、春秋。折中：調和取其中正。

【譯文】

太史公說：詩經中有這樣的句子：「像山嶽那樣高尚的品德讓人景仰，像大道一樣光明的行為會吸引人遵從。」雖然我達不到這樣的境界，內心卻很嚮往。我讀了孔子的著作，就能想像出他為人處世的風範。我到過魯地，參觀孔子的廟堂、車駕、衣服和禮器，看見眾多儒生在孔子家廟裏按時演習禮儀，我在那裏徘徊流連，不捨得離開。天下的君王以至於各代賢人實在是太多了，但他們在世時十分榮耀，一死就埋沒無聞了。孔子身為平民，學說卻流傳了十多代，讀書人至今仍然尊崇他。從天子、王侯，中國談論六藝的人，都以孔夫子的學說為標準，孔子真可以說是至高無上的聖人了！

外戚世家序

本文是史記．外戚世家的序。列述歷代帝王的成敗興衰都和外戚有密切的關係，告誡帝王在選擇后妃問題上不可不慎。文章引經據典，情理俱備，論證充分。

自古受命帝王及繼體守文之君，非獨內德茂也，蓋亦有外戚之助焉。夏之興也以塗山①，而桀之放也以妺喜②。殷之興也以有娀③，紂之殺也嬖妲己④。周之興也以姜原及大任⑤，而幽王之禽也淫於褒姒⑥。故易基乾坤⑦，詩始關雎⑧，書美釐降⑨，春秋譏不親迎。夫婦之際，人道之大倫也。禮之用，唯婚姻為兢兢。夫樂調而四時和。陰陽之變，萬物之統也，可不慎與？人能弘道，無如命何。甚哉，妃匹之愛⑩，君不能得之於臣，父不能得之於子，況卑下乎？既驩合矣，或不能成子姓，能成子姓矣，或不能要其終⑪，豈非命也哉？孔子罕稱命，蓋難言之也。非通幽明之變⑫，惡能識乎性命哉⑬？

【注釋】

①塗山：古國名。一說即今安徽當塗山。傳說夏禹娶塗山氏女子僑。
②妺喜：傳說是有施氏女子，後為夏桀寵妃。
③有娀（sōng）：古國名。在今山西運城蒲州。傳說有娀氏女子簡狄吞燕卵而生契，為殷始祖。
④妲（dá）己：有蘇氏女子，後為商紂寵妃。
⑤姜原：有邰（tái）氏女子，姓姜，名嫄。傳說是周朝始祖後稷的母親。大任：摯國任姓女子，周文王母親。
⑥褒姒（sì）：有褒氏女子，周幽王寵妃。褒，國名。姓姒。
⑦乾坤：周易開頭兩卦，分別代表陽與陰、男與女。
⑧關雎：詩經首篇，過去解釋它是歌頌后妃之德、以教化天下夫婦的。
⑨釐（lí）：料理。降：下嫁。

⑩妃（pèi）：婚配，匹配。
⑪要（yāo）其終：指白頭偕老。
⑫幽明：陰陽，男女。
⑬惡（wū）：怎麼。

【譯文】

自古以來承受天命、開創基業的帝王和那些繼承先帝政體及法規的君主，不僅是因為他自身品德高尚，還因為他得到了外戚的輔助。夏朝的興起，是因為夏禹娶了塗山氏之女；而夏桀被放逐，是因為過於寵愛妹喜。商朝的興起，是因為有娀氏之女簡狄；而紂王被誅殺，是因為過分寵幸妲己。周朝的興起，和姜原和大任有關；而幽王被擒，是因過於寵幸褒姒。所以，易經以乾卦、坤卦為基礎，詩經以關雎為第一篇，尚書讚美堯將兩個女兒下嫁給舜，春秋譏刺不親自迎娶。夫婦之間的關係，是人類社會中最重要的倫理。禮的實行，唯獨在婚姻問題上特別慎重。要是能把音樂調理得和諧了，四時才能協調起來。陰陽的變化，是萬物綱領，怎麼能不慎重對待呢？雖然人能夠宏揚道義，卻奈何不了天命。夫婦之間的愛太重要了，君主不能從臣下那裏得到這種愛，父親也不能從兒子那裏得到這種愛，更何況處於卑賤地位的人呢？夫妻歡合以後，也許不能孕育子孫，就算能夠孕育子孫，也許還不能白頭偕老，難道這不是天命嗎？孔子極少談論天命，大概是因為難以談得明白吧。如果不能通曉陰陽的變化，怎能明明白白懂得人性與天命呢？

伯夷列傳

伯夷列傳是史記七十篇列傳的首篇。通篇以議論代敘事，伯夷、叔齊的事跡只在開始作了簡單的記述。本文的議論一則頌揚二人對故國的耿耿忠心，一則質疑二人死時毫無怨言的說法，同時透露了對自身遭遇的慨歎，被人稱為「列傳」的變體。

夫學者載籍極博，猶考信於六藝①。詩書雖缺，然虞、夏之文可知也。堯將遜位，讓於虞舜，舜、禹之間，岳牧咸薦②，乃試之於位，典職數十年，功用既興，然後授政，示天下重器。王者大統，傳天下若斯之難也。而說者曰：堯讓天下於許由③，許由不受，恥之逃隱；及夏之時，有卞隨、務光者④。此何以稱焉？太史公曰⑤：余登箕山⑥，其上蓋有許由塚云。孔子序列古之仁聖賢人，如吳太伯、伯夷之倫詳矣⑦。余以所聞由、光義至高，其文辭不少概見，何哉？

【注釋】

①六藝：指詩、書、禮、樂、易、春秋。

②岳：四岳，傳說中堯、舜時分掌四方部落的四個首領。牧：九牧，傳說為九州之長。

③許由：傳說中的隱士。相傳他為躲避堯的讓位，逃到潁水北、箕山下，堯召他為九州長，他又洗耳於潁水濱，不願聽聞。

④卞隨：傳說夏桀時人。相傳湯滅桀後打算把天下讓給他，他不肯接受，投水而死。務光：相傳湯也曾讓天下給務光，務光不受而隱居。

⑤太史公曰：這裏是轉述司馬遷之父司馬談的話。

⑥箕（ㄐㄧ）山：山名。在今河南登封東南。

⑦太伯：周朝祖先古公亶父的長子，因讓位於其弟季歷，出走到吳地。

【譯文】

有學問的人儘管閱覽過廣博的書籍，但還是要去六經中核實材料是否可信。詩經、尚書雖然有殘缺，但是記載虞、夏的文字還是可以看到的。堯快退位時，讓帝位給虞舜，舜和後來的禹，都是由於四岳、九牧的推薦，在各自的職位上接受考驗，掌管執政幾十年，功效非常顯著之後，才把帝位禪讓給他們，這樣表明帝王的權力是天下重器。帝王是天下主宰，政權的轉移是如此之難啊。可是卻有傳言說：堯曾把天下讓給許由，許由不肯接受，還引以為恥，於是逃到山林中隱居起來；夏朝時，又有卞隨和務光這樣不肯接受禪讓的人。根據什麼這麼說呢？太史公說：我曾登上箕山，山上有據說是許由的墳墓。孔子歷數古代的仁人、聖人、賢人，像吳始祖太伯和伯夷這類讓王位的人，都夠詳細的。我認為我聽說的許由、務光，他們的道德都至為高尚，為什麼經書中記述他們的文辭卻難以看到，這是為什麼呢？

孔子曰：「伯夷、叔齊，不念舊惡，怨是用希①。」「求仁得仁，又何怨乎②？」

余悲伯夷之意，睹軼詩可異焉③。其傳曰：伯夷、叔齊，孤竹君之二子也④。父欲立叔齊，及父卒，叔齊讓伯夷。伯夷曰：「父命也。」遂逃去。叔齊亦不肯立而逃之。國人立其中子。於是伯夷、叔齊聞西伯昌善養老⑤，「盍往歸焉！」及至，西伯卒，武王載木主，號為文王，東伐紂。伯夷、叔齊叩馬而諫曰：「父死不葬，爰及干戈，可謂孝乎？以臣弒君，可謂仁乎？」左右欲兵之，太公曰：「此義人也。」扶而去之。武王已平殷亂，天下宗周，而伯夷、叔齊恥之，義不食周粟，隱於首陽山⑥，采薇而食之。及餓且死，作歌，其辭曰：「登彼西山兮，采其薇矣。以暴易暴兮，不知其非矣。神農、虞、夏忽焉沒兮，我安適歸矣？於嗟徂兮⑦，命之衰矣！」遂餓死於首陽山。由此觀之，怨邪非邪？

【注釋】

①「伯夷」以下三句：見於論語・公冶長。
②求仁得仁，又何怨乎：見於論語・述而。
③軼詩：這裏指不見於詩經的下文所引的采薇歌。
④孤竹：國名。在今河北盧龍，姓墨胎。
⑤西伯昌：即周文王姬昌，因是西方諸侯之長，故稱「西伯」。
⑥首陽山：在今山西永濟南。
⑦徂：通「殂（cú）」，死。

【譯文】

孔子說：「伯夷、叔齊不記舊日的仇怨，因此心中少有怨恨。」又說：「他們尋求仁而且如願以償，又有什麼可怨恨的呢？」我卻為伯夷的意志感到悲哀，偶然看到他們散落在民間的詩歌，感到非常詫異。有關他們的傳記這樣說道：伯夷、叔齊，是孤竹君的兩個兒子。他們的父親想讓叔齊繼位，等父親死後，叔齊將王位讓給伯夷。伯夷說：「這是父親的決定。」於是就逃掉了。叔齊也不肯即位而逃走了。國人只好擁立孤竹君的二兒子為君。這時伯夷、叔齊聽說西伯姬昌能善養老人，就說：「為什麼我們不去投奔西伯呢！」到了周地，西伯已經死了，周武王用兵車載着西伯的木牌位，尊稱西伯為文王，向東出兵討伐商紂。伯夷、叔齊拉住武王的馬進諫說：「父親死了還沒安葬，就動起干戈，這能叫孝嗎？以臣子的身份誅殺君王，這能叫仁德嗎？」旁邊的衛士想持刀殺死他們，姜太公呂尚說：「他們可是義士。」便讓人把他們扶走了。武王平定殷朝亂政之後，天下尊奉周朝的政令，伯夷、叔齊卻引以為恥，秉守大義不肯吃周朝的粟米，跑到首陽山上隱居起來，採山上的薇菜來吃。餓到要死了的時候，他們作了一首歌，歌辭是：「登上那首陽山啊，採食那山坡上的薇菜呀。用暴戾代替暴戾啊，還不知道那是錯誤的呀。神農、虞舜、夏禹這樣的聖君很快就消失了呀，我們到哪裏才能找到歸宿呢？唉呀，我們快死了啊，命運衰微呀！」就在首陽山餓死了。由此看來，他們心裏是有怨恨呢？還是沒有怨恨呢？

或曰：「天道無親，常與善人①。」若伯夷、叔齊，可謂善人者非邪？積仁絜行如此而餓死！且七十子之徒，仲尼獨薦顏淵為好學②，然回也屢空，糟糠不

厭，而卒蚤夭。天之報施善人，其何如哉？盜蹠日殺不辜③，肝人之肉，暴戾恣睢④，聚黨數千人，橫行天下，竟以壽終，是遵何德哉？此其尤大彰明較著者也。若至近世，操行不軌，專犯忌諱，而終身逸樂，富厚累世不絕。或擇地而蹈之，時然後出言，行不由徑，非公正不發憤，而遇禍災者，不可勝數也。余甚惑焉，儻所謂天道，是邪非邪？

【注釋】

①天道無親，常與善人：見於老子第七十九章。
②仲尼：孔子的字。顏淵：名回，字子淵，孔子的弟子。
③盜蹠（zhí）：相傳為春秋時期的大盜。
④恣睢（suī）：任意肆虐。睢，恣意。

【譯文】

有人說：「天道沒有偏私，總是向着善人的。」像伯夷、叔齊這樣的，可不可以稱為善人呢？積累仁德、品行高潔到這樣的人竟然還餓死了！並且，孔子有七十個弟子，他唯獨舉薦顏回最好學，但是顏回卻常常一無所有，連糟糠都吃不飽，終於因此早死。上天對善人的報應，又怎麼樣呢？盜蹠每天都殺害無罪的人，食人肝，暴戾肆虐，聚集同夥幾千人，橫行天下，竟然高壽才死，他是遵行了什麼道德才這樣的呢？這是最大的也是最顯著的事例呀。至於到了近代，有些人行為不合規範，總是違法犯紀，但終生都安逸享樂，家底殷實幾輩子都用不完。有些人先擇好地方再邁腳，選定時機再講話，走路只走正道，不是公正的事情不肯發憤去做，卻仍然惹上災禍的，多得數不清呀。我為此困惑，如果說天道是向着善人的，是那樣的嗎？還是不是那樣呢？

子曰：「道不同，不相為謀①。」亦各從其志也。故曰：「富貴如可求，雖執鞭之士，吾亦為之。如不可求，從吾所好②。」「歲寒，然後知松柏之後凋③。」舉世混濁，清士乃見。豈以其重若彼，其輕若此哉？

【注釋】

①道不同，不相為謀：見於論語．衛靈公。
②「富貴」以下五句：見於論語．述而。
③歲寒，然後知松柏之後凋：見於論語．子罕。

【譯文】

孔子說：「主張不同，無法在一起商量事情。」就是說各自按照自己的意願行事罷了。所以又說：「富貴如果可以求得的話，就算是給人作個執鞭的僕人，我也願意去幹。如果富貴不可以求得的話，那就按照我所喜歡的去做。」「到了一年中寒冷的時節，才知道松柏的葉子是最晚凋落的。」當全天下都渾濁黑暗的時候，清白的人才能顯露出來。難道是因為他們把道德看得那麼重，卻把富貴看得這樣輕嗎？

「君子疾沒世而名不稱焉①。」賈子曰②：「貪夫徇財③，烈士徇名④，誇者死權，眾庶馮生⑤。」同明相照，同類相求。「雲從龍，風從虎，聖人作而萬物睹⑥。」伯夷、叔齊雖賢，得夫子而名益彰；顏淵雖篤學，附驥尾而行益顯。巖穴之士，趨捨有時，若此類名堙滅而不稱，悲夫！閭巷之人，欲砥行立名者⑦，非附青雲之士，惡能施於後世哉⑧！

【注釋】

①君子疾沒世而名不稱焉：見於論語・衛靈公。疾，恨。沒世，死。

②賈子：指賈誼。西漢文帝時曾為博士、太中大夫，後又相繼為長沙王太傅和梁懷王太傅。引文見其鳥賦。

③徇財：為財而死。徇，通「殉」。

④烈士：堅貞不屈的剛強之士。

⑤眾庶：大眾。馮（píng）：同「憑」，依仗。

⑥「雲從龍」三句：見周易·乾卦。

⑦砥（dǐ）：磨刀石。這裏是磨煉的意思。

⑧惡（wū）：何。施（yì）：延續。

【譯文】

孔子又說：「君子痛恨死後名聲不被人們傳揚。」賈誼說：「貪財的人為錢財而死，仗義的人為名聲而死，喜歡炫耀的人為權勢而死，一般老百姓只企求生存。」同能發光的東西才能彼此輝映，同一類的事物才能彼此吸引。「雲隨龍而生，風隨虎而起，聖人出現了萬物才被人發現。」伯夷、叔齊雖然賢良，因為得到孔子的稱讚，聲名才更加顯揚；顏回雖然好學，因為有了孔子的提攜，德行才更加突顯。隱居在山巖洞穴中的貧士，其出仕或者退隱都相機進行，但這類人的名聲卻埋沒而不被人提起，真是可悲呀！民間百姓，要想磨煉操行而樹立名聲的，如果不是依附孔子這種德高望重的人，怎麼能使聲名流傳於後世呢！

管晏列傳

該篇是史記列傳的第二篇，是春秋時期著名政治家管仲、晏嬰的合傳。這二人同事齊國，都知人善任。寫管仲與鮑叔、晏嬰與越石父及車夫之間的一些逸事，來展現人物的性格，藉以抒發作者對他們的景仰之情，和對自身知己難遇的歎息。

管仲夷吾者，潁上人也①。少時常與鮑叔牙遊②，鮑叔知其賢。管仲貧困，常欺鮑叔，鮑叔終善遇之，不以為言。已而鮑叔事齊公子小白③，管仲事公子糾④。及小白立為桓公，公子糾死，管仲囚焉。鮑叔遂進管仲。管仲既用，任政於齊，齊桓公以霸，九合諸侯，一匡天下，管仲之謀也。

【注釋】

①潁：潁水，源出河南登封，至今安徽壽縣正陽關入淮河。
②鮑叔牙：春秋時齊大夫。遊：交遊，交往。
③已而：後來。公子小白：齊襄公之弟，姓姜，名小白，亦即後來的齊桓公。
④公子糾：齊襄公之弟。襄公被殺後，與公子小白爭奪君位，失敗後被殺。

【譯文】

管仲，名夷吾，是潁上人。他年輕時常和鮑叔牙交遊，鮑叔牙深知他的賢明。管仲家境貧困，常佔鮑叔牙的便宜，鮑叔牙卻始終對他不錯，從不因這類事而有所怨言。後來鮑叔牙去輔佐齊公子小白，管仲去輔佐齊公子糾。等到公子小白被立為齊桓公以後，公子糾在異國被殺害，管仲也被囚禁起來。鮑叔牙就舉薦管仲輔佐齊桓公。管仲被重用後，在齊國執政，齊桓公依靠他成就霸業，曾九次召集諸侯會盟，使天下納入正軌，都是靠着管仲的謀略。

管仲曰①：「吾始困時，嘗與鮑叔賈②，分財利多自與，鮑叔不以我為貪，知我貧也。吾嘗為鮑叔謀事而更窮困，鮑叔不以我為愚，知時有利不利也。吾嘗三仕三見逐於君，鮑叔不以我為不肖，知我不遭時也。吾嘗三戰三走，鮑叔不以我為怯，知我有老母也。公子糾敗，召忽死之③，吾幽囚受辱，鮑叔不以我為無恥，知我不羞小節而恥功名不顯於天下也。生我者父母，知我者鮑子也。」

【注釋】

①管仲曰：下文引自列子・力命篇。
②賈（gǔ）：坐地交易。
③召（shào）忽：齊人。與管仲一起事奉公子糾，公子糾被殺後召忽也自殺。

【譯文】

管仲說：「我當初貧困時，曾和鮑叔牙一起經商，盈利分財時總是多分給自己，鮑叔牙不認為我貪婪，他是知道我家裏貧困啊。我曾替鮑叔牙謀劃事情，反而弄得他更加貧困，鮑叔牙不認為我愚蠢，他知道時機有好有不好。我曾經三次做官卻三次被君主免職，鮑叔牙不認為我沒有才能，他知道我沒有遇到好的時機。我曾經三次出戰三次逃跑，鮑叔牙不認為我膽小，他知道我有老母在堂。公子糾失敗後，召忽為他自殺身亡，我也被囚禁起來蒙受恥辱，鮑叔牙不認為我不知羞恥，他知道我不以小節為恥，而以功名不能顯揚於天下為恥。生我養我的是父母，但真正了解我的是鮑叔牙啊。」

鮑叔既進管仲，以身下之，子孫世祿於齊，有封邑者十餘世，常為名大夫。天下不多管仲之賢而多鮑叔能知人也。

【譯文】

鮑叔牙把管仲薦舉起來以後，甘心處於管仲之下，子子孫孫世代在齊國享受俸祿，享有封邑的就有十多代，他們常常是名望很高的大夫。天下人並不稱讚管仲的賢明難得，卻稱讚鮑叔牙能夠識別人才。

管仲既任政相齊，以區區之齊在海濱，通貨積財，富國強兵，與俗同好惡。故其稱曰：「倉廩實而知禮節[1]，衣食足而知榮辱，上服度則六親固。」「四維不張，國乃滅亡。」「下令如流水之源，令順民心。」故論卑而易行，俗之所欲，因而予之，俗之所否，因而去之。其為政也，善因禍而為福，轉敗而為功。貴輕重[2]，慎權衡[3]。桓公實怒少姬[4]，南襲蔡，管仲因而伐楚，責包茅不入貢於周室[5]。桓公實北征山戎[6]，而管仲因而令燕修召公之政[7]。於柯之會[8]，桓公欲背曹沫之約[9]，管仲因而信之，諸侯由是歸齊。故曰：「知與之為取，政之寶也。」

【注釋】

①倉廩：糧倉。

②輕重：本指錢幣，這裏指事情的輕重緩急。

③權衡：本指秤，這裏指得失。

④桓公實怒少姬：齊桓公二十九年（前六五七），桓公與夫人少姬戲於船中，少姬搖盪船隻驚嚇了桓公，被送回蔡國。蔡國將少姬另嫁後，桓公怒而伐蔡。

⑤包茅：裹成捆的青茅，祭祀時在上邊灑酒。

⑥北征山戎：指山戎伐燕，齊桓公為救燕伐山戎。山戎，又稱「北戎」，在今河北北部。

⑦召（shào）公：周代燕國的始祖。

⑧柯：地名。在今山東東阿西南。

⑨曹沫之約：齊桓公五年（前六八一），齊桓公與魯莊公在柯盟會，魯國的曹沫以匕首挾持桓公，要求歸還被侵佔的土地，桓公當時答應，但不久便想悔約。

【譯文】

管仲執政做了齊國宰相之後，憑着在東海之濱的小小齊國，流通貨物，積累財富，國家強大，軍事實力雄厚，與老百姓的好惡相同。所以他說：「糧倉滿了，老百姓才知道禮節；衣食富足了，老百姓才懂得何為光榮何為恥辱；君主遵守法度，內外親族才能安定和睦。」「禮、義、廉、恥四大綱維得不到張揚，國家就會滅亡。」「頒佈政令，要像流水的源頭，讓它順從民心。」所以言論評議淺顯就容易推行，老百姓想要的，就按照他們的意願給予他們，老百姓不想要的，就按照他們的意願廢除掉。管仲處理政務，善於轉禍為福，轉敗為勝。他重視事情的輕重緩急，謹慎地權衡利害得失。桓公實是因惱恨少姬，南下攻打蔡國，管仲卻趁機進攻楚國，譴責楚國長期不向周王室進貢青茅。桓公實際上是為了救援燕國而北伐山戎，管仲卻趁機責令燕國恢復向周王朝進貢的召公善政。在柯地和魯國會盟時，桓公想要違背與曹沫訂下的盟約，不想歸還齊國侵佔的魯國土地，管仲卻趁機要桓公信守諾言，諸侯因此都歸服齊國。所以說：「懂得給予就是索取的道理，這是從政的珍寶啊。」

管仲富擬於公室，有三歸、反坫①，齊人不以為侈。管仲卒，齊國遵其政，常強於諸侯。後百餘年而有晏子焉。

【注釋】

①三歸：供遊賞用的三座高台。反坫（diàn）：堂屋兩柱間設土台放置酒器。按照禮制，只有諸侯才享有「三歸」和「反坫」。

【譯文】

管仲的財富可以與王公王室相比，他府裏築了只有諸侯才可享有的三歸之台和反坫，但是齊國人並不認為這有多麼奢侈。管仲死後，齊國依舊遵行他的政策，常常比其他諸侯國強盛。之後大約過了一百多年，齊國又出了個晏子。

晏平仲嬰者，萊之夷維人也①。事齊靈公、莊公、景公②，以節儉力行重於齊。既相齊，食不重肉③，妾不衣帛。其在朝，君語及之，即危言④；語不及之，即危行⑤。國有道，即順命；無道，即衡命⑥。以此三世顯名於諸侯。

【注釋】

①萊：萊國，古國名。在今山東平度以西。夷維：今山東高密。

②齊靈公：名環。莊公：名光。景公：名杵臼。

③重肉：兩道肉菜。

④危言：直言。

⑤危行：謹慎行事。

⑥衡命：權衡利害得失而行動。

【譯文】

晏平仲，名嬰，萊國夷維人。他服事過齊靈公、齊莊公、齊景公，憑着節約儉樸和辦事盡力的作風而受到齊國人的敬重。他擔任了齊國宰相之後，吃飯不吃兩樣肉菜，姬妾不穿綢緞衣裳。他在朝廷上時，齊君談到的事，他就直言回答；國君沒有談到的事，他也謹慎行事。國君有道時，他就聽從命令；國君無道時，他就權衡利害得失才行動。因此他接連三朝都在諸侯中名聲傳揚。

越石父賢①，在縲紲中②。晏子出，遭之途，解左驂贖之③，載歸。弗謝，入閨，久之。越石父請絕。晏子戄然④，攝衣冠謝曰：「嬰雖不仁，免子於厄，何子求絕之速也？」石父曰：「不然。吾聞君子詘於不知己而信於知己者⑤。方吾在縲紲中，彼不知我也。夫子既已感寤而贖我，是知己；知己而無禮，固不如在縲紲之中。」晏子於是延入為上客。

【注釋】

①越石父：齊人。
②縲紲（léixiè）：拘繫犯人的繩索。
③驂：指一車三馬或四馬中兩旁的馬匹。

④矍（jué）然：驚異的樣子。

⑤詘（qū）：委屈。信：通「伸」，伸展。

【譯文】

越石父很賢能，卻被拘捕了。晏子外出時，在路上遇到他，就解下馬車兩邊的馬把他贖了出來，載他一同回到家中。到家後晏子沒有向越石父告辭，就進了內室，很久都不出來。越石父請求與他絕交。晏子聽了非常驚異，便整理好衣冠出來對越石父道歉說：「我晏嬰雖然沒有仁德，但是我幫您脱離了困境，為什麼您這麼快就要求和我絕交呢？」越石父說：「話不能這麼說。我聽說君子會在不了解自己的人那裏受到委屈，而會在了解自己的人那裏受到禮待。我被拘捕的時候，他們並不了解我。夫子您既然清楚我的為人把我贖了出來，那就是知己了；既是知己卻對我無禮，實在不如仍被拘捕。」晏子於是邀請他進門待為貴賓。

晏子為齊相，出，其御之妻從門閒而窺其夫①。其夫為相御，擁大蓋，策駟馬②，意氣揚揚，甚自得也。既而歸，其妻請去。夫問其故，妻曰：「晏子長不滿六尺，身相齊國，名顯諸侯。今者妾觀其出，志念深矣，常有以自下者。今子長八尺，乃為人僕御，然子之意自以為足，妾是以求去也。」其後夫自抑損。晏子怪而問之，御以實對，晏子薦以為大夫。

【注釋】

①御：駕駛馬車。這裏指趕馬車的人。

②策：鞭打，鞭策。駟馬：拉一輛車的四匹馬。

【譯文】

晏子在齊國做宰相時，有一回出門，他車夫的妻子從門縫中偷看自己的丈夫。她丈夫為宰相駕車，支着大車蓋，鞭打着駕車的四匹馬，神氣十足，自鳴得意。之後車夫回到家，他的妻子就請求離開他，丈夫問她為什麼，妻子說：「晏子身高還不夠六尺，已經做了齊國的宰相，名聲在諸侯當中傳揚。今天我看到他出門，他所思慮的已經很深遠了，態度還常常那麼謙和。而你身高八尺，還在給人家做車夫，但你卻心滿意足，我因此要求離開你。」此後車夫就漸漸變得謙卑起來了。晏子感到奇怪，就問車夫是怎麼回事，車夫如實告訴了晏子，晏子便薦舉他做了大夫。

太史公曰：吾讀管氏牧民、山高、乘馬、輕重、九府及晏子春秋①，詳哉其言之也。既見其著書，欲觀其行事，故次其傳。至其書，世多有之，是以不論，論其軼事。

【注釋】

①晏子春秋：書名。舊題為晏嬰所作，實為後人所作的記錄晏子言行的書。

【譯文】

太史公說：我閱讀了管子的牧民、山高、乘馬、輕重、九府等篇和晏子春秋，這些著作中都講得非常詳盡。我看過他們的著作以後，就想知道他們的所作所為，所以編寫了他們的傳記。至於他們的著作，世間到處都能找到，因此這裏不加論述，只講述他們在世間流傳的事跡。

管仲世所謂賢臣，然孔子小之①。豈以為周道衰微，桓公既賢，而不勉之至王，乃稱霸哉？語曰：「將順其美，匡救其惡，故上下能相親也②。」豈管仲之謂乎？方晏子伏莊公屍哭之，成禮然後去，豈所謂「見義不為，無勇」者邪③？至其諫說，犯君之顏，此所謂「進思盡忠，退思補過」者哉④？假令晏子而在，余雖為之執鞭，所忻慕焉。

【注釋】

①小：小看。

②「將順其美」三句：見孝經・事君。
③見義不為，無勇：出自論語・為政。
④進思盡忠，退思補過：出自孝經・事君。

【譯文】

管仲是世人所說的賢臣，但是孔子卻小看他。難道是孔子認為周王室衰微，桓公雖然賢明，管仲卻不勉勵他推行王道而只輔佐他稱霸嗎？孝經・事君上說：「順勢推廣君王的美德，及時挽救君王的過錯，君臣上下就能親近了。」難道說的正是管仲嗎？晏子伏在莊公屍體上哭弔他，盡了君臣之禮後才離開，這難道就是所謂「見義不為，就是沒有勇氣」的人嗎？至於他平時直言進諫，冒犯國君的威嚴，這正是所謂「在朝時想着盡忠，退朝後想着彌補過失」的人嗎？假如晏子仍然健在，我就算是為他執鞭做車夫，也是我所高興、羨慕的事。

屈原列傳

這是史記・屈原賈生列傳的屈原部分，刪掉了其中的屈原作品懷沙賦。司馬遷在親自憑弔了屈原投水自沉處之後，感慨繫之，寫成此篇。本文是現存的關於屈原的最早、最完整的史料，敘議結合，歌頌了屈原的美好品德和出眾的才能，為屈原鳴不平的同時，字裏行間也流露着對自己身世的強烈自傷情緒。

屈原者，名平，楚之同姓也①。為楚懷王左徒②。博聞彊誌，明於治亂，嫻於辭令。入則與王圖議國事，以出號令，出則接遇賓客，應對諸侯。王甚任之。

【注釋】

①楚之同姓：楚本姓羋（mǐ），楚武王之子子瑕封於屈（即今湖北秭歸東），其後裔便以「屈」為姓。

②左徒：楚國的官，僅次於最高行政長官令尹。

【譯文】

屈原，又名屈平，是楚王室的同姓。任楚懷王的左徒。他見多識廣，記憶力強，清楚治理國家的道理，能言善辯。屈原在內與楚懷王謀劃國家大事，發號施令，對外接待別國使者，回答諸侯各國使者的問題。楚懷王很信任他。

上官大夫與之同列①，爭寵而心害其能。懷王使屈原造為憲令，屈平屬草稿未定②，上官大夫見而欲奪之，屈平不與，因讒之曰：「王使屈平為令，眾莫不知，每一令出，平伐其功，曰以為『非我莫能為』也。」王怒而疏屈平。

【注釋】

①上官大夫：此即下文所說「靳尚」。「上官」是複姓。

②屬（zhǔ）：撰寫。

【譯文】

上官大夫和屈原同朝做官，想要爭到懷王的寵信因而忌妒屈原的才能。懷王叫屈原制定國家法令，屈原剛寫出草稿還沒有修訂完成，上官大夫看見了就想奪過去，屈原不給他，因此就在懷王面前毀謗屈原說：「大王叫屈原制定法令，人所共知，每發佈一項法令，屈原就誇耀自己的功勞，說『沒有我就做不到』。」懷王很生氣，從此疏遠了屈原。

屈平疾王聽之不聰也①，讒諂之蔽明也②，邪曲之害公也，方正之不容也，故憂愁幽思而作離騷③。離騷者，猶離憂也。夫天者，人之始也；父母者，人之本也。人窮則反本④，故勞苦倦極，未嘗不呼天也；病痛慘怛，未嘗不呼父母也。屈平正道直行，竭忠盡智以事其君，讒人間之，可謂窮矣。信而見疑，忠而被謗，能無怨乎？屈平之作離騷，蓋自怨生也。國風好色而不淫⑤，小雅怨誹而不亂⑥。若離騷者，可謂兼之矣。上稱帝嚳⑦，下道齊桓⑧，中述湯、武，以刺世事。明道德之廣崇、治亂之條貫，靡不畢見。其文約，其辭微，其志潔，其行廉。其稱文小而其指極大⑨，舉類邇而見義遠。其志潔，故其稱物芳；其行廉，故死而不容。自疏濯淖污泥之中⑩，蟬蛻於濁穢，以浮遊塵埃之外，不獲世之滋垢，皭然泥而不滓者也⑪。推此志也，雖與日月爭光可也。

【注釋】

①疾：痛恨。聽之不聰：聽力不好。這裏指聽信讒言，不辨是非。聰，聽得清楚。

②讒諂：毀謗和諂媚。明：看得清楚。

③離騷：中國文學史上著名的浪漫主義抒情長詩，屈原代表作品之一。

④反：同「返」。

⑤國風：詩經的組成部分，包括周南、召南等十五國的民歌，多寫男女戀情，共一六〇篇。淫：過分。

⑥小雅：詩經的組成部分，多為指斥朝政缺失、反映喪亂的政治詩，共七四篇。

⑦帝嚳（kù）：傳說古帝王名。黃帝曾孫，號高辛氏。離騷中有「鳳皇既受詒兮，恐高辛之先我」。

⑧齊桓：即齊桓公。離騷中有「甯戚之謳歌兮，齊桓聞以該輔」。

⑨指：通「旨」，指文章的主旨。

⑩濯淖（zhuónào）：污水泥沼。

⑪皭（jiào）然：潔白乾淨的樣子。滓（zǐ）：污染。

【譯文】

屈原痛恨懷王聽信讒言，分辨不出是非，邪惡的小人妨害了公正的人，端方正直的人不被容納，所以憂愁苦悶地寫了離騷。離騷，就是說遭到憂患。那蒼天，是人類的原始；而父母，是人的根本。人的處境困頓就想回到本源，所以勞苦疲憊至極時，就不會不喊「天哪」；病痛哀傷時，就沒有不呼爹叫娘的。屈原剛正端直，竭盡忠忱和智慧輔佐國君，邪惡的小人卻來離間他們的君臣關係，可以說處境是很困窘了。誠信卻被猜疑，忠誠卻被誹謗，能夠沒有怨恨嗎？屈原寫作離騷，是因為怨恨啊。詩經・國風雖然多寫男女之情卻不過分，詩經・小雅雖然多指責政事卻不宣揚作亂。比方說離騷，可以說兼有國風、小雅的特點。它遠古稱頌帝嚳，近世稱頌齊桓公，中間講述商湯、周武王，用以諷刺當時政事。闡明了道德的崇高、世事治亂的準則，無不完全表現出來。他文字簡約，語辭深微，志趣高潔，行為廉正。所引事物微小而主旨深遠廣大，所列事物近在眼前而寓意深遠。他志趣高潔，所以常常稱引香草；行為廉正，所以至死也不苟且取容。自遠於髒水和污泥，像蟬那樣脫皮去污，而遨遊在塵埃之外，沒有染上塵世的污垢，潔白乾淨，出污泥而不染。推究屈原的這種志趣，就算說他可以和日月爭光也是可以的。

屈原既絀①，其後秦欲伐齊，齊與楚從親②，惠王患之③，乃令張儀詳去秦④，厚幣委質事楚⑤，曰：「秦甚憎齊，齊與楚從親，楚誠能絕齊，秦願獻商、於之地六百里⑥。」楚懷王貪而信張儀，遂絕齊，使使如秦受地。張儀詐之曰：「儀與王約六里，不聞六百里。」楚使怒去，歸告懷王。懷王怒，大興師伐秦。秦發兵擊之，大破楚師於丹、淅⑦，斬首八萬，虜楚將屈匄⑧，遂取楚之漢中地⑨。懷王乃悉發國中兵，以深入擊秦，戰於藍田⑩。魏聞之，襲楚至鄧⑪。楚兵懼，自秦歸。而齊竟怒不救楚，楚大困。

【注釋】

①絀（chù）：通「黜」，貶退。
②從（zòng）親：合縱結親。從，同「縱」。
③惠王：秦惠王，名駟。
④張儀：魏人。戰國時縱橫家。當時為秦相。
⑤質：通「贄」，禮物。
⑥商、於（wū）：在今河南淅川西南。或以為是秦二邑名，「商」在今陝西商縣東南，「於」在今河南內鄉東。
⑦丹、淅：二水名。丹水，源於陝西，經河南、湖北入漢水；淅水，源於河南，為丹水支流。
⑧屈匄（gài）：楚大將軍。
⑨漢中：楚地。在今陝西漢中一帶。
⑩藍田：秦縣名。治所在今陝西藍田西。
⑪鄧：古國名。其時屬楚，在今河南鄧縣。

【譯文】

屈原被流放，後來秦國想攻打齊國，齊國和楚國合縱結親，秦惠王很擔心，於是叫張儀假意離開秦國，帶着豐厚的禮物去表示願意輔佐楚王，說：「秦王很憎恨齊國，而齊與楚合縱結親，楚國如果真能和齊國絕交，秦國願意獻出六百里商、於之地給楚國。」楚懷王貪求土地，信了張儀的話，於是和齊國絕交，派使者去秦國接受土地。張儀欺騙使者說：「我和你們楚王約定的是六里，沒聽說是六百里呀。」楚國使者生氣地回去了，回到楚國報告懷王。懷王怒氣衝天，徵調大隊兵馬去攻打秦國。秦國發兵還擊，在丹、淅一帶大敗楚國軍隊，斬殺楚軍八萬人，活捉了楚國大將軍屈匄，於是侵佔了楚國所屬的漢中之地。楚懷王於是調發了全楚國的軍隊，深入秦國出擊，兩國軍隊在藍田大戰。魏國聽說了，趁機出兵襲擊楚國一直打到鄧地。楚軍害怕後路被截斷，只得從秦國撤軍。而齊國終因憤怒楚國和自己絕交，沒有發兵救援，楚國從此陷入困境。

明年，秦割漢中地與楚以和。楚王曰：「不願得地，願得張儀而甘心焉。」張儀聞，乃曰：「以一儀而當漢中地，臣請往如楚。」如楚，又因厚幣用事者臣靳尚①，而設詭辯於懷王之寵姬鄭袖。懷王竟聽鄭袖，復釋去張儀。是時屈原既疏，不復在位，使於齊，顧反，諫懷王曰：「何不殺張儀？」懷王悔，追張儀不及。

【注釋】

①靳（jìn）尚：楚大夫。與張儀私交甚篤，受張儀賄賂而出賣楚國利益。

【譯文】

第二年，秦國割讓漢中與楚講和。楚王說：「我不要漢中地，但願得到張儀才甘心。」張儀知道後，就說：「以我一個張儀去抵漢中之地很值啊，我請求放我到楚國去。」張儀到了楚國，又給掌權的大臣靳尚送了一份厚禮，讓他在懷王的寵姬鄭袖面前巧言詭辯。懷王竟然聽信了鄭袖的話，又釋放了張儀。當時屈原已被懷王疏遠，沒有擔任左徒之職，出使到齊國去了，回國後，屈原勸諫懷王說：「為什麼不殺掉張儀？」懷王悔之不及，派人去追殺張儀卻沒追上。

其後諸侯共擊楚，大破之，殺其將唐眛。

【譯文】

後來，各國諸侯聯兵攻打楚國，大敗楚國，殺掉了楚軍大將唐眛。

時秦昭王與楚婚①，欲與懷王會。懷王欲行，屈平曰：「秦，虎狼之國，不可信，不如無行。」懷王稚子子蘭勸王行②：「奈何絕秦歡？」懷王卒行。入武關③，秦伏兵絕其後，因留懷王，以求割地。懷王怒，不聽。亡走趙，趙不內。復之秦，竟死於秦而歸葬。

【注釋】

①秦昭王：名則。
②稚子：小兒子。
③武關：在今陝西商洛西南丹江北岸，是秦國的南關。

【譯文】

那時秦昭王與楚國通婚，想約請懷王會面。懷王正要出發，屈原說：「秦國，是貪婪兇狠的虎狼之國，不可輕信，還是不去為好。」懷王的小兒子子蘭卻勸懷王出行，他說：「為什麼要斷絕和秦國的良好關係？」懷王終於前往。進入武關，秦國的伏兵斷絕了懷王的後路，拘留了懷王，要求楚國割讓土地。懷王很憤怒，沒有答應。逃亡到趙國，趙國不敢接納。懷王只好又回到秦國，終於死在秦國，靈柩運回楚國下葬。

長子頃襄王立①，以其弟子蘭為令尹②。楚人既咎子蘭以勸懷王入秦而不反也。

【注釋】

①頃襄王：楚懷王長子，名橫。

②令尹：楚國最高行政長官。

【譯文】

懷王的長子頃襄王繼位，任命他的小弟弟子蘭為令尹。楚國人都歸罪於子蘭勸懷王去秦國導致懷王不能生還。

屈平既嫉之，雖放流，眷顧楚國，繫心懷王，不忘欲反，冀幸君之一悟，俗之一改也。其存君興國，而欲反覆之。一篇之中三致意焉。然終無可奈何，故不可以反，卒以此見懷王之終不悟也。人君無愚智、賢不肖，莫不欲求忠以自為，舉賢以自佐，然亡國破家相隨屬，而聖君治國累世而不見者，其所謂忠者不忠，而所謂賢者不賢也。懷王以不知忠臣之分，故內惑於鄭袖，外欺於張儀，疏屈平而信上官大夫、令尹子蘭。兵挫地削，亡其六郡，身客死於秦，為天下笑。此不知人之禍也。易曰[①]：「井渫不食[②]，為我心惻，可以汲。王明，並受其福。」王之不明，豈足福哉？

【注釋】

①易曰：下文引自周易・井卦。
②渫（xiè）：掏去污泥。

【譯文】

屈原也憎恨子蘭，雖然被流放了，然而他仍然眷戀楚國，心裏老是惦念懷王，從來沒有忘記想回到都城，總抱着國君萬一覺悟，政局有朝一日得到改變的期望。屈原眷念國君、希圖振興國家，在作品中反覆流露了這樣的心理。離騷一篇中就三次表達了這種心理。但是終於不能奈何，所以屈原終究未能回到都城，也終於由此看出懷王始終沒有覺悟。作為國君，不論是愚昧還是聰明，賢明還是不賢明，無一不想求得忠良、賢能的大臣輔佐自己，然而接連地出現國亡、家破的國君，而聖德之君治理國家卻一代代都看不到，這是因為所謂的忠良並不忠良，賢能並不賢能啊。懷王不知道忠臣是什麼樣的，所以在內被鄭袖迷惑，在外被張儀蒙騙，疏遠屈平而信任上官大夫、令尹子蘭。兵力受挫，國土淪喪，割去六郡，自己也死在秦國，被天下人所譏笑。這就是不能知人善任帶來的惡果。易經上説：「井水已經淘乾淨了，井水卻沒人來喝，讓人心裏感到難過，因為井水是可以汲飲的嘛。君王如果明白了這個道理，那麼天下都會得到福佑。」懷王如此糊塗，怎能享受福佑呢？

令尹子蘭聞之大怒，卒使上官大夫短屈原於頃襄王。頃襄王怒而遷之。

【譯文】

令尹子蘭聽說屈原對他很不滿後非常惱怒，終於唆使上官大夫在頃襄王面前詆毀屈原。頃襄王盛怒之下，將屈原流放到江南去。

屈原至於江濱，被髮行吟澤畔①，顏色憔悴，形容枯槁。漁父見而問之曰：「子非三閭大夫歟②？何故而至此？」屈原曰：「舉世混濁而我獨清，眾人皆醉而我獨醒，是以見放。」漁父曰：「夫聖人者，不凝滯於物而能與世推移。舉世混濁，何不隨其流而揚其波？眾人皆醉，何不餔其糟而啜其醨③？何故懷瑾握瑜而自令見放為④？」屈原曰：「吾聞之，新沐者必彈冠，新浴者必振衣，人又誰能以身之察察，受物之汶汶者乎⑤！寧赴常流而葬乎江魚腹中耳，又安能以皓皓之白而蒙世之溫蠖乎⑥！」乃作懷沙之賦⑦。於是懷石遂自投汨羅以死⑧。

【注釋】

①被（ㄆㄧ）：同「披」。行吟：一邊走，一邊吟詠。

②三閭（lǘ）大夫：楚官名。掌管楚國公族昭、屈、景三大姓的人事工作。
③餔（bū）：吃。醨（lí）：淡酒。
④瑾、瑜：均為美玉。
⑤汶汶（mén）：污垢。
⑥溫蠖（huò）：一說昏聵，一說塵埃。
⑦懷沙：屈原九章中的一篇，相傳為屈原投水前的絕筆。懷沙，一說即下文的「懷石」，一說為懷念楚國國都長沙。
⑧汨（mì）羅：湘江支流，在湖南東北部。

【譯文】

屈原到了江邊，披散着頭髮在水邊邊走邊吟詩，他面容憔悴，身體消瘦。一個漁翁見了問他：「您不是三閭大夫嗎？怎麼又到了這裏？」屈原說：「全天下混濁，只有我是清白的，所有人都醉生夢死，只有我是清醒的，因此被放逐了。」漁翁說：「所謂的聖人，都不拘泥於外物而能與世俗一起變化。全天下混濁，您怎麼不跟順着他們掀起更大的濁浪？所有人都醉生夢死，您怎麼不跟着吃點酒糟喝點淡酒呢？何苦要堅守美玉般的節操，導致自己被放逐呢？」屈原說：「我聽說，才洗完頭的人一定要彈去帽子上的灰塵才戴，才洗完澡的人一定要抖掉衣服上的塵土才穿，誰又能以乾乾淨淨的身體，去蒙受污垢呢！我寧肯跳進那蕩蕩江水，葬身魚腹，怎能讓自己清白的身體去蒙受那濁世的污染呢！」就作了懷沙這篇賦。於是就抱着石頭投入汨羅江自沉而死。

屈原既死之後，楚有宋玉、唐勒、景差之徒者①，皆好辭而以賦見稱。然皆祖屈原之從容辭令，終莫敢直諫。其後楚日以削，數十年竟為秦所滅②。

【注釋】

①宋玉：相傳為頃襄王時人，屈原弟子，辭賦家。唐勒：與宋玉同時的辭賦家，作品已失。景差：與宋玉同時的辭賦家。

②數十年：公元前二二三年楚為秦所滅，距頃襄王即位（前二九九）共七六年。

【譯文】

屈原死後，楚國有宋玉、唐勒、景差這些人，他們都愛好文辭，以辭賦受人稱道。但是他們只能模仿屈原婉轉的辭令，始終不敢向君王直言進諫。此後楚國領土一天天縮減，幾十年後竟然被秦國滅掉了。

自屈原沉汨羅後百有餘年，漢有賈生①，為長沙王太傅，過湘水，投書以弔屈原。

【注釋】

①賈生：即賈誼，洛陽（今屬河南）人。西漢政論家、文學家。

【譯文】

從屈原自沉汨羅江之後過了一百多年，漢朝出了個賈誼，被貶為長沙王的太傅，路過湘水時，寫了篇弔屈原賦投進湘水中，以此哀悼屈原。

太史公曰：余讀離騷、天問、招魂、哀郢，悲其志。適長沙，觀屈原所自沉淵，未嘗不垂涕，想見其為人。及見賈生弔之，又怪屈原以彼其材，遊諸侯，何國不容？而自令若是！讀鵩鳥賦，同生死，輕去就，又爽然自失矣。

【譯文】

太史公說：我閱讀離騷、天問、招魂、哀郢等作品，為屈原的志向感到悲傷。我去長沙，途中觀看了屈原抱石自沉的湘水，未嘗不傷感落淚，追思他的為人。等到我讀了賈誼的弔屈原賦，又奇怪屈原憑着自己的才能，前去遊説各國諸侯，哪國不會接納他呢？卻選擇了這樣的結局！我讀到賈誼著的鵩鳥賦，他將生死看作同樣的事情，把在朝為官和放逐離朝都等閑視之，我又不禁惘然若失了。

酷吏列傳序

酷吏是指執法嚴酷、危害臣民的官吏。本篇為記載漢初十名酷吏的史記・酷吏列傳的序言。序言引用孔子、老子的言論，對比秦末與漢初的吏治，闡明嚴刑峻法的危害。邏輯嚴密，論證有力。

孔子曰：「道之以政，齊之以刑，民免而無恥。道之以德，齊之以禮，有恥且格。」①老氏稱：「上德不德，是以有德，下德不失德，是以無德。」「法令滋章，盜賊多有。」②太史公曰：信哉是言也！法令者治之具，而非制治清濁之源也。昔天下之網嘗密矣，然奸偽萌起，其極也，上下相遁，至於不振。當是之時，吏治若救火揚沸，非武健嚴酷，惡能勝其任而愉快乎？言道德者，溺其職矣。故曰：「聽訟，吾猶人也，必也使無訟乎」，「下士聞道大笑之」③。非虛言也。漢興，破觚而為圜④，斲雕而為樸⑤，網漏於吞舟之魚，而吏治烝烝，不至於奸，黎民艾安⑥。由是觀之，在彼不在此。

【注釋】

①「孔子曰」以下六句：見論語・為政。格，至，歸服。

②「老氏稱」以下兩段引文：見老子。
③「故曰」以下兩段引文：見老子。
④觚（gū）：棱角。圜（yuán）：同「圓」。
⑤斲（zhuó）：雕琢。
⑥艾（yì）安：平安。艾，通「乂」，治理。

【譯文】

孔子說：「用政令來引導他們，用刑法來整頓他們，人們只能免於犯罪卻沒有廉恥之心。如果用道德來引導他們，用禮數來整頓他們，人們不但有廉恥之心而且順服。」老子說：「最有道德的人不標榜自己的道德，因此才是真正有道德；無德之人標榜自己不失道德，因此並不是真的有道德。」「法令越繁多嚴密，盜賊反倒越來越多。」太史公說：這話說的是啊！法令是治理的工具，卻不是使治理變濁為清的根本。從前天下的法令也曾嚴密，但是奸惡欺詐的事接連不斷，最嚴重的時候，上下互相推諉，導致國家不能振興。那時候，官吏治理法律事務，就像負薪救火、揚湯止沸那樣於事無補，如不動用武力、採取嚴厲殘酷的辦法，怎能勝任其職而心情愉快呢？一味主張以道德來治理的，容易失職了。所以說：「審理訴訟案件，我跟別人一樣，不同的是我盡力使訴訟案件不再發生」，「下愚之士一聽到別人說起『道』就加以譏笑」，這不是假話。漢朝初年，破除秦的苛刻律法，改為寬厚圓融，法令之網疏得能把可吞下船隻的魚漏掉，但是官吏的政績卻蒸蒸日上，人們也不再有犯禁的事發生，老百姓生活安穩。這樣看來，治理國家的關鍵在於用道德而不是用嚴峻的刑法。

游俠列傳序

游俠是民間一群除暴安良、講信義、救危扶難的英雄好漢。本篇是史記·游俠列傳的序言，指出游俠品行可貴，反對世俗重儒輕俠，體現了強烈的平民性。

韓子曰①：「儒以文亂法，而俠以武犯禁。」二者皆譏，而學士多稱於世云。至如以術取宰相、卿大夫，輔翼其世主，功名俱著於春秋，固無可言者。及若季次、原憲②，閭巷人也，讀書懷獨行君子之德，義不苟合當世，當世亦笑之。故季次、原憲終身空室蓬戶，褐衣疏食不厭。死而已四百餘年，而弟子志之不倦。今游俠，其行雖不軌於正義，然其言必信，其行必果，已諾必誠，不愛其軀，赴士之厄困，既已存亡死生矣，而不矜其能，羞伐其德，蓋亦有足多者焉。

【注釋】

①韓子：韓非，戰國末期韓國人。曾與李斯受學於荀況，著韓非子。以下引文見韓非子·五蠹。

②季次：公晳哀，字季次，孔子弟子。原憲：字子思，孔子弟子。

【譯文】

韓非子說：「儒生利用文庫擾亂國家的法度，而游俠憑藉武力違犯國家的禁令。」儒生、游俠這兩種人都受到他的譏刺，可是儒生還是多受世人稱道的。至於那些憑藉權術做到宰相、卿大夫，輔佐當世君主的，其功名都已寫進歷史，我本來沒有什麼可說的了。至於季次、原憲二人，都是里巷百姓，他們埋頭讀書，謹守着獨善其身的君子風範，堅持道義而不肯隨波逐流，世俗對他們卻持着譏笑的態度。因此，季次、原憲終其一生住在四壁空空的蓬屋裏面，連布衣粗飯都得不到滿足。他們已經死去四百多年了，但弟子們卻一代代紀念着他們。如今的游俠，他們的行為雖然不合乎國家的正道，但是他們言出必講信用，行事必有結果，已經承諾的事情必定要兑現，不惜以自己的身家性命去解脱別人的困境，在解救別人脱難以後，他們並不誇耀自己的能耐，羞於宣揚自己的功德，值得稱頌的地方是不少的。

且緩急，人之所時有也。太史公曰：昔者虞舜窘於井廩[1]，伊尹負於鼎俎[2]，傅說匿於傅險[3]，呂尚困於棘津[4]，夷吾桎梏[5]，百里飯牛[6]，仲尼畏匡[7]，菜色陳、蔡[8]。此皆學士所謂有道仁人也，猶然遭此菑[9]，況以中材而涉亂世之末流乎？其遇害何可勝道哉！

【注釋】

①虞舜窘於井廩：傳說舜未稱帝時，其父與其異母弟象合謀欲害舜，讓他淘井而想乘機活埋他，讓他修糧倉又想放火燒死他，但都被舜逃脫。

②伊尹負於鼎俎（zǔ）：相傳伊尹曾背着鼎俎在人家做廚師。伊尹，商湯賢相。鼎，炊具。俎，砧板。

③傅說（yuè）匿於傅險：傅說，殷王武丁的賢相。傳說他在遇見武丁前，曾在傅險做泥瓦匠。傅險，即傅巖，地在今山西平陸東。

④呂尚困於棘津：呂尚，即姜子牙，太公望。他在輔佐周武王滅殷建立周朝前，曾是棘津的食品小販。棘津，故址在今河南延津東北。

⑤夷吾桎梏（zhì gù）：夷吾，即管仲，字夷吾。他輔佐公子糾與公子小白爭奪王位失敗後，曾被囚禁。桎，腳鐐。梏，手銬。

⑥百里飯牛：百里，百里奚，秦穆公賢相。他在見穆公前，曾賣身為奴，替人養牛。飯，喂。

⑦仲尼畏匡：孔子路過匡，匡人誤以為他是魯國的仇人陽貨，差點兒使他被害。畏，受到威脅。匡，春秋時衛國之地，在今河南睢縣。

⑧菜色：面有菜色。指孔子路過陳、蔡兩國時，飢餓被困。

⑨菑（zāi）：同「災」，災禍，災害。

【譯文】

況且，危難的困境是人們時不時就遇到的。太史公說：從前，虞舜曾受困於淘井和修理倉庫之時，伊尹曾背着鼎鍋和砧板去做廚師，傅說曾因罪逃到傅巖那個地方去築牆，呂尚曾在棘津那裏窮困潦倒，管仲曾做階下之囚，百里奚曾幫別人餵牛，孔子在匡地曾受到生命威脅，還在陳、蔡斷了糧而面顯菜色。這些都是儒生所說的有道德的仁義之人，他們尚且遭受如此災難，何況是僅有中等才能的人又處在亂世中最昏亂的時期呢？他們遇到的災害怎能說得完呢！

鄙人有言曰①：「何知仁義，已饗其利者為有德。」故伯夷醜周，餓死首陽山，而文、武不以其故貶王，蹠、蹻暴戾②，其徒誦義無窮。由此觀之，「竊鉤者誅③，竊國者侯，侯之門，仁義存」，非虛言也。

【注釋】

①鄙人：鄉野粗鄙之人。
②蹻（jiǎo）：莊，與盜蹠（zhí）都是古代大盜。
③竊鉤者誅：引文見莊子・胠篋（qūqiè）。鉤，衣帶鉤。

【譯文】

俗話說：「哪能知道什麼是仁義什麼是不仁義，誰給我好處誰就有德。」伯夷以幫周朝做事為可恥，就不食周粟而餓死在首陽山上，但是周文王、周武王並不因此使得其聖王的聲譽有所降低。盜蹠、莊蹻暴乖戾，但是他們的同夥卻永遠稱頌他們的義氣。這樣看來，「偷了衣帶鉤的被斬首，竊國大盜卻封王封侯，只有在王侯門內，才有所謂的仁義存在」，這話可真是不假。

今拘學或抱咫尺之義，久孤於世，豈若卑論儕俗[1]，與世浮沉而取榮名哉！而布衣之徒，設取予、然諾[2]，千里誦義，為死不顧世，此亦有所長，非苟而已也。故士窮窘而得委命，此豈非人之所謂賢豪間者邪？誠使鄉曲之俠，予季次、原憲比權量力，效功於當世，不同日而論矣。要以功見言信，俠客之義又曷可少哉？

【注釋】

①儕（chái）俗：混同於世俗。

②設取予：重視取得與給予。設，重視。

如今一些拘泥於教條的學者死守着狹隘的道義，長期被世俗所孤立，這樣怎能比得上降低論調、迎合世俗，審時度勢取得名望和榮譽呢！但是，那些平民出身的游俠，注重取得與給予的原則、信守諾言，因此，義氣傳到千里之外，並且為義氣勇於獻身、不顧世人的議論，這也是他們的長處，不是隨便就能做到的。所以士人陷入窮困窘迫之時，常常託身給游俠，這難道不是人們所說的賢士豪傑嗎？假如把民間這些游俠與季次、原憲等儒生的權力和影響，以及他們對當時社會的貢獻相比較的話，二者是不可相提並論的。總之，要從辦事的效果、說話的信用來看，游俠的義氣又怎能少得了呢？

古布衣之俠，靡得而聞已。近世延陵、孟嘗、春申、平原、信陵之徒①，皆因王者親屬，藉於有土卿相之富厚，招天下賢者，顯名諸侯，不可謂不賢者矣。比如順風而呼，聲非加疾，其勢激也。至如閭巷之俠，修行砥名，聲施於天下，莫不稱賢，是為難耳。然儒、墨皆排擯不載。自秦以前，匹夫之俠，湮滅不見，余甚恨之。以余所聞，漢興有朱家、田仲、王公、劇孟、郭解之徒②，雖時扞當世之文罔③，然其私義，廉潔退讓，有足稱者。名不虛立，士不虛附。至如朋黨宗強、比周設財役貧，豪暴侵凌孤弱，恣欲自快，游俠亦醜之。余悲世俗不察其意，而猥以朱家、郭解等令與豪暴之徒同類而共笑之也。

【注釋】

①延陵：春秋時吳國公子季札，封於延陵，故稱「延陵季子」。孟嘗：孟嘗君，齊國貴族田文。春申：春申君，楚考烈王相黃歇。平原：平原君，趙惠文王弟趙勝。信陵：信陵君，魏安釐（xī）王異母弟無忌。後四人被稱為「戰國四公子」。

②朱家、田仲、王公、劇孟、郭解：都是漢初著名的游俠。

③扞（hàn）：觸犯。文罔：法網。

【譯文】

古代民間的游俠，已經無從聽聞了。近代的延陵季子、孟嘗君、春申君、平原君、信陵君等人，都是國君的親戚，憑藉着封地、財富、卿相高位等，招攬天下賢人，使自己的聲名在諸侯之間顯耀，不能説他們不是賢者。這好比順風呼喊，聲音並沒有加大，但風勢會使聲音傳播得更遠。説到民間的游俠，他們修養德行、磨煉名節，名聲在天下傳揚，人們無不稱頌他們的賢能，這是很難得啊。但是，儒家、墨家都排斥游俠，不肯記載到著作中。因此，先秦民間游俠的事跡就都埋沒不見了，我為此深感遺憾。我所聽説的游俠，漢朝建立以後有朱家、田仲、王公、劇孟、郭解等人，他們雖然觸犯了當時的法令，但是他們在個人的道德上，廉潔謙遜，有讓人稱道的地方。他們的盛名不是憑空建立的，士人對他們的依靠也並不是毫無根據的。至於那些比附強豪結黨營私、倚仗財富奴役貧民、仗着暴力侵凌勢單力孤者，放縱私欲只圖自己痛快，游俠也認為這種行為是可恥的。我感到痛心的是，世俗議論沒有明察游俠的心意，卻隨便把朱家、郭解等游俠等同於豪強暴徒，一概加以譏笑。

滑稽列傳

滑稽人物，是指那些憑藉幽默、善於以諷喻的語言和不受拘束的行為來勸諫君王的人物。本篇節選自史記・滑稽列傳，僅選了淳于髡傳。本文記述淳于髡三次用隱語向齊王進諫的事，人物呼之欲出。比喻新奇，寓意深刻，筆致生動。

孔子曰：「六藝於治一也①。禮以節人，樂以發和，書以導事，詩以達意，易以神化，春秋以道義②。」太史公曰：天道恢恢，豈不大哉？談言微中，亦可以解紛。

【注釋】

①六藝：即下文的禮、樂、書、詩、易和春秋。

②道（dǎo）：開導，教導。

【譯文】

孔子說：「六經對於治理是一樣的。禮用來節制人們的行為，樂用來發揚人們之間的和諧，書用來記載歷史大事，詩用來表達人們的情感，易用來表現事物之間的變化，春秋用來闡明天下的道義。」太史公說：天道廣闊無垠，難道不是寬廣的嗎？談話微妙，也可以解決疑難的問題。

淳于髡者①，齊之贅婿也②，長不滿七尺，滑稽多辨③，數使諸侯，未嘗屈辱。齊威王之時，喜隱，好為淫樂長夜之飲，沉湎不治，委政卿大夫。百官荒亂，諸侯並侵，國且危亡，在於旦暮，左右莫敢諫。淳于髡說之以隱曰：「國中有大鳥，止王之庭，三年不蜚又不鳴④，王知此鳥何也？」王曰：「此鳥不蜚則已，一蜚衝天，不鳴則已，一鳴驚人。」於是乃朝諸縣令長七十二人⑤，賞一人，誅一人，奮兵而出。諸侯振驚，皆還齊侵地。威行三十六年。語在田完世家中。

【注釋】

①淳于髡（kūn）：人名。「淳于」是複姓。

②贅婿：舊時男子到女家結婚，稱贅婿。所生子女要從母姓。

③滑（gǔ）稽：幽默詼諧。

④蜚：通「飛」。

⑤縣令長：一縣的最高行政長官。古代人口萬戶以上的大縣長官為「令」，萬戶以下的小縣長官為「長」。

【譯文】

有個叫淳于髡的，是齊國的上門女婿，身高不到七尺，能言善辯，幾次出使諸侯都沒有受到屈辱。齊威王時，齊王很愛說隱語，也喜歡通宵達旦地飲酒作樂，沉湎酒色顧不上管理國家大事，把政務都委託給卿大夫去處理。因此，官吏、政事都懈怠、昏亂，諸侯各國都來入侵，齊國眼見就要滅亡了，左右大臣都不敢進諫。淳于髡於是用隱語對齊威王說：「都城有隻大鳥，停在大王的庭堂上，三年里也不飛也不叫，大王知道這是什麼鳥嗎？」威王答道：「這鳥呀不飛也就罷了，一飛就會直上雲霄；不叫也就罷了，一叫就會驚動世人。」於是，威王就召見全國七十二個縣的長官，賞賜了其中一個，誅殺了一個，然後率軍奮力出擊。諸侯都感到震驚，紛紛退還了所侵齊國的土地。從此，齊國威震諸侯達三十六年之久。這事在史記·田敬仲完世家中可以看到。

威王八年①，楚大發兵加齊。齊王使淳于髡之趙請救兵，齎金百斤②，車馬十駟③。淳于髡仰天大笑，冠纓索絕。王曰：「先生少之乎？」髡曰：「何敢！」王曰：「笑豈有說乎？」髡曰：「今者臣從東方來，見道旁有穰田者④，操一豚蹄、酒一盂，而祝曰：『甌窶滿篝⑤，污邪滿車⑥，五穀蕃熟，穰穰滿家。』臣見其所持者狹而所欲者奢，故笑之。」於是齊威王乃益齎黃金千鎰、白璧十雙、車馬百駟⑦。髡辭而行，至趙。趙王與之精兵十萬、革車千乘⑧。楚聞之，夜引兵而去。

【注釋】

①威王八年：公元前三四九年。
②齎（jī）：以禮物送人。
③駟：駕同一車的四匹馬。
④穰（ráng）田：祈禱田地豐收。穰，莊稼豐收。
⑤甌窶（ōu lóu）：狹小的高地。篝（gōu）：竹籠。
⑥污邪：水窪地。
⑦鎰（yì）：古代重量單位。一鎰二十兩。
⑧革車：一種戰車，也稱「重車」，一乘車有甲士步兵七五人。

【譯文】

齊威王八年，楚國出動大軍侵犯齊國。齊威王派淳于髡去趙國請求救兵，攜帶黃金一百斤和四駕馬車十輛。淳于髡仰天大笑，帽子帶子都被扯斷了。威王問：「先生認為禮物少了嗎？」淳于髡說：「我怎麼敢這麼說！」威王又問：「那麼你發笑有什麼原因呢？」淳于髡說：「我剛從東方來，看到路旁有個向上天祈禱莊稼豐收的人，拿着一隻豬蹄、一杯酒，禱告說：『在窄而高的地方收穫滿籠滿筐，在低窪處收穫滿載車輛，五穀豐登，糧倉滿滿。』我見他所奉獻的祭品太少而要求又太高，因此就笑他。」於是齊威王就增加禮物，到黃金二萬兩、白玉璧十雙、四駕馬車一百輛。淳于髡告辭出發，到了趙國。趙王借給他精兵十萬、戰車一千輛。楚軍聽到這個消息，連夜撤兵離開了。

威王大說①，置酒後宮，召髡賜之酒。問曰：「先生能飲幾何而醉？」對曰：「臣飲一斗亦醉，一石亦醉②。」威王曰：「先生飲一斗而醉，惡能飲一石哉③？其說可得聞乎？」髡曰：「賜酒大王之前，執法在傍④，御史在後⑤，髡恐懼俯伏而飲，不過一斗徑醉矣。若親有嚴客⑥，髡帣韝鞠𦛨⑦，侍酒於前，時賜餘瀝⑧，奉觴上壽⑨，數起，飲不過二斗徑醉矣。若朋友交遊，久不相見，卒然相睹，歡然道故，私情相語，飲可五六斗徑醉矣。若乃州閭之會，男女雜坐，行酒稽留，六博投壺⑩，相引為曹⑪，握手無罰，目眙不禁⑫，前有墮珥，後有遺簪，髡竊樂此，飲可八斗而醉二參⑬。日暮酒闌，合尊促坐⑭，男女同席，履舄交錯⑮，杯盤狼藉，堂上燭滅，主人留髡而送客。羅襦襟解⑯，微聞薌澤⑰，當此之時，髡心最歡，能飲一石。故曰酒極則亂，樂極則悲，萬事盡然，言不可極，極之而衰。」

以諷諫焉。齊王曰：「善！」乃罷長夜之飲，以髡為諸侯主客⑱。宗室置酒，髡嘗在側⑲。

【注釋】

①說（yuè）：同「悅」，高興。

②石：古代重量單位。一石為十斗。

③惡（wū）：怎麼。

④執法：指執行酒令的令官。

⑤御史：掌管監察的官員。

⑥親：父母親。嚴客：貴客。

⑦帣（juǎn）韝（gōu）鞠𦞦（jì）：捲着衣袖，彎身跪着。帣，捲束衣袖。韝，袖套。鞠，彎曲。𦞦，通「跽」。

⑧餘瀝：殘酒。瀝，清酒。

⑨奉觴（shāng）：捧着酒杯。

⑩六博：一種行棋賭博的遊戲。投壺：一種投箭入壺的競賽遊戲。

⑪相引為曹：意思是，客人自願組合參與遊戲。曹，輩。

⑫眙（chì）：直視。

⑬醉二參（sān）：指有二三分醉意。參，通「三」。

⑭合尊促坐：指將剩餘的酒並在一起，促膝而坐。
⑮舄（xì）：木底鞋。
⑯襦（rú）：短衣。
⑰薌（xiāng）澤：香氣。薌，通「香」。
⑱諸侯主客：接待各國諸侯的官員。
⑲嘗：通「常」。

【譯文】

齊威王非常高興，就在後宮設宴擺酒，召來淳于髡賞賜他喝酒。威王問：「先生喝多少才會醉呀？」淳于髡答道：「我喝一斗也能醉，喝一石也能醉。」威王說：「先生要是喝一斗就醉了，怎麼還能喝一石呢？能說說這裏面的道理嗎？」淳于髡答道：「在大王面前喝大王賞賜的酒，執行酒令的令官就站在身旁，監察人員就站在身後，我恐懼地伏地而飲，不過一斗也就喝醉了。如果說有父母親的客人光臨，我捲起袖子弓身跪着，在父母和客人面前侍酒，有時他們也賜我酒喝，我還得多次起來祝酒，這樣不過二斗也就醉了。如果是好久不見的老友，突然相逢，歡快地回首往事，互吐衷曲，這樣可以喝上五六斗酒才醉。如果是鄉間舉行集會，男女混雜着坐在一起，喝喝停停。一會兒賭賭棋，一會兒投投壺，自行組合參與遊戲，和婦女握手也不會受罰，彼此直視也不受禁止，身前有掉落的珠寶耳飾，身後有遺落的金玉髮簪，我私心喜歡這樣的酒宴，喝了八斗的酒才有二三分醉意。等到傍晚日暮、酒宴也快散了，人們把剩下的酒並在一起，促膝而坐，男女同坐一席，鞋子滿地都是，酒杯和菜盤散亂而放，堂上的燈光已經熄滅，主人留下我接着喝，把別的客人都送走了。有人解開了絲羅短衣的衣襟，隱隱可以聞到婦女身上的香澤，我這個時候最歡喜，可以喝上一石酒。所以說，飲酒無度就會亂性，歡樂到極點也會引起悲哀，萬事都是如此，這話意思是不可走極端，走極端就會走向衰微。」淳于髡用這些話規諫威王。威王說：「說的真好！」於是就取消了通宵達旦的夜飲，任命淳于髡為應對各國諸侯的主客。齊國王室置酒飲宴時，常常令淳于髡作陪。

貨殖列傳序

貨殖，是指貨物的生產與流通，也就是經商。本篇是史記．貨殖列傳的序言，指出只有各行各業密切配合，才能國富民強，因此，政府應該鼓勵經商，而不是與民爭利。

老子曰：「至治之極，鄰國相望，雞狗之聲相聞，民各甘其食，美其服，安其俗，樂其業，至老死不相往來①。」必用此為務，近世塗民耳目②，則幾無行矣。

【注釋】

①「至治之極」以下八句：出自老子第八十章，文字略有出入。

②：通「晚」。

【譯文】

老子說：「治理得當到了極點，鄰近國家的百姓彼此望得見，雞、狗的叫聲也可以彼此聽得到，百姓都各自認為自己的飲食甘美，自己的衣服漂亮，安於本地的風俗，愛好自己的職業，到老死也不互相往來。」如果一定把這一套作為目標的話，到了近代，就等於堵塞百姓的耳目，就幾乎行不通了。

太史公曰：夫神農以前①，吾不知已。至若詩書所述虞、夏以來，耳目欲極聲色之好，口欲窮芻豢之味②，身安逸樂，而心誇矜勢能之榮，使俗之漸民久矣，雖戶說以眇論③，終不能化。故善者因之，其次利道之，其次教誨之，其次整齊之，最下者與之爭。

【注釋】

①神農：傳說中的遠古帝王。

②芻豢（huàn）：泛指各種動物肉。芻，是食草牲畜。豢，是食糧牲畜。

③眇（miào）論：指老子式的言論。眇，通「妙」，精微，奧妙。

【譯文】

太史公說：神農氏以前的情形，我已無法了解。至於像詩經、尚書裏講到的虞、夏以來，人們極力要使自己的耳目得到音樂、女色的享受，極力使嘴巴嘗遍牲畜肉類的美味，使身體安於舒服、快樂的環境，而內心又炫耀有權有勢、有能力的光榮，讓這樣的風氣熏陶民心很久了，就算挨家挨戶地用老子這些言論去勸導人們，也終於不能改變什麼了。所以，最好的辦法就是順其自然，其次是因勢利導，再次是教導，再次是用法令來整頓，最下策是與老百姓爭利。

夫山西饒材、竹、穀、纑、旄、玉石①，山東多魚、鹽、漆、絲、聲色，江南出楠、梓、薑、桂、金、錫、連、丹沙、犀、瑇瑁、珠璣、齒、革②，龍門、碣石北多馬、牛、羊、旃、裘、筋、角③，銅、鐵則千里往往山出棋置④。此其大較也⑤。皆中國人民所喜好，謠俗被服飲食、奉生送死之具也⑥。故待農而食之，虞而出之⑦，工而成之，商而通之。此寧有政教發徵期會哉？人各任其能，竭其力，以得所欲。故物賤之徵貴，貴之徵賤，各勸其業，樂其事，若水之趨下，日夜無休時，不召而自來，不求而民出之。豈非道之所符而自然之驗邪？

【注釋】

①山西：太行山以西。穀（gǔ）：楮樹，樹皮可以做紙。纑（lú）：野麻，可以織布。旄（máo）：犛牛尾，其毛可做旗子的裝飾。
②連：未煉之鉛。瑇瑁（dài mào）：即玳瑁，一種海龜。
③龍門：龍門山，在今山西河津西北、陝西韓城東北。碣石：碣石山，在今河北昌黎北。旃：通「氈」。
④棋置：分佈得像棋子那樣密。
⑤大較：大概，大略。
⑥謠俗：民間習俗。被服：指穿戴等。被，通「披」。奉生送死：供養生者，埋葬死者。
⑦虞：官名。掌管山林水澤。

【譯文】

太行山以西盛產木材、竹子、楮樹、野麻、旄牛尾和玉石，太行山以東盛產魚、鹽、漆、絲和音樂、女色，江南出產楠木、梓木、生薑、木犀、金、錫、鉛礦石、丹沙、犀牛角、玳瑁、珠璣、獸牙、皮革，龍門山、碣石山以北盛產馬、牛、羊、毛氈、毛皮和獸筋、獸角，銅、鐵則分佈在方圓千里的地方，遍山都是，密如棋子。這是物產分佈的大概情形。這些都是中原人喜好的，是老百姓習慣上穿衣吃飯、養生送死所需的東西。所以，要指望農民耕作來解決吃飯，指望虞人發掘土地中的物產，指望工匠製成器物，指望商人使貨物流通起來。這難道需要發佈政令、徵調百姓才能做到嗎？人們都各自發揮才能，竭盡各自的力量，以得到所需的東西。所以，物價賤了就到貴的地方去賣東西，物價貴了就到賤的地方去買東西，人們各自勉力於自己的本業，樂於從事各自的工作，就像水流下注，日夜不停，不用召喚人們就自己來了，不用去找而人們就把東西生產出來了。這難道不是與自然規律符合而自然發展嗎？

周書曰①：「農不出則乏其食，工不出則乏其事，商不出則三寶絕②，虞不出則財匱少。」財匱少而山澤不辟矣。此四者，民所衣食之原也。原大則饒，原小則鮮。上則富國，下則富家。貧富之道，莫之奪予，而巧者有餘，拙者不足。故太公望封於營丘③，地潟鹵④，人民寡，於是太公勸其女功⑤，極技巧，通魚鹽，則人物歸之，繈至而輻湊⑥。故齊冠帶衣履天下，海、岱之間斂袂而往朝焉⑦。其後齊中衰，管子修之⑧，設輕重九府⑨，則桓公以霸，九合諸侯，一匡天下，而管氏亦有三歸⑩，位在陪臣⑪，富於列國之君。是以齊富強至於威、宣也⑫。

【注釋】

①周書：周代文誥，今已不存。

②三寶：這裏指食品、用品和錢財。

③太公望：即姜太公呂望，封於齊。營丘：地在今山東昌樂東南。
④潟（xì）鹵：鹽鹼地。
⑤女功：婦女的刺繡紡織活動。
⑥繦（qiǎng）至而輻湊：這句話是形容來人絡繹不絕，像用繩子穿的錢串，像車輪的輻條。
⑦海、岱之間：指山東半島。斂袂：正衣袖以示恭敬。袂，衣袖。
⑧管子：即管仲。
⑨輕重：指物價的高低，是利用物價調節經濟的一種辦法。
⑩三歸：供遊賞用的三座高台。
⑪陪臣：春秋時諸侯的大夫對周天子自稱為「陪臣」。
⑫威、宣：指齊威王、齊宣王。

【譯文】

周書說：「農民不耕種，糧食就會匱乏；工匠不生產，器物就會短缺；商人不經商，食物、用品和錢財就斷了來源；虞人不開發山澤，財物就會變少。」財物變少了，山澤也得不到開闢。這四個方面，是人們穿衣吃飯的來源。來源大人們就富裕，來源小人們就貧困。向上可以富國，向下可以富家。貧富的規律，無人可以奪走或賜予，而機智敏捷的人總是有餘，愚笨遲鈍的人總是不足。所以，姜太公呂望封在營丘，那裏是鹽鹼地，人口也少，這時姜太公勉勵婦女刺繡紡織，極力發展工藝的技巧，打通魚鹽運輸的渠道，這樣，其他地方的人和物就像錢串和車輪輻條一樣都聚集到齊國。所以，齊國生產的帽子、帶子、衣服、鞋子滿佈天下，從沿海到泰山之間的諸侯都端正衣袖前來朝拜齊國。後來，齊國一度衰落，管仲治理齊國，設立主管金融貨幣的九個官府部門，因此齊桓公得以成就霸業，多次會合諸侯，匡正天下，而管仲自己也修築了三歸台，地位僅是陪臣，卻比各國國君還要富有。因此，齊國的富強一直維持到齊威王、齊宣王時期。

故曰①：「倉廩實而知禮節②，衣食足而知榮辱。」禮生於有而廢於無。故君子富，好行其德，小人富，以適其力。淵深而魚生之，山深而獸往之，人富而仁義附焉。富者得勢益彰，失勢則客無所之，以而不樂。諺曰：「千金之子，不死於市③。」此非空言也。故曰：「天下熙熙，皆為利來；天下壤壤，皆為利往。」夫千乘之主、萬家之侯、百室之君尚猶患貧④，而況匹夫編戶之民乎⑤！

【注釋】

①故曰：下面的引文出自管子．牧民。
②倉廩：糧倉。
③不死於市：不觸犯法令，不在街市上被處死。
④千乘（shèng）之主：有千乘兵車的君主。乘，四匹馬拉的戰車。萬家之侯：即萬戶侯，擁有萬戶封邑的諸侯。百室之君：指大夫。
⑤匹夫：平民。編戶之民：編入戶籍的平民。

【譯文】

所以說：「糧倉滿了，百姓就會懂得禮節；衣食富足了，百姓就會知道榮辱。」禮產生於富有，而廢棄於貧窮。因此，君子富有了，就樂意行仁；小人富有了，就把精力用在適當的地方。潭水深了才會有魚存在，山林深了才有野獸來到，人們富有才會行仁義。富有者得勢，才更加顯赫；失勢了，就連客人也不來了，因而心裏不痛快。諺語說：「家有千金的富家子弟，不會因犯法而在鬧市被處死。」這不是空話。所以說：「天下的人熙熙攘攘，都是為利而來；天下的人來往奔波，都是為利而往。」有千輛戰車的國君，有萬家封地的諸侯，有百戶封邑的大夫，尚且擔心貧窮，何況是編入戶籍的平民百姓呢！

太史公自序

這是史記最後一卷太史公自序的節選。以對話形式，闡述自己著作史記的宗旨，和寫作過程中的不幸遭遇，顯示了忍辱負重、發憤著書的決心。

太史公曰：「先人有言①：『自周公卒五百歲而生孔子②。孔子卒後至於今五百歲，有能紹明世③，正易傳④，繼春秋，本詩、書、禮、樂之際。』意在斯乎！意在斯乎！小子何敢讓焉。」

【注釋】

①先人：指司馬遷的父親司馬談。

②周公：姬旦，周武王之弟，成王的叔叔。武王死時，成王尚幼，周公攝政。

③紹：繼承。

④正易傳：訂正對易的解釋。易分經、傳兩部分，「傳」是對「經」的解說。

【譯文】

太史公說：「先父說過：『周公死後五百年而孔子出生。孔子死後至今又有五百年了，到了繼承清明盛世，訂正對易經的解釋，續寫春秋，探求詩、書、禮、樂的根本的時候了。』這話的意思就是這個吧！意思就是這個吧！我怎麼敢推辭。」

上大夫壺遂曰①：「昔孔子何為而作春秋哉？」太史公曰：「余聞董生曰②：『周道衰廢，孔子為魯司寇③，諸侯害之，大夫壅之④。孔子知言之不用、道之不行也，是非二百四十二年之中，以為天下儀表，貶天子，退諸侯，討大夫，以達王事而已矣。』子曰⑤：『我欲載之空言⑥，不如見之於行事之深切著明也。』夫春秋，上明三王之道⑦，下辨人事之紀⑧，別嫌疑，明是非，定猶豫，善善惡惡，賢賢賤不肖，存亡國，繼絕世，補敝起廢，王道之大者也。易著天地、陰陽、四時、五行，故長於變。禮經紀人倫，故長於行。書記先王之事，故長於政。詩記山川、溪谷、禽獸、草木、牝牡、雌雄，故長於風⑨。樂樂所以立，故長於和。春秋辨是非，故長於治人。是故禮以節人，樂以發和，書以道事，詩以達意，易以道化，春秋以道義。

【注釋】

①上大夫：周王室及諸侯國的官階分為卿、大夫、士三等，每等又各分為上、中、下三級，上大夫即大夫中的第一級。壺遂：天文學家，曾參與司馬遷主持的太初改律事。

②董生：即董仲舒，漢代儒學大師。

③司寇：掌管刑獄司法的官員。

④壅：阻塞。

⑤子曰：孔子這句話見於春秋緯。

⑥空言：褒貶議論之言。

⑦三王：夏禹、商湯、周文王和周武王。

⑧人事之紀：人世間的倫理綱常。

⑨風：教化。

【譯文】

上大夫壺遂說：「從前孔子為什麼著春秋呢？」太史公說：「我聽董仲舒先生說：『周朝的制度衰落廢除，孔子在魯國做司寇，諸侯以他為危害，大夫們也壓制他。孔子知道自己的意見不被採納、主張不能推行，就評論、褒貶二百四十二年的歷史，以此作為天下人行為的準則，他斥責天子，貶抑諸侯，聲討大夫，不過是為了闡明王道罷了。』孔子說：『我想，記載褒貶議論的話，不如將褒貶寓於歷史事件的記述中，這樣更切實明白。』春秋這部著作，上能闡明夏禹、商湯、周文王三王之道，下能分辨人世間的倫理綱常，辨別疑難事情，明辨是非，判定猶豫難決的問題，褒揚善人、壓制惡人，推崇賢人、鄙薄不肖，保存已滅亡國家的歷史，延續已斷絕的世系，補救弊政、振興衰廢，這些都是王道中最重要的。易闡明天地、陰陽、四時、五行的關係，所以長於表明變化。禮調整人間倫理，所以長於指導行動。書記載古代帝王的事跡，所以長於指導政事。詩記述山川、溪谷、禽獸、草木、牝牡、雌雄，所以長於體現風俗。樂使人樂在其中，所以長於使人和樂。春秋辨明是非，所以長於治理民眾。因此，禮用來節制人的行為，樂用來引發人的和樂之情，書用來指導政事，詩用來表達情意，易用來表現事物的變化，春秋用來闡明道義。

「撥亂世反之正，莫近於春秋。春秋文成數萬，其指數千，萬物之散聚皆在春秋。春秋之中，弒君三十六，亡國五十二，諸侯奔走不得保其社稷者不可勝數。察其所以，皆失其本已。故易曰①：『失之毫厘，差以千里。』故曰②：『臣弒君，子弒父，非一旦一夕之故也，其漸久矣。』故有國者不可以不知春秋，前有讒而弗見③，後有賊而不知④。為人臣者不可以不知春秋，守經事而不知其宜，遭變事而不知其權。為人君父而不通於春秋之義者，必蒙首惡之名。為人臣子而不通於春秋之義者，必陷篡弒之誅、死罪之名。其實皆以為善，為之不知其義，被之空言而不敢辭。夫不通禮義之旨，至於君不君，臣不臣，父不父，子不子。君不君則犯⑤，臣不臣則誅，父不父則無道，子不子則不孝。此四行者，天下之大過也。以天下之大過予之，則受而弗敢辭。故春秋者，禮義之大宗也。夫禮禁未然之前，法施已然之後，法之所為用者易見，而禮之所為禁者難知。」

【注釋】

①易曰：引文見易緯通卦驗，今本易經無。
②故曰：引文見易・坤卦・文言。
③讒：指進讒言的人。
④賊：指叛逆作亂的人。
⑤犯：指被臣下冒犯、侵擾。

【譯文】

「如果治理亂世使它回到正軌，沒有比春秋更合適的了。春秋共有幾萬字，它的精華只有幾千字，萬物的分合之理都在春秋當中可以找到。在春秋中，記載殺死國君的事件有三十六起，記載國家滅亡的有五十二個，記載諸侯失政逃亡的多得數不清。考察其原因，都因失去了禮義這個根基。所以易中說：『失之毫厘，差以千里。』所以說：『臣子殺國君，兒子殺父親，這不是一朝一夕就造成這樣的結果，而是長時間逐步發展而成的。』因此，一國之君不能不通曉春秋，否則的話，看不出跟前進讒言的人，也不了解背後叛逆作亂的人。做臣子的不能不通曉春秋，否則的話，就不能恰當辦理日常事務，也不能隨機應變處理事情。作為君主、父親而不通曉春秋大義的，終將蒙受首惡的名聲。作為臣下、兒子而不通曉春秋大義的，一定會陷入殺君殺父的罪行而被誅殺處死。他們都以為自己在做善事，卻因不知道春秋大義，被人定上莫須有的罪名也不敢辯白。不通曉禮義的主旨，就會導致君不像君、臣不像臣、父不像父、子不像子。君不像君，就會被臣下冒犯；臣不像臣，就會遭到誅殺；父不像父，就會摒棄人倫之道；子不像子，就會忤逆不孝。這四種行為，是全天下的大過錯。把全天下大過錯的罪名加給他們，他們也只好接受而不敢推卸。因此，春秋這部書，是禮義的根本準則。禮把壞事禁止在發生之前，法卻是在壞事發生之後實施制裁，法的作用顯而易見，而禮的防止作用卻難以被人理解。」

壺遂曰：「孔子之時，上無明君，下不得任用，故作春秋，垂空文以斷禮義[1]，當一王之法。今夫子上遇明天子[2]，下得守職，萬事既具，咸各序其宜，夫子所論，欲以何明？」太史公曰：「唯唯③，否否，不然。余聞之先人曰：『伏羲至純厚④，作易八卦；堯、舜之盛，尚書載之，禮樂作焉。湯、武之隆⑤，詩人歌之。春秋采善貶惡，推三代之德，褒周室，非獨刺譏而已也。』漢興以來，至明天子，獲符瑞⑥，建封禪⑦，改正朔⑧，易服色，受命於穆清⑨，澤流罔極，海外殊俗，重譯款塞⑩，請來獻見者，不可勝道。臣下百官力誦聖德，猶不能宣盡其意。且士賢能而不用，有國者之恥，主上明聖而德不布聞，有司之過也。且余嘗掌其官，廢明聖盛德不載，滅功臣、世家、賢大夫之業不述，墮先人所言，罪莫大焉。余所謂述故事，整齊其世傳，非所謂作也，而君比之於春秋，謬矣。」

【注釋】

①垂：流傳。空文：指文章。

②明天子：指漢武帝。

③唯唯：恭敬順從的應答聲。

④伏羲：神話傳說中的遠古帝王。

⑤湯：商朝的建立者。武：周武王，周朝的建立者。

⑥符瑞：吉祥的徵兆。

⑦封禪（shàn）：帝王祭祀天地的大典。封，在泰山上築台祭天。禪，在泰山旁的梁甫山祭地。

⑧正朔：指曆法。正，歲首。朔，初一。漢武帝恢復使用夏曆。

⑨穆清：指天命。穆，美。清，清和。

⑩重（chóng）譯：一重重地輾轉翻譯。款塞：叩塞門。

【譯文】

壺遂說：「孔子那時，上面沒有聖明的國君，他在下面不被重用，所以才寫了春秋，使文章得到流傳，用文章來明斷禮義之分，作為一代聖王的法則。如今您上遇聖明的天子，在下享有職位，萬事齊備，方方面面都各得其宜，您所論述的，是要說明什麼呢？」太史公說：「是是，不不，不是這樣說。我聽先父講：『伏羲非常純樸忠厚，他作了易的八卦；堯、舜那樣的盛德，尚書給以記載，禮樂由此興起；商湯、周武王的功業那麼興隆，詩人就來歌頌。春秋褒善抑惡，推崇夏、商、周三代的盛德，褒揚周王室，不僅僅是諷刺而已。』漢代興國以來，到如今的聖上為止，獲得過吉祥的符瑞，到泰山祭祀過天地，改革了曆法，變更了車馬服色，受命於天，恩澤如流水潤澤無邊，連海外國家和少數民族都讓人重重轉譯，派來使者入境，請求獻禮朝見，這樣的事數不勝數。臣下百官極力稱頌天子的聖德，仍然不能完全表達心意。況且，士人賢能卻不受重用，是當權者的恥辱；天子聖明而他的盛德卻不能天下傳揚，是主管官員的過錯。而且，我擔任史官，拋開聖明天子的盛德而不加以記載，隱沒了功臣、世家的功業而不加以記述，是忘記先父的囑託，罪過沒有比這更大的了。我所說的是記述歷史事實，整理、編次世代相傳的史料，並不是人們所說的著作，而您把這和春秋相比，那就錯了。」

於是論次其文。七年而太史公遭李陵之禍①，幽於縲紲。乃喟然而歎曰：「是余之罪也夫！是余之罪也夫！身毀不用矣。」退而深惟曰②：「夫詩書隱約者，欲遂其志之思也。昔西伯拘羑里，演周易③。孔子戹陳、蔡④，作春秋。屈原放逐⑤，著離騷。左丘失明⑥，厥有國語。孫子臏腳⑦，而論兵法。不韋遷蜀，世傳呂覽⑧。韓非囚秦，說難、孤憤⑨。詩三百篇，大抵賢、聖發憤之所為作也。此人皆意有所鬱結，不得通其道也，故述往事，思來者。」於是卒述陶唐以來⑩，至於麟止⑪，自黃帝始。

【注釋】

①李陵：李廣之孫。武帝時率兵與匈奴作戰，敗而投降。司馬遷為之辯護，得罪受宮刑。

②惟：思。

③西伯拘羑（yǒu）里，演周易：指周文王被拘羑里時推演八卦，而成周易。

④戹：困頓。

⑤屈原：戰國時楚大夫，後被逐投汨羅江而死。著有離騷等作品。

⑥左丘：左丘明，相傳為春秋時魯國史官。

⑦孫子臏（bìn）腳：孫子，孫臏。著有孫臏兵法，已失傳。臏腳，一種挖掉膝蓋骨的酷刑。

⑧不韋遷蜀，世傳呂覽：不韋，秦始皇的相國呂不韋。呂覽，又稱呂氏春秋，呂不韋為相時讓門客輯纂而成。

⑨韓非囚秦，說難孤憤：韓非，戰國末年韓國公子，在秦國被李斯讒害致死。著有韓非子一書。說難孤憤，見於韓非子。實為韓非到秦國之前撰寫的。

⑩陶唐：陶唐氏，即堯。堯曾被封陶，後遷唐。

⑪麟：指漢武帝在雍打獵時獲白麟一事，事在元狩元年（前一二二）。

【譯文】

於是整理、編次成文。歷經七年，期間太史公因替李陵辯護而遭受災禍，被幽禁在監獄裏。於是喟然歎息道：「這是我的罪過啊！這是我的罪過啊！身體殘廢沒有什麼用了。」後來仔細考慮說：「詩書的含義含蓄微妙，是作者考慮到要實現自己的意志。當初西伯在羑里被拘禁，推演出周易。孔子被困在陳、蔡，回魯國後作了春秋。屈原被流放，寫了離騷。左丘明失明，這才著有國語。孫子臏蓋骨被挖，卻論著了兵法。呂不韋因罪遷往蜀地，他的呂覽才得以傳世。韓非在秦國被囚，說難、孤憤由此寫出。詩三百篇，大都是賢人、聖人抒發憤懣而作的。這些人都因心意有所抑鬱悶結，主張不能實行，所以才追述以往，期望於將來。」於是，我終於動手記述歷史，從黃帝開始，經陶唐，直到武帝獲麟為止。

司馬遷

司馬遷（約前一四五—約前九三），字子長，左馮翊夏陽（今陝西韓城）人。祖先世代為太史，父親司馬談漢武帝時任太史令。漢書・藝文志著錄有司馬遷賦八篇，隋書・經籍志有司馬遷集一卷。司馬遷早在二十歲時，便離開首都長安遍踏名山大川，實地考察歷史遺蹟，了解到許多歷史人物的遺聞軼事以及許多地方的民情風俗和經濟生活。在漢武帝元封三年（前一〇八），司馬遷接替父親擔任太史令，開始有機會閱覽漢朝官藏的圖書、檔案以及各種史料，他一邊整理史料，一邊參加改曆。等到太初元年（前一〇四），我國第一部曆書太初曆完成，司馬遷就接續父親的意願繼續修撰史記。期間因替李陵辯護而被下獄，遭受宮刑，蒙受奇恥大辱。出獄後，他發憤著書，終於完成了史記這部偉大的著作。

報任安書

報任安書出自文選。信中司馬遷敘述了自己的志向與不幸，充滿遭受奇恥大辱的悲憤，也體現了自強不息的精神。本文寫得百轉千回，所謂悲憤出文章，誠非虛言。

太史公牛馬走司馬遷再拜言①，少卿足下②：曩者辱賜書，教以慎於接物，推賢進士為務。意氣勤勤懇懇，若望僕不相師③，而用流俗人之言。僕非敢如此也。僕雖罷駑④，亦嘗側聞長者之遺風矣。顧自以為身殘處穢，動而見尤⑤，欲益反損，是以獨抑鬱而誰與語。諺曰：「誰為為之？孰令聽之？」蓋鍾子期死，伯牙終身不復鼓琴。何則？士為知己者用，女為說己者容。若僕大質已虧缺矣⑥，雖才懷隨、和，行若由、夷，終不可以為榮，適足以見笑而自點耳。書辭宜答，會東從上來⑦，又迫賤事，相見日淺，卒卒無須臾之間得竭志意。今少卿抱不測之罪，涉旬月，迫季冬，僕又薄從上雍⑧，恐卒然不可為諱。是僕終已不得舒憤懣以曉左右，則長逝者魂魄私恨無窮。請略陳固陋。闕然久不報，幸勿為過。

【注釋】

①牛馬走：像牛馬一樣奔走的僕人。這是司馬遷自謙的說法。
②少卿：任安，字少卿。
③望：抱怨。
④罷（pí）駑：疲弱無能的馬。罷，衰弱，無能。駑，劣馬。
⑤尤：指責。
⑥大質：身體。

⑦東從上來：指太始四年（前九二）司馬遷隨漢武帝東巡泰山，返回長安一事。
⑧薄從上雍：隨漢武帝去雍地祭祀的日子越來越近。薄，迫近。雍，地在今陝西鳳翔南。

【譯文】

太史公、願為您效犬馬之勞的司馬遷再拜陳言，少卿足下：前些日子蒙您屈尊賜信給我，指教我謹慎待物，並以推舉賢才為己任。您情意誠摯懇切，好像是埋怨我不採納您的意見，反而聽信了俗人的話。我是不敢這樣的。我雖才能低下，也曾聽説過德高望重的長者留下來的風尚。只不過我自認為身體已經殘廢、地位卑賤，稍有行動就被人指責，本想做點好事卻導致不好的結果，因此獨自憂悶無處可説。諺語説：「為誰而做？説給誰聽？」鍾子期死後，俞伯牙終生不再彈琴。為什麼呢？因為士人只為知己者效力，女子只為愛自己的人打扮。像我，身體已經殘廢，就算我有隨侯珠、和氏璧那樣的才能，有許由、伯夷那樣高潔的品行，終究不能引以為榮，恰恰足以被人恥笑而使自己受辱罷了。來信本該早回，恰逢隨皇帝東巡泰山才回來，又忙些瑣事，和您相見的日子很少，我又忙忙乎乎沒有一點時間來盡訴我的心意。如今您遭到難以預料的罪名，再過一個月，就近冬末了，我又要隨從皇帝去雍地了，恐怕您突遭不幸。那樣，我就最終也不能抒發憤懣讓你了解，而死去的人因為得不到回信也會抱着無窮的遺憾。請讓我大概地陳述鄙陋之見。這麼久沒有給你回信，見諒。

僕聞之：修身者，智之符也；愛施者，仁之端也；取予者，義之表也；恥辱者，勇之決也；立名者，行之極也。士有此五者，然後可以託於世，而列於君子之林矣。故禍莫憯於欲利①，悲莫痛於傷心，行莫醜於辱先，詬莫大於宮刑。刑餘之人，無所比數，非一世也，所從來遠矣。昔衞靈公與雍渠同載②，孔子適陳；商鞅因景監見，趙良寒心③；同子參乘④，袁絲變色⑤，自古而恥之。夫中材之人，事有關於宦豎，莫不傷氣，而況於慷慨之士乎！如今朝廷雖乏人，奈何令刀鋸之餘薦天下之豪俊哉！僕賴先人緒業，得待罪輦轂下⑥，二十餘年矣。所以自惟⑦，上之，不能納忠效信，有奇策材力之譽，自結明主；次之，又不能拾遺補闕，招賢進能，顯巖穴之士⑧；外之，不能備行伍，攻城野戰，有斬將搴旗之功⑨；下之，不能積日累勞，取尊官厚祿，以為宗族交遊光寵。四者無一遂，苟合取容⑩，無所短長之效，可見於此矣。鄉者，僕亦嘗廁下大夫之列⑪，陪奉外廷末議，不以此時引綱維，盡思慮，今已虧形為掃除之隸，在闒茸之中⑫，乃欲仰首伸眉，論列是非，不亦輕朝廷、羞當世之士邪？嗟乎！嗟乎！如僕尚何言哉！尚何言哉！

【注釋】

①憯（cǎn）：慘毒，慘痛。

②衛靈公：衛靈公與夫人同車出遊，令太監雍渠坐在一旁，又讓孔子坐到車上，孔子以為恥辱。雍渠：衛國的宦官。
③「商鞅」以下二句：因為商鞅是靠太監景監的介紹而見的秦孝公，賢士趙良見此，感到寒心。
④同子：即漢文帝時的宦官趙談。因與司馬遷父親司馬談同名，這裏避父諱而稱「同子」。參（cān）乘：陪坐在車子右面的人。參，通「驂」。
⑤袁絲：袁盎，字絲。漢文帝時大臣。
⑥輦轂（gǔ）：皇帝車駕。
⑦惟：思慮。
⑧巖穴之士：隱士，在野的賢士。
⑨搴（qiān）：拔取。
⑩苟合取容：苟且求合以求容身。
⑪廁：忝列。
⑫闒（tà）茸：卑賤。

【譯文】

我聽說：加強自身修養，是智慧的積累；樂善好施，是仁德的開端；索取與給予得當，是道義的體現；恥於受侮辱，是勇敢的先決；樹立好名聲，是品行的最高準則。士人具備了這五點，才能據此立足社會，進入君子的行列。所以，災禍沒有比貪圖私利更悲慘的了，悲痛沒有比心靈受創更傷心的了，行為沒有比讓祖先受辱更醜惡的了，恥辱沒有比受宮刑更嚴重的了。遭受宮刑的人，無法與常人相提並論，這不是某一朝代的事，而是由來已久了。從前衛靈公與雍渠同車，孔子感到恥辱，於是離開衛國去往陳國；商鞅經由景監面見秦孝公，趙良為此感到寒心；趙談陪皇帝坐車，袁盎因而怒容滿面，自古以來人們就鄙視宦官。就連中等才能的人，遇到涉及宦官的事，沒有不感到羞辱的，何況是慷慨激昂的人呢！現在朝廷雖然缺乏人才，怎麼能讓我這受過刑罰的人推舉天下的豪傑之士呢！我靠着繼承父親的餘業，得以在朝廷任職，已有二十多年了。平日自己尋思，對上，我沒能效盡忠心與信誠，也沒能得到策略出眾和才幹突出的聲譽，以求得聖上的賞識；其次，我又不能為聖上拾遺補闕，進選賢能之人和隱居的賢人；在外，我不能參與軍隊攻城略地，建立斬將拔旗的功績；對下，我又不能積累功勞，得到高官厚祿，使宗族和朋友為我而得到榮耀和寵幸。這四方面沒有一個方面我實現了的，我苟且求合以求容身，大大小小的建樹全都沒有，由此都可以看出來。過去，我也曾有幸站在下大夫的行列，在朝堂上侍奉聖上、發表些微不足道的議論，那時我沒有申張國家的法度，為國竭盡智謀，何況現在身體已殘缺、地位低下，處在卑賤者的行列裏，竟然還要揚眉吐氣，說長道短，那不是蔑視朝廷、羞辱當今的士人嗎？唉！唉！像我這樣的人還能說什麼呢！還能說什麼呢！

且事本末未易明也。僕少負不羈之才，長無鄉曲之譽，主上幸以先人之故，使得奏薄伎①，出入周衛之中②。僕以為戴盆何以望天，故絕賓客之知③，亡室家之業，日夜思竭其不肖之才力，務一心營職，以求親媚於主上。而事乃有大謬不然者。

【注釋】

①奏薄伎：貢獻微薄的才能。奏，貢獻。

②周衞：指嚴密防衛的宮禁。

③知（zhì）：同「智」，才智。

【譯文】

況且，事情的原委難以明了。我年輕時自負有出眾的才能，長大後卻得不到鄉里的推譽，幸賴主上因為我父親的關係，使我得以貢獻微薄的才能，在宮禁之中出入。我認為頭頂盆子怎麼能望得見天呢，所以斷絕了與賓朋的來往，把家庭私事扔在一邊，日日夜夜惦記着竭盡我綿薄的才力，致力於本職事務，期望得到主上的信任與賞識。但是事情的結果卻和初衷完全相反。

夫僕與李陵俱居門下，素非能相善也，趨捨異路，未嘗銜杯酒、接殷勤之餘歡。然僕觀其為人，自守奇士，事親孝，與士信，臨財廉，取與義，分別有讓，恭儉下人，常思奮不顧身以殉國家之急。其素所蓄積也，僕以為有國士之風。夫人臣出萬死不顧一生之計，赴公家之難，斯已奇矣。今舉事一不當，而全軀保妻子之臣隨而媒糵其短①，僕誠私心痛之。且李陵提步卒不滿五千，深踐戎馬之地，足歷王庭②，垂餌虎口，橫挑強胡，仰億萬之師，與單于連戰十有餘日，所殺過當，虜救死扶傷不給。旃裘之君長咸震怖③，乃悉徵其左右賢王，舉引弓之人，一國共攻而圍之。轉鬥千里，矢盡道窮，救兵不至，士卒死傷如積。然陵一呼勞軍，士無不起，躬自流涕，沬血飲泣，更張空弮④，冒白刃，北向爭死敵者。

【注釋】

①媒糵（niè）：酒麯。這裏是醞釀的意思。

②王庭：指匈奴首領單于的王廷。

③旃裘：匈奴人所用毛氈和皮裘，代指匈奴人。旃，通「氈」。

④弮（quān）：弓弩。

【譯文】

我和李陵都在門下任職，一向並沒有密切來往，各走各的路，不曾在同桌飲過酒、表示過殷勤的情誼。但是，我看他的為人，是個能端正自守的奇人，孝順雙親，對待士人講信用，對待財物廉潔奉公，按照理義索取或給予，懂得尊卑秩序而能禮讓，謙卑自約、禮賢下士，常常想着為國家急難而奮不顧身。他平時所蘊含的品德，我認為具有國士的風範。臣子應該出於寧肯萬死、不求一生的考慮，奔赴國家急難，這已是很可貴的了。如今行事一有不妥，那些只顧保全自己和妻小的臣子，就隨即誇大他的過失，圖謀釀成他的大罪，我私下感到實在痛心。況且李陵率領的步兵不到五千人，深入胡地，一直打到單于的王廷，就好比在虎口邊設下誘餌，勇猛地向強大的胡軍挑戰，向居高臨下的億萬敵軍發動進攻，與單于接戰十多天，所殺敵人超過自己軍隊的數目，敵軍連救死扶傷都來不及。胡人的君長都感震驚，便徵調了左賢王、右賢王部下全部軍隊，徵調了所有能拉弓射箭的人，舉全國之軍一起圍攻他們。李陵軍轉戰千里，箭矢耗盡，無路可走，救兵也沒有來到，死傷的士卒堆積如山。但是李陵一聲令下，疲勞的士卒無不復起，人人落淚，血流滿身，拉開已空的弓弩，冒着敵人的利刃，爭着向北與敵人決一死戰。

陵未沒時，使有來報，漢公卿王侯皆奉觴上壽。後數日，陵敗書聞，主上為之食不甘味，聽朝不怡。大臣憂懼，不知所出。僕竊不自料其卑賤，見主上慘愴怛悼，誠欲效其款款之愚。以為李陵素與士大夫絕甘分少，能得人之死力，雖古之名將，不能過也。身雖陷敗，彼觀其意，且欲得其當而報於漢。事已無可奈何，其所摧敗，功亦足以暴於天下矣。僕懷欲陳之，而未有路，適會召問，即以此指推言陵之功①，欲以廣主上之意，塞睚眥之辭。未能盡明，明主不曉，以為僕沮貳師②，而為李陵遊說，遂下於理③。拳拳之忠，終不能自列，因為誣上，卒從吏議。家貧，貨賂不足以自贖，交遊莫救視，左右親近不為一言。身非木石，獨與法吏為伍，深幽囹圄之中，誰可告愬者④！此真少卿所親見，僕行事豈不然乎？李陵既生降，頹其家聲，而僕又佴之蠶室⑤，重為天下觀笑。悲夫！悲夫！事未易一二為俗人言也。

【注釋】

①指：意思。

②沮：誹謗。貳師：指貳師將軍李廣利，漢武帝寵妃李夫人之兄。李陵被圍，李廣利未能及時救援，司馬遷替李陵辯護，因此被認為是在詆毀李廣利。

③理：即大理寺，掌刑法。

④愬（sù）：告訴。

⑤佴（èr）：居。蠶室：受過宮刑之人所住的密不透風的屋子。

【譯文】

李陵未遭覆沒的時候，有使者來漢朝廷報告戰況，朝上公卿王侯都向主上舉杯祝賀。過了幾天，李陵兵敗的消息奏聞主上，主上為此吃飯無味，聽政不樂。大臣們擔心害怕，不知怎麼辦才好。我私心不考慮自己地位的卑賤，看到主上這麼痛心，實在想奉獻誠懇的愚昧見解。我認為李陵對部下，好吃的東西自己不吃，把僅存的少量物品分給別人，因而部下能為他拚死效力，即使古代的名將，也超不過他。李陵雖然失敗被俘，看他的心意，是想伺機報效漢朝。事到如今已無可奈何，但他挫敗敵人的功勞，也足以彰明天下。我要把所想的這些向主上陳說，卻沒有機會，恰逢主上召見詢問，我就沿着這個思路，論說李陵的功績，想以此寬慰主上之心，堵塞那些怨恨李陵的言辭。我沒能完全表達明白，明主沒有洞察我的心意，以為我詆毀貳師將軍，而替李陵開脱，於是把我下到大理寺問罪。我誠懇的忠心，終於沒有機會表白，因而被定了誣上的罪名，終於法吏的判決被認準。我因為家貧，錢財不足以用來贖罪，朋友們也沒有誰前來營救，主上身邊的人也無人替我說一句話。我不是沒有情感的木石，獨自和法官打交道，被拘禁在監獄之中，能跟誰去訴說呢！這些正是您親眼所見，我做事難道不是這樣嗎？李陵活着投降了，敗壞了他家族的聲譽，而我又在蠶室中蒙受恥辱，為天下人所恥笑。可悲呀！可悲呀！這些事情是不容易對世俗的人一一說明白的。

僕之先非有剖符、丹書之功①，文、史、星、曆②，近乎卜、祝之間③，固主上所戲弄，倡優所畜，流俗之所輕也。假令僕伏法受誅，若九牛亡一毛，與螻蟻何以異？而世俗又不能與死節者次比，特以為智窮罪極、不能自免、卒就死耳。何也？素所自樹立使然也。人固有一死，死或重於泰山，或輕於鴻毛，用之所趣異也④。太上不辱先，其次不辱身，其次不辱理色，其次不辱辭令，其次詘體受辱⑤，其次易服受辱，其次關木索、被箠楚受辱，其次剔毛髮、嬰金鐵受辱⑥，其次毀肌膚、斷肢體受辱，最下腐刑極矣！傳曰：「刑不上大夫⑦。」此言士節不可不勉勵也。猛虎在深山，百獸震恐，及在檻穽之中⑧，搖尾而求食，積威約之漸也。故士有畫地為牢，勢不可入；削木為吏，議不可對，定計於鮮也。今交手足，受木索，暴肌膚，受榜箠，幽於圜牆之中，當此之時，見獄吏則頭搶地，視徒隸則心惕息。何者？積威約之勢也。及以至是，言不辱者，所謂強顏耳，曷足貴乎！

【注釋】

①剖符、丹書：漢初規定，凡受封剖符、丹書的有功之臣，子孫有罪可獲赦免。剖符，是一剖為二的符，君臣各執其半，以為憑信。丹書，是用硃砂寫在鐵券上的誓詞。

②文、史、星、曆：指文獻、歷史、天文、曆法。

③卜：掌占卜的官。祝：掌祭禮的官。

④趣（qū）：趨向，歸向。

⑤詘（qū）體：身體被捆綁。詘，彎曲，捲曲。

⑥剔（tì）毛髮、嬰金鐵：指受髡刑和鉗刑。剔，用刀刮去毛髮。嬰，纏繞，將鐵圈戴在脖子上。

⑦刑不上大夫：見禮記．曲禮上。

⑧檻穽（jǐng）：捕獸的機具和陷坑。

【譯文】

我的先人並沒有受賜剖符、丹書那樣的功勞，不過是掌管文獻、歷史、天文、曆法，近似於卜官、祝官一流，本是為主上所戲弄，像樂師、優伶那樣被豢養，而被世人所輕視。假如我被法律處罰遭到殺戮，不過就像九牛失去一毛，跟死去隻螻蛄、螞蟻有什麼不同呢？而世俗又不把我和那些死於堅持氣節的人相提並論，只是認為我智慮窮盡、罪大惡極、不能自脫、終於被殺而已。為什麼呢？平日我自己從事的職業使人們有這樣的看法罷了。人總有一死，有人的死比泰山還要重，有人的死比鴻毛還要輕，這是因為他們死的原因和目的不同。最好是不使祖先受辱，其次是自身不受辱，再次是不使自己的顏面受辱，再次是不在言辭上受辱，再次是身體被綁而受辱，再次是穿上囚服而受辱，再次是戴刑具、被抽打而受辱，再次是剃掉毛髮、頸戴鐵圈而受辱，再次是毀壞肌膚、截斷肢體而受辱，最下等的就是腐刑，受辱到了極點！古書上說：「刑罰不施加於大夫以上。」這是說作為士大夫不可不磨礪他的氣節。猛虎在深山，百獸感到震恐，一旦猛虎掉進陷坑或被關進籠子，便搖着尾巴向人求食，是因為威力長期以來使它漸漸馴服的緣故。所以，士人即使在地上劃個圓圈作監牢，他也不敢進入；削個木頭人作法吏，他也不敢對案，而態度鮮明地計劃在受辱之前就自殺。如今手腳被綁，戴上了刑具，暴露肌膚，被杖打鞭抽，囚禁在牢獄裏，在這時候，見到獄吏就趕緊磕頭，看見獄卒就心驚膽戰不敢喘氣。為什麼呢？這是由於威力的長期施加造成的。都已到了這種地步，卻說自己沒有受辱，不過是厚臉皮罷了，有什麼可讚揚的呢！

且西伯，伯也，拘於羑里；李斯，相也，具於五刑；淮陰①，王也，受械於陳；彭越、張敖②，南面稱孤，繫獄抵罪；絳侯誅諸呂③，權傾五伯，囚於請室；魏其④，大將也，衣赭衣，關三木；季布為朱家鉗奴⑤；灌夫受辱於居室⑥，此人皆身至王侯將相，聲聞鄰國，及罪至罔加，不能引決自裁，在塵埃之中。古今一體，安在其不辱也？由此言之，勇怯，勢也；強弱，形也。審矣，何足怪乎？夫人不能早自裁繩墨之外，以稍陵遲，至於鞭箠之間，乃欲引節，斯不亦遠乎！古人所以重施刑於大夫者，殆為此也。夫人情莫不貪生惡死，念父母，顧妻子，至激於義理者不然，乃有所不得已也。今僕不幸早失父母，無兄弟之親，獨身孤立，少卿視僕於妻子何如哉？且勇者不必死節，怯夫慕義，何處不勉焉！僕雖怯懦欲苟活，亦頗識去就之分矣，何至自沉溺縲紲之辱哉！且夫臧獲婢妾猶能引決⑦，況僕之不得已乎！所以隱忍苟活，幽於糞土之中而不辭者，恨私心有所不盡，鄙陋沒世而文采不表於後世也。

【注釋】

①淮陰：即漢初大將淮陰侯韓信。劉邦曾因懷疑楚王韓信謀反而將他在陳地抓起來，赦免後降為淮陰侯。

②彭越、張敖：二人在漢初都是王，彭越受封為梁王，張敖為趙王，所以都面南背北而稱孤，後來也都因謀反之罪而入獄。

③絳侯誅諸呂：絳侯，即周勃。這裏說他滅掉劉邦妻子呂后的親族，權勢超過「春秋五霸」，卻因謀反罪而被囚禁在專門關押有罪官吏的請室。

④魏其：漢景帝時大將軍魏其侯竇嬰。這裏說他曾穿着囚犯的赭色衣服，戴着頭枷、手銬和腳鐐。

⑤季布：項羽的大將。項羽失敗後，劉邦欲以重金收買季布，他便自受鉗刑，賣身於魯國大俠朱家為奴。

⑥灌夫：漢景帝時為郎中將、武帝時為太僕，因得罪丞相田蚡而被囚。

⑦臧獲：某些地方對奴婢的稱呼。

【譯文】

況且，西伯是一方諸侯之長，卻被囚禁在羑里；李斯是一國的丞相，遭受五種刑罰；淮陰侯本是王，卻在陳地戴上刑具；彭越、張敖都是南面稱王的人，卻被下獄抵罪；絳侯誅滅諸呂，權勢超過春秋五霸，卻被關押在請室之中；魏其侯是大將軍，卻穿上赭色囚衣，戴上木枷、手銬和腳鐐三種刑具；季布自受鉗刑給朱家做奴隸；灌夫在家中受辱。這些人都是位至王侯將相，名聲傳到鄰國，等到犯罪落入法網，卻不能自殺而死，落入塵埃之中。古今一樣，哪裏有不受屈辱的呢？由此說來，勇怯、強弱都是形勢使然。很明白的了，還有什麼值得奇怪的呢？人不能在法律制裁之前就自殺，以致慢慢受挫而頽唐，到了身受杖打鞭抽的時候，才想為氣節而死，這不是晚了點嗎！古人之所以不輕易對大夫實施刑罰，大概就是因為這個。人之常情，無不貪生惡死，顧念妻子兒女，至於激於義理的人卻不是如此，他們是有不得已的地方。如今我不幸父母早早過世，也沒有兄弟，獨自一人活在世上，你看我對妻子兒女又怎樣呢？而且勇敢的人不一定非要為氣節而死，怯懦的人要是仰慕節義，哪裏找不到可以勉勵自己的人呢！我雖然怯懦，想要苟且偷生，也很明白捨生就義的道理，哪裏至於甘心被囚而受侮辱呢！而且奴僕婢妾尚且可以自殺，何況我是不得已，不是更該受死嗎！我之所以暗自苟且偷生，置身在骯髒的監獄中而不自裁，是因為我的心願未了，如果屈辱離世的話，我的文章便不能流傳後世。

古者富貴而名磨滅，不可勝記，唯倜儻非常之人稱焉。蓋文王拘而演周易；仲尼厄而作春秋①；屈原放逐，乃賦離騷；左丘失明，厥有國語；孫子臏腳，兵法修列；不韋遷蜀，世傳呂覽；韓非囚秦，說難、孤憤；詩三百篇，大底賢聖發憤之所為作也。此人皆意有所鬱結，不得通其道，故述往事，思來者。乃如左丘無目，孫子斷足，終不可用，退而論書策以舒其憤，思垂空文以自見。僕竊不遜，近自託於無能之辭，網羅天下放失舊聞，略考其事，綜其終始，稽其成敗興壞之紀②，上計軒轅③，下至於茲，為十表、本紀十二、書八章、世家三十、列傳七十，凡百三十篇。亦欲以究天地之際，通古今之變，成一家之言。草創未就，會遭此禍，惜其不成，是以就極刑而無慍色。僕誠已著此書，藏之名山，傳之其人、通邑大都，則僕償前辱之責，雖萬被戮，豈有悔哉！然此可為智者道，難為俗人言也。

【注釋】

①仲尼：孔子，名丘，字仲尼。
②稽：考察。
③軒轅：即黃帝。

【譯文】

古時候生前富貴而死後卻聲名不傳的人，多得數不清，只有成就卓著、風流倜儻的人能受到後人的稱道。像周文王被拘禁而推演出周易；孔子受困厄而著作春秋；屈原被流放才寫出離騷；左丘明雙目失明，寫出國語；孫臏膝蓋骨被剜而編寫出兵法；呂不韋遷居蜀地，呂覽才得以流傳於後世；韓非在秦國被捕下獄，寫出了說難、孤憤；詩經三百篇，大都是賢人、聖人抒發內心的憤懣而作的。這些人都是心裏抑鬱悶結，得不到宣泄，所以才追述以往的事情，寄希望於後來人。就像左丘明失明，孫子斷了腳，再也得不到重用了，於是退而著書立說，以此抒發心中的憤懣，希望文章流傳後世使後人能了解自己。近些年，我私下不自量力，依靠拙劣的文辭，蒐集天下各處的舊聞，粗略地考訂其事實，綜合其來龍去脈，考察其成功、失敗、興起、衰亡的規律，上自黃帝，下至於今，寫成表十篇、本紀十二篇、書八篇、世家三十篇、列傳七十篇，共一百三十篇。也是想用來探究自然和人事之間的關係，通曉由古到今的變化，建立一家之言論。還沒有寫成，就遭遇了這起災禍，我為此書未成深感痛惜，所以，遭受極殘酷的刑罰卻毫無慍色。如果我真的能寫完此書，在名山之中將它珍藏，傳到了解我的人和交通發達的大都邑，那麼償還了我此前受辱的債，即使我受刑被殺一萬次，還有什麼可後悔的呢！然而這些話只能對智者去說，難於跟一般的人去講。

且負下未易居①，下流多謗議②。僕以口語遇遭此禍，重為鄉黨所戮笑。以污辱先人，亦何面目復上父母之丘墓乎？雖累百世，垢彌甚耳！是以腸一日而九回，居則忽忽若有所亡，出則不知其所往。每念斯恥，汗未嘗不發背沾衣也！身直為閨之臣③，寧得自引深藏巖穴邪？故且從俗浮沉，與時俯仰，以通其狂惑，今少卿乃教以推賢進士，無乃與僕私心剌謬乎④？今雖欲自彫琢，曼辭以自飾，無益，於俗不信，適足取辱耳。要之，死日然後是非乃定。書不能悉意，略陳固陋。謹再拜。

【注釋】

①負下：擔負着污辱之名。
②下流：地位低下。
③閨（gé）：指宮禁。
④剌（là）謬：違背。

【譯文】

而且，背着侮辱的罪名不易立身當世，地位低下的人常常被人詆毀。我因進言而遭遇這場災禍，深受家鄉人的恥笑。因為我讓祖上受辱被污，還有什麼臉面再給父母上墳呢？即使過了一百世，恥辱只會越來越加重！因此，痛苦之情難以抑制，在腸中百轉千回，平日在家經常深思游移，若有所失，出門常常不知道要到哪裏去。每當想到這種恥辱，次次都是汗流浹背、沾濕衣服！我不過是宮中的臣僕，怎麼能自我引退避居山野呢？所以，暫且跟着世俗隨波逐流，與時勢俯仰上下，以抒發內心的悲憤。如今少卿竟然叫我推賢舉能，不是和我個人的想法相違背嗎？現在就算我想用推賢舉能的行動來粉飾自己，用甜言美語為自己開脫，也毫無用處，不會得到世俗的信任，恰恰更加自辱而已。總之，人死了以後才能定功論過。這封信不能充分表達我的心意，只是概略地陳說一下鄙陋之見。謹再拜。

卷六

漢書

漢書也稱前漢書，記載西漢一代歷史，是我國第一部紀傳體斷代史。作者班固（三二—九二），字孟堅，東漢扶風安陵（今陝西咸陽）人。其父班彪曾著有史記後傳六十五篇，班固有志完成父業，卻被人誣告私改國史而下獄。其弟班超替他上書辯白，明帝看過他的書稿也覺得他才能卓異，就任命他為蘭台令史，隨後升遷為郎，典校祕書，繼續修史。班固去世時，漢書已大致完成，其妹班昭與馬續完成了最後的「八表」與天文志。漢書最終在漢和帝時期，前後歷時近四十年，經兩代四人終於成書。

漢書共一百篇，分十二紀、八表、十志、七十列傳。關於漢武帝以前的史事，基本上取材於史記，但因是「奉詔而作」，且班固本人是個正統的儒者，當時也是儒道最盛的時期，因此不像史記那樣富於激情與人情，文筆上也不如史記那樣揮灑自如，而處處流露出比較刻板的官方正統意識。從此以後各朝的所謂「正史」基本都沿襲了漢書的官方正統化風格，在體裁上也「自爾迄今，無改斯道」了。

高帝求賢詔

高帝即漢高祖劉邦，西漢開國皇帝，字季，沛（今江蘇沛縣）人。他認識到人才對於鞏固統治的重要意義，因此頒佈此詔令，在全國範圍內徵求賢才。

蓋聞王者莫高於周文①，伯者莫高於齊桓②，皆待賢人而成名③。今天下賢者智能豈特古之人乎④？患在人主不交故也，士奚由進⑤！今吾以天之靈、賢士大夫定有天下，以為一家，欲其長久，世世奉宗廟亡絕也⑥。賢人已與我共平之矣，而不與吾共安利之，可乎？賢士大夫有肯從我遊者，吾能尊顯之。佈告天下，使明知朕意。御史大夫昌下相國⑦，相國酇侯下諸侯王⑧，御史中執法下郡守⑨，其有意稱明德者⑩，必身勸，為之駕，遣詣相國府，署行、義、年⑪。有而弗言，覺免。年老癃病⑫，勿遣。

【注釋】

①蓋：發語詞。王（wàng）：動詞，成就王業。周文：周文王。

②伯（bà）：稱霸。齊桓：齊桓公，「春秋五霸」之首。

③待：依靠。

④特：只。

⑤奚：何。

⑥亡（wú）：無。

⑦御史大夫：漢朝中樞機構的最高長官之一，掌管機要文書和監察事務。相國：後稱「丞相」，處理國家政事的最高行政長官。

⑧酇（zàn）侯：即蕭何。

⑨御史中執法：又稱「御史中丞」，地位僅次於御史大夫。郡守：郡的最高長官。

⑩意：名聲。稱（chèn）：相副。明德：才德。

⑪署：題寫。行：事跡，表現。義：同「儀」，相貌。

⑫癃（lóng）：衰老病弱。

【譯文】

聽說古來成就王業的，沒有誰能超過周文王；成就霸業的，沒有誰能超過齊桓公，他們都依靠賢人的輔佐而成就功名。說到天下賢人的智慧和才能，難道只有古人才具備嗎？只怕君主不去結交他們，賢士怎能為他們效力呢！現在我靠老天佑助、賢士大夫們平定天下，完成統一大業，想要使政權長久，世世代代延續不斷地奉祠宗廟。賢士們願意和我一起平定了天下，而不和我一起來治理使其安定發展，怎麼可以呢？賢士們願意和我一起治理國家的，我能讓他們地位尊貴。因此佈告天下，讓天下知道我的意思。御史大夫周昌把我的求賢詔令下達給相國，相國酇侯蕭何將它下達給諸侯王，御史中丞下達給各郡的郡守，如果有確具才德的賢士，地方官一定要親自去勸勉，給他安排車駕，送到相國府，記下他的表現、容貌和年齡。如果有賢才而官吏不舉薦，一經發覺即予免職。年老有病的則不必遣送。

文帝議佐百姓詔

文帝，即漢文帝劉恆。此詔令是針對因水旱災害造成的糧食短缺問題而發，分別從政府和百姓兩方面反覆設問，尋求癥結所在，表達了關心民瘼的迫切心情。

間者數年比不登①，又有水旱疾疫之災，朕甚憂之。愚而不明，未達其咎。意者朕之政有所失而行有過與？乃天道有不順，地利或不得，人事多失和，鬼神廢不享與②？何以致此？將百官之奉養或費③，無用之事或多與？何其民食之寡乏也？夫度田非益寡④，而計民未加益，以口量地，其於古猶有餘，而食之甚不足者，其咎安在？無乃百姓之從事於末⑤，以害農者蕃⑥？為酒醪以靡穀者多⑦，六畜之食焉者眾與⑧？細大之義，吾未能得其中。其與丞相、列侯、吏二千石、博士議之⑨，有可以佐百姓者，率意遠思，無有所隱！

【注釋】

①間：近來。比：屢屢。登：莊稼成熟。
②廢：拋棄。享：享用供品。
③將：抑，或者。
④度（duó）：計量。益：更加。
⑤末：指工商業。
⑥蕃：多。
⑦醪（láo）：酒釀。靡：浪費。
⑧食（sì）：餵養，飼養。
⑨列侯：漢代制度，稱異姓封侯者為列侯。二千石：是官員的俸祿。這裏指漢代郡守以上的官。博士：掌管書籍文獻，通曉古今，為當政者出謀劃策的官員。

【譯文】

近年來連續歉收，又有水災、旱災和疾病瘟疫等災害，我很憂慮。由於我愚鈍而不明智，不明白哪裏出了問題。想來是我為政上有失誤、行為上有過錯吧？還是天時不順，或未能盡地利，或人事不協調，或鬼神拋棄我而不享用祭品呢？為什麼會這樣呢？或許是百官的俸祿過高，在無用的事情上花費太多吧？為什麼百姓的口糧如此缺乏呢？經過丈量，田地並不比以前更少，經過統計，人口也沒有比以前更多，按人口均分土地，比古時還要多，而糧食卻很匱乏，毛病出在哪裏？難道是百姓中從事商業以致耽誤農事的人多了？為釀酒浪費的糧食多了？還是六畜飼養太多以致吃了太多糧食呢？這些大大小小的原因，我還不能確知問題所在。所以和丞相、列侯、俸祿二千石的官吏和博士們商議，有可以幫助百姓的，要用心去好好思考，不要有所隱瞞！

景帝令二千石修職詔

此詔是漢景帝為整頓吏治而發。先指出飢寒的原因及其危害；接着發出民食缺少的設問，指出病根在於官吏；並就此下達了整頓吏治的命令。

雕文刻鏤①，傷農事者也；錦繡纂組②，害女紅者也③。農事傷，則飢之本也；女紅害，則寒之原也。夫飢寒並至，而能無為非者寡矣。朕親耕，后親桑，以奉宗廟粢盛、祭服④，為天下先。不受獻，減太官⑤，省繇賦⑥，欲天下務農蠶，素有畜積⑦，以備災害。強毋攘弱⑧，眾毋暴寡，老耆以壽終⑨，幼孤得遂長⑩。今歲或不登⑪，民食頗寡，其咎安在？或詐偽為吏，吏以貨賂為市，漁奪百姓⑫，侵牟萬民⑬。縣丞⑭，長吏也，奸法與盜盜，甚無謂也。其令二千石各修其職。不事官職，耗亂者⑮，丞相以聞，請其罪⑯。佈告天下，使明知朕意。

【注釋】

①雕：彩畫。文：花紋。

②纂（zuǎn）組：赤色綬帶。

③女紅（gōng）：女工，女子紡織、縫紉等事。

④粢盛（zīchéng）：盛在祭器內供祭祀用的穀物。

⑤太官：掌宮廷膳食之官。

⑥繇（yáo）：通「徭」，徭役。

⑦畜（xù）：積蓄，積儲。

⑧攘：奪取。

⑨耆（qí）：古代六十歲以上的人稱「耆」。

⑩遂：成。

⑪登：穀物的收成。

⑫漁奪：殘酷地掠奪。漁，侵佔，掠奪。

⑬侵牟：貪取。

⑭縣丞：縣令的副職。

⑮耗（mào）亂：昏亂不明。耗，通「眊」。

⑯請：追究。

【譯文】

對器具一味彩繪裝飾、精雕細刻的，是妨害農業生產的事；對衣飾刺繡花紋、編織絲帶，是妨害婦女們紡織的事。農業生產受到損害，是百姓飢餓的根源；婦女們紡織受到損害，是百姓寒冷的根源。飢寒交迫，就很少有人能不為非作歹的。我親自耕種籍田，皇后親自採桑養蠶，來供給宗廟裏的祭品和祭服，為天下人帶頭。我不接受人們的獻納，減省膳食，減免徭役和賦稅，想使天下人致力農桑，平常有所蓄積，以備災荒。要求強者不要攘奪弱者，勢眾者不要欺負勢單力薄者，老人能得壽終，孤幼兒童能順利成長。現在有時收成不好，百姓的糧食很缺乏，毛病出在什麼地方？或許有奸詐虛偽的人當了官吏，他們納賄徇私，掠奪百姓，殘害人民。縣丞本是縣裏眾吏之長，卻舞弊亂法，無異於助盜為盜，這就完全違背了設長吏的本意。現在命令各地二千石官員們嚴格執行自己的職責，督察那些長吏。如果郡守們不能負起責任，辦事昏亂，丞相要及時上報，追究他們的罪責。將此廣泛傳告天下，讓天下明白我的意思。

武帝求茂材異等詔

此詔令是漢武帝劉徹為命令州郡察舉人才而發。指出非常的功業要靠非常的人才來建立，選拔人才要不拘一格，展示了漢武帝的雄才大略。

蓋有非常之功，必待非常之人。故馬或奔踶而致千里[①]，士或有負俗之累而立功名[②]。夫泛駕之馬[③]，跅弛之士[④]，亦在御之而已。其令州郡察吏民有茂材異等可為將相及使絕國者[⑤]。

【注釋】

①踶（chí）：通「馳」，快跑。

②負俗之累：被世俗譏笑的過失。

③泛（fěng）駕：指狂奔不馴服的馬。泛，通「覂」。

④跅（tuò）弛：放蕩不羈。

⑤州：監察區的名稱。漢代設有十三個監察區。郡：指地方行政區。茂材：指有優秀才能的人。異等：指超過常人、出類拔萃的人。絕國：絕遠之國。

【譯文】

大凡要建立不平凡的功業，必須要有不平凡的人來完成。所以勇烈難馴的馬卻能日行千里，被世人所譏議的士人卻能建立功名。那些不循軌轍的駿馬，行為放蕩不受禮俗約束的士人，也在於駕馭他們而已。命令各州郡考察吏民中出類拔萃、可任將相及出使外國的優秀人才。

賈誼

賈誼（前二〇〇—前一六八），洛陽（今屬河南）人，西漢初年著名的政治家與文學家。曾任博士、太中大夫。因多次上疏提出改革建議，遭到一些為政大臣的排斥和打擊，被貶為長沙王太傅，後改任梁懷王太傅。懷王墜馬而死，賈誼自傷失職，一年後抑鬱而死，年僅三十三歲。

過秦論上

「過秦論」，即論述秦朝的過失。文章敘述了秦如何走向強盛，吞併力量遠超秦的東方六國，建立了中國歷史上第一個統一而強大的封建王朝。然而這樣一個兵力強盛、地勢險固的強國，卻被一群「斬木為兵」的農民起兵推翻，原因何在？通過對比，作者得出結論：「仁義不施，而攻守之勢異也。」

秦孝公據殽、函之固①，擁雍州之地②，君臣固守，以窺周室。有席捲天下、包舉宇內、囊括四海之意③，并吞八荒之心④。當是時也，商君佐之⑤，內立法度，務耕織，修守戰之具，外連衡而鬥諸侯⑥。於是秦人拱手而取西河之外⑦。

【注釋】

①秦孝公：名渠梁。任用商鞅實行變法，秦國國力大增，開始稱雄諸侯。郩：同「崤」，崤山，在今河南洛寧北。函：函谷關，在今河南靈寶南。這是當時秦國的東關。

②雍州：古九州之一，相當於今陝西、甘肅、青海等部分地區。

③「有席捲」句：席捲、包舉、囊括，都有全部佔有的意思。

④八荒：八方。

⑤商君：指商鞅。商鞅由衛入秦，輔佐孝公變法，後被誣謀反而遭殺害。

⑥衡：同「橫」。鬥：使爭鬥。

⑦西河：指黃河兩岸，原屬魏國的地區。

【譯文】

秦孝公依據崤山、函谷關的險固地勢，擁有雍州的土地，君主臣民一起固守，暗中窺伺周王室。懷有席捲天下、包舉宇內、征服四海的壯志，併吞八方的雄心。這期間，商鞅輔佐他，對內制定法令制度，發展農耕紡織，修造用於防守攻戰的器械；對外實行連橫策略，使各諸侯之間互相爭鬥。於是秦人輕而易舉地取得了西河以外的大片土地。

孝公既沒，惠文、武、昭蒙故業①，因遺策②，南取漢中③，西舉巴蜀④，東割膏腴之地，收要害之郡。諸侯恐懼，會盟而謀弱秦，不愛珍器、重寶、肥饒之地，以致天下之士，合從締交⑤，相與為一。當此之時，齊有孟嘗，趙有平原，楚有春申，魏有信陵⑥。此四君者，皆明智而忠信，寬厚而愛人，尊賢而重士，約從離橫，兼韓、魏、燕、趙、宋、衞、中山之眾。於是六國之士，有甯越、徐尚、蘇秦、杜赫之屬為之謀，齊明、周最、陳軫、召滑、樓緩、翟景、蘇厲、樂毅之徒通其意，吳起、孫臏、帶佗、兒良、王廖、田忌、廉頗、趙奢之倫制其兵。嘗以什倍之地，百萬之眾，叩關而攻秦。秦人開關而延敵，九國之師遁逃而不敢進⑦。秦無亡矢遺鏃之費⑧，而天下諸侯已困矣。於是從散約解，爭割地而賂秦。秦有餘力而制其弊，追亡逐北⑨，伏屍百萬，流血漂櫓⑩。因利乘便，宰割天下，分裂河山。強國請服，弱國入朝。施及孝文王、莊襄王⑪，享國之日淺，國家無事。

【注釋】

①惠文、武、昭：指惠文王駟、武王蕩、昭襄王則。蒙：繼承。
②因：遵循。
③漢中：今陝西西南一帶。

④巴蜀：地在今四川、重慶一帶。
⑤合從（zòng）：指六國聯合抵禦秦國的策略。從，同「縱」。
⑥「齊有」四句：孟嘗，孟嘗君田文。平原，平原君趙勝。春申，春申君黃歇。信陵，信陵君魏無忌。
⑦九國：指齊、楚、韓、魏、燕、趙、宋、衞、中山。
⑧鏃（zú）：箭頭。
⑨北：敗北。
⑩櫓（lǔ）：大盾牌。
⑪施（yì）：延續。

【譯文】

秦孝公死後，惠文王、武王、昭襄王繼承祖先的基業，遵循傳統的策略，向南攻取漢中，向西佔領巴蜀，向東割據肥沃富饒的土地，收服地勢險要的州郡。各國諸侯因而害怕，聚會結盟來商量削弱秦國，他們不惜用珍貴器具、重要寶物、肥饒的土地來招致天下的賢士，以合縱策略訂立盟約，相互結為一體。這一時期，齊國有孟嘗君，趙國有平原君，楚國有春申君，魏國有信陵君。這四個人，都睿智而忠信，寬厚而仁愛，尊敬賢良重視士人，使六國相約合縱，拆散與秦國的連橫，同時聯合了韓國、魏國、燕國、趙國、宋國、衞國、中山國的軍隊。於是，六國的士人，有甯越、徐尚、蘇秦、杜赫等人為他們出謀劃策，齊明、周最、陳軫、召滑、樓緩、翟景、蘇厲、樂毅等人為他們互通信息，吳起、孫臏、帶佗、兒良、王廖、田忌、廉頗、趙奢等人統率軍隊。他們曾經以十倍於秦國的土地、百萬軍隊，進逼函谷關攻打秦國。秦國人打開函谷關迎敵，但九國的軍隊卻躲避逃跑不敢進關。秦國不費一箭一鏃而天下諸侯已經陷入困境了。於是合縱分散，盟約解除，六國爭着割讓土地來賄賂秦國。秦國輕而易舉抓住六國的弱點，追趕敗逃之軍，伏屍遍地，流淌的血把盾牌都漂起來了。秦國乘着有利形勢和時機，割取天下土地，使各國山河分裂。於是強國請求臣服，弱國來秦國朝拜。相沿到秦孝文王、莊襄王，他們在位的時間很短，秦國沒有重大事件。

及至始皇，奮六世之餘烈，振長策而御宇內，吞二周而亡諸侯①，履至尊而制六合②，執敲扑以鞭笞天下③，威振四海。南取百越之地④，以為桂林、象郡⑤，百越之君俛首係頸⑥，委命下吏。乃使蒙恬北築長城而守藩籬⑦，卻匈奴七百餘里⑧，胡人不敢南下而牧馬，士不敢彎弓而報怨。於是廢先王之道，燔百家之言⑨，以愚黔首⑩。隳名城⑪，殺豪俊，收天下之兵聚之咸陽，銷鋒鍉⑫，鑄以為金人十二，以弱天下之民。然後踐華為城⑬，因河為池⑭，據億丈之城，臨不測之溪以為固。良將勁弩，守要害之處，信臣精卒，陳利兵而誰何。天下已定，始皇之心，自以為關中之固，金城千里⑮，子孫帝王萬世之業也。始皇既沒，餘威震於殊俗。

【注釋】

①二周：戰國時周分裂為西周、東周兩個小國，分別建都於今河南洛陽和河南鞏縣。

②六合：天地四方。這裏指天下。

③敲樸：杖棒，短者為「敲」，長者為「樸」。

④百越：泛指東南少數民族各部。

⑤桂林、象郡：秦所設二郡，在今廣西境內。

⑥俛（fǔ）：同「俯」。係，同「繫」。

⑦蒙恬（tián）：秦國將領。曾率軍渡黃河北逐匈奴，修築長城。

⑧卻：擊退。

⑨燔（fán）：燒。

⑩黔首：百姓。

⑪隳（huī）：毀壞。

⑫鍉：通「鏑（dí）」，箭頭。

⑬華（huà）：華山。

⑭河：黃河。

⑮金城：堅固的城池。

【譯文】

等到了秦始皇，他繼承發揚秦國六代遺留下的功業，高舉長鞭來駕馭天下，吞併東西二周而滅亡六國諸侯，登上至高無上的皇帝寶座而統治整個中國，拿着棍子木杖役使天下百姓，威震四海。向南攻取百越領土，劃為桂林郡、象郡，百越的君主們低頭被綁，聽命於秦朝小吏。於是派遣蒙恬在北邊修築長城來守衛邊界，打退匈奴七百多里，使匈奴人不敢南下牧馬，匈奴軍隊不敢發動戰爭。於是秦始皇廢棄了古代聖王的治國之道，焚燒了諸子百家的著作，用來愚昧百姓。他毀壞各國名城，殺戮豪傑俊才，收繳天下的兵器，聚集到咸陽，銷熔鋒刃和箭頭，鑄造成十二個金人，以削弱天下人民的力量。然後，他憑藉華山，把它當作城牆，依託黃河，把它作為護城河，佔據億丈的高大城防，下臨深不可測的河流，自以為固若金湯。良將手持強弓，守衛着要害之處；忠信大臣率領精銳士兵，手持鋒利兵器盤問出入關卡的行人。天下已經平定，秦始皇的心裏，自以為關中這樣堅固，猶如千里銅牆鐵壁，這是子孫萬世稱帝稱王的基業了。秦始皇死後，他的餘威還震懾着邊遠地區。

然而陳涉①，甕牖繩樞之子②，氓隸之人③，而遷徙之徒也④，材能不及中庸⑤，非有仲尼、墨翟之賢⑥，陶朱、猗頓之富⑦，躡足行伍之間，俛起阡陌之中⑧，率罷弊之卒⑨，將數百之眾，轉而攻秦。斬木為兵，揭竿為旗⑩，天下雲集而響應，贏糧而景從⑪，山東豪俊遂並起而亡秦族矣⑫。

【注釋】

①陳涉：即陳勝。

②甕牖（yǒu）繩樞：用破甕口做窗戶，用繩子綁着門樞，指房屋簡陋，家境貧寒。牖，窗戶。

③氓隸：猶賤人。

④遷徙之徒：被發配到邊疆服役的人。

⑤中庸：中等庸人。

⑥墨翟（dí）：即墨子，春秋後期思想家。

⑦陶朱：即范蠡（lǐ），春秋末越大夫。晚年到陶地經商致富，號稱「陶朱公」。猗（yī）頓：春秋時魯國人，在猗氏經營畜牧業而成巨富。

⑧俛（miǎn）：通「勉」，盡力。

⑨罷（pí）：疲倦。

⑩揭：舉。

⑪贏：背負。景（yǐng）：同「影」。

⑫山東：崤山以東。

【譯文】

然而陳涉這個用瓦盆當窗、用繩子繫門樞的窮小子，低賤的種田人，被徵發守邊的人，他的才能不及中等人，沒有孔子、墨子的才能，范蠡、猗頓的財富，只是夾在軍隊的底層，在村野中勉強起事，帶領疲敗的士兵，指揮幾百人的軍隊，輾轉攻打秦朝。他們砍下樹木當武器，舉起竹竿當大旗，天下百姓像雲一樣會聚響應，背着糧食像影子一樣緊隨他，崤山以東的豪傑俊士於是合力而起滅亡了秦朝。

且夫天下非小弱也，雍州之地，殽、函之固，自若也①；陳涉之位，不尊於齊、楚、燕、趙、韓、魏、宋、衞、中山之君也；鉏耰、棘矜②，不銛於鉤、戟、長鎩也③；謫戍之眾，非抗於九國之師也；深謀遠慮，行軍用兵之道，非及曩時之士也④。然而成敗異變，功業相反。試使山東之國與陳涉度長絜大⑤，比權量力，則不可同年而語矣。然秦以區區之地，致萬乘之權，招八州而朝同列，百有餘年矣。然後以六合為家，殽、函為宮。一夫作難而七廟隳⑥，身死人手，為天下笑者，何也？仁義不施，而攻守之勢異也。

【注釋】

①自若：和以前一樣。

②耰（yōu）：平整土地所用農具。棘矜：棘木棍。

③銛（xiān）：鋒利。鎩（shā）：大矛。

④曩（nǎng）：以往，從前。
⑤度（duó）長絜（xié）大：比較長短大小。
⑥七廟：天子宗廟。古代制度規定天子宗廟奉祀七代祖先。

【譯文】

秦朝天下並沒有減小削弱，雍州的肥沃土地，崤山、函谷關的堅固關隘，和以前一樣；陳涉的地位，不比齊國、楚國、燕國、趙國、韓國、魏國、宋國、衛國、中山國的君主們尊貴；種田的鋤頭，不比鈎戟長矛銳利；貶謫服役的隊伍，沒有高出九國軍隊的戰鬥力；深謀遠慮，行軍用兵的戰略戰術，比不上從前六國的謀士們。然而結果卻發生變化，功業與所具備的才智恰好相反。假如讓崤山以東的諸侯國跟陳涉比比長短大小，權力大小，那是不能相提並論了。但是秦國以它原來小小的一點地方，取得帝王之權，招來八州諸侯，使他們入朝稱臣，也有一百多年了。此後把天地四方作為秦國一家所有，把崤山、函谷關當做自家宮室。不料一個陳涉發難就使秦朝覆滅，國君死在人家手裏，成為天下笑柄，這是為什麼呢？這是因為不施行仁義，而導致進攻與防守的勢態發生了變化啊。

治安策一

本文又名陳政事疏，是賈誼針對時政的一篇奏疏。西漢開國之初曾大肆分封諸侯，這帶來了諸侯王割據勢力同中央政權的矛盾對立。賈誼就此問題向漢文帝提出了「眾建諸侯而少其力」的建議，以削弱諸侯王勢力，保證中央政權的集中與統一。

夫樹國固①，必相疑之勢，下數被其殃②，上數爽其憂，甚非所以安上而全下也。今或親弟謀為東帝③，親兄之子西鄉而擊④，今吳又見告矣⑤。天子春秋鼎盛⑥，行義未過，德澤有加焉，猶尚如是，況莫大諸侯⑦，權力且十此者乎！然而天下少安，何也？大國之王幼弱未壯，漢之所置傅、相方握其事⑧。數年之後，諸侯之王大抵皆冠⑨，血氣方剛，漢之傅、相稱病而賜罷，彼自丞尉以上遍置私人⑩，如此，有異淮南、濟北之為邪？此時而欲為治安，雖堯、舜不治。

【注釋】

①樹國：建立諸侯國。

②數（shuò）：屢次。

③親弟：指漢文帝弟淮南厲王劉長。淮南國都壽春（今安徽壽縣），地在長安東，故曰「謀為東帝」。

④親兄之子：指漢文帝兄劉肥之子濟北王劉興居，他趁文帝抗擊匈奴時，欲起兵西去滎陽，敗而自殺。鄉（xiàng）：通「向」。

⑤吳：指漢高祖姪子吳王劉濞（bì）。

⑥春秋鼎盛：年輕。鼎，正值。

⑦莫大：最大。

⑧傅：指朝廷為年幼諸侯設的太傅、少傅。相：朝廷派到諸侯國的最高行政長官。

⑨冠：成年。古時男子二十歲行冠禮。

⑩丞尉：縣的文武官員。

【譯文】

如果封立的諸侯國強大，一定會造成朝廷與諸侯國互相疑忌的情勢，在下的諸侯國經常遭殃，在上的中央朝廷經常擔憂，這實在不是安定朝廷、保全諸侯的方法。如今皇上的親弟弟陰謀當東帝，親哥哥的兒子向西攻擊朝廷，現在吳國又被告發了。天子正年富力強，施行仁義，不曾有過失，道德恩澤遍施天下，尚且如此，何況最大的諸侯國權力比這類諸侯國要大十倍呢！但是如今天下暫時比較安定，什麼原因呢？因為大國的諸侯王還未成年，朝廷設置的傅、相們正掌握着王國政事。幾年以後，如今的諸侯王大都加冠成人，血氣方剛，朝廷派去的傅、相不得不稱病辭官，那些諸侯王就要把丞、尉以上的官職都安排自己的親信擔任，這樣，他們與謀反的淮南王、濟北王的行為有什麼不同呢？這時再想治理安定，即使唐堯、虞舜也是沒法治理的。

黃帝曰：「日中必熭①，操刀必割。」今令此道順而全安②，甚易；不肯早為，已乃墮骨肉之屬而抗剄之③，豈有異秦之季世乎④？夫以天子之位，乘今之時，因天之助，尚憚以危為安，以亂為治，假設陛下居齊桓之處，將不合諸侯而匡天下乎⑤？臣又知陛下有所必不能矣。假設天下如曩時⑥，淮陰侯尚王楚⑦，黥布王淮南⑧，彭越王梁⑨，韓信王韓⑩，張敖王趙⑪，貫高為相⑫，盧綰王燕⑬，陳豨在代⑭，令此六、七公者皆亡恙⑮，當是時而陛下即天子位，能自安乎？臣有以知陛下之不能也。天下殽亂，高皇帝與諸公並起，非有仄室之勢以豫席之也⑯。諸公幸者乃為中涓⑰，其次厪得舍人⑱，材之不逮至遠也。高皇帝以明聖威武即天子位，割膏腴之地以王諸公，多者百餘城，少者乃三四十縣，惠至渥也⑲。然其後七年之間，反者九起。陛下之與諸公，非親角材而臣之也⑳，又非身封王之也，自高皇帝不能以是一歲為安，故臣知陛下之不能也。

【注釋】

①熭（wèi）：暴曬。

②今：如果。

③抗剄（jǐng）：殺頭。

④季世：末世。

⑤匡：正。
⑥曩（nǎng）：從前。
⑦淮陰侯：韓信。漢初封楚王，後貶為淮陰侯。最後以謀反被殺。楚：在今江蘇境內。
⑧黥（qíng）布：即英布，漢初封為淮南王。最後以謀反被殺。淮南：在今安徽境內。
⑨彭越：漢初封為梁王。後以謀反被殺。梁：在今河南境內。
⑩韓信：漢初封為韓王，戰國韓國後代，以區別名將韓信，史書多稱其為「韓王信」。後以謀反被殺。韓：在今山西、河南境內。
⑪張敖：劉邦女婿，襲父張耳位為趙王。趙：在今河北境內。
⑫貫高：為張敖相。因劉邦對張敖無禮，怒而欲殺劉邦。
⑬盧綰（wǎn）：漢初封燕王。後被疑謀反逃往匈奴。
⑭陳豨（xī）：漢初封為陽夏侯，統率趙、代兩地軍隊。高祖十二年自立為代王。代：在今河北境內。
⑮亡（wú）恙：無恙。亡，無。
⑯仄室：指非正妻所生之子。豫：事先。席：憑藉。
⑰中涓：皇帝近侍官員。
⑱廑（jǐn）：通「僅」。舍人：地位次於中涓的近侍官員。
⑲渥：濃，厚。
⑳角材：比較才能。臣：動詞，封官。

【譯文】

黃帝說：「太陽正當中午一定要曬東西，持刀在手一定要宰割牲畜。」如果照此處理事情，下全上安很容易做到；如果不肯及早行動，過了這個時機，等到毀了骨肉之親而使人頭落地，難道跟秦朝末代的情形有什麼不同嗎？身居天子的地位，利用當今的時機，藉助上天的佑助，尚且擔心錯把危險當作安全，錯把混亂當作清平，假使陛下處在齊桓公當年的地位，難道就不肯集合諸侯、匡正天下嗎？我又知道陛下是一定不會行動的了。假使當今天下就像從前一樣，淮陰侯仍在楚國為王，黥布在淮南為王，彭越在梁國為王，韓信在韓國為王，張敖在趙國為王，貫高為趙相，盧綰在燕國為王，陳豨為代相，假使這六七位還在世，在此時陛下登上天子之位，能安心嗎？我有理由知道陛下是不能安心的。天下混亂，高皇帝與這幾位王公一同起義，他並沒有皇帝側室之子的身份作為憑藉。這些王公中幸運的當上了中涓，其次的只不過得個舍人職位，是因為他們的才能相差極遠。高皇帝以他的聖明威武登上天子之位，劃出肥沃富饒的土地封這幾位為王，封地多的有一百多個城邑，少的也有三四十縣，德澤非常優厚了。然而在此後七年當中，竟發生了九起反叛事件。陛下您與當今王公們，不是親自量才授給他們官職的，又不是您親自封他們為王的，即使高皇帝都不能求得一年的安定，所以我知道陛下也做不到這一點。

然尚有可諉者[1]，曰疏。臣請試言其親者。假令悼惠王王齊[2]，元王王楚[3]，中子王趙[4]，幽王王淮陽[5]，共王王梁[6]，靈王王燕[7]，厲王王淮南[8]，六七貴人皆亡恙，當是時陛下即位，能為治乎？臣又知陛下之不能也。若此諸王，雖名為臣，實皆有布衣昆弟之心⑨，慮亡不帝制而天子自為者⑩。擅爵人⑪，赦死辠⑫，甚者或戴黃屋⑬，漢法令非行也。雖行，不軌如厲王者，令之不肯聽，召之安可致乎！幸而來至，法安可得加！動一親戚，天下圜視而起⑭。陛下之臣雖有悍如馮敬者⑮，適啟其口，匕首已陷其胸矣。陛下雖賢，誰與領此⑯？故疏者必危，親者必亂，已然之效也。其異姓負強而動者，漢已幸勝之矣，又不易其所以然。同姓襲是跡而動，既有徵矣，其勢盡又復然。殃禍之變，未知所移，明帝處之尚不能以安，後世將如之何！

【注釋】

①諉（wěi）：推託。

②悼惠王：齊悼惠王，漢高祖長子劉肥。

③元王：楚元王，漢高祖弟劉交。

④中子：趙隱王，漢高祖第三子劉如意。

⑤幽王：趙幽王，漢高祖子劉友，原是淮陽王，後徙趙。

⑥共（gōng）王：趙共王，漢高祖子劉恢。原為梁王，後徙趙。

⑦靈王：燕靈王，漢高祖子劉建。

⑧厲王：淮南王劉長，漢高祖子。
⑨布衣昆弟：像老百姓中的兄弟關係。
⑩亡（wú）：無。
⑪爵人：封給人爵位。
⑫辠（zuì）：同「罪」。
⑬黃屋：皇帝所乘車，車蓋以黃繒做裏。
⑭圜（yuán）視：瞪眼怒視。圜，同「圓」。
⑮馮敬：御史大夫。曾揭發淮南王謀反而被刺殺。
⑯領：治理。

【譯文】

然而還有一種可以推託的理由，叫做關係疏遠。我請求容許我試着說說親屬關係親近的情況。假使讓悼惠王在齊國為王，元王在楚國為王，高皇帝的兒子如意在趙國為王，幽王在淮陽為王，共王在梁國為王，靈王在燕國為王，厲王在淮南為王，這六七位貴人都健在，這時陛下登上皇帝之位，能夠做到天下太平嗎？我又知道陛下是不能的。像這些諸侯王，雖然名義上是臣子，其實都懷有與陛下就像老百姓中的兄弟一樣的想法，他們沒有不想行皇帝之禮、自己做皇帝的。他們擅自封人爵位，赦免死罪，有的甚至乘坐皇帝專用的黃屋車，不實行漢朝法令。有的雖然實行了，但是像厲王那樣行為不軌，命令他都不肯聽從，一旦要召見他們，又怎麼會來呢！即使被召來了，法令又怎麼能夠施加於他們！如果觸動一個親戚，天下貴族都會怒目而起。陛下的臣子中雖然有馮敬這樣勇敢的人，但是他剛剛一開口，利刃已經捅進他胸膛了。陛下雖然賢明，但是誰能與您一起治理這種行為呢？所以疏遠的諸侯王一定危險，親近的諸侯王一定作亂，這已經是事實。那些異姓王自恃強大而發動叛亂的，漢朝已經僥幸戰勝他們了，卻又不改變造成他們恃強動亂的根源。同姓王沿襲異姓王的行徑而動亂，已經有徵兆了，形勢似乎又一樣了。禍殃的變化，不知會如何發展，聖明的天子處在這樣的形勢中尚且不能安寧，後世又將怎麼辦！

屠牛坦一朝解十二牛①，而芒刃不頓者②，所排擊剝割，皆眾理解也③。至於髖髀之所④，非斤則斧⑤。夫仁義恩厚，人主之芒刃也；權勢法制，人主之斤斧也。今諸侯王皆眾髖髀也，釋斤斧之用，而欲嬰以芒刃⑥，臣以為不缺則折。胡不用之淮南、濟北？勢不可也。

【注釋】

①屠牛坦：春秋時的一位宰牛人。

②芒刃：利刃。頓：通「鈍」。

③理：肌肉紋理。解：關節縫隙。

④髖（kuān）：胯骨。髀（bì）：大腿骨。

⑤斤：古代砍伐樹木的工具。
⑥嬰：踫，觸動。

【譯文】

屠牛坦，一天可以宰割十二頭牛，而他的刀刃卻不會變鈍的原因，是他用屠刀捅剝切割，都是沿着關節縫隙來的，至於髖骨、股骨這樣的大骨頭，不是用小斧就是用大斧。仁義恩厚，是君主手中的利刃；權勢法制，是君主的大小斧頭。如今的諸侯王，好比髖骨、股骨那樣的大骨頭，不用大小斧頭，而要用鋒利刀刃去劈，我以為利刃不是缺口就是折斷。為什麼不把仁義恩厚用在淮南王、濟北王身上呢？因為形勢不容許。

臣竊跡前事①，大抵強者先反。淮陰王楚，最強，則最先反；韓信倚胡②，則又反；貫高因趙資，則又反；陳豨兵精，則又反；彭越用梁，則又反；黥布用淮南，則又反；盧綰最弱，最後反。長沙乃在二萬五千戶耳③，功少而最完，勢疏而最忠，非獨性異人也，亦形勢然也。曩令樊、酈、絳、灌據數十城而王④，今雖已殘亡，可也；令信、越之倫列為徹侯而居⑤，雖至今存，可也。然則天下之大計可知已。欲諸王之皆忠附，則莫若令如長沙王；欲臣子之勿菹醢⑥，則莫若令如樊、酈等；欲天下之治安，莫若眾建諸侯而少其力。力少則易使以義，國小則亡邪心。令海內之勢如身之使臂，臂之使指，莫不制從；諸侯之君不敢有異心，輻湊並進而歸命天子，雖在細民，且知其安，故天下咸知陛下之明。割地定制，令齊、趙、楚各為若干國，使悼惠王、幽王、元王之子孫畢以次各受祖之分地，地盡而止，及燕、梁他國皆然。其分地眾而子孫少者，建以為國，空而置之，須其子孫生者，舉使君之。諸侯之地，其削頗入漢者，為徙其侯國及封其子孫也，所以數償之。一寸之地，一人之眾，天子亡所利焉，誠以定治而已，故天下咸知陛下之廉。地制一定，宗室子孫莫慮不王，下無倍畔之心⑦，上無誅伐之志，故天下咸知陛下之仁。法立而不犯，令行而不逆，貫高、利幾之謀不生⑧，柴奇、開章之計不萌⑨，細民鄉善，大臣致順，故天下咸知陛下之義。臥赤子天下之上而安⑩，植遺腹，朝委裘⑪，而天下不亂，當時大治，後世誦聖。一動而五業附，陛下誰憚而久不為此？

【注釋】

①跡：考察。

②倚：倚靠。此指投降。

③長沙：指長沙王吳芮。

④樊：樊噲（kuài），漢初封舞陽侯，後升左丞相。酈：酈商，封曲周侯，後升右丞相。絳：指周勃，封絳侯，文帝時為右丞相。灌：指潁陰侯灌嬰，官至太尉、丞相。這四人在封地內只收租稅而無行政權。
⑤徹侯：是秦、漢二十級爵位的最高一級，又稱「通侯」、「列侯」。
⑥菹醢（zū hǎi）：古代一種把人剁成肉醬的酷刑。
⑦倍畔：通「背叛」。
⑧利幾：原項羽的大將。漢初封潁川侯，後叛逆被殺。
⑨柴奇、開章：兩人都是淮南王的謀士。
⑩赤子：幼兒。這裏指年幼的皇帝。
⑪朝委裘：朝見已故皇上的衣裘。

【譯文】

我考察以前的事情，大多是強大的諸侯王先反叛。淮陰侯在楚國為王，最強，就最先反叛；韓王信倚仗胡人，接着也反叛；貫高藉着趙國資助，接着又反叛；陳豨武器精良，接着又反叛；彭越憑藉梁國的實力，接着又反叛；黥布憑藉淮南國的實力，接着又反叛；盧綰最弱，就最後反叛。長沙王封地只有二萬五千戶而已，功勞少卻保全最完好，關係遠卻最忠心，這不僅是因為秉性與眾不同，也是形勢使然。如果從前讓樊噲、酈商、絳侯、灌嬰據有幾十個城邑而封王，到今天他們家族已經因此而破殘衰亡，也是可能的；讓韓信、彭越之輩封為通侯，即使他們的後代存活到今天，也是可能的。這樣，那麼治理天下的策略就可以知道了。想要諸侯王們都忠心依附漢朝，就莫過於讓他們都像長沙王那樣；想要臣子們不遭殺身之禍，就莫過於讓他們像樊噲、酈商那樣；想要天下治理安定，莫過於多分封諸侯國從而減弱他們的力量。力量弱小了，就容易用信義管理他們；國小了，就不會產生邪念。使得天下的形勢像身體指揮手臂，手臂指揮手指，沒有不受制服從的；諸侯國的君主不敢有異心，像輻條湊集向軸心一樣而聽命於天子；即使是普通百姓，也知道這樣安定，所以天下都知道陛下的聖明。分割土地，確定諸侯國的大小規格，使齊國、趙國、楚國各分為若干小國，使悼惠王、幽王、元王的子孫全部按照次序各自繼承祖上的領地，直到把領地分完為止，至於燕國、梁國等其他諸侯國也都這樣辦理。那些領地多而子孫少的諸侯國，也建成若干小諸侯國，讓它們空置，等他們有了子孫，全都讓他們做這空缺的君主。諸侯國的土地，因犯罪削減而劃入朝廷管轄的，就遷移他們的國都，等到封他們的子孫的時候，再按照削地的面積數量補償。他們的一寸土地，一個百姓，天子都絲毫不圖利，這確實是為了安邦定國罷了，所以天下都知道陛下的廉潔。封地制度一經確定，宗室子孫沒有一個憂慮自己當不上諸侯王，下面沒有背叛的念頭，上面沒有誅伐的意思，所以天下都知道陛下的仁愛。法制確立了沒人觸犯，法令施行了沒人違反，貫高、利幾的陰謀不產生，柴奇、開章的陰謀不萌芽，百姓向善，大臣順從，所以天下都知道陛下的信義。幼主當政天下也會安定；立遺腹子為君，讓臣下朝拜先帝的袞服，天下也不會動亂。當時天下太平，後代稱頌聖明。這一舉動能成就五方面功業，陛下還擔心什麼而久久不這樣做呢？

天下之勢方病大瘇①。一脛之大幾如要②，一指之大幾如股③，平居不可屈信④，一二指搐⑤，身慮無聊⑥。失今不治，必為錮疾，後雖有扁鵲，不能為已。病非徒瘇也，又苦蹠盭⑦。元王之子⑧，帝之從弟也；今之王者，從弟之子也。惠王之子⑨，親兄子也，今之王者，兄子之子也。親者或亡分地以安天下，疏者或制大權以逼天子。臣故曰非徒病瘇也，又苦蹠盭。可痛哭者，此病是也。

【注釋】

①瘇（zhǒng）：腳腫病。
②脛：小腿。要：同「腰」。
③股：大腿。
④信（shēn）：通「伸」。
⑤搐：抽動。
⑥無聊：無所依靠，難以支撐。
⑦蹠（zhí）：腳掌。盭（lì）：扭折。
⑧元王之子：劉郢客，楚元王劉交的兒子。
⑨惠王之子：劉襄，齊悼惠王劉肥的兒子。

【譯文】

現在天下的形勢，正像人患了腿腳腫大的疾病。一條小腿幾乎像腰一樣粗，一個腳趾幾乎像大腿一樣粗，平常已無法屈伸，一兩個腳趾抽搐，就擔心整個身體沒有依靠。錯過了當今時機不進行治療，一定會發展成為不治的頑症，日後即使有扁鵲那樣的良醫，也無能為力了。毛病不只有腿腳腫大，又苦於腳掌反扭不能行走。楚元王的兒子是皇帝的堂弟，如今在位的是堂弟的兒子。齊悼惠王的兒子是皇帝親哥哥的兒子，如今在位的是親哥哥兒子的兒子。親近的皇族還沒有領地來使天下安定，疏遠的皇族卻控制大權而對天子構成威脅。所以我說毛病不只有腿腳腫大，又苦於腳掌反扭不能行走。我前面所說的可以為之痛哭的，就是這個病啊。

晁　錯

晁錯（前二〇〇—前一五四），潁川（今河南禹縣）人，西漢初著名的政治家。文帝時任太常掌故，後為太子家令（太子即後來的景帝劉啟），以有謀略，被稱為「智囊」。景帝時任內史、御史大夫。他力主改革政治，獎勵農耕，抗擊匈奴。對當時日益強大的諸侯王割據勢力，力主「削藩」，因而遭到諸侯王的忌恨。公元前一五四年，以吳王劉濞為首的七個諸侯王以「誅晁錯、清君側」為名，發動「吳楚七國之亂」，景帝恐懼，殺了晁錯以緩解矛盾。

論貴粟疏

這篇奏疏寫於公元前一六八年。西漢王朝建立後，面對秦末戰亂遺留下的滿目瘡痍的破敗局面，採取了一系列恢復發展生產、與民休息的措施，促進了生產的發展與商業的繁榮，但同時也產生了「民背本而趨末」的現象，商人大事聚斂，農民破產流亡。於此晁錯提出了「貴粟」的主張。

聖王在上而民不凍饑者，非能耕而食之，織而衣之也，為開其資財之道也。故堯、禹有九年之水，湯有七年之旱，而國無捐瘠者，以畜積多而備先具也。今海內為一，土地人民之眾不避禹、湯，加以亡天災數年之水旱，而畜積未及者，何也？地有餘利，民有餘力，生穀之土未盡墾，山澤之利未盡出也，游食之民未盡歸農也。民貧，則奸邪生。貧生於不足，不足生於不農，不農則不地着，不地着則離鄉輕家。民如鳥獸，雖有高城、深池、嚴法、重刑，猶不能禁也。

【譯文】

聖明的君主在位時老百姓能不受凍不捱餓的原因，並不是因為君主能耕田來供他們飯吃，織布來供他們衣穿，而是因為他能開發天下百姓的增產生財之道。因此雖然唐堯、夏禹時發生過連續九年的水災，商湯時發生過連續七年的旱災，而國家竟沒有一個人被丟棄或餓瘦的，正是因為國家積蓄豐足，有備在先啊。如今海內一統，土地人民數量之多不減禹、湯時期，加上沒有連續數年的水旱之災，而國家的積蓄卻不及禹、湯之時，這是什麼原因呢？這是因為土地尚有餘利沒開發，民眾尚有餘力沒發揮，生產糧食的土地沒有完全開墾，山林湖沼的資源沒有全部開發出來，遊蕩求食的人沒有完全回歸務農本業。老百姓貧困了，奸詐邪惡就會滋生。貧困產生於不富足，不富足產生於不從事農業生產，不從事農業生產就不能安居鄉土，不安居鄉土就會輕易離開家鄉。結果老百姓像鳥獸那樣四散，即使有高高的城牆、深深的護城河、嚴厲的法令、嚴酷的刑罰，也還是不能禁止他們。

夫寒之於衣，不待輕暖；饑之於食，不待甘旨①；飢寒至身，不顧廉恥。人情，一日不再食則饑②，終歲不製衣則寒。夫腹饑不得食，膚寒不得衣，雖慈母不能保其子，君安能以有其民哉！明主知其然也，故務民於農桑，薄賦斂，廣畜積，以實倉廩③，備水旱，故民可得而有也。

【注釋】

①甘旨：味道鮮美。
②再：兩次。
③廩：米倉。

【譯文】

人在受寒捱凍時，對於衣着不會奢求輕暖舒適；忍飢捱餓時，對於食物不會奢求鮮美可口；飢寒交迫，就會不顧廉恥了。人之常情，一天不吃兩頓飯就會感到飢餓，整年不添衣服就會感到寒冷。如果肚子餓了沒有食物吃，身上寒冷沒有衣服穿，即使是慈母也不能保全他的兒子，君主又怎能保住他的百姓呢！聖明的君主懂得這個道理，所以讓百姓致力於種田養蠶，減輕賦稅，增加積蓄，以便充實糧倉，防備水旱之災，故而能得到民心而擁有百姓。

民者，在上所以牧之①。趨利如水走下，四方無擇也。夫珠玉金銀，饑不可食，寒不可衣，然而眾貴之者，以上用之故也。其為物輕微易藏，在於把握，可以周海內而亡飢寒之患。此令臣輕背其主，而民易去其鄉，盜賊有所勸②，亡逃者得輕資也。粟米布帛，生於地，長於時，聚於力，非可一日成也。數石之重③，中人弗勝④，不為奸邪所利，一日弗得而飢寒至。是故明君貴五穀而賤金玉。

【注釋】

①牧：治理。

②勸：鼓勵。

③石（dàn）：重量單位。一百二十斤。

④中人：中等體力的人。弗勝：不能勝任。

【譯文】

老百姓如何，取決於君主如何管理他們。他們追逐利益，就像水總是往低處流一樣，是不管東西南北的。那些珠玉金銀，餓了不能吃，冷了不能穿，然而大家都看重它，這是因君主重用它的緣故。這類東西輕便小巧，易於收藏，拿在手裏，就可以周遊天下而不必擔心會遭受飢寒。這會使臣下輕易背叛他的君主，百姓輕易離開家鄉，盜賊受到鼓勵，逃亡的人有了輕便易帶的盤纏。糧食和衣料，生長在地裏，按季節成長，又要花很大氣力，不是一天之內就能長成的。幾石重的糧食，連中等體力的人都扛不動，所以它不為奸詐邪巧之人所貪圖，但是如果一天沒有糧食就會遭受飢寒。因此聖明的君主總是以五穀為貴重，以金玉為輕賤。

今農夫五口之家，其服役者不下二人，其能耕者不過百畝，百畝之收不過百石。春耕，夏耘，秋獲，冬藏，伐薪樵，治官府，給徭役。春不得避風塵，夏不得避暑熱，秋不得避陰雨，冬不得避寒凍，四時之間無日休息。又私自送往迎來，弔死問疾，養孤長幼在其中①。勤苦如此，尚復被水旱之災，急政暴虐②，賦斂不時③，朝令而暮改。當其有者半賈而賣④，亡者取倍稱之息⑤，於是有賣田宅、鬻子孫以償債者矣⑥。而商賈大者積貯倍息⑦，小者坐列販賣，操其奇贏⑧，日遊都市，乘上之急，所賣必倍。故其男不耕耘，女不蠶織，衣必文采，食必粱肉，亡農夫之苦，有阡陌之得⑨。因其富厚，交通王侯⑩，力過吏勢，以利相傾，千里游敖，冠蓋相望⑪，乘堅策肥，履絲曳縞⑫。此商人所以兼併農人、農人所以流亡者也。今法律賤商人，商人已富貴矣；尊農夫，農夫已貧賤矣。故俗之所貴，主之所賤也；吏之所卑，法之所尊也。上下相反，好惡乖迕⑬，而欲國富法立，不可得也。

【注釋】

①長：養育。

②急政（zhēng）：催逼徵收賦稅。政，通「徵」，徵收賦稅。

③不時：不按時節。

④賈（jià）：同「價」，價格，價值。

⑤倍稱之息：加倍的利息。

⑥鬻（yù）：賣。

⑦賈（gǔ）：商人。

⑧奇（jī）贏：積財以蓄貨。

⑨阡陌（qiānmò）：田界。東西向稱「阡」，南北向稱「陌」。

⑩交通：交結。

⑪冠：禮帽。蓋：車蓋。

⑫履絲：穿絲織的鞋。曳：拖着。縞（gǎo）：一種白細的絲織品。

⑬乖迕：相違背。

【譯文】

當今農民五口之家，其成員為公家服役的不少於兩人，能耕種的田地不超過一百畝，一百畝田地的收成不過一百石糧食。春天耕種，夏天鋤草，秋天收穫，冬天貯藏，還得砍柴採薪，修繕官府，供給雜役。春天不能避風沙，夏天不能避暑熱，秋天不能避陰雨，冬天不能避寒冷，一年四季沒有一天得以休息。其間還得忙於私人之間的送往迎來，弔喪探病，贍養孤老，撫育幼童。已經如此辛勤勞苦，還可能再遭受水旱之災，官府急徵暴斂，不按時徵收賦稅，早上剛下命令晚上就更改。農民有糧時只得半價賣出，無糧時不得不向人借貸任其取加倍的利息，於是就有賣田宅甚至賣子孫來還債的。而商人，大的囤積放貸，賺取成倍的利息；小的設攤販賣，賺取暴利，他們每天遊逛都市，乘朝廷急需，出賣貨物價格必然加倍。因此這些人中男的不耕田種地，女的不養蠶織布，穿的一定是華麗的衣裳，吃的一定是細糧和肉，沒有農民的勞苦，卻有田間的收成。他們憑藉自己的豐厚財富，交結王侯，勢力超過官吏，憑藉資產互相傾軋，千里之間，四處遊蕩，一路上高貴衣冠和豪華車蓋相望不絕，乘着堅固的車，騎着肥壯的馬，腳蹬絲鞋，身着綾羅。這正是商人兼併農民、而農民流離失所的原因。如今法律鄙賤商人，但商人卻已經富貴了；尊重農民，農民卻已經貧賤了。因此世俗所尊貴的，正是君主所鄙賤的；官吏所瞧不起的，正是法律所尊貴的。朝廷與世俗的想法完全相反，喜好與厭惡相違背，在這種情況下想使國家富強，法律有效，那是不可能的。

方今之務，莫若使民務農而已矣。欲民務農，在於貴粟。貴粟之道，在於使民以粟為賞罰。今募天下入粟縣官，得以拜爵，得以除罪。如此，富人有爵，農民有錢，粟有所渫①。夫能入粟以受爵，皆有餘者也。取於有餘，以供上用，則貧民之賦可損[2]，所謂損有餘、補不足，令出而民利者也。順於民心，所補者三：一曰主用足，二曰民賦少，三曰勸農功。今令民有車騎馬一匹者，復卒三人。車騎者，天下武備也，故為復卒。神農之教曰：「有石城十仞[3]，湯池百步，帶甲百萬，而亡粟，弗能守也。」以是觀之，粟者，王者大用，政之本務。令民入粟受爵至五大夫以上[4]，乃復一人耳，此其與騎馬之功相去遠矣。爵者，上之所擅，出於口而無窮。粟者，民之所種，生於地而不乏。夫得高爵與免罪，人之所甚欲也。使天下人入粟於邊，以受爵免罪，不過三歲，塞下之粟必多矣。

【注釋】

①渫（xiè）：分散。

②損：減少。

③仞：古代以七尺或八尺為一仞。

④五大夫：一種爵位，納粟四千石。

【譯文】

當今要做的事情，沒有比促使老百姓從事農業生產更重要的了。要想使老百姓從事農業，關鍵在於提高糧食的價值。提高糧食價值的方法，在於使老百姓可以用糧食來求賞免罰。現在號召天下人只要向地方官府交納糧食，就能得到爵位，或是贖免罪行。這樣，富人有爵位，農民有錢財，糧食也能得到分散。能通過交納糧食來得到爵位的，都是富裕的人。從富裕的人那裏索取糧食以供給朝廷使用，那麼貧民的賦稅就能減輕，這就是所謂的損有餘而補不足的辦法，此令一出，老百姓就會得到利益。它順乎民心，有三方面好處：一是君主需用的物資充足，二是老百姓的賦稅減輕，三是鼓勵了農業生產。現在下令規定，老百姓能出一匹戰馬的，可以免除家中三個人的兵役。戰馬是國家的戰備物資，所以可以替人免去兵役。神農氏有遺教說：「有十仞高的石頭城，有百尺寬充滿沸水的護城河，有百萬帶甲的士兵，如果沒有糧食，也是守不住的。」由此看來，糧食，是帝王最重要的物資，是國家政務的根本所在。讓百姓交納糧食換取爵位，封到五大夫爵以上，才能免除一個人的兵役，這與那交納戰馬的實效相差甚遠。爵位，是國君所掌握的，可以開口無窮盡地賞賜給百姓；糧食，是百姓耕種的，可以在地裏不斷生產出來而不會缺乏。取得高爵與贖免罪罰，是人們非常渴望的事。如果讓天下百姓交納糧食用於邊塞，用來換得爵位、贖免罪罰，那麼用不了三年，邊塞的糧食一定會多起來。

鄒陽

鄒陽（約前二〇六—前一二九），西漢文學家，齊臨淄（今屬山東）人。起初在吳王劉濞門下任職，劉濞想謀反，鄒陽勸諫無效，便與枚乘等人改投梁孝王門下。當時梁孝王有繼景帝位的想法，大臣袁盎等反對景帝立梁孝王為嗣，梁孝王與門客羊勝、公孫詭等便商量派人去刺殺袁盎。鄒陽以為不可，羊勝等乘機讒毀鄒陽，梁孝王將鄒陽下獄。鄒陽在獄中寫信給梁孝王自訴冤屈，梁孝王見信後將他釋放，並奉為上賓。

獄中上梁王書

這是鄒陽在獄中寫給梁孝王的信。信中緊緊抓住梁孝王希望得到人材從而成就帝王之業的心理，列舉許多歷史事實，借古喻今，說明要想成就一番事業，就需要信任忠直之士，遠離讒毀之詞。諫諍的同時也喊出了自己的冤屈，但卻絲毫無乞憐之相，反而寫得「氣盛語壯」（劉熙載語）。

鄒陽從梁孝王遊①。陽為人有智略，忼慨不苟合②，介於羊勝、公孫詭之間③。勝等疾陽，惡之孝王。孝王怒，下陽吏，將殺之。陽乃從獄中上書曰：

【注釋】

①梁孝王：劉武，西漢文帝次子，封為梁王。
②忼（kāng）慨：激昂，憤激。
③羊勝、公孫詭：均為梁孝王門客。

【譯文】

鄒陽給梁孝王做門客。鄒陽為人機智而有謀略，性情憤激，不隨便附和別人，和羊勝、公孫詭同為梁孝王門客。羊勝等人嫉妒鄒陽，在孝王面前說他的壞話。孝王因此惱怒，把鄒陽交給了獄吏，要殺掉他。鄒陽就從獄中上書給孝王，寫道：

「臣聞『忠無不報，信不見疑』，臣常以為然，徒虛語耳。昔荊軻慕燕丹之義①，白虹貫日，太子畏之。衞先生為秦畫長平之事②，太白食昴③，昭王疑之。夫精變天地，而信不諭兩主，豈不哀哉！今臣盡忠竭誠，畢議願知，左右不明，卒從吏訊，為世所疑。是使荊軻、衞先生復起，而燕、秦不寤也。願大王熟察之。

【注釋】

①荊軻：戰國末年刺客。他從衛國到燕國，正碰上燕太子丹欲向秦王報仇，於是說服逃亡到燕國的秦將樊於期自殺，帶着樊於期的頭作為禮物，通過秦王寵臣蒙嘉的介紹去見秦王，伺機行刺。傳說上天為荊軻的精誠所感，出現了白虹貫日的景象，太子為此而擔心刺殺的計劃暴露。

②長平之事：秦將白起伐趙，在長平（今山西高平西北）大敗趙軍，為乘勝滅趙，派秦人衛先生說秦昭王增兵益糧。

③太白：金星。昴（mǎo）：星宿名。古人認為昴宿在趙國分野。

【譯文】

「我聽說過『忠誠不會不受報答，誠實不會被懷疑』，我曾經以為這話說得對，但現在看來這不過是句空話罷了。從前荊軻仰慕燕國太子丹的道義，他的誠心使得出現白虹橫穿太陽的景象，而太子丹卻擔心他。衛先生為秦國策劃長平之役，他的忠心使得出現太白星侵入昴宿的天象，而秦昭王卻懷疑他。兩人的精誠變異了天地，而兩位君主還不相信他們，豈不令人悲哀！今天我竭盡忠誠，毫無保留地講出我的想法，希望得到您的理解，而您不能明鑒，終於把我交有關部門審訊，使我遭到世人懷疑。這就是讓荊軻、衛先生再世而燕太子丹、秦昭王仍不覺悟。希望大王您仔細思考一下。

「昔玉人獻寶①，楚王誅之②；李斯竭忠③，胡亥極刑④。是以箕子陽狂⑤，接輿避世⑥，恐遭此患也。願大王察玉人、李斯之意，而後楚王、胡亥之聽，毋使臣為箕子、接輿所笑。臣聞比干剖心⑦，子胥鴟夷⑧，臣始不信，乃今知之。願大王熟察，少加憐焉！

【注釋】

①玉人：指楚人卞和。相傳他在荊山得一璞玉，兩次獻給楚王，都被認為是石頭，以欺君之罪被砍去雙腳。楚文王即位後，他懷抱璞玉坐在荊山下痛哭。文王令工匠剖雕璞玉，果是寶玉，遂稱此玉為「和氏之璧」。

②誅：懲罰。

③李斯：秦代政治家，曾輔佐秦始皇統一中國。胡亥即位，荒淫無道，李斯忠心進諫，反而被誣陷謀反，被腰斬。

④胡亥：秦二世。胡亥依靠李斯、趙高的力量篡改秦始皇遺詔，篡取帝位。

⑤箕子：商代末年君主紂王的叔父。陽：假裝。

⑥接輿：楚國隱士，被稱為「楚狂人」。

⑦比干：殷紂王叔父，因諫紂而被剖心。

⑧子胥鴟（chī）夷：伍子胥自殺後，吳王夫差把他的屍體裝進皮袋子投入江中。鴟夷，皮袋子。

【譯文】

「從前卞和向楚王獻寶，被楚王砍掉雙腳；李斯盡忠於秦國，卻被胡亥處以極刑。所以箕子要裝瘋，接輿要逃離塵世隱居，他們都是怕遭受那樣的禍患。希望大王您能體察卞和與李斯的心意，而拋棄楚王和胡亥的那種偏聽偏信，使我不至於被箕子、接輿所嘲笑。我聽說比干被殷紂王挖心，伍子胥自殺後被吳王夫差裝入皮袋棄屍江中，我起初還不信，現在才知道是真的。希望大王您細加審察，對我稍加憐惜！

「語曰：『有白頭如新，傾蓋如故①。』何則？知與不知也。故樊於期逃秦之燕②，藉荊軻首以奉丹事；王奢去齊之魏③，臨城自剄，以卻齊而存魏。夫王奢、樊於期非新於齊、秦而故於燕、魏也，所以去二國死兩君者④，行合於志，慕義無窮也。是以蘇秦不信於天下⑤，為燕尾生⑥；白圭戰亡六城⑦，為魏取中山。何則？誠有以相知也。蘇秦相燕，人惡之燕王，燕王按劍而怒，食以駃騠⑧。白圭顯於中山，人惡之於魏文侯，文侯賜以夜光之璧。何則？兩主二臣，剖心析肝相信，豈移於浮辭哉⑨！

【注釋】

①傾蓋：指道路上兩車相遇，車蓋相交。

②樊於（wū）期：原為秦將，後逃往燕國。因為秦王用重金買他的頭，他便自殺以頭顱作為荊軻見秦王的禮物。之：到，往。

③王奢：原為齊國大臣，逃亡至魏，當魏國遭到齊的征伐時，以不願連累魏而自殺。

④死兩君：為兩君而死。

⑤蘇秦：戰國時代的縱橫家，遊說六國聯合抗秦，後因暗中助燕被齊車裂。

⑥尾生：傳說他是個守信的人。因與一女子約定橋下相見，女子未到而洪水漲起，於是抱柱而死。

⑦白圭：原是中山國大將，因失掉六城而將被殺，他便逃到魏國，後來替魏征服中山。

⑧食（sì）：給人吃。駃騠（jué tí）：良馬。這句話的意思是說，燕王不聽旁人講蘇秦的壞話，反而給他很好的待遇。

⑨浮辭：無根據的流言。

【譯文】

「俗話說：『有人相處到老，相互還是很陌生；有人陌路偶遇，就像老朋友一樣一見如故。』為什麼呢？在於彼此間的了解和不了解啊。所以樊於期從秦國逃到燕國，把自己的腦袋交給荊軻用來完成燕太子丹的大事；王奢離開齊國到魏國，在城頭自殺，以使齊軍退去，保存魏國。王奢、樊於期與齊、秦並不是新交，與燕、魏也沒有什麼舊誼，他們之所以離開齊、秦二國而為燕太子丹和魏文侯去死，是因為他們與燕太子丹和魏君的行為和志向相合，仰慕道義的心情無比深厚。因此蘇秦不能取信於天下各國，對燕國卻成為像尾生一樣守信的人；白圭在中山國曾打仗喪失六個城池，後來卻幫助魏國奪取了中山國。他們為什麼這樣做？誠然是彼此相知的緣故啊。蘇秦當燕國丞相時，有人到燕王那兒去詆毀他，燕王聽了按劍發怒，反而把良馬的肉賜給蘇秦吃；白圭因攻克中山而顯貴於魏國，有人到魏文侯面前去詆毀他，文侯聽了反而賜給他夜光寶璧。這又是為什麼？因為這兩位國君和兩名臣子剖心瀝膽互相信任，他們的關係豈能為沒有根據的流言蜚語所動搖！

「故女無美惡，入宮見妒；士無賢不肖，入朝見嫉。昔司馬喜臏腳於宋①，卒相中山；范睢拉脅折齒於魏②，卒為應侯。此二人者，皆信必然之畫，捐朋黨之私③，挾孤獨之交，故不能自免於嫉妒之人也。是以申徒狄蹈雍之河④，徐衍負石入海⑤，不容於世，義不苟取比周於朝⑥，以移主上之心。故百里奚乞食於道路⑦，繆公委之以政；甯戚飯牛車下⑧，桓公任之以國。此二人者，豈素宦於朝⑨，借譽於左右，然後二主用之哉？感於心，合於行，堅如膠漆，昆弟不能離，豈惑於眾口哉？故偏聽生奸，獨任成亂。昔魯聽季孫之說逐孔子⑩，宋任子冉之計囚墨翟⑪。夫以孔、墨之辯，不能自免於讒諛，而二國以危。何則？眾口鑠金，積毀銷骨也。秦用戎人由余而伯中國，齊用越人子臧而強威、宣。此二國豈係於俗，牽於世，繫奇偏之浮辭哉？公聽並觀，垂明當世。故意合則吳越為兄弟，由余、子臧是矣；不合則骨肉為仇敵，朱、象、管、蔡是矣⑫。今人主誠能用齊、秦之明，後宋、魯之聽，則五伯不足侔⑬，而三王易為也。

【注釋】

①司馬喜：戰國時人。在宋國受到臏（bìn）刑，後來先後三次做中山國的相。臏：一種刑法，砍掉膝蓋骨。

②范雎：原是戰國時魏國人，因被懷疑向齊國透露情報而遭酷刑，肋斷牙折，後逃到秦國為相，封應侯。拉：折斷。

③捐：拋棄。

④申徒狄：殷末人。蹈：跳入。雍：黃河支流。之：到。河：黃河。

⑤徐衍：周末人。

⑥比周：結黨。

⑦百里奚：春秋時虞國人。繆公：秦穆公。

⑧甯戚：春秋時衛國人。

⑨素宦：一向做官。

⑩季孫：季孫氏，魯國上卿。

⑪墨翟（dí）：戰國初魯人，墨家學派的創始人。

⑫朱：丹朱，堯的兒子，因為不賢，堯傳位於舜而不傳給他。象：舜後母弟，傳說曾與其父謀害舜。管、蔡：周武王的兩個弟弟，封於殷地。武王死，成王繼位，周公攝政，管叔、蔡叔同武庚一起叛亂。

⑬侔（móu）：相比。

【譯文】

「女子無論美醜，一入宮中就會受人嫉妒；士子也無論賢或不賢，一入朝廷就會受人嫉恨。過去司馬喜在宋國受到臏刑，最後做了中山國的丞相；范睢在魏國被敲斷肋骨打掉牙齒，後來到秦國被封為應侯。這兩個人，都深信必定實現的籌劃，捨棄營結朋黨的私心，懷着孤獨清高的態度與人打交道，所以不可避免成為受嫉妒之人。因此，申徒狄跳進雍水漂到黃河，徐衍背着石塊跳進大海，他們不被世俗所容，卻大義昭然，不肯在朝廷結黨苟取功名，以蒙蔽君主的心。所以百里奚在路上乞食，秦穆公卻把朝政委託給他；甯戚在車下餵牛，齊桓公卻委任他治國。這兩人豈是因一向在朝廷裏當官，藉助同僚們造聲譽，然後才得到二位君主重用的嗎？只要心意相通，行為相合，彼此關係就牢固如膠漆，連親兄弟也不能離間，又豈能被眾人之口所迷惑呢？所以偏聽偏信就會產生奸邪，專用某一人就會造成混亂。過去魯國君主偏聽季孫氏的話而趕走了孔子，宋國君主採用了子冉的計謀而囚禁了墨子。以孔子、墨子的能言善辯，尚且無法使自己避免讒言諛語中傷，致使魯、宋二國陷於危險的境地。這是為什麼呢？是因為眾人的蜚短流長足以使金子熔化，無數誹謗堆積起來足以使骨頭銷蝕啊。所以秦國任用西戎人由余而稱霸中原，齊國任用越國人子臧而威王、宣王得以強盛。這二國哪裏是被俗情所拘泥、被世人所牽制、被偏執片面主張所左右的呢？只要公正地聽取意見，全面地觀察，就能建立當世的英明政治。所以彼此心意相合，則吳國和越國可以成為兄弟，由余、子臧就是例子；心意不合則骨肉同胞也可成為仇敵，丹朱、象、管叔、蔡叔就是例子。如今國君若真能採取齊國和秦國的英明做法，拋棄宋國和魯國的偏聽偏信，那麼春秋五霸不足以相比，三王的業績也是容易做到的。

「是以聖王覺寤，捐子之之心①，而不說田常之賢②，封比干之後，修孕婦之墓③，故功業覆於天下。何則？欲善無厭也④。夫晉文親其仇，強伯諸侯；齊桓用其仇，而一匡天下。何則？慈仁殷勤，誠加於心，不可以虛辭借也。至夫秦用商鞅之法，東弱韓、魏，立強天下，卒車裂之⑤；越用大夫種之謀⑥，禽勁吳而伯中國⑦，遂誅其身。是以孫叔敖三去相而不悔⑧，於陵子仲辭三公為人灌園⑨。今人主誠能去驕傲之心，懷可報之意，披心腹，見情素⑩，墮肝膽⑪，施德厚，終與之窮達⑫，無愛於士，則桀之犬可使吠堯，蹠之客可使刺由⑬，何況因萬乘之權，假聖王之資乎！然則荊軻湛七族⑭，要離燔妻子⑮，豈足為大王道哉！

【注釋】

①子之之心：子之是燕王噲的相，他曾騙燕王噲讓位於他。

②說（yuè）：同「悅」。田常：即陳恆，春秋時齊簡公的臣下。簡公欣賞他，他卻殺了簡公。

③修孕婦之墓：傳說殷紂王曾剖孕婦之腹以觀胎兒，周武王滅殷後，就為被害者修了墓。

④厭：滿足。

⑤車裂：一種酷刑，又稱「五馬分屍」。

⑥大夫種：指文種，春秋時越王句踐的大臣。助句踐戰勝吳國，後來卻被迫自殺。

⑦禽：同「擒」，制伏，俘獲。伯（bà）：稱霸。

⑧孫叔敖：楚人。楚莊王時三度為相而不喜，三度免相而不怨。
⑨於（wū）陵：在今山東鄒平東南。子仲：陳仲子，楚王重金聘他為相，他卻舉家出逃為人灌園。三公：周代指司馬、司徒、司空。
⑩見（xiàn）：同「現」，顯露。情素：情愫，真摯的感情。
⑪墮（huī）：毀壞。
⑫窮：不順。達：通達。
⑬蹠（zhí）：春秋時期魯國人。相傳為當時的大盜。由：許由，堯、舜時代的賢人。據說帝堯曾多次向他請教，後來想把君位傳給他，遭到了他的嚴辭拒絕。
⑭湛：同「沉」，湮滅。
⑮要離：春秋時吳人。吳王闔閭派他刺殺王子慶忌，他為了接近慶忌，砍斷右手，燒死妻子，佯裝犯罪逃走。燔（fán）：焚燒。

【譯文】

「因此，聖明的君主覺悟到這一點，拋棄子之那樣的忠心，而且不喜歡田常那種賢才，封賞比干的後代，修建被害孕婦的墳墓，所以功業覆蓋天下。這是什麼道理呢？是因為他們向善之心永無滿足。晉文公親近以前的仇敵，終於稱霸諸侯；齊桓公任用以前的仇人，終於一匡天下。為什麼呢？因為他們心地仁慈，待人懇切，心地真誠，不是用虛言假語可以替代的。至於秦國用商鞅變法，向東削弱東方的韓國、魏國，很快成為天下強國，然而最後卻車裂處死了商鞅；越國用大夫文種的計謀，征服強大的吳國而稱霸中原，結果又誅殺了文種。因此孫叔敖三次罷相而不怨恨，於陵陳仲子推辭掉三公高位而去給人澆水種菜。如今國君要是真能去掉驕傲之心，懷着有功必報的誠意，袒露心跡，顯出真情，肝膽相照，厚施恩德，始終與士人同甘共苦，無所吝惜，那麼可以讓夏桀的狗衝着堯吠叫，可以讓盜蹠的刺客去殺許由。何況現在還可以倚仗國君的大權，憑藉聖王的資本呢！這樣看來，那麼荊軻被滅七族，要離燒死妻子兒女，還有必要對大王您說嗎！

「臣聞明月之珠、夜光之璧，以暗投人於道，眾莫不按劍相眄者①。何則？無因而至前也。蟠木根柢，輪囷離奇②，而為萬乘器者，以左右先為之容也③。故無因而至前，雖出隨珠、和璧④，只怨結而不見德；有人先遊⑤，則枯木朽株，樹功而不忘。今夫天下布衣窮居之士，身在貧羸⑥，雖蒙堯、舜之術，挾伊、管之辯⑦，懷龍逢、比干之意⑧，而素無根柢之容，雖竭精神，欲開忠於當世之君，則人主必襲按劍相眄之跡矣。是使布衣之士不得為枯木朽株之資也。是以聖王制世御俗，獨化於陶鈞之上⑨，而不牽乎卑亂之語，不奪乎眾多之口。故秦皇帝任中庶子蒙嘉之言以信荊軻⑩，而匕首竊發；周文王獵涇、渭，載呂尚歸⑪，以王天下。秦信左右而亡，周用烏集而王⑫。何則？以其能越攣拘之語⑬，馳域外之議，獨觀乎昭曠之道也。今人主沉諂諛之辭，牽帷廧之制⑭，使不羈之士與牛驥同皁⑮，此鮑焦所以憤於世也⑯。

【注釋】

①眄（miǎn）：斜視。
②輪囷（qūn）離奇：盤繞屈曲的樣子。
③容：打扮。
④隨珠：隨侯的夜明珠。和璧：和氏璧。
⑤遊：宣揚推薦。
⑥羸（léi）：身體柔弱。
⑦伊、管：指伊尹、管仲。
⑧龍逢（páng）：關龍逢，夏代賢臣，因強諫桀而被處死。
⑨陶鈞：陶工使用的轉輪，比喻政權。
⑩中庶子：太子屬官。
⑪呂尚：姜姓，字子牙。
⑫用：因為。烏集：烏鴉聚集在一起。這裏指偶然相遇的人。
⑬攣拘：拳曲。這裏指狹隘偏執的言論。
⑭帷（qiáng）：指妻妾寵臣。同「牆」。
⑮阜（zào）：同「皂」，餵牛馬的槽。
⑯鮑焦：春秋時齊國人，淡泊自守，抱木而死。

【譯文】

「我聽說把明月之珠、夜光之璧在夜裏扔到路上，大家見了沒有不按劍互相斜視的。為什麼呢？因為它們無緣無故地出現在眼前。彎曲的樹根，模樣屈曲離奇，卻成了君主的器玩，是因為有國君身邊的人已經事先將它雕琢裝飾過了。所以，無故來到眼前，即使投出的是隨侯之珠、夜光之璧，也只能使人結下仇怨而不感恩；而只要有人遊說在先，即使是枯木朽株，也能建立功勛而使人難忘。現在天下的布衣窮居之士，又貧窮又病弱，他們即使具有堯、舜的治國之術，伊尹、管仲的辯才，懷着關龍逢、比干的忠心，但一向沒有像樹根那樣經過雕琢，他們雖然竭盡精神，想向當世的君主亮出自己的忠心，但君主必定會蹈襲按劍斜視的做法來對待他們。這就使得普通士人不能得到枯木朽株那樣的對待了。所以聖王治理天下，要像陶工轉鈞那樣獨立操縱，不被卑微混亂的言論所牽制，不為眾人的七嘴八舌所動搖。所以秦始皇因聽信了中庶子蒙嘉的話而信任荊軻，然而突然遭到匕首襲擊；周文王在涇水、渭水之間打獵，把呂尚載歸朝中，結果稱王天下。秦因輕信左右而亡國，周則因任用偶爾相識的人而成就了王業。這是為什麼呢？因為周文王能夠越過狹隘偏執的言論，聽取中原以外的議論見解，慧眼獨具地看到那光明正大的道路。如今人君沉溺於阿諛諂媚的言辭，受到妃妾近臣的牽制，使得不為世俗左右的士人與牛馬同槽，這就是鮑焦之所以憤世嫉俗的原因啊。

「臣聞盛飾入朝者不以私污義，底厲名號者不以利傷行①。故里名『勝母』，曾子不入②；邑號『朝歌』，墨子回車③。今欲使天下寥廓之士籠於威重之權，脅於位勢之貴，回面污行，以事諂諛之人，而求親近於左右，則士有伏死堀穴巖藪之中耳④，安有盡忠信而趨闕下者哉⑤！」

【注釋】

①底厲：同「砥礪」，磨刀石。這裏作動詞，磨煉修養的意思。

②里名「勝母」，曾子不入：曾子，春秋時魯國人。據說他極其孝順，凡是取名「勝母」的地方都不進，因這名稱有違孝道。

③邑號「朝歌」，墨子回車：墨子，墨翟，春秋時哲學家，主張「非樂」。商代曾建別都名「朝歌」，墨子認為這名稱不合自己的主張，回車不入。

④堀（kū）：通「窟」。藪（sǒu）：生長着很多草的湖澤。

⑤闕（què）下：宮牆下。這裏指君王。

【譯文】

「我聽說服飾莊重上朝的大臣，不會因私心而玷污道義；磨煉品德注重名聲的人，不會因貪利而損害德行。所以一個地方名叫『勝母』，曾子就不肯進去；一個城邑名叫『朝歌』，墨子就掉轉車頭。現在要使天下胸懷大志的士子，被威重權力所籠絡，被地位顯貴者脅迫，改變面孔、玷污德行去事奉阿諛諂媚的人，以此求得親近君主，那麼，士子只有隱居在山澤土窟之中直到老死而已，哪裏還會有人來向君主效忠而朝見君主呢！」

司馬相如

司馬相如（前一七九—前一一七），字長卿，西漢蜀郡成都（今四川成都）人，著名辭賦家。景帝時為武騎常侍，因病免職，與鄒陽、枚乘同為梁孝王門客。漢武帝時，因辭賦受到賞識，召為郎，升孝文園令。其作品辭藻綺麗，氣象宏大，以上林賦和子虛賦為代表。

上書諫獵

漢武帝劉徹即位後，對內改革政治經濟，對外開疆拓土，使西漢王朝達到極盛。但武帝喜好遊獵，經常騎馬駕車馳逐野獸。司馬相如對此上書勸諫武帝不要親自打獵，以免發生危險。行文樸實自然，語氣懇切委婉。

相如從上至長楊獵①。是時天子方好自擊熊豕②，馳逐埜獸③。相如因上疏諫曰：

【注釋】

①長楊：宮殿名。故址在今陝西。

②豕（shǐ）：豬。

③埜（yě）：同「野」。

【譯文】

司馬相如跟隨皇上到長楊宮打獵。那時天子正喜好親自搏擊熊和野豬，驅車追逐野獸。相如為此上書進諫說：

「臣聞物有同類而殊能者，故力稱烏獲①，捷言慶忌②，勇期賁、育③。臣之愚，竊以為人誠有之，獸亦宜然。今陛下好陵阻險，射猛獸，卒然遇逸材之獸④，駭不存之地，犯屬車之清塵⑤，輿不及還轅，人不暇施巧，雖有烏獲、逢蒙之技不得用⑥，枯木朽株盡為難矣。是胡、越起於轂下⑦，而羌、夷接軫也⑧，豈不殆哉？雖萬全而無患，然本非天子之所宜近也。

【注釋】

①烏獲：戰國時期秦國的大力士。
②慶忌：春秋時吳王僚之子，跑得極快。
③賁、育：指勇士孟賁和夏育。
④卒（cù）然：突然。卒，同「猝」。
⑤屬車之清塵：是對皇帝委婉的稱呼，表示敬意。屬車，隨從之車。
⑥逢（páng）蒙：善於射箭的人。
⑦胡、越：古代對北方、南方少數民族的泛稱。轂（gǔ）下：車駕之下。
⑧羌、夷：古代對西方和東方少數民族的泛稱。軫（zhěn）：車廂底框。

【譯文】

「我聽說有些事物雖然同類而能力卻超常，所以論力氣必稱烏獲，論敏捷必提慶忌，論勇敢則要數孟賁、夏育。以臣下我的愚陋之見，私下以為人類確實有這種現象，野獸也應該是這樣的。如今陛下喜好涉足險峻難行之地，射擊猛獸，萬一突然遇上兇猛異常的野獸，使它在絕境之下被驚駭，侵犯了聖駕，那時候車乘來不及掉轉車頭，衛士來不及施展本事，即使有烏獲、逢蒙的本領也派不上用場，連枯樹爛草都要與您為難了。這好比胡人、越人突然從車輪下竄出，羌人、夷人緊跟在車子後頭一樣，難道不危險嗎？就算是預備周全沒有危險，然而那種地方本來就不是身為天子所應該接近的啊。

「且夫清道而後行，中路而馳，猶時有銜橛之變①，況乎涉豐草，騁丘墟，前有利獸之樂，而內無存變之意，其為害也不亦難矣！夫輕萬乘之重②，不以為安，樂，出萬有一危之塗以為娛，臣竊為陛下不取。

【注釋】

①銜橛之變：指馬絡頭、車鉤心一類的斷裂。銜，置於馬口內用來勒馬的鐵具。橛，固定車廂底部與車軸之間的木橛。

②萬乘之重：指擔負掌管天下的重任。

【譯文】

「再說先清除道路而後出行，驅馳在大路之中，還不時可能發生諸如拉斷馬嚼、車鉤心之類斷裂而造成的事故，更何況涉足於荒林草莽之中，馳騁在丘陵山野之上，前面有獵取禽獸的快樂，而內心毫無應付變故的警惕，這種場合下很容易發生災禍！不以天子身份為重，不安於此，卻喜好外出到可能發生危險的道路上並以此為樂，我私自以為陛下這樣做是不可取的。

「蓋明者遠見於未萌，而知者避危於無形①，禍固多藏於隱微，而發於人之所忽者也。故鄙諺曰：『家累千金，坐不垂堂②。』此言雖小，可以喻大。臣願陛下留意幸察。」

【注釋】

①知（zhì）：同「智」，聰明，智慧。
②垂堂：靠近屋簷處。屋簷處瓦片容易掉下來傷人。垂，靠近。

【譯文】

「大凡聰明的人能在事情尚未萌芽之前就早已預見，智慧的人能在危險尚未形成之時便設法避免，災禍往往潛伏在細小隱蔽之處，發生於人們疏忽大意之時。所以俗話說：『家中富有千金，不坐在靠近屋簷的地方。』此話雖然說的是小事，卻可以反映大道理。我希望陛下留心注意這一點。」

李　陵

李陵（？—前七四），字少卿，西漢隴西成紀（今甘肅秦安）人，名將李廣之孫。漢武帝時，任騎都尉。天漢二年（前九九），李陵率步兵五千人襲擊匈奴，被匈奴大軍八萬人包圍，因寡不敵眾，兵盡糧絕，被迫投降。匈奴單于封他為右校王，後病死在匈奴。

答蘇武書

這是李陵寫給出使匈奴而被困的漢朝使節蘇武的信，選自文選。主要是向蘇武表白心跡，說明自己投降匈奴是迫不得已。信中先是渲染了戰場的悲壯及自己浴血奮戰的情景，又從漢武帝殺死其全家以及殺害其他功臣的事例，說明漢朝的負德。

子卿足下①：

【注釋】

①子卿：蘇武字子卿。

【譯文】

子卿足下：

勤宣令德①，策名清時②，榮問休暢③，幸甚，幸甚！遠託異國，昔人所悲，望風懷想，能不依依！昔者不遺，遠辱還答④，慰誨勤勤，有逾骨肉，陵雖不敏，能不慨然！

【注釋】

①令德：美德。令，美好。
②策名：名字寫在官府的簡策上。
③榮問：美好的名聲。問，通「聞」，聲譽。休：美好。暢：通暢，流傳。
④辱：謙辭，表示承蒙。

【譯文】

您努力發揚美德，在政治清明的時代為官，美好名聲傳遍四方，非常值得慶幸，非常值得慶幸！我遠離故土寄身異國，這是古人感到悲傷的，遠望故國心中懷念，哪能不令人依依不捨！過去承蒙您不棄，從遠方屈身給我回信，諄諄安慰和教誨，情意超過了親骨肉，我雖然愚昧，哪能不感慨非常！

自從初降，以至今日，身之貧困，獨坐愁苦。終日無睹，但見異類①。韋鞲毳幕②，以禦風雨，膻肉酪漿③，以充飢渴，舉目言笑，誰與為歡？胡地玄冰④，邊土慘裂，但聞悲風蕭條之聲。涼秋九月，塞外草衰，夜不能寐。側耳遠聽，胡笳互動⑤，牧馬悲鳴，吟嘯成群，邊聲四起。晨坐聽之，不覺淚下。嗟乎，子卿！陵獨何心，能不悲哉！

【注釋】

①異類：異族人。
②韋鞲（gōu）：皮製臂套。毳（cuì）幕：氈帳。
③膻：羊肉的味道。酪漿：用牛羊乳汁做的漿。
④玄：黑色。
⑤胡笳（jiā）：我國古代北方民族的管樂器。

【譯文】

自從我歸降匈奴，直到現在，身處艱難困境，常常一人獨坐，發愁苦悶。一天到晚，只能見到異族人，別的什麼也看不到。戴着皮臂套、住在氈帳裏，用來抵禦風雨；吃着帶有腥膻氣味的牛羊肉，喝着牛羊奶，來充飢解渴；舉目四望，跟誰一起談笑歡樂呢？匈奴之地冰封雪積，塞外之土凍得開裂成塊，只聽到悲風蕭瑟的聲音。淒涼的秋天九月，塞外野草枯萎衰落，夜間難以入眠。側耳細聽，遠處的胡笳聲此起彼伏，牧馬悲哀地嘶叫，各種聲音交織在一起，在邊塞四方響起。清晨起來坐着，聽到這些聲音，禁不住流下淚水。唉！子卿啊，我難道有什麼特別的心腸，能不感到悲傷嗎！

與子別後，益復無聊。上念老母，臨年被戮①；妻子無辜，並為鯨鯢②。身負國恩，為世所悲，子歸受榮，我留受辱，命也何如！身出禮義之鄉，而入無知之俗，違棄君親之恩，長為蠻夷之域，傷已！令先君之嗣③，更成戎狄之族，又自悲矣！功大罪小，不蒙明察，孤負陵心區區之意。每一念至，忽然忘生。陵不難刺心以自明，刎頸以見志，顧國家於我已矣④，殺身無益，適足增羞，故每攘臂忍辱⑤，輒復苟活。左右之人，見陵如此，以為不入耳之歡，來相勸勉。異方之樂，秖令人悲⑥，增忉怛耳⑦。

【注釋】

①臨年：到了暮年。臨，到。

②鯨鯢：鯨魚。雄曰鯨，雌曰鯢，這裏比喻無辜被殺的人。

③先君：已故的父親。嗣：後代。

④顧：然而。

⑤攘臂：捋起袖子，露出胳膊。

⑥秖：同「只」。

⑦忉怛（dāo dá）：憂傷。

【譯文】

自從跟您分手後，更加覺得了無意趣。上念老母，在暮年遭受殺戮；妻子兒女並無罪過，卻一同被殺害。我個人有負國家的恩義，被世人悲歎，您回國接受榮耀，我卻留在這裏蒙受恥辱，這是命運啊，有什麼辦法！我出身於禮義之邦，卻加入愚昧無知的風俗中生活，背離拋棄君長父母的恩德，長久地住在蠻夷的地域，真是傷心啊！讓先父的後代，變成戎狄的族人，又為自己感到悲哀！功大過小，可是不被明察，辜負了我的一片苦心。每想到此，就一下子不想活了。我不難做到自殺來表明心跡，自刎來顯示志向，但是國家對我已經恩斷義絕，自殺沒有好處，恰恰足以增加羞恥，因此每當我因忍受恥辱而感到憤慨時，就又苟且地活了下來。身邊的人見到我這個樣子，便用一些不中聽的開心話來勸說勉勵我。異國的歡樂，只能更讓人悲傷，增加憂愁而已。

嗟乎，子卿！人之相知，貴相知心。前書倉卒未盡所懷，故復略而言之。昔先帝授陵步卒五千①，出征絕域，五將失道，陵獨遇戰。而裹萬里之糧，帥徒步之師，出天漢之外②，入強胡之域，以五千之眾，對十萬之軍，策疲乏之兵，當新羈之馬③。然猶斬將搴旗④，追奔逐北，滅跡掃塵，斬其梟帥，使三軍之士視死如歸。陵也不才，希當大任，意謂此時，功難堪矣。

【注釋】

①先帝：指漢武帝。
②天漢：漢朝疆域。
③當：抵禦。新羈：馬新加絡頭。
④搴（qiān）：拔取。

【譯文】

可歎哪，子卿！人與人的相互了解，貴在相互知心。前次倉促去信，心裏的話沒説完，因此再簡略地説一説。過去先帝給我五千步兵，出征遙遠的地方，其他五名將領都迷失了路，唯獨我遭遇敵人發生戰鬥。當時我軍帶着遠征萬里的軍糧，率領徒步行軍的隊伍，遠出大漢邊境之外，深入強勁匈奴的地域，以區區五千人，對付十萬敵軍，指揮疲乏的戰士，抵擋剛出營的輕騎。然而仍然斬將奪旗，追逐逃亡的敵人，就像抹去腳跡、掃除塵灰一樣，斬殺了敵人驍勇的將領，使得我三軍將士視死如歸。我沒有什麼才幹，很少承擔重任，心想這時的功勞，實在是尋常難以相比的了。

匈奴既敗，舉國興師，更練精兵，強逾十萬，單于臨陣①，親自合圍。客主之形，既不相如②；步馬之勢，又甚懸絕。疲兵再戰，一以當千，然猶扶乘創痛③，決命爭首。死傷積野，餘不滿百，而皆扶病，不任干戈④。然陵振臂一呼，創病皆起，舉刃指虜，胡馬奔走；兵盡矢窮，人無尺鐵，猶復徒首奮呼⑤，爭為先登。當此時也，天地為陵震怒，戰士為陵飲血⑥。單于謂陵不可復得，便欲引還，而賊臣教之⑦，遂使復戰，故陵不免耳。

【注釋】

①單于：漢時匈奴人對其君主的稱呼。
②相如：相比。
③扶：支撐。乘：擔當。
④任：勝任。干戈：兵器。
⑤徒首：不戴頭盔。

⑥飲血：血淚滿面，流入口中，形容極度悲傷。
⑦賊臣：指管敢，投降了匈奴。

【譯文】

匈奴戰敗之後，全國動員，重新挑選精兵，人數超出十萬人，匈奴單于親臨戰陣，親自指揮包圍我軍。客軍與主軍的對陣形勢不能相比，步兵與騎兵的形勢對比更是懸殊。我軍疲憊的將士連續作戰，還得以一個對付一千個敵人，但戰士們仍然不顧創傷和疼痛，拚命衝鋒陷陣。死傷的兵士遍地都是，剩下的不足百人，而且都帶着傷病，已經無力拿起武器了。然而，當我振臂一呼時，身帶傷病的全都站立起來，舉着刀劍刺向敵人，嚇得敵騎狼狽逃走；堅持到最後武器箭支都用盡了，兵士手無寸鐵，仍然光着頭高呼吶喊，爭先恐後向前衝殺。那個時候，天地為我震怒，戰士為我痛哭。單于認為不可能再捉住我了，便打算退兵回師，然而叛徒管敢把我軍情況泄露給單于，就使他們又一次發動攻擊，因此我終於不免被俘。

昔高皇帝以三十萬眾，困於平城①。當此之時，猛將如雲，謀臣如雨，然猶七日不食，僅乃得免。況當陵者②，豈易為力哉？而執事者云云，苟怨陵以不死③。然陵不死，罪也。子卿視陵，豈偷生之士而惜死之人哉？寧有背君親、捐妻子，而反為利者乎？然陵不死，有所為也。故欲如前書之言，報恩於國主耳。誠以虛死不如立節，滅名不如報德也。昔范蠡不殉會稽之恥④，曹沫不死三敗之辱⑤，卒復句踐之仇，報魯國之羞。區區之心，竊慕此耳。何圖志未立而怨已成，計未從而骨肉受刑。此陵所以仰天椎心而泣血也⑥！

【注釋】

①平城：治所在今山西大同東北古城。

②當：像。

③苟：只是。

④會稽之恥：指春秋時吳王夫差攻入越國，越王句踐退守會稽，用范蠡計與吳暫時講和事。

⑤三敗之辱：指春秋時魯國大將曹沫與齊國交戰，屢戰屢敗，割地求和之辱。

⑥椎（chuí）：敲打。

【譯文】

過去高皇帝憑着三十萬軍隊，還被圍困在平城。那個時候，他手下的猛將謀臣多如雲雨，尚且七天得不到食物，僅能免於被殲滅。何況像我這樣的情況，難道是容易做到的嗎？可是皇上身邊執事者的那些議論，只是一味地埋怨我不為國而死。當然，我沒有為國而死，這是罪過。子卿您看我這個人，難道是那種貪生怕死的人嗎？是那種寧可背棄君主和親人，丟下妻子兒女，反而認為對自己有利的人嗎？我所以不死，自有我的安排，本來就打算像前次信中所說的，要對國君報答恩義罷了。實在是認為無謂地死去還不如有所建樹，毀滅自己還不如以實際行動來報答恩德。昔年范蠡不為會稽的國恥殉難，曹沫不為屢次戰敗的恥辱去死，最終為句踐報了仇，為魯國雪了恨。我的小小願望不過是暗自欽佩想仿效他們而已。沒想到志願未曾實現卻已結成怨恨，計劃沒得到施行而親人骨肉卻受到刑殺。這是最令我仰望蒼天捶胸痛恨而流下血淚的事啊！

足下又云：「漢與功臣不薄。」子為漢臣，安得不云爾乎！昔蕭、樊囚縶①，韓、彭菹醢②，晁錯受戮，周、魏見辜③，其餘佐命立功之士，賈誼、亞夫之徒④，皆信命世之才⑤，抱將相之具⑥，而受小人之讒，並受禍敗之辱，卒使懷才受謗，能不得展。彼二子之遐舉⑦，誰不為之痛心哉！陵先將軍⑧，功略蓋天地，義勇冠三軍，徒失貴臣之意，剄身絕域之表。此功臣義士所以負戟而長歎者也⑨，何謂「不薄」哉？

【注釋】

①蕭、樊囚縶（zhí）：蕭何、樊噲（kuài）二人都是輔佐劉邦奪取天下的大功臣，蕭何因為民請命被囚禁，樊噲被誣以謀反而拘捕。

②韓、彭菹醢（zū hǎi）：韓信、彭越二人都在為劉邦打天下時立下大功，後被誣謀反被殺。菹醢，把人剁成肉醬的酷刑。

③周、魏：周勃、魏其侯竇嬰。見：被。辜：罪。

④亞夫：周亞夫。文帝、景帝時大將，平定了「七國之亂」，後以謀反罪被殺。

⑤信：確實。

⑥具：才能。

⑦遐舉：遠走。這裏指死亡的下場。

⑧先將軍：李陵已故的祖父李廣。

⑨戟（jǐ）：古代一種合戈、矛為一體的長柄兵器。

【譯文】

足下還說：「漢朝對待功臣不薄。」您身為漢朝臣子，怎能不這樣說呢！過去蕭何、樊噲被逮捕拘囚，韓信、彭越被剁成肉醬，晁錯被殺戮，周勃、魏其侯竇嬰蒙受罪過；其他一些輔佐天子立下功勛的人士，像賈誼、周亞夫這些人，都確實是當時傑出的人才，身懷將相的才能，卻遭到小人的讒言毀謗，全都蒙受災禍和失敗的羞辱，終於身懷才幹而受到誹謗，才能得不到施展。他們二人的死，誰能不為他們感到痛心呢！我的先祖父李廣將軍，功勛謀略壓倒天下，忠義英勇居三軍之首，只因為不合當朝貴臣的心意，結果自殺於邊遠的塞外。這就是功臣義士身負戈戟而長久歎息的原因，怎麼能說漢朝對功臣不薄呢？

且足下昔以單車之使，適萬乘之虜①，遭時不遇，至於伏劍不顧②，流離辛苦，幾死朔北之野③。丁年奉使④，皓首而歸⑤，老母終堂，生妻去帷，此天下所希聞，古今所未有也。蠻貊之人尚猶嘉子之節⑥，況為天下之主乎？陵謂足下當享茅土之薦⑦，受千乘之賞，聞子之歸，賜不過二百萬，位不過典屬國⑧，無尺土之封，加子之勤；而妨功害能之臣盡為萬戶侯⑨，親戚貪佞之類悉為廊廟宰⑩。子尚如此，陵復何望哉？

【注釋】

①適：到。

②伏劍：以劍自刎。

③朔北：泛指我國長城以北地區。

④丁年：成年。

⑤皓首：白頭。

⑥蠻貊（mò）：對四邊少數民族的稱呼。

⑦茅土之薦：受到分封土地的獎勵。古代皇帝的祭壇用五色土建成。分封諸侯時，按方位取壇上一色土，用茅草包了送給受封之人，作為分得土地的象徵。

⑧典屬國：主持少數民族事務的官員。

⑨萬戶侯：食邑萬戶之侯。
⑩廊廟：指朝廷。

【譯文】

再說您過去只憑單車使者的身份出使到強大的匈奴，因為時運不濟，以至於拔劍自殺也不在乎，又經顛沛流離，千辛萬苦，幾乎死在北方的荒野上。壯年奉命出使，到白頭才回來；老母在家去世，年輕的妻子改嫁。這是天下很少聽到，古今未有的事情。蠻夷之人尚且讚賞您的節操，何況身為天下之主的皇上呢？我認為您應享有裂土為侯的晉升，得到千乘車馬的賞賜；可是聽說您回國之後，賞賜不過二百萬錢，職位不過是典屬國，沒有尺寸之地的封賞，來嘉獎您的功勞；而那些妨害功業、陷害賢能的人卻都被封為萬戶侯，皇親國戚貪婪奸佞之人全都成為朝廷的高官。您尚且如此，我還能有什麼指望呢？

且漢厚誅陵以不死，薄賞子以守節，欲使遠聽之臣望風馳命，此實難矣，所以每顧而不悔者也。陵雖孤恩①，漢亦負德。昔人有言：「雖忠不烈，視死如歸。」陵誠能安，而主豈復能眷眷乎？男兒生以不成名，死則葬蠻夷中，誰復能屈身稽顙②，還向北闕③，使刀筆之吏弄其文墨耶④！願足下勿復望陵。

【注釋】

①孤恩：負恩，背棄恩德。
②稽顙（qǐsǎng）：屈膝下拜，以額觸地行禮。
③北闕：宮殿北面的門樓，是臣子朝見上書的地方。
④刀筆：古代在竹簡上刻字記事，用刀子刮去錯字，因此把有關案牘的事叫做「刀筆」。

【譯文】

況且漢朝以殘酷的誅殺懲治我沒有以身殉國的罪過，對您的堅貞守節只給以微薄的獎賞，而希望在遠方聽命的臣屬急切地奔走為國效命，這實在是太難了，所以我常回顧往事卻並不後悔。我雖然辜負了漢朝的恩義，漢朝對我也寡恩少德。古人有句話説：「雖然忠誠而未能死節，也能做到視死如歸。」我如果能安心地死節，可皇上難道還能懷念我嗎？男子漢活着不能成就名節，死後就葬身在蠻夷的土地上，誰還能彎腰叩頭再回到朝廷，讓那些刀筆吏舞文弄墨來處置我呢！希望您不要再指望我回漢朝了。

嗟乎，子卿！夫復何言？相去萬里，人絕路殊。生為別世之人，死為異域之鬼，長與足下，生死辭矣！幸謝故人，勉事聖君。足下胤子無恙①，勿以為念。努力自愛。時因北風，復惠德音②。李陵頓首。

【注釋】

①胤（yìn）子：兒子，指蘇武與一匈奴女生下的兒子。

②惠：賜。德音：對別人言辭的敬稱。

【譯文】

哎，子卿！還有什麼話可說呢？咱倆相隔萬里，人不相往來，走的路也不同。我活着是另一世界的人，死後是異國之鬼，永遠與您生離死別了！希望向老朋友們轉達我的心意，勉力事奉聖明的君主。您的兒子安然無恙，請勿掛念。望您多加珍重。望不時能藉着北風，惠賜您的教誨。李陵頓首。

路溫舒

路溫舒，字長君，西漢鉅鹿（今河北平鄉）人。曾任獄吏，宣帝時任臨淮太守，很有政績。

尚德緩刑書

這是路溫舒在漢宣帝即位之初寫的一篇奏疏。主旨是勸宣帝崇尚道德，減省刑罰，讓老百姓生活在一個比較寬鬆的社會環境中。指出了秦、漢以來刑獄的罪惡與危害，還指出秦亡的一個重要原因就是實行嚴刑苛法。

昭帝崩①，昌邑王賀廢②，宣帝初即位③。路溫舒上書，言宜尚德緩刑。其辭曰：

【注釋】

①昭帝：西漢昭帝劉弗陵，武帝劉徹的少子。崩：皇帝死。

②昌邑王：漢武帝孫劉賀。漢昭帝死後，先是劉賀即位，不久被廢黜。

③宣帝：漢武帝曾孫劉詢。

【譯文】

漢昭帝駕崩，昌邑王劉賀被廢黜，宣帝剛剛登上皇位。路溫舒呈上奏章，談應該崇尚德治減緩刑罰。他的奏章說：

「臣聞齊有無知之禍①，而桓公以興；晉有驪姬之難②，而文公用伯③；近世趙王不終④，諸呂作亂，而孝文為太宗⑤。由是觀之，禍亂之作，將以開聖人也。故桓、文扶微興壞，尊文、武之業，澤加百姓，功潤諸侯，雖不及三王⑥，天下歸仁焉。文帝永思至德，以承天心，崇仁義，省刑罰，通關梁，一遠近，敬賢如大賓，愛民如赤子⑦，內恕情之所安，而施之於海內，是以囹圄空虛⑧，天下太平。夫繼變化之後，必有異舊之恩，此賢聖所以昭天命也。往者，昭帝即世而無嗣⑨，大臣憂慼，焦心合謀，皆以昌邑尊親，援而立之。然天不授命，淫亂其心，遂以自亡。深察禍變之故，乃皇天之所以開至聖也。故大將軍受命武帝⑩，股肱漢國⑪，披肝膽，決大計，黜亡義⑫，立有德，輔天而行，然後宗廟以安，天下咸寧。

【注釋】

①無知之禍：無知，公孫無知，春秋時齊國人。齊襄公無道，他殺襄公自立，亦為國人所殺，齊桓公於是歸國即位。

②驪姬之難：驪姬，春秋時晉獻公的寵妃。她想讓自己所生子繼位，因此設法逼死太子申生，又趕走公子重耳和公子夷吾。後來重耳在秦國幫助下回到晉國，掌握了政權。

③文公：指晉文公重耳。伯（bà）：稱霸。

④趙王不終：趙王，指漢高祖寵姬戚夫人所生子如意，漢高祖死後，被呂后毒死。

⑤孝文：漢文帝劉恆，原為代王。漢惠帝死，太后呂雉專政，呂氏家族中許多人封王封侯，並圖謀作亂。太尉周勃、丞相陳平消滅諸呂勢力後，迎立劉恆為皇帝，廟號「太宗」。

⑥三王：指夏禹、商湯、周文王和周武王。

⑦赤子：剛出生的孩子。

⑧囹圄（líng yǔ）：監獄。

⑨即世：逝世。

⑩大將軍：指霍光，武帝臨終前任命為大司馬大將軍，輔佐幼主昭帝。
⑪股：大腿。肱：胳膊。
⑫亡（wú）：無。

【譯文】

「我聽說，齊國有公孫無知的禍亂，齊桓公才得以興起；晉國有驪姬的作難，晉文公才得以稱霸；近世趙王不得善終，呂氏家族作亂，孝文帝才成為太宗。由此看來，禍亂的發生，其實是為聖明君主的即將出現開創了條件。所以齊桓公、晉文公扶助弱小的國家，振興衰敗的舊業，尊崇周文王、武王的業績，恩澤施於百姓，功德惠及諸侯，雖然趕不上三代聖王，但天下都歸服於他們的仁德了。文帝有深遠的思考和崇高的道德，以秉承上天的旨意，崇尚仁義，減省刑罰，開放關卡橋樑，遠近一視同仁，尊敬賢臣如同尊敬貴賓，愛護百姓如同愛護嬰兒，自己覺得心安的事，才在四海之內施行，因此監獄裏沒有犯人，天下太平安寧。大凡經歷政局動亂之後，必定有不同於以往的恩惠，這是聖賢君主用以顯明上天授予使命的途徑。以前昭帝逝世後沒有兒子，大臣們為此憂愁，焦急地共同商議，一致認為昌邑王劉賀地位尊貴血統親近，就引他入宮立為皇帝。然而上天並不授予他帝王的使命，讓他內心淫亂，於是自取滅亡。深入地探究禍害發生的原因，原來是上天藉此為至聖君主的出現開創條件啊。所以大將軍霍光接受武帝的遺命，輔佐漢國，剖肝見膽，決定國家大計，廢黜無道昏君，擁立有德明主，輔助上天行事，從此朝廷得以穩定，天下一片安寧。

「臣聞春秋正即位①，大一統而慎始也。陛下初登至尊，與天合符，宜改前世之失，正始受命之統，滌煩文，除民疾，存亡繼絕，以應天意。

【注釋】

①正即位：古代帝王新即位，都要改變曆法，也叫「改正朔」。「正」是一年的開始，「朔」是一月的開始。

【譯文】

「我聽說，春秋講帝王即位之初就要改變曆法，意思是尊崇天下統一並謹慎地對待新事業的開始。陛下剛剛登上帝位，與天意完全吻合，應一改前代的過失，重新端正國家綱紀，滌除繁瑣的法律條文，解除百姓的疾苦，讓滅亡的家族得到生存，斷絕的祭祀得到延續，以順應上天的旨意。

「臣聞秦有十失，其一尚存，治獄之吏是也。秦之時，羞文學，好武勇，賤仁義之士，貴治獄之吏，正言者謂之誹謗，遏過者謂之妖言①，故盛服先生不用於世②，忠良切言皆鬱於胸，譽諛之聲日滿於耳，虛美熏心，實禍蔽塞。此乃秦之所以亡天下也。方今天下賴陛下恩厚，亡金革之危、飢寒之患，父子夫妻勠力安家③，然太平未洽者，獄亂之也。夫獄者，天下之大命也，死者不可復生，絕者不可復屬④。書曰：『與其殺不辜，寧失不經。』⑤今治獄吏則不然，上下相驅，以刻為明，深者獲公名，平者多後患。故治獄之吏皆欲人死，非憎人也，自安之道在人之死。是以死人之血流離於市，被刑之徒比肩而立，大辟之計歲以萬數⑥，此仁聖之所以傷也。太平之未洽，凡以此也。夫人情安則樂生，痛則思死。棰楚之下，何求而不得？故囚人不勝痛，則飾辭以視之；吏治者利其然，則指道以明之；上奏畏卻，則鍛練而周內之⑦。蓋奏當之成，雖咎繇聽之⑧，猶以為死有餘辜。何則？成練者眾，文致之罪明也。是以獄吏專為深刻，殘賊而亡極⑨，媮為一切⑩，不顧國患，此世之大賊也。故俗語曰：『畫地為獄，議不入；刻木為吏，期不對。』此皆疾吏之風，悲痛之辭也。故天下之患，莫深於獄；敗法亂正，離親塞道，莫甚乎治獄之吏。此所謂一尚存者也。

【注釋】

①遏：阻止。
②盛服先生：指儒者，戴儒冠，着儒服，衣冠齊整。
③勠（lù）力：齊心協力。
④䌝（jué）：同「絕」，斷。屬：接上。
⑤「書曰」以下引文：出自尚書·虞書·大禹謨。

⑥大辟：古代五刑之一，死刑。
⑦周內（nà）：網羅罪名，陷人於罪。內，同「納」，接納，容納。
⑧咎繇（gāo yáo）：又作「皋陶」。相傳是舜時掌刑法的官。
⑨亡（wú）：無。
⑩媮（tōu）：苟且。一切：權宜之計。

【譯文】

「我聽說秦朝有十大過失，其中有一條至今仍存在，那就是用司法官吏來加強統治的做法。秦朝時，貶黜儒術，崇尚勇力，輕視主張仁義的人士，尊崇主管刑獄的官吏，正直的話被稱為誹謗，阻止過錯的話被稱為妖言，所以寬衣大冠的儒者不被任用，忠良切實的言論都鬱結在胸中，浮誇諂諛的美言充斥君主的耳朵，虛假的美名陶醉着君主的心，實在的危機卻被掩蓋。這就是秦王朝之所以覆亡的原因。如今天下依賴陛下的深厚恩澤，沒有戰亂的危險、飢寒的憂慮，父子夫妻都齊心協力地治理家業，然而太平的天下之所以不夠美滿，正是刑獄之災擾亂社會的緣故。說起刑獄，那是涉及天下人性命的大事，處死的人不可能再活過來，砍斷的肢體不可能再接上，所以尚書說：『與其錯殺無罪的人，寧可失誤於不按常規辦事的過錯。』現在主管刑獄的官吏卻不是這樣，他們上下互相催督，把苛刻當作明察，嚴酷的獲得公正的名聲，平和的反而多有後患。因此主管刑獄的官吏，都想置人於死地，這不是因為他們特別憎恨誰，而是保全自己的方法，正在於置人於死地。因此死人的血淋漓於市場，被判刑的人多得肩挨肩站立，死刑的統計數每年都以萬計，這是仁主聖君感到悲傷的原因。太平世道還不夠完美，都是由於這個緣故。人之常情是，平安就樂於活着，痛苦就想死去。在嚴刑拷打之下，有什麼口供得不到呢？所以被囚之人受不了痛苦的折磨，就用編造的假話來招供；主持刑獄的人認為這樣做對自己有利，就引導囚犯明確自己的罪行；結案上報時擔心被駁回，就又羅織罪狀使其周密而陷人於罪。大凡罪名一經定案，即使是皋陶來審訊，也會認為犯人死有餘辜。為什麼呢？這是因為羅織的罪狀很多，按律所定的罪名也很明白。因此司法官吏專做嚴酷而苛刻的事，無止境地殘害他人，為了一時的裁決結案，而不顧給國家帶來的後患，這是世上的大禍害。所以俗話說：『在地上畫一個牢，人們也不會考慮進去；即使是木雕的獄吏，人們也決不會跟它對質。』這些都是疾恨獄吏的民謠，悲切沉痛的議論啊。所以天下的禍患，沒有比刑獄更嚴峻的；敗壞法律擾亂是非，離散親人堵塞道義，沒有比司法官吏更厲害的。這就是前文所說的至今還存在的秦朝十大過失之一。

「臣聞烏鳶之卵不毀[1]，而後鳳皇集；誹謗之罪不誅，而後良言進。故古人有言：『山藪藏疾[2]，川澤納污，瑾瑜匿惡[3]，國君含詬[4]。』唯陛下除誹謗以招切言，開天下之口，廣箴諫之路，掃亡秦之失，尊文、武之德，省法制，寬刑罰，以廢治獄，則太平之風可興於世，永履和樂，與天亡極。天下幸甚！」

【注釋】

①烏鳶（yuān）：烏鴉和老鷹。
②山藪（sǒu）：山林與湖澤。
③瑾、瑜：皆為美玉。
④詬（gòu）：辱罵。

【譯文】

「我聽說，烏鴉老鷹的蛋不被毀棄，然後才有鳳凰飛來；犯了誹謗的罪不被處死，然後才有人進獻良言。所以古人說：『深山池藪隱藏毒穢，江河湖澤容納污濁，美玉隱藏瑕疵，國君應能忍受辱罵。』希望陛下能革除誹謗的罪名，以招納切實的言論，讓天下人都敢講話，廣開勸諫之路，掃除亡秦的過失，尊崇文王、武王的德政，精簡法律條文，放寬刑罰，以求廢止刑獄，這樣的話，太平的風氣就可以在世上盛興起來，人們永遠生活在和平安樂之中，與蒼天一樣無限長久。天下人將無比慶幸！」

上善其言。

【譯文】

皇上認為路溫舒的意見很好。

楊惲

楊惲（？—前五四），字子幼，華陰（今屬陝西）人。丞相楊敞之子，太史令司馬遷的外孫。有才幹，宣帝時因告發霍光後代謀反有功，被封平通侯，遷中郎將。但喜歡揭人隱私，因此結怨甚多，宣帝近臣太僕戴長樂上書告發楊惲誹謗朝廷，他被免官降為庶人。後來發生日蝕，有人上書說是由於楊惲「驕奢不悔」造成的，楊惲被下獄。從他身上搜出了給孫會宗的信，宣帝遂以大逆不道的罪名判處楊惲腰斬。

報孫會宗書

本文是楊惲失位在家時寫給朋友孫會宗的一封信。信中先回顧了自己的家族及自己的過去，解釋自己目前生活狀態的原因，接着講述了自己的所謂「驕奢不悔」的行為，實際上是對孫會宗的反駁。作者將滿腹牢騷與不滿落於筆下，怨激辛辣，後代有人認為「宛然外祖（司馬遷）答任安書風致」。

惲既失爵位家居，治產業，起室宅，以財自娛。歲餘，其友人安定太守西河孫會宗①，知略士也，與惲書諫戒之，為言大臣廢退，當闔門惶懼②，為可憐之意，不當治產業，通賓客，有稱譽。惲宰相子③，少顯朝廷，一朝晻昧語言見廢④，內懷不服，報會宗書曰：

【注釋】

①孫會宗：西河郡（今屬內蒙）人，為安定郡（治所高平在今寧夏固原）太守。楊惲被誅後，他也受牽連被罷官。

②闔：關。

③惲：楊惲。

④晻（ǎn）昧：不光明正大，不光明磊落。

【譯文】

楊惲丟了爵位在家，就治理產業，興建房宅，以經營家財自娛自樂。過了一年多，他的朋友安定太守、西河人孫會宗，一位有智謀的士人，給楊惲寫了一封信，對他加以勸誡，說大臣被免職以後，應當關起門來惶然思過，以博取同情，而不該治理產業，結交賓客，得到讚譽。楊惲是丞相的兒子，年輕時就在朝廷揚名，一時糊塗說了錯話而被罷免官職，心裏卻不服氣，他回覆孫會宗的信說：

「惲材朽行穢，文質無所底①，幸賴先人餘業，得備宿衛②。遭遇時變③，以獲爵位，終非其任，卒與禍會。足下哀其愚，蒙賜書教督以所不及，殷勤甚厚。然竊恨足下不深惟其終始④，而猥隨俗之毀譽也⑤。言鄙陋之愚心，若逆指而文過，默而息乎，恐違孔氏『各言爾志』之義⑥，故敢略陳其愚，唯君子察焉。

【注釋】

①所底：無所作為。底，通「抵」。
②宿衛：宮廷警衛官。
③遭遇時變：指揭發霍光子孫謀反而獲封平通侯一事。
④惟：考慮。
⑤猥（wěi）：隨意。
⑥孔氏：孔子。

【譯文】

「我楊惲天生不是塊好材料，操行也無所取，外在表現和內在品質兩方面都達不到要求，僥幸依賴祖上的蔭庇，得以到宮廷裏充當侍衛之職。遇到朝中變故，我因此得以封爵，但這終究不是我所能勝任的，因此最終還是遇到了這次禍難。您可憐我愚蠢糊塗，承蒙您賜給我書信，對我沒辦好的地方給予指教監督，情意十分懇切深厚。然而我內心卻遺憾您沒有深入思考事情原委，而是輕率地跟着世俗輿論來褒貶我。我對您講出我鄙陋的心裏話吧，卻似乎是在違逆您的意思而文過飾非；沉默不說吧，又恐怕有悖於孔夫子要弟子『各言爾志』的教誨，所以斗膽大略陳述一下自己的愚見，希望您能明察。

「惲家方隆盛時，乘朱輪者十人①，位在列卿②，爵為通侯③，總領從官，與聞政事。曾不能以此時有所建明④，以宣德化，又不能與群僚同心並力，陪輔朝廷之遺忘，已負竊位素餐之責久矣。懷祿貪勢，不能自退，遭遇變故，橫被口語，身幽北闕⑤，妻子滿獄。當此之時，自以夷滅不足以塞責，豈意得全首領⑥，復奉先人之丘墓乎？伏惟聖主之恩，不可勝量。君子游道，樂以忘憂，小人全軀，說以忘罪⑦。竊自私念，過已大矣，行已虧矣，長為農夫以沒世矣。是故身率妻子，戮力耕桑⑧，灌園治產，以給公上，不意當復用此為譏議也。

【注釋】

①朱輪：用丹漆塗的車轂。漢代公卿列侯及俸祿二千石以上的官員才能乘坐這種朱輪車。

②列卿：漢代中央政府主管各部署的長官。

③通侯：異姓功臣封侯者稱「通侯」。也叫「列侯」「徹侯」。

④曾：而，表轉折。
⑤北闕：宮廷北門樓。大臣們上書奏事或被皇帝召見，都在這裏。
⑥首領：頭顱。
⑦說（yuè）：同「悦」。
⑧戮（lù）力：齊心協力。

【譯文】

「當初我家隆盛的時候，坐朱輪車的就有十人，我本人官位在九卿之列，爵位為通侯，統率着侍從官員，參與政治事務。然而我卻不能在這個時候有所建樹，以宣揚道德教化，又不能與同僚們齊心協力，輔佐朝廷做些補缺拾遺的工作，已經背負竊據官位白吃俸祿的指責很久了。由於我留戀祿位、貪戀權勢，不能自動引退，於是遭到變故，隨意地受到指責，我自己被拘禁在北闕，妻子兒女也都進了監獄。在這時候，自己覺得即使被誅滅全家，也不能抵消罪責，哪裏還想到保全性命，再去供奉祖先的墳墓呢？那聖明君主的恩德，真是無法計量。君子沉湎在道中，快樂得忘掉了憂愁，小人保全了性命，高興得忘記了罪過。我私下裏想，自己的罪過已經很大，德行已經有了虧缺，那就長期去當農夫以度過餘生算了。所以親自率領着妻子兒女，齊心協力從事農桑，澆灌田園，治理產業，用以供給官府的賦稅。想不到因此又遭到一些人的議論和譏笑。

「夫人情所不能止者，聖人弗禁，故君父至尊親，送其終也，有時而既①。臣

之得罪，已三年矣。田家作苦，歲時伏臘②，烹羊炰羔③，斗酒自勞。家本秦也，能為秦聲，婦趙女也，雅善鼓瑟④，奴婢歌者數人。酒後耳熱，仰天拊缶⑤，而呼烏烏。其詩曰：『田彼南山，蕪穢不治。種一頃豆，落而為萁。人生行樂耳，須富貴何時！』是日也，拂衣而喜，奮褎低昂⑥，頓足起舞，誠淫荒無度，不知其不可也。惲幸有餘祿，方糴賤販貴⑦，逐什一之利。此賈豎之事⑧，污辱之處，惲親行之。下流之人，眾毀所歸，不寒而栗。雖雅知惲者，猶隨風而靡，尚何稱譽之有？董生不云乎：『明明求仁義，常恐不能化民者，卿大夫意也；明明求財利，尚恐困乏者，庶人之事也⑨。』故『道不同，不相為謀』⑩。今子尚安得以卿大夫之制而責僕哉！

【注釋】

①既：結束。

②伏臘：古代兩種祭祀的名稱。「伏」在夏季伏日，「臘」在農曆十二月。

③炰（páo）：裹起來燒烤。

④雅：向來。

⑤拊：拍。缶（fǒu）：瓦器，秦人用作樂器。

⑥褎：同「袖」。

⑦糴（dí）：買入糧食。

⑧賈（gǔ）豎：對商人的蔑稱。

⑨「明明」以下六句：見董仲舒賢良對策。董生，董仲舒。明明，或寫作「皇皇」，即「惶惶」。

⑩道不同，不相為謀：語出論語．衛靈公。

【譯文】

「凡是從人情上說不能禁止的事，聖人也不會禁止，所以國君和父親雖是最尊貴最親近的，而給他們送終服喪，也有結束的時候。我獲罪已經三年了。種田人家勞作辛苦，每逢伏日或臘日，烹製羊肉，飲酒慰勞自己。我本是秦地人，能唱秦地的歌謠，我的妻子是趙地女子，一向善於鼓瑟，奴婢中能唱歌的也有幾個人。喝了酒後耳朵發熱，仰面朝天拍打着瓦缶，唱出嗚嗚的秦聲來。歌詞是：『田彼南山，蕪穢不治。種一頃豆，落而為萁。人生行樂耳，須富貴何時！』那一天，我提起衣服心中歡喜，上上下下揮動袖子，跺着腳跳起了舞，確實是縱情歡樂沒有節制，不知道這樣做是不可以的。我幸而有些餘財，正在賤買貴賣，追求那十分之一的利潤。這是商販們做的事，是受污辱的活計，可我親自去做了。地位卑賤的人，大家都對他進行詆毀，令人不寒而栗。即使一向是了解我的人，也隨風倒，哪裏還會有人為我說好話呢？董仲舒不是說過：『急切地追求仁義，常擔心不能教化老百姓的，是卿大夫的想法；急切地追求財利，常擔心貧窮困乏的，是老百姓的事情。』所以，『信仰不同，就不在一起商量事兒』。現在您怎麼還能用卿大夫的標準來要求我呢？

「夫西河魏土①，文侯所興②，有段干木、田子方之遺風③，漂然皆有節概④，知去就之分。頃者，足下離舊土，臨安定，安定山谷之間，昆戎舊壤⑤，子弟貪鄙，豈習俗之移人哉？於今乃睹子之志矣。方當盛漢之隆，願勉旃⑥，毋多談。」

【注釋】

①西河：今陝西東部黃河西岸地區。
②文侯：魏文侯，戰國時期魏國國君。
③段干木、田子方：二人都是魏文侯的老師。
④漂然：高遠的樣子。
⑤昆戎：即西戎，殷周時代西部的一個部落。
⑥旃（zhān）：「之焉」的合音，語氣詞。

【譯文】

「西河郡原是魏地，是魏文侯設置的，有古代賢人段干木、田子方遺留下來的好風氣，他們都凜然有氣節，明白去留進退的道理。近來，您離開故鄉，來到安定郡，安定郡地處山谷之間，過去是昆戎族的地界，那裏的人性情貪鄙，難道是習俗改變了您嗎？現在我可看清您的志向了。如今正值大漢隆盛之時，希望您好自為之，不必多說了。」

後漢書

後漢書是南朝劉宋時范曄所撰的一部紀傳體斷代史，記載東漢一代歷史。范曄完成了本紀十卷，列傳八十卷之後獲罪被殺，已完成的五篇「志」被毀，人們就用晉司馬彪續漢書中的三十卷志補入，所以現在見到的後漢書有不包括「志」的九十卷本和包括「志」的一百二十卷本兩種。

范曄（三九八—四四五），字蔚宗，順陽（今屬河南）人。東晉末當過彭城王劉義康的參軍，劉宋王朝時任尚書吏部郎、宣城太守，後因參與立劉義康為帝的陰謀而被殺。

光武帝臨淄勞耿弇

本文選自後漢書．耿弇傳。劉秀即位後，為鞏固政權而削平地方割據勢力，派建威大將軍耿弇討伐割據青州的張步，耿弇很快取勝。劉秀親自趕到臨淄慰勞耿弇軍，發表了這篇講話。

車駕至臨淄①，自勞軍，群臣大會。帝謂弇曰②：「昔韓信破歷下以開基③，今將軍攻祝阿以發跡④，此皆齊之西界，功足相方⑤。而韓信襲擊已降，將軍獨拔勍敵⑥，其功乃難於信也。又田橫烹酈生⑦，及田橫降，高帝詔衛尉不聽為仇⑧。張步前亦殺伏隆⑨，若步來歸命，吾當詔大司徒釋其怨⑩。又事尤相類也。將軍前在南陽建此大策⑪，常以為落落難合，有志者事竟成也！」

【注釋】

①車駕：代指皇帝，這裏指光武帝劉秀。臨淄：在今山東淄博。
②弇（yǎn）：耿弇，字伯昭。曾隨劉秀起兵，後拜建威大將軍，封好畤侯。
③歷下：今山東濟南東。開基：開創基業。
④祝阿：縣治在今山東歷城西南。
⑤相方：相比。
⑥勍（qíng）敵：強敵。勍，強。
⑦田橫：原為齊國貴族，楚、漢戰爭中帶兵擊敗項羽，收復齊地，立田廣為齊王，自己為國相。
　酈生：酈食其，劉邦的謀士。
⑧衛尉：西漢時掌宮門警衛，統領宮廷屯衛兵的官。這裏指酈生（酈食其）的弟弟酈商。
⑨張步：齊人。曾於劉秀起兵時在齊地擁兵自重。

⑩大司徒：相當於漢初丞相。此指伏湛，其子伏隆被張步所殺。
⑪南陽：郡名。治所宛縣在今河南南陽。

【譯文】

光武帝來到臨淄，親自慰勞軍隊，群臣都在這裏集會。光武帝對耿弇說：「從前韓信攻破歷下，開創了漢朝的基業，如今將軍你攻克祝阿而立身揚名，歷下和祝阿這兩個地方都是齊國的西部邊界，你的功勞足以和韓信相比。但是韓信襲擊的是已經投降的敵人，將軍你卻是獨立戰勝了強勁的對手，這功勞的取得，比韓信要難啊。另外田橫烹殺了酈食其，等到田橫投降的時候，高帝詔告衛尉酈商，不允許他與田橫結仇。張步從前也殺了伏隆，如果張步前來歸降，我也要詔告大司徒伏湛，要他放下和張步的仇怨。這兩件事更像了。將軍你以前在南陽的時候，就提出了這項重大的計策，我曾經以為這事無人理解而難以實現，如今看來，真是有志者事竟成啊！」

馬援誡兄子嚴敦書

本文選自後漢書．馬援傳。這封信是馬援在交阯時針對他的姪子馬嚴、馬敦好議論人是非、結交輕薄俠客的言行，對其予以訓誡所寫。

援兄子嚴、敦並喜譏議①，而通輕俠客。援前在交趾②，還書誡之曰：

【注釋】

①援：馬援，字文淵，東漢初扶風茂陵（今陝西興平東北）人。新莽末，為新城大尹，後跟隨劉秀，任伏波將軍。

②交趾：郡名。治所在今越南河內西北。趾，又作「阯」。

【譯文】

馬援的姪兒馬嚴、馬敦，好譏笑和議論人事，而且結交輕浮的俠客。馬援以前在交趾時，寫信回來告誡他們說：

「吾欲汝曹聞人過失如聞父母之名①，耳可得聞，口不可得言也。好議論人長短，妄是非正法，此吾所大惡也，寧死不願聞子孫有此行也。汝曹知吾惡之甚矣，所以復言者，施衿結縭②，申父母之戒，欲使汝曹不忘之耳。

【注釋】

①欲：希望。曹：等，輩。

②施衿（jīn）結縭（lí）：父母在女兒出嫁時，要給她繫上佩帶和佩巾。衿，佩帶。縭，佩巾。

【譯文】

「我希望你們聽到別人的過失，就像聽到自己父母的名字一樣，耳朵可以聽，口中不能說。好議論別人的長短，隨意評論褒貶國家的法制，這是我最痛恨的，我寧死也不願聽到自己的子孫有這種行為。你們知道我對這種行為痛恨極了，之所以再向你們提起，就像女兒出嫁時，父母親手給她結上帶子，繫上佩巾，並且再三叮囑她到夫家不可出差錯那樣，想讓你們不要忘記而已。」

「龍伯高敦厚周慎①，口無擇言，謙約節儉，廉公有威，吾愛之重之，願汝曹效之。杜季良豪俠好義②，憂人之憂，樂人之樂，清濁無所失，父喪致客，數郡畢至。吾愛之重之，不願汝曹效也。效伯高不得，猶為謹敕之士，所謂刻鵠不成尚類鶩者也③。效季良不得，陷為天下輕薄子，所謂畫虎不成反類狗者也。訖今季良尚未可知④，郡將下車輒切齒⑤，州郡以為言，吾常為寒心，是以不願子孫效也。」

【注釋】

①龍伯高：龍述，字伯高。原為山都長，光武帝看到馬援此信，提拔他為零陵郡太守。

②杜季良：杜保，字季良。原為越騎司馬，因仇家告他「為行浮薄，亂群惑眾」，被光武帝免官。
③鵠（hú）：天鵝。鶩（wù）：家鴨。
④訖：通「迄」，到，至。
⑤郡將：太守。

【譯文】

「龍伯高為人樸實厚道，辦事周密謹慎，口無惡言，謙遜平易，生活節儉，廉潔公正，很有威望。我喜愛他，敬重他，希望你們學習他。杜季良為人豪放任俠，很重義氣，為別人的憂愁而憂愁，為別人的快樂而快樂，人不論貴賤賢愚，他都和他們交往，父親出喪時邀請賓客，幾郡的人全都來了。我喜愛他，敬重他，卻不希望你們學習他。學龍伯高不成，還可以做一個謹慎嚴肅的士人，也就是所謂『刻畫天鵝不成還像鴨子』；學杜季良不成，就會墮落為世上的輕薄子弟，那就是所謂『描畫老虎不成反而像狗』了。到現在，杜季良以後究竟會怎樣還不可知，新來的郡守一下車就對他表示切齒痛恨，州郡官員把這情況告訴我，我常替他寒心，所以不希望我的子孫學習他。」

諸葛亮

諸葛亮（一八一—二三四），字孔明，東漢末琅琊陽都（今山東沂南）人。青年時隨叔父逃避戰亂隱居南陽隆中，經劉備多次邀請，便輔佐劉備建立蜀漢政權，擔任丞相職務。從而形成魏、蜀、吳三國鼎立的格局。劉備死後，諸葛亮受遺詔輔佐後主劉禪，一面採取以攻為守的方法北伐曹魏，先後六次出兵均未獲成功；另一面採取和解的手段東連孫吳，使蜀漢一直保持了較好的生存環境。公元二三四年死於軍中，時年五十四歲。

前出師表

本文選自三國志·蜀書本傳。蜀漢建興五年（二二七），諸葛亮率軍進駐漢中，準備北伐曹魏。行前深感劉禪暗弱，不無內顧之憂，所以上表勸諫，勸勉劉禪繼承先帝遺願，奮發有為，同時表達了自己的決心。文辭懇切，情感真摯，是章表類的突出代表作。

臣亮言：先帝創業未半而中道崩殂①。今天下三分，益州疲敝②，此誠危急存亡之秋也。然侍衞之臣不懈於內③，忠志之士忘身於外者，蓋追先帝之殊遇④，欲報之於陛下也。誠宜開張聖聽，以光先帝遺德，恢宏志士之氣⑤，不宜妄自菲薄⑥，引喻失義⑦，以塞忠諫之路也。宮中府中⑧，俱為一體，陟罰臧否⑨，不宜異同⑩。若有作奸犯科及為忠善者，宜付有司論其刑賞，以昭陛下平明之治，不宜偏私，使內外異法也。

【注釋】

①先帝：指劉備。崩殂（cú）：古時指皇帝的死亡。
②益州：相當於今四川大部及重慶、雲南、貴州部分地區。疲敝：困乏。
③內：朝廷。
④追：追念。
⑤恢宏：振奮。
⑥妄自菲薄：不知自重，輕視自身價值。
⑦引喻失義：說話不恰當。引喻，稱引、譬喻。義，適宜，恰當。
⑧宮：皇宮。府：丞相府。
⑨陟（zhì）：升遷。臧否（zāng pǐ）：善惡。這裏指表揚和批評。
⑩異同：不同。

【譯文】

臣諸葛亮上表進言：先帝開創大業未完成一半，竟中途去世。如今天下分成三國，我蜀漢國力困乏、民生凋敝，這真是生死存亡的危急關頭啊。然而朝廷官員在內毫不懈怠；軍中將士在外捨生忘死，這都是追念先帝對他們的特殊恩遇，想報答給陛下啊。陛下確實應該廣開言路聽取群臣意見，以發揚光大先帝遺留下來的美德，振奮鼓舞志士們的勇氣，不應隨便看輕自己，言談不當，從而堵塞了忠誠進諫的道路。皇帝宮中和丞相府中，都是一個整體，升賞懲罰，讚揚批評，不應標準不同。如有做壞事違犯法紀的，或盡忠心做善事的，應該一律交給主管部門加以處罰或獎賞，以顯示陛下公正清明的治理，不應私心偏袒，使內外法令不同。

侍中、侍郎郭攸之、費禕、董允等①，此皆良實，志慮忠純，是以先帝簡拔以遺陛下②。愚以為宮中之事，事無大小，悉以咨之，然後施行，必能裨補闕漏③，有所廣益。將軍向寵，性行淑均，曉暢軍事，試用於昔日，先帝稱之曰能，是以眾議舉寵以為督④。愚以為營中之事，事無大小，悉以咨之，必能使行陣和穆，優劣得所也。親賢臣，遠小人，此先漢所以興隆也；親小人，遠賢臣，此後漢所以傾頹也。先帝在時，每與臣論此事，未嘗不歎息痛恨於桓、靈也。侍中、尚書、長史、參軍⑤，此悉貞亮死節之臣也⑥，願陛下親之信之，則漢室之隆，可計日而待也。

【注釋】

①侍中：侍從皇帝左右，以備應對顧問的官員。侍郎：宮廷近侍官。

②簡拔：選拔。遺（wèi）：交付。

③裨（bì）：增益。闕（quē）：缺點。漏：疏漏，過失。

④督：指向寵任中部督，掌禁衛軍。

⑤尚書：協助皇帝處理政務的官。長史：設於丞相、三公府中，行其輔佐之職。參軍：丞相府或諸王府中的重要幕僚。

⑥死節：為保全節操而死。這裏有以死報國的意思。

【譯文】

侍中、侍郎郭攸之、費禕、董允等，這些都是善良誠實的人，他們心志意念忠貞純正，因此先帝才選拔他們留下來輔佐陛下。我認為宮內的事情，無論大小，都要徵詢他們的意見，然後再去施行，這樣一定能夠改正缺點和過失，增益實效。將軍向寵，性情平和，辦事公正，通曉軍事，當年被任用，先帝稱讚他能幹，因此大家評議推舉他為中部督。我認為軍營裏的事情，無論大小，都要徵詢他的意見，就一定能夠使軍隊團結和睦，德才高低的人各有合適的安排。親近賢臣，疏遠小人，這是漢朝前期之所以能夠興盛的原因；親近小人，疏遠賢臣，這是漢朝後期之所以衰敗的原因。先帝在世的時候，每次跟我談論起這些事，沒有一次不對桓帝、靈帝發出歎息，感到痛心和憾恨的。侍中郭攸之、費禕，尚書陳震，長史張裔，參軍蔣琬，這些都是忠貞坦誠、能以死報國的臣子，希望陛下能夠親近他們，信任他們，這樣漢王室的興盛，就時間不遠了。

臣本布衣，躬耕於南陽①，苟全性命於亂世，不求聞達於諸侯②。先帝不以臣卑鄙③，猥自枉屈，三顧臣於草廬之中，諮臣以當世之事，由是感激，遂許先帝以驅馳④。後值傾覆⑤，受任於敗軍之際，奉命於危難之間，爾來二十有一年矣。先帝知臣謹慎，故臨崩寄臣以大事也⑥。受命以來，夙夜憂歎⑦，恐託付不效，以傷先帝之明，故五月渡瀘⑧，深入不毛⑨。今南方已定，兵甲已足，當獎帥三軍，北定中原，庶竭駑鈍⑩，攘除奸凶⑪，興復漢室，還於舊都⑫。此臣之所以報先帝，而忠陛下之職分也。至於斟酌損益，進盡忠言，則攸之、禕、允之任也。願陛下託臣以討賊興復之效，不效，則治臣之罪，以告先帝之靈。若無興德之言，則責攸之、禕、允之咎，以彰其慢。陛下亦宜自謀，以咨諏善道，察納雅言，深追先帝遺詔，臣不勝受恩感激。今當遠離，臨表涕泣，不知所云。

【注釋】

①南陽：郡名。諸葛亮曾隱居於南陽隆中（今湖北襄陽西）。

②聞：出名。達：顯達。

③卑鄙：低微而鄙陋。
④驅馳：奔走效勞。
⑤傾覆：兵敗。
⑥寄：託付。
⑦夙（sù）夜：朝夕，日夜。
⑧瀘：瀘水，即金沙江。
⑨不毛：不長草木的荒蕪之地。
⑩庶：但願，或許。
⑪攘除：除掉，清除。奸凶：指曹操。
⑫舊都：指東漢都城洛陽。

【譯文】

我本是個平民，在南陽郡務農耕種，在亂世中只求保全性命，不希求在諸侯中獲得顯貴的名聲。先帝不介意我出身卑賤，見識淺陋，不惜屈尊，接連三次到草廬來訪看我，徵詢我對天下大事的看法，因此我深為感激，從而答應為先帝奔走效力。後來遇到兵敗，在戰事失敗、危難之際我接受了任命，至今已有二十一年了。先帝深知我做事謹慎，所以臨終時把國家大事託付給我。我接受遺命以來，日夜擔憂歎息，恐怕託付給我的大任不能完成，從而有損先帝的英明，所以我五月率兵南渡瀘水，深入荒蕪之地。如今南方已經平定，武庫兵器充足，應當鼓勵和統率全軍，北伐平定中原地區，我希望竭盡自己低下的才能，消滅奸賊，復興漢朝王室，遷歸舊日國都。這是我報答先帝、盡忠心於陛下的職責本分。至於權衡利弊得失，毫無保留地進獻忠言，那就是郭攸之、費禕、董允的責任了。希望陛下把討伐奸賊興復漢室的大任交給我，如果不能成功，那就懲治我失職的罪過，用來告慰先帝的英靈。如果沒有發揚聖德的言論，那就追究郭攸之、費禕、董允等人的怠慢失職，公佈他們的罪責。陛下也應該自己思慮謀劃，徵詢治理國家的好辦法，明察和採納正直的進言，深切地追思先帝的遺詔，我就受恩、感激不盡了。如今即將離朝遠征，流着淚寫了這篇表文，激動得不知說了些什麼話。

後出師表

建興六年（二二八），魏將曹休被東吳打敗，魏軍主力東下，關中虛弱，諸葛亮想趁此起兵。但朝廷內部出現了一些反對北伐曹魏的意見，後主劉禪也猶豫不決。諸葛亮因而上了此表，指出乘時伐魏的重要性和必要性，最後以「鞠躬盡力，死而後已」表達了自己的決心。

先帝慮漢、賊不兩立①，王業不偏安②，故託臣以討賊也。以先帝之明，量臣之才，固知臣伐賊，才弱敵強也，然不伐賊，王業亦亡，惟坐而待亡，孰與伐之③？是故託臣而弗疑也。臣受命之日，寢不安席，食不甘味。思惟北征，宜先入南，故五月渡瀘，深入不毛，並日而食④。臣非不自惜也，顧王業不可偏安於蜀都⑤，故冒危難以奉先帝之遺意，而議者謂為非計⑥。今賊適疲於西，又務於東，兵法乘勞⑦，此進趨之時也⑧。謹陳其事如左⑨：

【注釋】

①漢：指蜀漢。賊：指曹魏。
②偏安：指封建王朝失去中原而苟安於僅存的部分領土。
③孰與：怎麼比得過。
④並日而食：兩天只吃一天的飯。
⑤顧：只是。
⑥非計：不是上策。
⑦乘：趁機。勞：勞頓。
⑧進趨：進攻。
⑨如左：如下，古代書寫從右往左。

【譯文】

先帝考慮到漢室和曹賊不能並存，王業不能偏處一方而自安，所以託付我討伐奸賊。以先帝的英明，思量我的才幹，本知讓我去討伐曹賊，我的才能微弱而敵人力量強大，但是不去討伐奸賊，王業也會衰亡，與其坐等滅亡，哪裏比得上主動去討伐他們呢？因此毫不遲疑地把討賊興漢的大業託付給我了。我自接受任命那天起，就每日睡不安穩，進食不香。思慮北伐中原，應該先安定南方，所以五月率軍渡過瀘水，深入不毛之地，兩日才吃一日的軍糧。我不是不愛惜自己，只是考慮到王室大業不可偏處在蜀地而自安，所以甘冒危險艱難，來奉行先帝的遺願，而議政的群臣卻以為這並不是上策。如今賊軍正在西面疲於奔命，又忙着應付東面的戰事，按兵法要抓住敵人疲勞的機會，這正是前去進攻的時機。我恭敬地把對這事的看法陳述如下：

高帝明並日月[1]，謀臣淵深，然涉險被創，危然後安。今陛下未及高帝，謀臣不如良、平[2]，而欲以長策取勝，坐定天下，此臣之未解一也[3]。劉繇、王朗各據州郡[4]，論安言計，動引聖人，群疑滿腹，眾難塞胸[5]。今歲不戰，明年不征，使孫策坐大[6]，遂并江東，此臣之未解二也。曹操智計殊絕於人[7]，其用兵也，彷彿孫、吳[8]，然困於南陽[9]，險於烏巢[10]，危於祁連[11]，逼於黎陽[12]，幾敗北山[13]，殆死潼關[14]，然後偽定一時爾[15]，況臣才弱，而欲以不危而定之，此臣之未解三也。曹操五攻昌霸不下[16]，四越巢湖不成[17]，任用李服而李服圖之[18]，委任夏侯而夏侯敗亡[19]。先帝每稱操為能，猶有此失，況臣駑下，何能必勝？此臣之未解四也。自臣到漢中，中間期年耳[20]，然喪趙雲、陽群、馬玉、閻芝、丁立、白壽、劉郃、鄧銅等及曲長、屯將七十餘人[21]，突將無前賨、叟、青、羌、散騎、武騎一千餘人[22]，此皆數十年之內所糾合四方之精銳，非一州之所有；若復數年，則損三分之二也，當何以圖敵？此臣之未解五也。今民窮兵疲，而事不可息，事不可息[23]，則住與行勞費正等[24]，而不及早圖之，欲以一州之地與賊持久，此臣之未解六也。

【注釋】

①高帝：漢高祖劉邦。明：英明。並：比。
②良、平：張良和陳平，均為漢高祖的著名謀士。
③未解：不能理解。
④劉繇（yáo）：漢末揚州刺史。揚州州治壽春被袁術佔領後，他過江逃到曲阿（今江蘇丹陽），孫策渡江攻擊，又棄軍而逃。王朗：漢獻帝時任會稽太守，孫策渡江時投降。
⑤難（nàn）：非議。
⑥坐大：自然地強大起來。
⑦殊絕：遠遠超過。
⑧孫、吳：孫武和吳起。孫武是春秋時著名的軍事將領。吳起是戰國時著名的軍事將領。
⑨南陽：東漢郡名。郡治宛（今河南南陽）。建安二年（一九七），曹操進軍宛攻擊張繡，曾被流矢擊中，長子曹昂戰死，曹軍大敗。

⑩烏巢：地在今河南延津東南。建安五年（二〇〇），袁紹重兵攻曹操，兵臨官渡（今河南中牟東北），屯大量軍糧於烏巢。時曹軍糧少兵疲，幸曹操率奇兵夜襲烏巢，繼而在官渡大破袁軍，才轉危為安。

⑪祁連：似指鄴（今河北磁縣）附近的祁山。建安九年（二〇四），曹操圍鄴，袁紹少子袁尚敗守祁山，曹操兩次打敗他，還圍鄴城，被袁將審配的伏兵射中。

⑫黎陽：地在河南浚縣東北。建安八年（二〇三），曹操在黎陽救過袁紹之子袁譚，次年曹操攻鄴，而袁譚隨之相逼，掠取甘陵等地。

⑬北山：在今甘肅境內。建安二十四年（二一九），曹操與劉備爭漢中，運糧經北山，被蜀將趙雲襲擊，曹軍損失巨大。

⑭潼關：古代軍事要地，當今陝西、山西、河南三省要衝。建安十六年（二一一），曹操西征馬超於潼關，曾被馬超追趕於黃河船上。

⑮偽定：諸葛亮認為蜀漢是正統，稱曹操為「偽」。

⑯昌霸：東海昌霸。建安五年（二〇〇），他背叛曹操，依附劉備，曹操數攻不克。

⑰巢湖：在今安徽。魏以合肥為重鎮，相鄰的巢湖與吳接界，曹操屢次從巢湖進攻孫權，多無功而還。

⑱李服：生平不詳。圖：謀反。

⑲夏侯：曹魏大將夏侯淵。他留守漢中，被劉備大將黃忠所殺。

⑳期（jī）年：一周年。

㉑曲長、屯將：皆指軍官。「曲」和「屯」，都是軍隊的編制單位。
㉒賨（cóng）、叟、青、羌：都是西南地區少數民族。
㉓事：戰事。
㉔正等：正好相等。

【譯文】

漢高帝的英明，可以和日月相比，手下的謀臣思廣慮深，但是還要歷盡艱險遭受戰爭創傷，經過危難而後才得以安定。如今陛下趕不上高帝，謀臣不如張良、陳平，而想用長久對峙的戰略取勝，坐等着平定天下，這是我不能理解的第一點。劉繇、王朗，各自據有州郡，講論安定天下的計策，動不動就稱引聖人的話，大家滿腹疑慮，各種非議充塞胸中。他們今年不作戰，明年不出征，結果使孫策自然強大起來，從而吞併了江東，這是我不能理解的第二點。曹操的智謀心計，遠遠高出常人，他在用兵方面，跟古代孫子、吳起相仿，然而還被困於南陽，遇險於烏巢，遭危於祁連，被逼於黎陽，幾乎大敗於北山，差點兒死在潼關，然後才僭稱國號而一時得逞，況且我的才幹微弱，想不冒危難而安定天下，這是我不能理解的第三點。曹操曾五次進攻昌霸而沒能攻下，四次越渡巢湖都沒成功，任用李服，而李服卻圖謀殺害他；委任夏侯淵，而夏侯淵卻戰敗身亡。先帝常常稱讚曹操是個有才能的人，還有這些失誤，何況我才能低下，出師怎麼能一定勝利呢？這是我不能理解的第四點。自從我進駐漢中地區以來，已經有一年時間了，這期間喪失了趙雲、陽群、馬玉、閻芝、丁立、白壽、劉郃、鄧銅等人，以及曲長、屯將七十多人，突將、無前、賨、叟、青、羌、散騎、武騎等一千多人，這些都是幾十年裏從四面八方招集起來的精銳，不是我蜀地一州所能有的；如果再經過幾年，就會損失三分之二了，那時當用什麼去對付敵人？這是我不能理解的第五點。如今百姓窮困，士兵疲憊，而戰事不可能停息，戰事不能停息，那麼防守和進攻，在勞力和費用上實際相等，如果不趁早策劃去征討敵人，妄想用一州之地，跟曹賊長久對峙，這是我不能理解的第六點。

夫難平者①，事也。昔先帝敗軍於楚②，當此時，曹操拊手③，謂天下已定。然後先帝東連吳、越④，西取巴、蜀⑤，舉兵北征，夏侯授首⑥，此操之失計而漢事將成也。然後吳更違盟，關羽毀敗⑦，秭歸蹉跌⑧，曹丕稱帝⑨。凡事如是，難可逆料。臣鞠躬盡力，死而後已，至於成敗利鈍⑩，非臣之明所能逆睹也⑪。

【注釋】

①平：通「評」，評論。

②敗軍於楚：指建安十三年（二〇八），劉備敗兵於古楚地當陽長阪事。

③拊（fǔ）：拍。

④東連吳、越：指建安十六年（二一一），劉備聯合江東孫吳共擊曹操事。吳國包括古吳、越兩國地。

⑤西取巴、蜀：指建安十六年（二一一），劉備率軍入巴蜀，建安十九年（二一四）圍成都、取益州事。
⑥授首：交出頭顱。
⑦關羽：蜀將。建安二十四年（二一九），孫權襲荊州，擊殺關羽。
⑧秭（zǐ）歸：地在今湖北。指章武二年（二二二）劉備在秭歸被吳軍所敗。蹉跌（cuō diē）：失足跌倒，比喻失敗。
⑨曹丕稱帝：公元二二〇年，曹操之子曹丕廢漢獻帝，自立為魏文帝。
⑩利鈍：順利或困難。
⑪逆睹：預知，預見。

【譯文】

在所有事情中最難預測的，就是戰事。過去先帝在楚地戰敗，那時候，曹操高興得拍手稱快，認為天下已經平定了。但是後來先帝東面聯合孫吳，西面奪取了巴、蜀之地，發兵北伐，斬了夏侯淵的頭，這是曹操沒算計到的，而復興漢室的大業眼看就要成功了。但是後來孫吳違背盟約，關羽戰敗身亡，先帝伐吳時在秭歸又遭挫敗，而曹丕稱帝。凡事都像這樣，難以預料。我只有勤謹地為國盡力，到死為止罷了，至於成功還是失敗，順利還是遭挫折，就不是我的聰明才智所能夠預見的了。